Zu diesem Buch

Im Jahr 2134 lebt der Großteil der Menschheit in einer riesigen, erdumspannenden Röhre. Zeit gibt es nicht mehr, bloß noch eine «angenehme» Form des Vegetierens mit Hilfe synthetischer Gefühle. Im «Gefühlssessel» ruft man beliebige Abenteuer ab, die als Erlebnisersatz dienen. Die Erde ist fast unbewohnbar. Nur im Reservat Britannien leben noch Menschen, in rivalisierende Gruppen aufgespalten. Sie alle kommen einmal im Jahr zusammen: im berühmten Opernhaus von Glyndebourne, in dem immer noch Aufführungen stattfinden. Aber diesmal ist alles anders. Aus der Röhre kommen Agenten, die das passive Wohlleben nicht mehr ertragen können. Sie wollen Raum und Zeit vollends aufheben, um die echten Gefühle und Erlebnisse der Erdmenschen authentisch in ihre eigene Welt zu transportieren. Gerade als die Erdmenschen den unsterblichen Klängen Mozarts lauschen, schlagen die Agenten zu.

Thomas R. P. Mielke, geboren am 12. März 1940 in Detmold, wuchs als Kind eines Pastors im Ostharz und in Rostock auf. Mit fünfzehn kam er allein in den Westen und verbrachte Wanderjahre in Jugendlagern, als Schiffsschmied und als Gärtner. Er wurde Texter in internationalen Werbeagenturen und ist heute Mitinhaber einer Berliner Werbeagentur. Daneben schrieb er die in der Reihe der rororo-Taschenbücher erschienenen Romane «Gilgamesch. König von Uruk» (Nr. 12689), «Inanna» (Nr. 12982), «Karl der Große», den «Roman eines Lebens» (Nr. 13320) und «Das Sakriversum», den «Roman einer Kathedrale» (Nr. 13414) sowie zahlreiche Science-fiction-Romane und -Kurzgeschichten, darunter «Befehl aus dem Jenseits» (Nr. 13784) und «Das Geheimnis des ersten Planeten» (Nr. 13886). Thomas R. P. Mielke ist verheiratet, hat vier erwachsene Kinder und lebt in Berlin.

Thomas R. P. Mielke

Die Entführung des Serails

Roman

rororo

Rowohlt

Veröffentlicht im Rowohlt Taschenbuch
Verlag GmbH, Reinbek bei Hamburg, April 1998

Lizenzausgabe mit Genehmigung
des Franz Schneekluth Verlages
Umschlaggestaltung: Walter Hellmann
Foto: ZEFA-SIS/Boris Starosta
Satz Sabon (Linotronic 500)
Gesamtherstellung Clausen & Bosse, Leck
Printed in Germany
ISBN 3 499 13893 x

Personenverzeichnis

Olaf	(Pedrillo)	ein junger Freigänger
Klingsor Haywood	(Belmonte)	Ordensbruder von Greenpeas
Abel Rothschild	(Bassa Selim)	Lord, C. B., C.B.E.
Agwira	(Konstanze)	seine Enkelin, Freigängerin
John Jakob Shakes	(Osmin)	Butler in Schloß Glyndebourne
Shahesa	(Blonde)	Mädchen aus dem Kontinuum
Scouty Natz		Commodore
Hagebuttle		Obergärtner
Blasius Bockhus		Oberkoch
Miß Earlymorn		Kaltmamsell
Westminster March		Dirigent
Isaac Newton h. c.		
Kopernikus oder		
Leibniz h. c.		Elaboraten
Christian Huygens h. c.		
Julianes Ebony		
Ritas Hubert		junge Pecuniaten
Glaires George		
Tankred		Neo-Normannen
Drogo		

Außerdem Uhrbauer, Hegelianer, Huxleys, Darwiners
und Glyndebourner.

Inhaltsverzeichnis

Zeit ist die widersprüchlichste aller Empfindungen. Wer sie hat, kann nur selten etwas Sinnvolles mit ihr anfangen, und wer sie dringender als alles andere herbeifleht, dem entzieht sie sich – flüchtiger noch als das Mercurio im Stein der Weisen.

Liegt denn das Ungeheuerliche der Zeit vielleicht darin, daß es sie überhaupt nicht gibt?

1.
Der Freigänger

Er stand nur da und wartete. Hin und wieder spielten schaumige Brandungswellen über seine nackten Füße, und wenn das Meer einatmete, bildeten sich kleine Mulden unter seinen Sohlen.

Wolke um Wolke zog mit verwehten, weißgefaserten Rändern über dem großen Wasser nach Osten. Der junge Mann sah sie kaum. Mit unbewegtem Gesicht blickte er aufs Meer hinaus. Gischt hatte sein kupferfarbenes Gesicht angefeuchtet und seine weißblonden, bis auf die Schultern wehenden Haare strähnig werden lassen. Auf seiner kantigen Stirn pellte die Haut ebenso wie über den Jochbeinen und an den vollen Lippen.

Nur manchmal hob sich sein muskelschwerer Oberkörper unter der Schaffelljacke. Dann zischte Luft durch seine starken, vom Beerensaft glänzenden Zähne. Um seine hellblauen Augen gruben sich Runen in die Haut, und seine Hände ballten sich zu Fäusten.

Einmal am Tag, wenn die Wellen so warm geworden waren wie die schwere, feuchte Luft, zog er sich aus und schritt ins Wasser. Mit langen, beinahe gleichgültigen Bewegungen schwamm er eine Meile gegen die Strömung an. Sein Ziel war jedesmal eine Gruppe von weißen Kreidefelsen. Sie bildeten die Südspitze der Halbinsel, die einmal zur geschlossenen Küstenlinie zwischen Hastings und Brighton gehört hatte.

Manche Leute behaupteten, daß es hier einmal Flüsse gegeben hatte, die schmal und lieblich in ihren viel zu breiten Tälern ins Meer geflossen waren. Jetzt war davon nichts mehr zu sehen. Das Meer war überall meilenweit ins Land eingedrungen. Nur dort, wo sich Hügel an den früheren Flußufern befunden haben sollten, ragten hin und wieder kleine Inseln aus dem Wasser.

Sobald der Freigänger die Kreidefelsen von Beachy Head erreichte, kletterte er mühelos bis zur Oberkante in hundertsechzig Meter Höhe. Überall an den steilen Klippen hausten Tausende von Kormoranen, Turmschwalben und Silbermöwen, aber auch einige Gerfalken und Fischadler. Er achtete auf das lärmende

«Krah-kro-kro», *«Hickak-hickak»* und *«Pih-jeh»*. Er mochte Vögel, auch wenn diese hier unverständlich und ganz anders sprachen als ihre Artgenossen im Bannforst von *Glyndebourne* ...

Sobald er oben ankam, blieb er für einige Atemzüge zwischen Binsengras und Stechpalmenbüschen liegen. Dann stand er wieder auf und sah zur Hügelkette von Eastbourne hinüber. Von der Stadt, die früher einmal das Gebiet bis zur Küste bedeckt haben sollte, war nichts mehr zu sehen. Er wandte sich ein Stück landeinwärts und begann zu laufen, langsam erst, dann immer schneller.

Am Ende des kurzen Straßenstücks kletterte er auf eine vom Sturm zerzauste Korkeiche. Er zog sich an ihren rauhen Ästen höher, wechselte auf eine Astgabel über und hockte sich nackt wie er war auf den Sitz, den er sich aus Bananenblättern geflochten hatte.

Von diesem Platz aus konnte er weit über die Halbinsel sehen. Im Norden, hinter den Roselands, ragte die Insel Friday Street aus dem Wasser. An dieser Seite reichte das Meer fast bis nach Hailsham. Erst einige Meilen weiter begannen die Kreidefelsen der nächsten Halbinsel auf dem Weg nach Hastings und Dover. Dort war er noch nie gewesen.

Einmal sah er im Süden eine feine, dunkle Linie. Dort lag das andere, das verbotene Land. Manche erzählten, daß es auch jenseits des großen Wassers Menschen geben sollte. Er konnte sich nicht vorstellen, wie sie im harten Licht der Sonne existieren sollten, wenn keine Wälder mehr auf dem wüst und leer gewordenen Kontinent wuchsen.

Aber vielleicht gab es ja doch noch eine Möglichkeit. Irgendwo jenseits des Horizontes sollte die Röhre zu sehen sein – jenes sagenumwobene Gebilde, das auf Magnetkissen an der Spitze gewaltiger Stützpfeiler hoch über dem großen, weiten Land schwebte ... von Ost nach West ... rund um die ganze Nordhalbkugel der Erde ...

Jedesmal, wenn der Freigänger an die Legende vom *Kontinuum Eckert* dachte, fühlte er ein Gefühl von Traurigkeit in sich. Er dachte an die Milliarden Menschen, die völlig abgeschlossen von der Außenwelt im Wunderwerk der Röhrenstadt leben sollten ... ohne das Licht der Sonne, ohne die Sterne und ohne Regen und Gewitter ...

Wenn er lange genug über sich selbst, über das andere Land und über die Legende von der großen Röhre nachgedacht hatte, kletterte er wieder von der Korkeiche. Er hätte gern nur noch *gedreamt*, aber noch mußte er immer wieder zurück zu den verwirrenden Scheinwahrheiten der Existenz zwischen dem *Nichtmehr* und dem *Noch-nicht!*

Zurück ins *Jetzt* ...

Nach einer halben Meile durch Buschwerk, über Kreidefelsen und über Reste einer alten Serpentinenstraße erreichte er den Rand der ehemaligen Stadt. Die meisten der Ruinen waren längst im Meer versunken. Und was noch übrig war, hatte der wilde neue Wald verschlungen. Nur noch an einigen felsigen Stellen waren bizarr wirkende Betonskelette, Reste von Türmen und schwarz gewordene Tunnelöffnungen zu erkennen. Er sah sich vorsichtig nach allen Seiten um.

Von nun an mußte er vorsichtiger sein. Er kannte die Gefahren der verlassenen Städte. Bei jedem Schritt konnte er in scharfe Trümmerstücke oder verborgene Teufelspfuhle treten, in denen nach wie vor der üble Abfall einer längst vergangenen Zivilisation brodelte. Es gab Hunderte von heimtückischen Fallen. Schon deshalb mieden die Bewohner von Britannien alle Plätze, an denen einst mehr als ein paar Menschen gewohnt hatten.

Die Stadt am Meer sah wie ein ausgeweidetes, langsam zerfallendes Skelett aus. Aber der Freigänger wußte, daß die Menschen freiwillig fortgegangen waren. An irgendeinem Tag in der Vergangenheit waren sie übers Meer gefahren, um nicht zurückzukommen. Das war die Wahrheit, auch wenn er sie sich nicht erklären konnte ...

Unmittelbar vor dem ehemaligen *THECAVENDISHHOTEL* wurde er noch mißtrauischer. Das Meer reichte um diese Tageszeit bis zu den alten Plastikschildern an der Mauer neben dem Haupteingang. Gleich nach der Ankunft hatte er einige von ihnen vom Algenwuchs befreit und die geheimen Zeichen entdeckt.

Dort, wo er am *THECAVENDISHHOTEL* die Symbole *RAC*, *ADAC* und *Michelin* entdeckte, befand sich der getarnte Stützpunkt jenes Mannes, auf den er schon seit Tagen wartete ...

Er blickte über die gurgelnde Wasserfläche zwischen dem Steilhang und der Ruine, dann kletterte er etwas höher und wandte sich einer alten Fischertreppe zu. Hier fanden seine nackten Füße einen leichten Abstieg. Unten angekommen, lief er nochmals ins Meer. Die Stelle mit Sand bildete nur einen winzigen Flecken in einem mit Geröll und Kies bedeckten, sehr schmalen Uferstreifen. Er kehrte wieder zurück und stellte sich in die Sonne, bis er trokken war. Dann zog er seine Hose aus Pferdeleder und die Sandalen wieder an. Er nahm seine Schaffellweste, hängte sie um und legte den Schultergürtel lose über die Brust. In ihm befanden sich kleine Schlaufen für sein Magnesiumstück zum Feuerschlagen, den Steinsalzklumpen und eine kleine, an beiden Seiten mit Harzpfropfen verschlossene Röhre aus Rosenwurzelholz.

Seinen kostbarsten Besitz trug er auch, wenn er nackt war. Er hatte das kleine, igelstachlige Amulett schon vor zwei Sommern, an seinem sechzehnten Geburtstag, von dem Mann erhalten, auf den er warten sollte. Aber da war auch noch etwas ganz anderes … irgendeine vage Erinnerung an einen anderen Ort, eine andere Verabredung …

Er blinzelte aufs Meer hinaus und dachte einfach an nichts.

«Natürlich ist alles, was in und um Schloß *Glyndebourne* geschieht, der reinste Anachronismus», sagte Lord Abel Rothschild, C. B., C. B. E. «Eine sorgfältig konservierte Insel der Vergangenheit als reales Gegenstück zum *Kontinuum Eckert …*»

Er lehnte sich in seinem Ledersessel zurück. Mit einer bedächtigen Handbewegung führte er das Mundstück seiner Pfeife an die Lippen. In ähnlicher Pose waren seine Vorfahren noch vor zweihundert Jahren in Öl gemalt worden: aufrecht und weißhaarig, mit einer straffen, rosigen Gesichtshaut und schiefergrau in die Ferne blickenden Augen.

«*Glyndebourne* wirkt tatsächlich wie ein Märchenschloß! Es kommt mir vor, als würde jeder Stein auf etwas warten …»

Die Stimme der jungen Frau am Fenster klang angenehm und in gewisser Weise so gedämpft, wie es für feierliche Orte angebracht ist. Lord Rothschild konnte von seinem Platz aus nur die Silhouette ihres jungen, schlanken Körpers erkennen. Das Licht von draußen malte eine weiche, sonnige Aura um sie.

«Schön, daß es dir ... ich meine ... *Euch* hier gefällt, Mylady.»

«Ach, bitte, nennt mich nicht so! Ich heiße Konstanze ...»

«Konstanze!» sagte der Lord und lächelte. «So wie die weibliche Hauptrolle in unserer diesjährigen Opernaufführung ...»

«Wir wechseln unsere Namen wie die Themen, die uns *Wohlseyn* versprechen», sagte sie lächelnd. «Im Augenblick kann ich mir nichts Schöneres vorstellen als ‹*Die Entführung aus dem Serail*›. Aber das ändert sich sehr schnell bei uns ...»

Ein warmer Windzug bauschte die Stores auf und gab für einen kurzen Moment den Blick auf altes Mauerwerk und Blumen frei.

«Bis auf den neuen Dschungel hat sich hier nicht viel verändert», sagte der Lord. «Die meisten Reservatsbewohner wissen nicht einmal, daß wir inzwischen das Jahr 2134 schreiben ...»

«Genau hundert Jahre nach unserem Einzug ins *Kontinuum* ...»

«Hoffentlich ein gutes Omen!» sagte er ernst. «Ein historischer Versuch, endlich eine Brücke zwischen uns und Euch zu bauen ...»

«O ja!» sagte sie mit einem tiefen Seufzer. «Ich möchte unbedingt körperlich und ganz echt erfahren, wie es ist, wenn man vor vielen Zuschauern auf einer wirklichen Bühne steht! Wie der edle Belmonte mich als seine Braut im Palast des Sultans Bassa Selim sucht, wie er auf seinen treuen Diener Pedrillo und auf den bösen Osmin trifft und wie wir beide fast noch getötet werden ...»

So viel naive Freude und Begeisterung hatte Lord Rothschild schon lange nicht mehr gesehen. Bedächtig und mit einem feinen Lächeln stopfte er die Glut seiner Pfeife nach. Das junge Mädchen legte den Kopf in den Nacken und schritt leise singend durch den hohen Raum. Sie wirkte sehr grazil, während sie sich ganz in die Rolle der Konstanze versetzte:

«Ach, ich liebte, war so glücklich, kannte nicht der Liebe Schmerz», sang sie mit einer unglaublich klaren Sopranstimme. Es war der Anfang der Arie aus dem ersten Aufzug, mit der die im Serail gefangene Konstanze Sultan Bassa Selim sagte, daß sie wohl seine Sklavin, nie aber sein Weib werden könnte.

«Erstaunlich! Höchst erstaunlich!» sagte Lord Abel Rothschild und applaudierte. «Dennoch verstehe ich nicht, warum es etwas anderes sein soll, diese Rolle mit uns hier auf der Erde zu spielen. Gibt es denn im *Kontinuum Eckert* keine Opernaufführungen?»

Sie lächelte und strich sich ihr dichtes, in vielfachem Herbstbraun schimmerndes Haar aus der Stirn. Für einen Augenblick wurde Lord Rothschild an seine Enkelin erinnert. Eigentlich hatte er seine Gedanken und Gefühle stets so perfekt unter Kontrolle, daß ihm derartige Schwächen nicht passierten. Männer wie er konnten das. Doch diesmal konnte er in seiner Besucherin einfach nichts anderes sehen als Agwira.

Sie war vor vier Jahren Freigängerin geworden ...

Das Mädchen aus dem *Kontinuum Eckert* riß ihn aus seinen Erinnerungen.

«Natürlich gibt es auch in der Röhre Theater und andere Spiele. Aber wir sind in den hundert Jahren seit unserer Flucht von der Erde sehr selbstsüchtig geworden. Jeder kann tun und lassen, was er will, sofern er sich an die technischen Spielregeln hält. Doch genau das hat uns autistisch gemacht ... nur noch mit uns selbst befaßt ... wie Sänger, die sich jedes Orchester, jedes Publikum elektronisch wählen können! Und niemand interessiert sich für irgend etwas, das ein anderer unternimmt ...»

«Das klingt nach einem Paradies für Individualisten», sagte Lord Rothschild.

«Es ist die Hölle!» lachte sie bitter. «Es gibt einfach nichts mehr, was wir gemeinsam wollen! Wozu auch? Wir leben wie in einem riesigen Bienenstock ohne Königin. Das *Kontinuum* versorgt uns von der Laborzeugung bis zur Kadaververwertung. Jeder von uns hat die vollkommene, die absolute Freiheit, alles zu tun, was seinen phantastischen Gedanken entspringt. Aber in Wahrheit dürfen wir überhaupt nichts, denn nichts geschieht durch eigenes Erleben! Wir können alles, was jemals geschrieben oder aufgezeichnet wurde, aus den Archiven abrufen. Wenn wir das tun, dann kämpfen, leiden, lieben wir ... doch stets ohne den geringsten eigenen Einsatz. Denn unser ganzes *Wohlseyn* ist nichts anderes als ein Inferno aus synthetischen Genüssen ...»

Lord Rothschild war erschüttert über das unerwartete, verzweifelte Geständnis seiner Besucherin. Zum ersten Mal begann er zu verstehen, warum man damals das *Kontinuum Eckert* hermetisch abgeriegelt hatte. Und er fing an, den großen Traum seiner Bewohner von einem einzigen Besuch in jener Welt zu verstehen, in der er selber lebte ...

«Bei uns ist auch nicht alles so geworden, wie unsere Vorfahren geplant hatten», sagte er deshalb. «Gewiß, wir sind im Gegensatz zum *Kontinuum* nicht auf Erinnerungskonserven angewiesen. Doch das Ideal vom freien Menschen in einer unzerstörten Umwelt haben wir nicht erreichen können.»

«Kann man hier unzufrieden sein?»

«Man kann!» sagte der Lord nachdenklich. «Es hat Jahrzehnte gedauert, bis wir vergessen haben, wie dieses Land Ende des zwanzigsten Jahrhunderts aussah. Die Natur hatte es da viel einfacher als wir. Der stete Rhythmus von Tag und Nacht hat viel geheilt. Aber Britannien ist kein abgeholztes Hügelland mehr, sondern ein neuer Dschungel fast ohne Jahreszeiten und ohne kalte Winter ...»

«Ich habe mich schon gewundert, wie dicht hier alles zugewachsen ist. In alten Büchern und in Filmen ...»

«Ich kann mich auch noch daran erinnern», nickte Lord Rothschild, «obwohl das Vergessen in den letzten Jahren leichter fällt. Als ich noch jung war, gab es schmucke Dörfer in den Wäldern. Die Menschen säten, ernteten und pflegten ihre Haustiere. Davon ist kaum noch etwas übrig.»

Sie stand wieder am Fenster und blickte ihn fragend an.

«Es gibt nur noch sehr wenig, was uns zusammenhält», sagte er mit einem tiefen Seufzer. «Auch wir sind Individualisten geworden ... *Hegelianer, Pecuniaten* ... schrullige Einzelgänger, die längst vergessen haben, warum vor über hundert Jahren das *Kontinuum Eckert* errichtet worden ist.»

«Wißt Ihr es noch?» fragte sie vorsichtig.

«Ich bin ein alter Mann», sagte er. «In manchen Monaten vergesse ich sogar, wofür das Opernhaus gebaut wurde. Ich grüße Menschen und erkenne sie dann doch nicht, spreche mit Leuten, die seit Jahren in der Nähe wohnen, und weiß zum Schluß nicht einmal, worüber wir geredet haben ...»

Lord Rothschild sah, wie plötzlich ein Zittern durch den Körper seiner schönen Besucherin lief. Ihre Augen verdrehten sich, als hätte sie auf einmal innerlich den Halt verloren. Sie starrte auf die sonnenbeschienenen Parkettbretter des Orgelraums, ging an der hölzernen Wandverkleidung entlang und strich hier und da über das alte Schnitzwerk.

«Schön», sagte sie, als sei nichts gewesen, «aber noch unhygienischer, als ich befürchtet hatte ...»

Lord Rothschild schob seine Unterlippe vor. Sie stellte sich vor die Orgel und blickte auf.

«Kann man damit noch spielen?»

«Nun ja ... die Register sind noch in Ordnung, ebenso der Blasebalg. Nur die Metallpfeifen sind lange nicht mehr nachgestimmt worden. Es handelt sich dabei um seltene Metallegierungen.»

«Wieso? Kennt Ihr denn keine *Machbars*?»

«Nun ja», lächelte der Lord, «wir haben natürlich von diesen Fabrikautomaten gehört, aber das war nie unser Stil. Wir haben in den vergangenen hundert Jahren versucht, mit dem zu leben, was auf der Erde zurückgeblieben war ...»

Sie blickte ihn verwundert an.

«Soll das heißen, daß Ihr überhaupt keine *Machbars* benutzt?»

«So ist es», nickte der Lord. «In den ersten Jahrzehnten gab es noch viele Maschinen im Reservat, aber das Öl in den Kugellagern ist längst verharzt. Wir hatten *Uhrbauer*, die aus Ersatzteilen neue Geräte zusammenbauen konnten. Doch das ist längst vorbei. Außerdem haben die *Neo-Normannen* eine sehr unangenehme Sammlerleidenschaft entwickelt. Sie haben fast alles versteckt, was irgendwie brauchbar erschien ...»

«Das habe ich nicht gewußt», sagte sie. «Gehört dieser Mann, der mich vom *Turm der Reisenden* abgeholt hat, auch zu den *Neo-Normannen*?»

Lord Rothschild hob amüsiert die Brauen. «Nein, das war mein Butler Shakes! Wir *Glyndebourner* identifizieren uns manchmal zu sehr mit unseren Rollen in den Opern. Shakes hat in diesem Jahr den Part des grimmigen Palastwächters Osmin übernommen. Da fällt mir ein ... hat er Euch schon *entgaußt*?»

Sie sah ihn verwirrt an.

«Stimmt das denn wirklich? Ich meine, daß sich die Reisenden gleich nach der Ankunft auf animalischen Magnetismus untersuchen lassen müssen ... von einem ... Mediziner?»

«Das laßt nicht unseren Doktor hören! Es ist der beste *Mesmerist* in ganz Britannien. Er spielt übrigens den Belmonte ...»

Er stand auf und ging quer durch den großen, hohen Raum zu einer hölzernen Konsole mit geschliffenen Kristallglasscheiben an den Seiten. Auf den ersten Blick erinnerte die Konsole mit ihrem kuppelförmigen Glasaufsatz an eine Ewige Uhr.

«Früher wurden Besucher durch dieses Gerät angemeldet», erklärte er. «Sobald wir dann die Gästezimmer und die Logenplätze bestätigt hatten, kam drei, vier Tage später die Festbuchung. Einige Wochen danach reisten die Besucher an, und wir wußten, wann wir jemand aus dem *Turm der Reisenden* abholen mußten ...»

«Tut mir leid, wenn Ihr in meinem Fall keine ordentliche Anmeldung erhalten habt.»

«Das geht schon in Ordnung! Sobald der Doktor den Quarantänetest gemacht hat, stellen wir Euch gern nachträglich die Bons für Übernachtung, Oper und die Mahlzeiten aus ...»

Sie beugte sich nach vorn. Er sah, wie sich ihre Finger um die Lehnen des Sessels schlossen.

«Was meint Ihr mit *Mahlzeiten*?»

«Natürlich nur das Übliche», sagte er. Zum zweiten Mal stellte er eine eigenartige Unruhe an ihr fest. «Ihr könnt mir natürlich auch die Kodierungen aus dem *Kontinuum* geben ... für unsere Bestätigungsmeldung ...»

«Ich fürchte ... ich fürchte, daß ich sie vergessen habe», sagte sie und schlug die Augen nieder. «Vielleicht liegen sie noch im *Turm der Reisenden* ...»

Lord Rothschild hob die Brauen. Er nickte nachdenklich, dann drehte er an der kleinen goldenen Kurbel. Sofort öffnete sich eine Glaswand an der Konsole.

«Mylord?»

«Schicken Sie Klingsor Haywood in den Orgelraum!»

«Der Doktor ist heute morgen ausgeritten», antwortete die Stimme des Butlers augenblicklich. «Ich habe ihm noch gesagt, daß sich Unwetter angekündigt habe, aber er wollte unbedingt hinter dem Freigänger her, der den Pedrillo singen soll ...»

«Ach ja», nickte der Lord. «War das nicht dieser junge Mann, der abgestritten hat, daß er über den *Turm der Reisenden* zu uns gelangt ist?»

«Genau der ist es! Er konnte nicht einmal die Partitur!»

Lord Rothschild nickte ernst. Er schloß kurz die Augen, dann drehte er sich zu seiner Besucherin um. Es war, als suche er etwas in ihrem eigenartig vertraut wirkenden Gesicht.

«Ihr solltet Euch zunächst etwas ausruhen», sagte er abwesend. Sie lächelte dankbar.

Haywood verfluchte unablässig seine Entscheidung, das letzte Wegstück noch vor Sonnenuntergang zurückzulegen. Zweimal hatte er bereits eine Rast eingelegt: auf dem Kamm der South Downs, die sich kurz vor der früheren Küste quer durch Sussex zogen, und an der alten Sherman Bridge. Dort führte noch immer ein Stück der Magnetbahntrasse über die Cuckmere-Überflutung.

Natürlich war er direkt in eines der ungeplanten Sommergewitter geraten. Das nächste kündigte sich bereits an. Triefend vor Nässe quälte er sich mit seiner Stute durch verfilztes Buschwerk. Wenn ihn sein Kompaßring nicht täuschte, näherte er sich jetzt der Stelle auf der Eastbourne-Halbinsel, die er als *Neolithic Camp* in Erinnerung hatte. Von dort aus waren es nur noch anderthalb Meilen bis zur neuen Küstenlinie ...

Er hing mit rundem Rücken und lang schleifenden Beinen wie weiland Don Quichote auf seinem Pferd. Ständig wischten nasse Zweige durch sein Gesicht. Er machte sich nicht mehr die Mühe, das Wasser aus seinen rostroten Haaren zu schütteln. Es half ja doch nichts!

«Hoh!» rief er statt dessen. «Hoh, alte Wanderziege ... nur noch dies kleine Wäldchen ...»

Die Stute kletterte schnaubend an einem dichtbewachsenen Hang hoch. Sie zitterte vor Anstrengung.

«Da muß der alte Knochenbrecher Klingsor Haywood auch noch zum Pferdeschinder werden!» fluchte er und *«Ja, kakreiti nobiscum!»*

Seine Stimme krächzte nur noch, als er sich zum wiederholten Male mit seinem Lieblingsfluch Luft machte. «Zustände wie in der Felsenburg ...»

Natürlich wußte er, daß der Vergleich in keiner Weise zutraf. Außerdem hatte er das Alpenkloster von *Sacra San Michele* seit zwanzig Jahren nicht mehr gesehen. Die Felsenburg südlich des Mont-Blanc-Massivs war in seinen Träumen längst zum fernen

Hort des Grals, zum *Monte Verità* geworden. Und eines Tages würde er dorthin zurückkehren – auch wenn ein ganzer Kontinent aus heißen Wüsten, aus unwegsamen Einöden und mächtigen Gebirgen zwischen dem Paradies im Norden und der *Sacra San Michele* lag. In einer einzigen Nacht war er damals mit einem Ballon in einem schwierigen künstlichen Wetter fünfhundert Meilen bis nach Britannien geflogen. Seltsam, daß er sich gerade jetzt daran erinnerte ...

In diesem Augenblick beneidete er alle, die nicht auf einem alten Pferd mühsam durch nasses Dschungeldickicht reiten mußten. Er hatte einen ganzen Tag gebraucht, um die zwölf Meilen von *Glyndebourne* bis zur Halbinsel von Eastbourne zu überwinden.

«Hätte mich nie auf diesen Hofhund Shakes einlassen sollen!» fluchte er leise. «Mißtrauischer Geselle ... verstoßener Freigängerkandidat ... verkrachter Schauspieler ... schlitzohriger Zuträger für jeden hergelaufenen Commodore! Wieselt nur rum und beißt, wenn Seine Lordschaft es nicht sieht!»

Ein feines Zucken ging durch den Ring mit dem Kompaßstein. Klingsor trug das Signum des freien Ordens von *Greenpeas* am Mittelfinger seiner linken Hand. «Brrr!» sagte er und streifte den Stulpenhandschuh zurück. Der Kompaßstein sah wie ein naß glänzendes Tigerauge aus. Manche behaupteten, daß sich das Licht im Stein bewegen könnte. Er hatte es noch nie bemerkt.

Er blickte auf. Gleichzeitig kam ihm die Gegend wieder etwas bekannter vor. Die Hufe seiner Stute traten in eine Ansammlung von alten, rostig wirkenden Metallstücken. Sie sahen wie bemooste Reste von Helmen aus ... oder von Schädeln, bei denen hier und da die toten Augen zu Glastropfen erstarrt erschienen.

Klingsor erinnerte sich noch genau an den Tag, an dem er von der gegenüberliegenden Seite der kleinen Lichtung mitten im Tropenwald zwei Schüsse abgefeuert hatte. Die Bäume waren inzwischen gewachsen. Trotzdem erkannte er zwischen den stark und mächtig gewordenen Stämmen die beiden schräg gegeneinandergelehnten Menhire. Sie sahen wie ein steinzeitliches Hünengrab aus. Oder waren die Felsanordnungen aus vorzeitlicher Ferne ein Hinweis darauf, daß sich alles wiederholte?

Klingsor beschloß, noch eine Rast einzulegen. Er stieg vom Pferd und führte es vorsichtig zu den Menhiren. Die schräg über die Grundsteine gelegte Platte war nur von einer Seite aus zu sehen.

Er ließ die Stute los. Gleich darauf trat er mit den Stiefeln durch Farn und Moos in einen kleinen, sumpfigen Bach. Dort, wo sein Wasser einen der Felsbrocken berührte, schimmerte glitzernd ein Geflecht von winzigen Metalladern im Stein.

Der Sender hatte sich seit hundert Jahren nicht verändert. Klingsor versuchte seinen Kompaßring auf die Frequenz des Steines einzustellen. Nur wenige Minuten später fuhr ein plötzlicher Windstoß durch die Baumwipfel des Dschungels.

Die Sonne stand bereits am Horizont, als das Boot sichtbar wurde. Der junge Mann am Strand zuckte zusammen. Er hatte eine Weile nicht aufgepaßt, sondern dem schnellen, wilden Tanz der Wolken am Himmel zugesehen. Es faszinierte ihn, wie der Himmel am Horizont noch hellblau, rot und golden strahlen konnte, während über ihm bereits alles schwarz und violett brodelte.

Sein Amulett wurde wach.

Sofort legte er die rechte Hand auf die linke Seite seiner Brust. Das kleine, igelstachelige Amulett vibrierte so stark, daß es sich wie ein kleines Tier anfühlte. Und dann hörte er die schwache Stimme aus dem Amulett:

«*Commodore ruft Freigänger am THECAVENDISHHOTEL …*»

Er sprang hoch und winkte. «Hier bin ich … hier …»

«*Welche Freigänger-Formel ?*»

«Drei … nein, zehn … zwei … siebzehn …»

«*Rufname … ?*»

«Man heißt mich Olaf!» rief er aufs Meer hinaus. Der Wind kam so plötzlich von den Steilfelsen, daß er sich beinahe gegen ihn lehnen konnte. Das kleine Boot hatte schon fast die Brandungslinie erreicht. Und plötzlich lösten sich weiße Schaumfetzen von den schnell dunkler werdenden Wellen. Von einem Augenblick zum anderen veränderte das Wasser seine Farbe. Es wurde grünlich-schwarz, fast gläsern.

Der junge Mann am Strand ließ die Arme sinken. In seinem Gesicht arbeitete es. Obwohl er kaum etwas von den Kräften des Meeres verstand, spürte er instinktiv die Gefahr für das Boot. Es verschwand hinter Brandungswellen, schoß hoch hinauf in die Gischt und stürzte mit taumelnden Bewegungen wieder nach unten.

Olaf, der Freigänger, taumelte zwei, drei Schritte zurück. Die Wellen schäumten bis an seine nackten Waden. Die Wucht des Wassers wurde immer härter. Beinahe bösartig saugte das dunkle Meer Steine, Muscheln und Sand in seinen Schlund. Es war so gierig, daß es mehr fraß, als es verdauen konnte. Mit wütendem Getöse spie es immer wieder aus, was es gerade erst verschluckt hatte. Ein paar tangüberwachsene Kopfschalen der immer noch gefürchteten *Robbits* waren auch dabei …

Das Ufer bebte bei jedem neuen Wellenschlag. Olaf wußte nicht, was er tun sollte. Er hatte lange auf das Boot gewartet und wollte keinen Fehler machen.

Aber wo war es?

Für einen Augenblick hörte er sirrende Geräusche wie von schnellem Flügelschlag. Rief jemand? Kamen die *Robbits* wieder?

Olaf spürte nicht, wie sich bittere Gischt mit großen Regentropfen mischte. Die Wolken über den Felsen zogen nicht mehr weiter. Ein greller Blitz fuhr krachend an den Vogelnestern entlang, verbrannte Flaumfedern und Hunderte von Eiern.

Olaf wollte schreien. Der Schreck schnürte ihm die Kehle zu. Er riß die Arme hoch, öffnete den Mund so weit wie möglich und stolperte tiefer in die Brandung.

Doch da … was war das?

Ein *Robbit* … nein, ein Kopf im Strudel, ein Gesicht …

Olaf riß seine Pelzjacke vom Körper. Er schleuderte die Gürtel und sein Amulett weit auf den Strand zurück. Bisher war er nur in ruhigen Gewässern geschwommen, doch jetzt blieb keine Wahl.

Das Meer war wild und stark. Es riß ihn fort vom Ufer, schlug ihn mit immer neuen Wassermassen, brüllte ihn an, sobald er Luft zu holen versuchte. Dann zwang es ihn bis fast zum Grund hinab.

Etwas sehr Weiches, Tangartiges streifte seinen Körper. Er wußte nicht, warum er zupackte.

Der Mahlstrom schleuderte ihn wieder nach oben.

Mit einem röhrenden Geräusch holte er Luft in seine Lungen. Gleichzeitig spürte er, wie ihn das Weiche wieder nach unten ziehen wollte.

Ein neuer Blitz fuhr an den weißen Klippen entlang. Krachend stießen die schwarzen Wolkenberge über ihm zusammen. Das weiße Gesicht war plötzlich direkt vor ihm. Gleichzeitig erkannte er Scouty Natz. Der Commodore starrte ihn mit weit aufgerissenen Augen an. Er war es gewesen, der Olaf die Anweisung gegeben hatte, zu Mariä Himmelfahrt an den Kreidefelsen westlich von Eastbourne auf ihn zu warten …

Die Kraft des anderen nahm ab. Nur mühsam konnte er sich noch über Wasser halten. Der Mann aus den Wäldern schwamm gegen die Strömung an, ließ sich schräg abtreiben und nahm erneut den Kampf gegen die schäumenden Wellen auf.

Am Ostufer der Bucht kam ihm die Brandung zu Hilfe. Er trieb mit seiner Last genau in den Winkel der Brecher. Als hätte er ein Leben lang nichts anderes getan, gelang es ihm auf diese Weise, den Wellendruck für sich auszunutzen. Dennoch knickten seine Beine ein, als er wieder Grund unter den nackten Füßen fühlte. Halb taumelnd und halb kriechend schleppte er den Mann aus dem Boot an Land.

Er fühlte, wie das Blut in seinen Ohren hämmerte. Flach auf dem Bauch liegend, hoben und senkten sich seine Schultern. Die grellen Blitze wanderten nach Osten weiter. Beinahe so plötzlich, wie es gekommen war, zog das Abendgewitter weiter.

Als Olaf sich endlich aufrichtete, ließ auch der Regen nach. Die Felsen wirkten wie frisch gewaschen, einige weiß, andere grau und seifig glänzend. Im Rot des Abendhimmels zeigten sich wie zum Trost kleine Wölkchen über dem fernen Horizont.

Olaf wollte den Mann aus dem Boot umdrehen. Im gleichen Augenblick erkannte er, daß er nicht einen, sondern zwei Menschen gerettet hatte.

Der andere war ein Mädchen mit langen blonden Haaren. Sie sah so zart und zerbrechlich wie eine Märchennymphe aus …

2.
Klingsor Haywood

Die tobenden Wolken schütteten alles aus, was in ihnen steckte. Wie eine Wand aus weißen Wasserschnüren stürzte der Regen an den Menhiren vorbei zu Boden. Klingsor und seine Stute hatten gerade so viel Platz, daß sie nur noch von schäumenden Spritzern erreicht wurden.

Dort, wo der Bach den eingegrabenen Felsbrocken freigespült hatte, blinkte bei jedem neuen Blitz ein doppelter Funke auf. Haywood wußte zunächst nicht, was es war. Mit halbgeschlossenen Augen beobachtete er die seltsame Erscheinung, dann stieß er sich mit dem Rücken vom zweiten Menhir ab und ging auf das Blinken zu.

Er war noch nicht ganz heran, als er den *Robbit-Schädel* erkannte. Er sah genauso glänzend aus wie vor zwanzig Jahren. Er erinnerte sich noch genau, wie es gewesen war …

Die beiden Männer zügelten ihre dampfenden Pferde. Sie waren ein gutes Stück in gestrecktem Galopp durch die Senken zwischen den dichtbewaldeten Hügeln geritten.

«Da sind sie schon wieder!» rief der Lord. Er trug den Jagdhut an einem Lederband im Nacken. Klingsor Haywood hielt mit der rechten Hand die Zügel straff. Mit der Linken wischte er sich den Schweiß von der Stirn. Wer sie nicht kannte, hätte die beiden Männer für Vater und Sohn halten können. Sie wirkten beide groß, kräftig und ungestüm. Während Lord Rothschild sein rotblondes Haar in Wellen bis auf die Schultern fallend trug, hatte sein Begleiter ein Seidenband in seinen dicken Haarzopf gebunden.

«Wie ich sie hasse!» preßte Haywood zwischen den Zähnen hervor. «Es müssen Tausende sein, die sich hier an der Küste sammeln!»

«Solange sie nicht den Weg ins Land finden, stören sie mich nicht», rief der Lord. «Aber ich kann verstehen, daß die Bauern bereits mit Dreschflegeln auf alles prügeln, was mechanisch wirkt.»

«Damals in Australien konnte man die Karnickel ja noch essen. Wenigstens in den Anfangsjahren», knurrte Haywood. Er beugte sich vor, griff nach seiner Schrotflinte, lud durch und schoß bereits aus der Hüfte. Der doppelte Knall der alten Büchse ließ weiter vorn Blätter, Erdklumpen und Metallteile aufspritzen.

«Das hat doch keinen Sinn, Klingsor! Ihr vertreibt ein halbes Dutzend, und sofort kommen andere von allen Seiten, um zu sehen, wo es geknallt hat!»

«Diese verdammten *Robbits*! Ich kann mich einfach nicht daran gewöhnen, daß sie überall herumschnüffeln! Sie sehen alles, hören alles und riechen alles. Insekten sind nur lästig, wenn sie stechen, aber diese vollautomatischen Karnickel können einem den ganzen Spaß verderben, daß wir als Auserwählte das Recht besitzen, in Gottes freier Natur zu leben ...»

«Deswegen kommen die *Robbits* ja!» seufzte Lord Rothschild. «Sie sind Augen und Ohren und was weiß ich alles für die bedauernswerten *Wohlseyn*, die lebenslänglich in den verdammten Ring aus riesigen Konservenbüchsen rund um die Erde eingesperrt sind!»

«Allein in dieser Grafschaft sollen inzwischen einige tausend Schnüffelautomaten von einem Trutzdorf zum anderen eilen ...»

«Für jeden Ferntouristen einer», nickte der Lord. «Entsetzlich, wenn man sich vorstellt, daß überall im *Kontinuum Eckert* Menschen in irgendwelchen Gefühlssesseln liegen und ihre stellvertretenden Sinnesorgane in den *Robbits* über Land schicken.»

Die beiden Männer ritten langsam nebeneinander her. Sie kamen an der Stelle vorbei, an der nur noch der aufgerissene Boden an die Schüsse von Klingsor Haywood erinnerte.

Fast fünfzig ballgroße, metallisch aussehende Kugeln zuckten in wilder Aufregung unter den Büschen hin und her. Einige hatten Stelzbeine ausgefahren. Sie standen wie aufgespießte Köpfe an den Seiten des überwucherten Weges.

«Manchmal erinnern mich die Biester an Invasoren von einem anderen Stern!» knurrte Haywood. «Sie wirken irgendwie lebendig und sind doch nichts weiter als vorgeschickte Beobachter ...»

Drei Kugeln rasten in wildem Zickzack auf die Reiter zu.

«*Action-please* ...*! Das war wundervoll, Sir ... !*» plärrte die erste der Kugeln.

«*Fantastic ... !*» jauchzte die nächste.

«*Ein echtes Abenteuer ... !*» rief die dritte bewundernd. «*Und so gefährlich ... !*»

Lord Abel Rothschild preßte die Lippen zusammen.

«Schnell, Klingsor! Gebt Eurem Roß die Sporen, sonst haben wir in wenigen Minuten ein paar tausend *Robbits* auf dem Hals! Dort drüben fliegt bereits ein neuer Schwarm an ...»

Die beiden Männer duckten sich über die Hälse ihrer Pferde. Es gab nur eine Möglichkeit, den lästigen Plagegeistern zu entkommen. *Robbits* durften nichts Gewachsenes mutwillig verletzen. Durch diese Bestimmung war es ihnen unmöglich, die Reiter im Wald zu verfolgen. Sie hätten fliegen müssen, doch genau das durften sie zwischen eng stehenden Bäumen nicht ...

Nach zehn scharf gerittenen Minuten erreichten Rotschild und Haywood eine kleine Lichtung.

«Die sind wir erst mal los», lachte der Doktor.

«Freut Euch nur nicht zu früh, Klingsor! Dieses Land kommt mir schon fast wieder so versklavt vor wie unter Wilhelm dem Eroberer! Damals mußte ganz England um acht Uhr abends die Herdfeuer löschen.»

«Was hat das mit diesen Biestern zu tun?»

«Die *Robbits* sollen sich neuerdings für offene Feuer interessieren. Angeblich haben einige zugesehen, wie ein junger Bauer mit seiner Familie in seiner Kate verbrannte.»

«Ich dachte, das gibt es nur in den Steppen des Kontinents ...»

«Wir haben hier einige recht merkwürdige Spielregeln entwikkelt», sagte Lord Rothschild. «Ihr könnt nichts davon wissen, weil Ihr bisher nur in der Felsenburg gelebt habt. Aber hier in Britannien ist das Gewölbe des Himmels brüchig geworden! Es hat nicht mehr die alte Ordnung!»

«Ich hatte keine Ahnung, daß es bereits so schlimm ist. Bei uns haben wir die Meldungen von der *Robbits*-Schwemme eher als juristisches Problem angesehen.»

«Das ist es natürlich auch», nickte der Lord. «Nach dem Vertrag von Calais aus dem Jahre 2010 sind die Inseln Britanniens eine Art Naturschutzgebiet. Atomwaffenfreie Zone et cetera ...»

«Das war vor mehr als hundert Jahren! Inzwischen leben nahezu hundert Prozent der Menschheit im *Kontinuum Eckert*. Die Überlebensröhre rund um die Erde hat alles, was die *Wohlseyn* brauchen. Einen Atomkrieg hat es nie gegeben, deshalb verstehe ich nicht, warum die uns nicht einfach in Ruhe lassen!»

«Weil sie sich schlicht zu Tode langweilen», lachte der Lord sarkastisch. «Der Vertrag von Calais enthält nun einmal die Bestimmung, daß Britannien alle Touristen einreisen läßt, sofern sie nicht unter die Quarantänebestimmungen fallen ...»

«Aber das trifft doch auf jeden einzelnen *Wohlseyn* zu! Deren Vorfahren haben nun mal zu lange mit Kernenergie gespielt!»

«Vollkommen richtig», nickte der Lord. «Und weil niemand in den Naturschutzgebieten der Erde sie haben will, schicken sie ihre verdammten Ersatztouristen. Das ist ja gerade das Problem!»

«Wenn man nur irgendein Gift erfinden könnte, um ihnen allesamt den Eisenfraß aufs Fell zu schicken!»

Ein fernes, aufgeregtes Schnattern kam ziemlich schnell näher.

«Das sind sie wieder!»

Lord Rothschild preschte ein paar Meter zur Seite.

«Ich kann dieses ständige ‹*Action-please*› nicht mehr hören», rief er quer über die Lichtung. «Es macht mich krank, wie sie immer aufdringlicher betteln!»

«Sie sind nun einmal süchtig nach allem, was Aufregung und Spannung verspricht», antwortete Haywood. «Wahrscheinlich kann man nichts dagegen tun.»

Lord Rothschild ritt direkt neben dem Doktor. Er sah ihn nachdenklich an.

«Moment mal! Wißt Ihr, was Ihr da gerade gesagt habt?»

«Natürlich! Ich dachte bisher, daß man sie mit allen Mitteln bekämpfen muß. Aber je länger ich darüber nachdenke, um so aussichtsloser kommt mir jeder Widerstand vor.»

«Ihr seid ein heller Kopf, Klingsor! Ich hätte nicht gedacht, daß die *Erbsenzähler* vom Kontinent so vernünftig denken können! Dennoch hat Euer Orden einen ziemlich eigenartigen Namen! Wie kann man sich nur *Greenpeas* nennen!»

«Wohl wahr!» lachte Klingsor. «Aber das hat etwas mit den alten Rechten zu tun. Vor hundertfünfzig Jahren war *Greenpeace* noch ein eingetragener Verein. *Peace* wie *Frieden* und nicht wie

Erbsen, versteht Ihr? Aber die Angehörigen dieses Vereins verboten selbst den Schriftstellern von damals, Geschichten zu erfinden, in denen ihre Arbeit geschildert wurde! Vielleicht wollten sie nur unter sich bleiben, damit ihre Aktionen spektakulärer wirkten ...»

«Haben die ehemaligen Leute von *Greenpeace* nicht alles mögliche gezählt ... Bäume ... Seevögel ... und sogar Walfische?»

Klingsor schüttelte den Kopf.

«Sie haben nie etwas gezählt, sondern unter Einsatz ihres Lebens verhindert, wo andere Methoden versagten. Wir hingegen zählen und verhindern nicht, sondern sehen, suchen und beobachten. Doch was wir suchen, gibt es nicht mehr ...»

Lord Rothschild blickte den jungen, ernsthaften Mann von der Seite her an.

«Nicht mehr oder ... noch nicht?» fragte er wie beiläufig.

«Ihr wißt genausogut wie ich, warum die Erde im vergangenen Jahrhundert eine Klimakatastrophe nach der anderen überstehen mußte! Inzwischen ist es beinahe still und friedlich auf unserem Planeten geworden. Eine tödliche Stille, wenn man die Reservate einmal ausnimmt ...»

«Ihr meint, das bleibt nicht so?»

Klingsor Haywood lachte trocken.

«Das Ende kann schon morgen eintreten ... oder in tausend Jahren! Aber es wird kommen! Was wir im Augenblick erleben, ist nur ein Übergangszustand, in dem eigentlich kein Leben auf der Erde möglich ist!»

«Aber wir leben!»

«Im Schutz der Wälder!» nickte Klingsor. «Der größte Teil der Menschheit haust völlig isoliert im *Kontinuum Eckert*. Doch wenn das eintritt, was in der Felsenburg von *Sacra San Michele* schon längst vorausberechnet ist, kann unsere Erde auch diese letzte Zuflucht der Menschheit nicht mehr halten ...»

«Kann man denn gar nichts tun?»

«Doch», sagte Klingsor. «Beobachten und vorbereitet sein für den Tag, an dem das Zeichen der Zirruswolken erneut am Himmel zu sehen ist. Wenn diese Wolken wiederkommen, und wenn dann in besonderen Nächten auch noch leuchtende Lichtschleier hoch über uns ihren Zauber verbreiten, soll die Kraft des Lebens zurückkehren!»

«Und … wenn nichts dergleichen geschieht?»

«Dann werden keine weiteren Generationen des Menschengeschlechts entstehen!» sagte Klingsor Haywood. «Wir werden untergehen wie vor Jahrmillionen die Saurier und viele andere Lebensformen, die einmal diesen Planeten bevölkert haben!»

Lord Rothschild sah respektvoll zu seinem jungen Freund. Es gab da einige Dinge, über die er nicht informiert war. Obwohl er sich in seinem Reservat besser als viele andere auskannte, hatte er plötzlich das Gefühl, daß dieser junge Mann viel mehr wußte, als er sich anmerken ließ.

«Und es sind diese Fragen, mit denen sich der Orden von *Greenpeas* befaßt?» fragte er vorsichtig. Klingsor lächelte und nickte. Der Lord schwieg eine Weile, dann fragte er:

«Ich will nicht indiskret sein, aber … was wißt Ihr über Euch?»

«Da gibt es nicht viel zu erzählen», sagte Klingsor. «Ich bin jetzt zwanzig Jahre alt, davon habe ich vierzehn in der Felsenburg von *Sacra San Michele* verbracht. Wir studieren wissenschaftliche Aufzeichnungen aus den vergangenen Jahrhunderten … Meßergebnisse von Satelliten, Bohrungen aus der Tiefe der Ozeane und viele andere Beobachtungen. Die Daten über Kontinentalverschiebungen gehören ebenso dazu wie archäologische und astronomische Erkenntnisse. Vor ein paar Monaten erfuhr ich, daß ich nach Britannien geschickt werden sollte. Ich kam in einer Nacht fünfhundert Meilen in einem Wetterballon hierher. Das ist alles.»

Lord Rothschild nickte. Und dann wechselte er das Thema.

«Ich glaube, ich habe eine Idee», sagte er nachdenklich. «Wir sprachen doch vorhin über die *Robbits* … und meine Idee …»

«Hoffentlich eine … äh … langweilige …»

«Äußerst langweilig!»

«Das interessiert mich», grinste Haywood.

«Also gut! Aber es könnte sein, daß ich Eure Hilfe brauche. Mein Plan ist nicht ganz einfach, doch wenn er gelingt, könnten wir endlich diese verdammten Schnüffler aus dem *Kontinuum* loswerden!»

«Spannt mich nicht auf die Folter!»

Lord Rothschild hob theatralisch die Schultern.

«Soll ich nun langweilig sein oder nicht? Also hört zu! Was haltet Ihr davon, wenn wir in meinem Schloß eine uralte Tradition wieder aufleben lassen?»

«Dazu müßte ich zunächst wissen, welche Tradition Ihr meint. Wollt Ihr ein Schloßgespenst wiederbeleben? Eine Ahnfrau oder irgendeinen seufzenden Geist?»

Lord Rothschild schwieg beleidigt. Doch dann gab er sich einen Ruck. «Bis zum Ende des zwanzigsten Jahrhunderts wurden in *Glyndebourne* während der Sommermonate Opernaufführungen veranstaltet. Das ganze Theater spielte sich vorwiegend außerhalb des Vorführraums ab. Man zelebrierte die feine alte Lebensart mit Butlern, Picknick im Grünen, Smoking und Abendkleid bereits am Nachmittag et cetera, et cetera ...»

«Und? Wie geht es weiter?»

«Ich habe mir neulich die alten Holografien angesehen. Wenn wir das reaktivieren könnten ... diesen unvorstellbar langweiligen Snobismus ... Klingsor, ich schwöre Euch, damit könnten wir ein für allemal die ganze Bande ungebetener Besucher aus dieser schönen Grafschaft vertreiben!»

«Ein Bluff? Theater, bei dem halb Sussex mitspielt?»

«Eine perfekte Inszenierung», nickte der Lord begeistert. «Die anderen müssen glauben, daß wir in Dekadenz und starre gesellschaftliche Rituale zurückgefallen sind. Nur das kann uns hier unten genauso uninteressant machen wie die tödliche Langeweile in den Konservendosen rund um die Erde!»

«Kein ‹*Action please*› mehr?»

«Nicht das geringste ...»

Die Idee war großartig gewesen. Haywood spürte auch noch nach zwanzig Jahren die Begeisterung, mit der Lord Rothschild die Sache damals in die Hand genommen hatte.

Schauspieler, Sänger und ein Orchester wurden zusammengestellt. Schon das war eine bravouröse Leistung, ja fast ein Wunder. Noch viele Jahre später war Lord Abel Rothschild fest davon überzeugt, daß es nur seiner ungewöhnlichen Idee zu verdanken war, daß sich aus vielen Trutzdörfern und einsam gelegenen Waldhöfen im Bannforst Zweitsöhne, Fehltöchter und manchmal sogar ganze Familien in *Glyndebourne* eingefunden hatten.

Menschen, die ein Jahrhundert lang auf strengste Abschirmung geachtet hatten, die sich gegenseitig erschlugen oder in großem Bogen einander auswichen, waren auf einmal bereit, miteinander Spielszenen, Musikstücke und Gesänge einzuüben …

Alle Beteiligten achteten darauf, daß möglichst viele *Robbits* zusahen. Schon bald hatten die Schnüfflerkugeln zu Hunderten unter den Büschen gehockt. Und ebenso programmgemäß hatten sie alles ganz «*fantastic*» gefunden …

Erst als die Proben immer endloser wurden, verloren sie nach und nach ihr Interesse. Bereits im zweiten Jahr kamen nur noch drei Dutzend. Und dann blieben sie völlig aus.

Vor zehn Jahren waren dann zwei menschlich aussehende Besucher aus dem *Kontinuum Eckert* zu einer Premiere erschienen. Seltsamerweise war es ihnen gelungen, alle Quarantänekontrollen anstandslos zu passieren.

Für zwei, drei Jahre folgte noch einmal ein Ansturm wie seinerzeit durch die *Robbits*. Aber die neuen Touristen waren längst nicht mehr so begeisterungsfähig wie ihre automatischen Stellvertreter. Unnahbar, fremdartig und auffallend desinteressiert hatten sie sich alles angesehen, ohne mit der Wimper zu zucken.

Und dann waren die steifen, humanoid wirkenden Besucher aus dem *Kontinuum Eckert* ebenfalls ausgeblieben. Knapp ein Jahr später verließen junge Mädchen und Jünglinge erstmalig ihre Familien. Sie wurden Freigänger …

Klingsor wurde durch die Stute aus seinen Gedanken aufgeschreckt. Der Regen hatte nachgelassen.

«Ja, ja, ich kann es selber sehen», sagte er. Er nahm die Zügel und ging mit vorsichtigen Schritten am Bach entlang. Büsche und Bäume ließen noch immer ihre Blätter hängen. Auf diese Weise konnte Klingsor wieder erkennen, in welche Richtung er zu gehen hatte …

Zur gleichen Zeit erwachte einen halben Tag nördlich Konstanze aus einem schweren, unruhigen Alptraum. Goldenes Abendlicht erfüllte die winzige Mansarde.

Alles war still. So still, daß sie sich mit halbgeöffnetem Mund vorbeugte und ruckartig in die verschiedenen Ecken des kleinen Raumes sah. Sie saß auf einem alten Holzbett mit zerwühlten, steif wirkenden Bezügen. Ein Stuhl mit schrägen Holzbeinen und einer geschnitzten Lehne, eine hölzerne Fußbank, ein Tisch vor dem einzigen Fenster des Raumes und ein Kleiderschrank bildeten die ganze Einrichtung.

Sie stand auf und ging vorsichtig zum Fenster. Die Dielenbretter unter ihren nackten Füßen fühlten sich warm an. Sie strich sich über das lange, mit gestickten Verzierungen bedeckte Nachthemd. Wenn sie nicht alles täuschte, trug es noch alte Monogramme.

Kopfschüttelnd ging sie am Schrank vorbei. Direkt dahinter entdeckte sie zwei Türen. Die erste war halb geöffnet. Sie führte in eine winzige Sanitärkabine mit einer Dusche, die ganz und gar nicht zu der übrigen Einrichtung paßte. Jetzt sah sie auch ihre Kleidungsstücke. Sie erinnerte sich, daß sie sich in der Sanitärkabine ausgezogen hatte. Ein Stapel neuer Kleidungsstücke lag in einer Regalnische. Daneben entdeckte sie Handtücher, Flaschen mit schillernden Ölen, Seife und einige altmodische Gerätschaften für die Körperpflege.

Sie nahm eine Bürste aus dem Regal. Sie hatte weiche Borsten und eine silbern ziselierte Platte auf der Rückseite. Vorsichtig strich sie über ihr braunes Haar. Die Bürste knisterte, und als sie zu einer neuen Bewegung ansetzte, blieben die Haare mit kleinen Funken an ihr hängen.

Sie legte die Bürste wieder weg, beugte sich über das Waschbekken aus glattpoliertem Stein und drehte an einem Knebelrad mit Porzellanspeichen. Im ersten Augenblick gluckerte es nur in der Leitung. Dann schoß mit wilden Spritzern kaltes Wasser aus dem Hahn.

Konstanze wich zurück. Sie stieß einen kleinen Schrei aus, erschrak über den Klang der eigenen Stimme und drehte schnell den Strom des Wassers kleiner. Genüßlich hielt sie ihre Handgelenke unter den Strahl. Sie wusch ihr Gesicht und hatte plötzlich das Bedürfnis, sich ganz zu duschen.

Schnell schlüpfte sie aus dem altmodischen Nachthemd. Sie sah sich in einem großen Spiegel zwischen dem Waschbecken und der Tür. Für einen Augenblick leuchtete das goldene Sonnenlicht auf ihrem ganzen Körper. Er kam ihr schöner vor, als sie ihn je gesehen hatte. Voller Bewunderung entdeckte sie ihr eigenes Ebenmaß der Proportionen, die langen, wohlgeformten Beine, die weichen

Hüften und die schmale Taille. Sie legte ihre Hände um die vollen Brüste, strich sich am Hals entlang mit den Fingerspitzen bis zu den Ohrläppchen und reckte sich mit ausgestreckten Armen.

Seltsam ... sie hatte ganz vergessen, wie sie aussah ...

Während sie mit schnellen Handgriffen die Wärme des Duschwassers regulierte, fragte sie sich, was eigentlich mit ihr geschehen war. Sie stellte sich unter den Schauer und vergaß für einige Minuten, was ihr eben noch unklar gewesen war. Schäumendes Öl reinigte ihre Haut. Sie duschte lange und ausgiebig. Dann stellte sie das Wasser kalt, stöhnte und lief unter der Dusche weg zu den Handtüchern.

Zitternd vor Wohlgefühl hüllte sie sich ein. Sie achtete nicht darauf, daß sich das Wasser automatisch abstellte. Mit bloßen Füßen ging sie in die Mansarde zurück. Das Licht war eine Spur dunkler geworden. Noch immer schien es wie ein fernes Feuer vom Horizont her bis in ihre Kammer. Sie ging zum Fenster und blickte hinaus.

Die einzelnen Gebäude des Schlosses lagen bereits im Halbdunkel. Nur über den Dachfirsten leuchteten feucht und dampfend Ziereisen und alte Giebelreiter. Aus den Röhren über gemauerten Kaminschloten stieg weißer Rauch in den Abendhimmel. Dahinter erkannte sie in einiger Entfernung glänzende Buschgruppen, golden leuchtende Wiesen und den schwarzen Saum der Wälder.

Irgendwo sehr weit hinten mußte Eastbourne liegen ...

Eastbourne?

Sie fuhr erschreckt zusammen. Ein scharfer Schmerz zuckte durch ihren Kopf. Sie rang nach Luft. Das Handtuch rutschte von ihren Schultern, und ihre ausgestreckten Hände suchten nach einem Halt. Urplötzlich hatte sie Angst vor sich selbst. Wer war sie? Wie kam sie in die winzige Mansarde? Und warum kannte sie Namen, die sie nie zuvor gehört haben konnte?

Aber sie wußte, daß es einen Ort namens Eastbourne gab! Er lag an der Küste des Meeres zwischen Britannien und ... und ...

Sie hatte plötzlich das Gefühl, zu ersticken. Mit schwankenden Bewegungen stolperte sie zum Fenster. Es hatte einen schweren, modern wirkenden Verschluß und Dreifachscheiben.

Wozu brauchte man Dreifachscheiben in diesem alten Schloß? Ohne zu denken, öffnete sie das Fenster. Sie wußte nicht, wie sie es machte, aber es gelang. Ein Strom von frischer, feuchter Luft drang in die Kammer. Es roch nach Minze, grünem Gras und Blumen. Die Erde selbst schien den Geruch von Leben auszuströmen ... von Pflanzen, Bäumen, Tieren ...

Aber es war alles ganz genauso wie in ihren Träumen!

Und plötzlich überkam sie eine furchtbare Angst. Sie wußte nicht mehr, ob sie die Konstanze nur als Projektion erlebte oder ob sie ... ob sie tatsächlich auf der Erde angekommen war.

«Es ist unmöglich!» hauchte sie. «Niemand aus dem *Kontinuum* kann körperlich die *Wohlseyn-Welt* verlassen! Aber ich weiß, daß ich hier bin ... ich kann es sehen, fühlen, riechen ...»

Ganz langsam drehte sie sich um. Sie brauchte eine Weile, bis sie die warmen, in goldenes Abendlicht getauchten Einrichtungsgegenstände der Mansarde als dinghaft akzeptieren konnte. Nein ... so perfekt und realistisch war selbst das beste *«sensitive Wohlseyn»* nicht!

Im gleichen Augenblick erkannte sie den Kreis auf den hölzernen Bodenbrettern. Er wirkte wie mit einem Kalkstück aufgemalt.

«Wenn du den Kreis siehst, wird deine Rolle Wirklichkeit!»

Wer hatte das gesagt? Sie schloß die Augen und versuchte sich zu erinnern. Gleichzeitig spürte sie, wie immer mehr von dem verlorenging, was außer der Konstanze noch in ihr war. Sie vergaß so schnell, daß sie sich plötzlich nicht einmal mehr an die Bedeutung des Kreises auf dem Boden erinnern konnte.

Als sich das goldene Licht der Sonne endgültig aus der Kammer unter dem Dach des Schlosses stahl, senkte sich auch über das junge Mädchen der Schleier jenes Übergangs, der einen Tag vom Traum und *Außenwelten* von der *Innenwelt* der Menschen trennt. Sie glitt zu Boden, und ihre Hand erreichte gerade noch den Kreis.

Noch ganz in Gedanken versunken, sah Klingsor Haywood das Meer erst, als seine Stute stehenblieb.

«Mein Gott, du alte Wanderziege!» rief er erleichtert. «Hast du es tatsächlich gefunden ...»

Im Osten war es bereits dunkel. Nur im Westen lag noch ein dunkelroter Lichtstreifen über dem Wasser. Auf einen Mann, der zwanzig Jahre im Inneren des Waldlandes gelebt hatte, mußte die weite, in unterschiedlich dunklen Schattierungen gefärbte Fläche des großen Wassers wie ein großer Zauberspiegel wirken.

«Sieh dir das an!» sagte er zu seiner Stute. «Das ist das Meer! Kannst du dir vorstellen, daß hier einmal Tausende von Menschen gelebt haben? Daß weiße Schiffe über das Wasser flogen ... und daß es Autostraßen gab mit Wagen ohne Pferde, dicht an dicht ...»

Die Stute schnaubte verächtlich.

«Doch, doch, das gab es hier, ehe die Menschen nicht mehr in Häusern leben wollten!»

Er nahm die Zügel fester in die Hand. «Höh!» sagte er und dann noch einmal: «Höh!»

Die Stute schnaubte, ehe sie vorsichtig den steilen Hang bis zu den überwucherten Ruinen hinunterstieg.

«Na ja», nickte Haywood. «Das geht wohl doch über deinen Verstand!»

3.
Der Commodore

Das Feuer im gemauerten Kamin knisterte angenehm. Unter dem alten Eisenrost sprühten die Funken auf, und eine belebende Wärme durchzog den hohen, mehrfach unterteilten Raum.

«Ich muß schon sagen …» knurrte der kleine, zählebige Beobachter. Commodore Natz war weder ein Freigänger noch ein Seßhafter. Er gehörte zu keiner der vielen Gruppen, Sippen und Familien im Reservat, sondern stammte vom Kontinent.

Er lag mit ausgestreckten Beinen in einem weichen Sessel. Seine knorrigen Hände hielten einen Becher mit heißem, nach Kräutern duftendem Grog. Wie alle Möbelstücke der improvisierten Einrichtung war auch der Becher ein Produkt aus der *Machbar* neben dem Kamin.

Commodore Natz hatte das Ausrüstungsdepot bereits vor mehreren Jahren im alten Speisesaal des *THECAVENDISHHOTEL* aufgestellt. Man munkelte, daß er sogar im *Turm der Reisenden* eine besondere *Machbar* versteckt haben sollte.

«Also, ich muß schon sagen, Olaf … das war wohl ziemlich knapp für uns, nicht wahr?»

Der junge Mann aus den Wäldern nippte an seinem Grog. Der heiße Alkohol rann schwer durch seine Adern. Er war nur hin und wieder eine Schale mit dünnem Met gewöhnt, die ihm ein Köhler oder ein Seßhafter reichte. Die ganze Zeit hatte er keine Spur von Müdigkeit empfunden, doch jetzt überkam ihn allmählich ein schläfriges Gefühl.

Seine Gedanken schwebten wie auf weichen Wellen durch den Raum. Es war, als würde er sich selbst dabei beobachten, wie er den Commodore und das Mädchen ansah. Auch ohne Grog und ein wärmendes Feuer war sie das schönste Mädchen, das er je gesehen hatte …

Unter anderen Bedingungen hätte er sich niemals so weit von sich selbst entfernt. Freigänger hatten das Recht, zu jedem Augenblick ihren eigenen Empfindungen zu folgen. Sie konnten gehen, wohin sie wollten, stehenbleiben, wann es ihnen beliebte, sich mitten auf eine Wiese setzen und sogar dort bewegungslos verharren, wo andere Weg für sich beanspruchten.

«Ich kann es immer noch nicht verstehen», sagte das Mädchen mit geschlossenen Augen. Sie lag mit ausgestreckten Beinen in einem Sessel vor dem Kamin. Der kleine Commodore hatte für sie und für sich selbst neue Kleidungsstücke aus der *Machbar* geholt. Sie trug jetzt einen weich fallenden, samtgrünen Hosenanzug, pelzartige Stiefel und einen golddurchwirkten Gürtel, der vorn sehr breit war und von den Hüften an in ein schmal nach hinten führendes Band überging.

Scouty Natz selbst hatte sich wie ein Reisender des neunzehnten Jahrhunderts am Ende eines langen Tages angezogen. Er trug dunkle Hosen mit Biesen an den Nähten, eine schenkellange Hausjacke mit Kordelpaspelierungen und Knebelknöpfen. Die langen, weichen Kragenspitzen seines gelben Hemdes verdeckten eine locker um den Hals gelegte Samtschleife.

«Ich überlege schon die ganze Zeit, wie ich diesen verdammten Fehler machen konnte», sagte er.

«Sagtet Ihr nicht, daß Ihr die Wetter von Britannien kennt wie sonst kein anderer?» fragte sie. Scouty Natz knurrte unwillig.

«Das will ich meinen! Aber es wird jetzt von Jahr zu Jahr schwieriger, Voraussagen zu treffen. Wir wissen viel zuwenig über die neuen Klimabedingungen auf der Erde. Früher, ja früher gab es Millionen von Zahlen und Daten. Die gesamte Erde wurde Tag und Nacht vom Himmel aus beobachtet. Satelliten nannte man diese Wundersterne damals. Und dennoch konnte niemand sagen, ob es am nächsten Tag regnen würde oder nicht ...»

«Liegt das nicht auch an dieser ... Überflutung?» fragte das Mädchen. Der Commodore schüttelte den Kopf.

«Nein, das kam später, als Abgase die Atmosphäre immer weiter aufheizten. Glücklicherweise war die Menschheit bereits in ihrer neugebauten Röhre, als auch noch diese riesige Eisscholle in der Antarktis ins Meer rutschte ... aber das hat im Grunde nichts mit der Unbeständigkeit des Wetters zu tun. Nein, nein ... hier in Britannien bahnen sich ganz andere, ungeheure Dinge an.»

«Soll ich Euch deshalb durch den Dschungel bis nach *Glynde-*

bourne führen? Wollt Ihr in dieser Gegend nach *Mesmeristen* suchen?»

Der Commodore lachte. «Vor ein paar Jahren gab es die vielleicht noch, aber inzwischen stimmt überhaupt nichts mehr! Die Erde spielt schon seit Jahrzehnten verrückt! Ja, ja, ich weiß! Die Meere sind viel größer geworden. Wo einmal Wüste war, blühen inzwischen Blumen, und in den ehemals gemäßigten Regionen wuchert der Dschungel. Doch das kann alles Zufall sein! Mich interessiert viel mehr, wer jetzt nach *Glyndebourne* kommt und dabei unauffällig die Weichen für die Zukunft stellt!»

«Vielleicht die *Elaboraten*», sagte Olaf.

«Wie kommst du denn auf die?»

«*Elaboraten* können zaubern», sagte Olaf ernsthaft. «Sie haben seltsame Geräte, und sie verstehen, was die Erde spricht ...»

Der Commodore sah ihn plötzlich starr an.

«Das ist doch Unsinn!» lachte das Mädchen. Es klang nicht besonders sicher. Der Commodore bewegte sich nicht einen Millimeter.

«Auf jeden Fall hast du uns gerettet», sagte sie leise. Olaf sah verlegen zu Boden. Als er den Kopf wieder hob, trafen sich ihre Blicke. Im gleichen Moment fühlte er sich selbst wie von einem Wetterleuchten gefangen. Er wußte nicht, woran es lag ... am knisternden Feuer im Kamin ... am heißen Grog ... oder am Licht, das plötzlich vom gesamten Körper des Mädchens ausging.

Die zarte, vollkommen reine Aura hüllte ihn ein ... nur ihn und das Mädchen. Es war, als würden sie für einen Augenblick der Ewigkeit gemeinsam *dreamen* ...

Der Commodore zerstörte die Stimmung.

«Ich hätte mir gleich denken können, daß ihr euch gefallt!» lachte er laut. Er wandte sich an das Mädchen: «Na ... habe ich zuviel versprochen?»

Sie warf ihm einen ärgerlichen, beinahe bösen Blick zu. Verwirrt strich sie sich durch ihre blonden Locken. Ein Hauch von Rot flog über ihre Wangen.

«Das war nicht fair!» sagte sie und vermied es, Olaf anzusehen. «Wenn ich konsequent wäre, könnte ich unsere Vereinbarung jetzt durch ein ‹*TILT*› außer Kraft setzen!»

«Da irrst du dich!» sagte der Commodore hart. «Begreif doch endlich, daß dies hier eine echte Welt ist ...»

«Trotzdem stand *Liebe auf den ersten Blick* nicht auf meiner Verbotsliste!»

«Vergiß es!» sagte Natz verächtlich. «Sonst kommen wir bis übermorgen nie nach *Glyndebourne*! Und wenn wir das nicht schaffen, haben wir keine Chance mehr!»

Olaf hörte die Worte, doch er verstand sie nicht.

Aber ein anderer hatte verstanden. Durch eine notdürftig geflickte Mauer an den Balkonresten des *THECAVENDISHHOTEL* war Klingsor Ohrenzeuge der ganzen Unterhaltung geworden. Natürlich hätte er bei Flut seinen Beobachtungsposten nicht erreichen können. Doch jetzt war Ebbe, deshalb waren ihm die Spuren im Schlick zwischen der Wasserlinie und der Hotelruine sofort aufgefallen ...

Er hatte seinen Freigänger gefunden!

Doch damit war das Problem noch lange nicht gelöst, Klingsor wußte nur zu gut, daß sich Freigänger nichts befehlen ließen. Die Einzelgänger des Reservats hatten das Recht, jede Gemarkung zu überschreiten. Sie fühlten sich als Teil des Waldes, der Hügel und der Bäche. Einige sprachen mit Tieren ebenso selbstverständlich wie mit Bäumen, Wolken und mit Felsen. Und die besonders Glücklichen konnten bei Nacht sogar die Sterne sehen ...

Klingsor dachte daran, daß eigentlich jede Gruppe im Reservat unterschiedliche Fähigkeiten behalten hatte ... die einen Kenntnisse über die Technik, andere verstanden sich auf die natürlichen Zusammenhänge des Wachsens und Vergehens, und wieder andere lebten nach Regeln, wie sie vor über hundertfünfzig Jahren der Traum von Aussteigern gewesen waren.

Als die Luken überall am *Kontinuum Eckert* versiegelt worden waren, hatte knapp eine Million Menschen das Recht erhalten, weiterhin auf der Erde zu leben ... jeder nach seiner Fasson ...

Klingsor lauschte den Stimmen aus dem Inneren der Ruine. Er wußte, daß die Freigänger eine besondere Sensibilität besaßen. Sie waren nicht nachtblind wie viele andere, aber sie hatten ebensoviel vergessen wie die Menschen, die außerhalb der schützenden Röhre um die ganze Erde lebten. Trotzdem hatte Klingsor schon seit Jahren den Verdacht, daß Freigänger die ersten Vorboten eines neuen Umschwungs waren.

Es konnte mit den neuen Besuchern aus dem *Kontinuum* zusammenhängen, mit der Unruhe, die nach Jahrzehnten des Niedergangs viele Bewohner der Wälder erfaßt hatte, oder auch ganz direkt mit der immer gefährlicher werdenden Sonnenstrahlung …

Die Erde hatte schon seit hundert Jahren kein Magnetfeld mehr. Gerade noch rechtzeitig waren Milliarden in die gewaltige Röhre mit einem neuen, künstlichen Magnetfeld geflohen. Doch dann schien alles nur Hysterie und das Ergebnis einer weltweiten Panikstimmung gewesen zu sein, denn dort, wo sich der neue Dschungel in Britannien bildete, lebten die Menschen weiter.

Gut hundert Jahre lang bemerkte kaum jemand die Folgen. Veränderungen, die sich erst nach und nach ergaben, hätten genausogut mit einem schützenden Magnetfeld auftreten können. Jedenfalls glaubten das die Menschen. Sie nahmen Nachtblindheit in Kauf, Mißgeburten und seltsam flammend vom Himmel regnende Steine.

Noch in den ersten Jahren schluckten die meisten Reservatsbewohner Tabletten mit dem Hormon *Melatonin*. Ende des zwanzigsten Jahrhunderts hatten Versuche nachgewiesen, daß sich dieses Hormon in magnetfeldfreien Räumen schnell zersetzte. Das wiederum war die Ursache für die meisten Störungen, die nach dem Jahre 2034 die zurückgebliebenen Menschen veränderte. Natürlich tat der harte Sonnenwind ein übriges. Kosmische Strahlung wurde nicht mehr von der Erde abgehalten, Bienen verloren ihre Fähigkeit, sich zusätzlich zum Sonnenlicht zu orientieren, Vögel flogen nicht mehr nach Süden, und eines Tages entdeckten Freigänger, daß sie sich wie mit einem zweiten Ich selbst beobachten konnten.

Ähnliche Fähigkeiten der Psyche hatte es auch in den vergangenen Jahrtausenden gegeben, doch erst den Freigängern gelang es, ganz bewußt aus einer Situation auszusteigen und sich für einen unbestimmten Zeitraum aus der Realzeit fortzustehlen.

Freigänger konnten *dreamen*.

Auf der anderen Seite der Mauer war es inzwischen still geworden. Klingsor lauschte noch eine Weile, während er überlegte, ob er hierbleiben oder zu seiner Stute zurückgehen sollte. Er hatte sie in der Ruine der alten Molkerei etwas hangaufwärts untergestellt. Dort gab es einen Flecken, an dem noch wilder Hafer wuchs. Außerdem hatte er eine Pumpe an einem alten Löschbrunnen entdeckt. Sie funktionierte noch, wenn er von oben etwas Wasser eingoß.

Klingsor machte sich nichts vor. Er wußte inzwischen, daß der Freigänger zwei Menschen aus dem Meer geholt hatte. Wer die Frau oder das Mädchen war, konnte er nicht sagen, aber die Stimme des Commodore hätte er durch jede Mauer wiedererkannt!

Seit hundert Jahren bestand eine natürliche Feindschaft zwischen den Commodores und der Bruderschaft von *Greenpeas.*

Die Commodores galten von Anfang an als die offiziellen Erdegenten der *Wohlseyn.* Nachdem die Schotten der Ringwelt endgültig verschlossen worden waren, hatten nur noch die früheren Außenmechaniker Zugang zur Erde. Sie waren es, die regelmäßig die Befestigungspylone, die Magnetfeldlager in den Stützpfeilern und die noch immer mit der Erde verbundenen Versorgungseinrichtungen überprüften, warteten und sicherten.

In den ersten Jahren hatte es immer wieder Zusammenstöße und erbitterte Auseinandersetzungen zwischen Commodores und den zurückgebliebenen Naturschützern gegeben. Erst ganz allmählich war es zu einer Art Burgfrieden gekommen, indem man sich soweit wie möglich aus dem Weg ging.

Die Commodores meldeten ihre Erdbesuche rechtzeitig an, und die Angehörigen des zunächst noch nicht geheimen Ordens von *Greenpeas* sorgten dafür, daß weder die neuen Nomadenstämme noch die Seßhaften aus den Reservaten mit den Besuchern aus dem *Kontinuum Eckert* zusammentrafen.

Zwei Welten, zwei Schutzorganisationen. Und jede hielt sich für die eigentliche Elite …

Mit zunehmender Entfremdung verloren die ursprünglichen Aufgaben mehr und mehr an Bedeutung. Die Mechaniker, Ingenieure und Techniker der ersten Generation wurden nach und nach durch automatische Überwachungs- und Reparaturmaschinen ersetzt. Fünfzig Jahre nach dem Auszug der Menschheit in ihre großartige Kunstwelt kamen auch die Commodores immer seltener zur Erde. Und wenn sie auftauchten, blieben sie nicht in der Nähe der Röhre, die Europa ungefähr in Höhe des 47. Breitengrades überspannte. Sie begannen die leer gewordene Erde zu erkunden.

Die neue Generation bestand von Anfang an aus Einzelgängern. Auch der Orden der *Greenpeas*-Leute veränderte sich. In weniger als einem Jahrhundert entstand aus der Verwaltung für eine leer gewordene Erde ein esoterischer Geheimbund. Die ursprünglichen Nachrichtenverbindungen und amtlichen Informationswege zwischen der Erde und dem *Kontinuum* wurden schon lange nicht mehr benutzt. Selbst das weltweite Frühwarnsystem entlang der Röhre hatte längst seine Bedeutung verloren.

Nach und nach brachen auch noch die letzten Kontakte zwischen den Commodores und den Vertretern von *Greenpeas* ab. Jeder lebte für sich allein. Während die *Wohlseyn* kein Interesse mehr an der Erde zeigten, nahmen die Menschen in den Reservaten kaum noch Notiz von der endlosen Ringwelt, die sich als grau gewordene Röhre über Hügel und Steppen, Ozeane und Gebirge spannte.

Erst nach dem Übergang vom einundzwanzigsten zum zweiundzwanzigsten Jahrhundert hatte eine ganz neue Art von zweiseitiger Kommunikation begonnen. Zwar kamen noch immer keine echten Kontakte zustande, doch plötzlich tauchten in Abständen von wenigen Monaten vollkommen andere Commodores auf. Sie waren zurückhaltend und höflich, mischten sich niemals in die Angelegenheiten der kleinen Dorfgemeinschaften und stellten *Machbars* in neuen Türmen auf, die sie über Nacht errichteten.

Bei *Greenpeas* wurden alte Dokumente aus den Archiven hervorgeholt. Viel zu bereitwillig verzichtete die früher einmal kämpferische Bruderschaft auf jede Auseinandersetzung mit den Commodores. Man konnte vor sich selbst nachweisen, daß Commodores sich zu Recht auf der fast ganz verlassenen Erde umsahen …

Noch einmal, Anfang des zweiundzwanzigsten Jahrhunderts, protestierte *Greenpeas*. Die Ordensbrüder in der Felsenburg von *Sacra San Michele* zerstritten sich über die Frage, ob sie die neu auftauchenden, vollautomatisch beobachtenden *Robbits* billigen oder energisch gegen ihren Einsatz vorgehen sollten. Da sich die frechen Kugeln schließlich auf Britannien konzentrierten, verloren die ehemaligen Naturschützer südlich der Alpen nach und nach jedes Interesse an *Robbits*, Commodores und an den Eigenbrötlern im fernen Reservat …

Dort hatten siebzig Jahre Isolation, der neue Wildwuchs in den Wäldern und das stets feuchte, warme Klima zu einer Rückbesinnung auf sehr alte Formen des Zusammenlebens beigetragen. Zeit und Raum, Recht und Zahl, Vergangenheit und Zukunft hatten keinen gemeinsam akzeptierten Nenner mehr. Genaugenommen existierte nicht einmal eine gemeinsame Zivilisation in den Wäldern Britanniens …

Und doch mußte es etwas geben, was Jahr für Jahr vollkommen unterschiedliche Gruppen veranlaßte, an einem ganz bestimmten August-Wochenende in *Glyndebourne* einzutreffen!

Klingsor tastete sich durch das Dunkel der Nacht. Wie viele andere war er hilflos und blind, sobald die Sonne unterging. Er tappte immer weiter, bis er an den Geräuschen erkannte, daß schräg unter ihm das Meer sein mußte. Gleichzeitig fiel ihm auf, wie lange er nicht mehr über sich selbst, die Röhre, die Commodores und den Sinn der Opernaufführungen nachgedacht hatte.

An eine Rückkehr der *Wohlseyn* zur Erde war nicht zu denken. Sie würden verhungern, wenn es ihnen in den Sinn käme, in eine Welt einzufallen, die nicht mehr auf die Versorgung von Milliarden vorbereitet war. Unter umgekehrten Vorzeichen würde es ihnen mit tödlicher Sicherheit ebenso gehen wie früheren Ureinwohnern bei ihren ersten Kontakten mit sogenannten zivilisierten Eroberern. Doch auch das Gegenteil würde eintreten:

Kein *Wohlseyn* war frische Luft gewohnt. Heuschnupfen, Allergien, Grippe und Lungenentzündungen waren das mindeste, was die Vermessenen erwartete.

Klingsor schüttelte energisch den Kopf. Wie wollten diese seit hundert Jahren verweichlichten Menschen auf einer Erde überleben, die wieder Malaria und Pocken, Gelbfieber und Tollwut kannte. Sicher – sie hatten wahrscheinlich Medikamente. Aber wer sollte sie davor schützen, gegen die Bäume zu laufen, die hier ganz anders wuchsen als in Normsystemen …

Nein – die Milliarden konnten nicht mehr zurück!

Die Erde war groß und leer, aber sie hatte keinen Raum mehr, der wieder ausgebeutet und erobert werden konnte. Das war nur einmal in den vergangenen Jahrtausenden möglich gewesen!

Aber was dann?

Klingsor legte den Kopf in den Nacken. Von allen Dingen, die ihm unbekannt waren, hätte er gern einmal in seinem Leben die Sterne am Nachthimmel gesehen. Er kannte Fotos und Gemälde vom Wunder der glitzernden und strahlenden Lichtpunkte am Firmament, aber es gab nur noch ganz wenige Menschen, die selbst die Sterne in der Nacht erkennen konnten.

Für viele Jahre war die dichte Wolkendecke ein Grund dafür gewesen. Sie war es auch, die den Treibhauseffekt verursacht hatte. Dann rissen die Wolken tagsüber allmählich auf. Die Sonne kam wieder, doch die Sterne blieben für viele weiter unsichtbar ...

Klingsor stand auf. Er atmete tief ein. Die salzige Luft tat ihm gut. Mit ausgestreckten Armen und vorsichtig mit den Füßen tastend schlurfte er wieder in Richtung *THECAVENDISHHOTEL*. Dort, irgendwo landeinwärts, mußte die alte Molkerei liegen.

Die Stute schnaubte leise, als sie ihn hörte. Er lehnte sich an ihren Hals und streichelte ihr über die Nüstern.

«Wir reiten morgen wieder zurück», flüsterte er. «Aber ich sage dir, alte Wanderziege, hier bahnt sich etwas an, das größer ist als alles, was wir kennen!»

Er nahm seinen flachen Reisesack vom Rücken des Pferdes, legte ihn auf den Boden und streckte sich zum Schlafen aus.

Zwischen drei und vier Uhr nachts war die stillste Zeit in den Wäldern Britanniens. Aber ganz still wurde es an keiner Stelle des Dschungels.

Rauschend glitten mit riesigen Schwingen vereinzelte Schatten über den Urwald. Dort, wo das Dunkel am unheimlichsten war, schienen selbst Affen und Nager nur noch gelegentlich ihren Ast zu verlassen. Noch näher am Boden raschelte es hin und wieder. Dann verstummte das ständige Knistern und Knacken für ein paar Atemzüge.

Lauerte dort im Geäst eine Wildkatze? War es ein Panther? Und was glühte so grünlich und böse über verbotenen Ruinenmauern?

Zur kühlsten Stunde trat ein kleiner, vermummter Mann aus dem alten *THECAVENDISHHOTEL*. Er blickte zum klaren Nachthimmel hinauf, dann warf er seinen schwarzen Umhang über die Schulter, ging ein paar Schritte bis zu einer zweiten Ruine.

Er stellte sich in den Schatten der Mauern und wartete. Minute um Minute verrann.

Nicht weit entfernt schnaubte ein Pferd. Das Geräusch war im sanften Brausen der Brandung kaum zu erkennen. Dennoch lächelte der vermummte Mann. Er holte einen altmodischen Schlüssel aus seiner Hosentasche und steckte ihn vorsichtig in die dafür vorgesehene Öffnung. Er brauchte alle Kraft, um das alte Schloß zu öffnen.

Hier war sein eigentliches Lager. Er faltete den Umhang auseinander und hängte ihn von Wand zu Wand vor das Eingangstor. Erst dann schaltete er den feinen Strahl einer Handlampe ein.

Der *Rolls* war total verstaubt. Vorsichtig ging der Commodore um die knapp drei Meter große Kugel herum. Er wischte mit dem Ärmel die Staubschicht ab und leuchtete mit der Lampe ins Innere der Kugel. Soweit er erkennen konnte, war das Fahrzeug noch so erhalten, wie er es vor einigen Jahren hier versteckt hatte.

Eigentlich hatte er nicht mehr damit gerechnet. Trotzdem erfüllte ihn in diesem Augenblick ein Gefühl von Freude und Zufriedenheit. Seit er vor langer Zeit damit begonnen hatte, Depots für den großen, den kommenden Tag anzulegen, war er oft mitten in der Nacht schweißgebadet aufgewacht. Wirre Befürchtungen ließen ihn dann nicht wieder einschlafen. Denn das, was er vorhatte, verletzte nicht nur den Vertrag von Calais, sondern war ein Spiel mit den ältesten aller Urinstinkte.

Er wußte, daß es unmöglich war, die *Wohlseyn* wieder auf die Erde zu bringen. In den vergangenen hundert Jahren war jeder Versuch, jeder Gedanke daran automatisch mit lebenslänglicher Ruhigstellung bestraft worden.

Eine Zivilisation, die vom *Wohlseyn* von Milliarden abhing, durfte sich keine Experimente leisten! Jeder echte Konflikt war tödlicher Sand im Getriebe. Schon deshalb mußten Ideen, Wünsche und Träume von einzelnen immer das bleiben, als was sie geplant waren: ein Beitrag zum weltweiten *Konsens* …

«Nie wieder Krieg!» hatten sie geschworen und «Nie wieder Streit, Aggressionen, Konflikte! Alles ist Frieden, wenn wir uns selber lieben … alle sind gleich … alle sind gut! Ich bin gut … du bist gut … wir sind gut! Wir bauen sie, die schöne, neue Welt … wir bauen ein *Kontinuum des Wohlseyns*!»

Er wußte, daß er die Menschen nicht auf die Erde zurückbringen durfte. Aber was konnte ihn daran hindern, die Unvollkommenheit, die es hier noch in ihren reinsten Formen gab, in das *Kontinuum* zu holen?

«Eine komplette Oper!» murmelte er, und seine Augen glühten. «Mit allem, was dazugehört ... ein Gastspiel echter Konflikte in einer zum Frieden verdammten Welt. Mit dieser Medizin könnte der schleichende Verfall der Menschheit noch einmal aufzuhalten sein!»

Und plötzlich kam er sich nicht mehr wie ein Verschwörer, ein Mephisto vor, sondern wie Faust, der einer ganzen Menschheit neue Räume eröffnen konnte: *«Nicht sicher zwar, doch tätig frei zu wohnen.»*

In diesem Augenblick war ihm vollkommen klar, was er zu tun hatte. Er mußte eine Entwicklung korrigieren, die in so ferner Zeit begonnen hatte, daß sich kein Mensch mehr an die Anfänge erinnern konnte ...

Es war einmal vor langer, langer Zeit ein Paradies auf Erden. Doch irgendwann vor Millionen von Jahren entstand aus Versuch und Irrtum das dumpfe, unbewußte Gefühl, mehr als die Vögel, die Tiere auf dem Land und die Fische im Wasser zu sein. Aus dem Gleichgewicht der Natur, aus Geburt und Tod, Wachsen und Vergehen entwickelte sich eine ganz neue Art.

Es fing ganz langsam an und dauerte viele hunderttausend Jahre. Auch andere Arten entstanden und vergingen wieder, aber die eine, kaum überlebensfähige, entdeckte eines Tages sich selbst. Sie löste sich von der Harmonie des Ganzen, indem sie sich ein zweites und dann auch noch ein drittes Gehirn im gleichen Kopf entstehen ließ. All das war nicht bewußt, sondern die Folge immer neuer Evolutionsversuche. Und eines Tages sagte der erste Mensch *«ich»*.

Mit diesem revolutionären Gedanken löste er sich von allen anderen Lebewesen. Das alte Riechhirn erwies sich in der weiteren Entwicklung als beste, aber auch grausamste Verteidigungs- und Angriffswaffe. Noch ehe sich das neue Überhirn in allen Überlebenstests beweisen konnte, erhielt es einen dominierenden Status.

Aber das *«Ich»* war feige. Es ließ die alten, in Millionen Jahren erprobten Nerven- und Hormonsysteme des Körpers, die angesammelten Instinkte und die ursprünglichen Verhaltensweisen weiterhin bestehen. Und immer dann, wenn das neue Gehirn versagte, mußten die unterdrückten Bereiche im letzten Augenblick reagieren und retten.

Mit diesem Doppelgesicht des eigenen Verhaltens, mit einer tarnenden Maske, die sogar ihn selbst betrog, wurde der Mensch zur widerwärtigsten und gleichzeitig auch großartigsten Kreatur der Erde. Das «*Ich*» erlangte die schizophrene Fähigkeit, sich selbst und andere gnadenlos zu vernichten oder aber in einer gottgleichen Form über sich selbst hinauszuwachsen. Es konnte freudig die eigene Existenz zerstören und mitleidend die Verantwortung für alle Lebewesen auf der Erde übernehmen. Und doch blieb alles über Jahrtausende hinweg letztlich ohne Ziel. Der Mensch lebte weiter, nur um zu überleben …

So lange jedenfalls, bis es auf einmal zu viele Menschen gab. Erst jetzt wurde klar, welchen tödlichen Fehler die Evolution gemacht hatte. Milliarden von denkenden Menschen, in denen noch immer die Urinstinkte stark waren, sahen sich plötzlich ohne die alles verdeckende, immer wieder beschworene Maske der Humanität.

Eingesperrt auf einem engen Globus, fletschten sie gegenseitig die Zähne. Einige aber versuchten, sich auf den Kopf und auf den starken *gemeinsamen* Willen zum Überleben zu besinnen. Sie predigten und demonstrierten, hielten das Kreuz hoch und warfen sich selbst aufopfernd vor die Kanonen, so wie es schon immer ein paar Außenseiter getan hatten …

Und dann, gegen Ende des zwanzigsten Jahrhunderts, wuchs der verzweifelte Protest von unten. Zu dieser Zeit war die Zivilisation bereits so erstarrt, daß selbst die Herrschenden keinen Ausweg mehr sahen. Und jeder Tag der Beharrung wurde als Erfolg für das Leben gepriesen …

Die Praxis des Wahnsinns zeigte sich überall immer verheerender: Während die eine Hälfte der Welt verhungerte, wurden in der anderen Überschußproduktionen subventioniert … und danach ihre Vernichtung genauso. Ganze Nationen wurden bei den Banken verpfändet, doch diese hatten sich ebenfalls längst übernommen.

Jeder pumpte bei jedem. Zur Tarnung wurden in immer schnellerer Folge neue, phantastisch und glaubwürdig klingende Verrechnungseinheiten erfunden. Schon lange vor der Jahrtausendwende reichte nicht nur die Staatsverschuldung, sondern auch das Kreditkonto jedes einzelnen Menschen bis weit ins einundzwanzigste Jahrhundert. Doch niemand bezahlte ...

Zum Schluß war der ganze Planet nicht nur hundertfach überrüstet, sondern genauso hoch beliehen und verpfändet. Die Welt hatte nur noch zwei Möglichkeiten – entweder totale Vernichtung oder Bankrott der gesamten Zivilisation.

Niemand fühlte sich für diese Entwicklung verantwortlich. Und niemand *konnte* andere Verantwortlichkeiten übernehmen, als die Gesetze der Zivilisation erlaubten. Selbst der ständig zunehmende Protest und die hilflosen Formen des zivilen Widerstandes, ja nicht einmal die private innerliche Verweigerung fanden etwas, *wofür* sie eintreten und kämpfen konnten. Es gab keine Schuldigen, keine Tyrannen, die ihre Herrschaft durch Schwert, Geist oder Geld legitimierten.

Funktionen innerhalb der Apparate waren vollkommen unpersönlich geworden. Jeder war austauschbar – selbst leidendes Individuum außerhalb seines Jobs. Und es gab kein Rezept gegen eine sich selbst erhaltende, vollkommen anonym gewordene Macht ...

Ohn-macht!

Die Schizophrenie wurde immer bedrückender. Im Grunde begriff nach und nach auch der letzte, daß er sich mitschuldig gemacht hatte ... an der Verschwendung ... am Raubbau ... an immer neuen Forderungen gegenüber Staat und Gesellschaft. Und lange vor der Jahrtausendwende wurden Gesellschaften gegründet, die sich als «*Rothschilds*», «*Harlekin e.V.*» und «*Zweitaus-Indianer*» den ganz, ganz großen Gag einfallen lassen wollten ...

Es ließ sich später nicht mehr feststellen, wer auf die Wahnsinnsidee gekommen war, zum Jahreswechsel 1999/2000 ein Feuerwerk besonderer Art abzubrennen. Vermutlich waren es rivalisierende Jugendbanden in den Slums des verwahrlosten Ruhrgebiets.

Mit ihren Personalcomputern verschafften sie sich Zugang zu den hermetisch abgeriegelten Stationierungsbunkern für Mittelstreckenraketen. Sie wollten die Atomsprengköpfe entschärfen und dann die Trägerraketen in den Silvesterhimmel abschießen.

Doch dann mußten sie feststellen, daß leere Hüllen nicht fliegen konnten …

Jahrzehntelang hatten brutale Kleinkriege an den Nahtstellen der Machtblöcke den Anschein erweckt, daß sich die Erde bis an die Zähne bewaffnet hatte.

Doch selbst das war nur hohle Fassade gewesen!

Sie hatten sich alle gegenseitig betrogen. Regierungen und Nationen, Oberkommandos und Herstellerfirmen, Händler des Todes und Einpeitscher in den Medien.

Jetzt half nur noch eins:

Mit dem gewaltigsten Bluff der Weltgeschichte kooperierten die Träger der unterschiedlichsten Verantwortungsfunktionen. Zum Beginn des neuen Jahrtausends verkündeten Präsidenten, Regierungschefs und verschiedene Vorstandsvorsitzende von Multis, daß man die Mittel für nie produzierte Waffensysteme einem der größten und edelsten Zwecke seit dem Bestehen der Menschheit zugeführt habe.

Auch das war falsch, aber die Trostlosigkeit und Resignation von Milliarden schien nur auf eine derartige Vision gewartet zu haben. Vollkommen unerwartet wurde aus einer zwanzig Jahre alten Architekturstudie, einem längst aus den Archiven verschwundenen Ausstellungskatalog, eine phantastische Heilsidee:

«Kontinuum, Kontinuum!» hieß die Parole des gerade angebrochenen Jahrtausends, *«Kontinuum eternum …»*

Und plötzlich gab es wieder ein großes, gemeinsames Ziel für fünf Milliarden Menschen … einen riesigen, fünfunddreißigtausend Kilometer langen und zweihundertfünfzig Meter großen Röhrenring rund um die nördliche Halbkugel der Erde … mit allen Versorgungseinrichtungen … allen Fabrikationsstätten über Land und über den Ozeanen … mit Wohnbereichen und Freizeitparks … allem Komfort, allen Spielen, allen Träumen, allen Genüssen in fünfundzwanzig perfekt durchkonstruierten Etagen …

Eine komplett neue Welt für die Bewohner der kranken und verseuchten Erde: *echter als echt … natur-identisch … wahnsinnlich!*

4.
Die Glyndebourne-Saga

Der 13. August des Jahres 2134 war ein Freitag. Obwohl sich seit Jahrtausenden die Zahl nach zwölf als böses Omen hielt, hatte ihre Verbindung mit einem Freitag nie wirklich eine mythologische Begründung …

Bereits im ersten Morgengrauen öffnete sich die Terrassentür des Orgelraums von *Glyndebourne*. Lord Abel Rothschild, C. B., C. B. E., trat zwischen die taubedeckten Oleanderbüsche. Er hatte Stiefel, Jagdhosen und eine lange Joppe angezogen.

Der weiße Kies des Gartenweges knirschte unter seinen Schritten. Zwischen den Blumenbeeten standen in Abständen von etwa zehn Metern kniehohe Marmorsäulen mit glatten, glänzenden Kappen. Sie wirkten wie steinerne Hocker und waren über die gesamten Gärten verteilt. Einige waren umrankt, andere schimmerten feucht im Morgenlicht. Lord Rothschild beachtete sie kaum noch. Es gab Wochen und Monate, in denen er völlig vergaß, welchem Zweck die Säulen ursprünglich gedient hatten.

Seit Lady Jane, seine einzige Tochter, vor nunmehr sechs Jahren zusammen mit ihrem Mann und einer angeheiterten Gesellschaft von Opernbesuchern im überwucherten Glyndemeer östlich des Schlosses ertrunken war, hatte der Lord sich kaum noch um die Gärten gekümmert.

In jenem unglücklichen Sommer des Jahres 2128 hatte er eigentlich aufgeben wollen. Ein Jahr zuvor waren die steifen und wie Marionetten wirkenden Besucher aus dem *Kontinuum* zum letzten Mal erschienen. *Robbits* kamen schon längst nicht mehr, und es sah ganz so aus, als hätte die Idee, die unerwünschten Beobachter aus dem *Kontinuum Eckert* durch ein besonders langweiliges Verhalten zu vertreiben, doch noch Erfolg gehabt!

Wozu dann eigentlich noch diese Opernaufführungen?

Lord Abel Rothschild blieb an der übermannshohen Hecke um das frühere *Croquet lawn* stehen. Mißbilligend betrachtete er die groben Spuren des letzten Schnitts an den Zweigen. Hagebuttle, der Obergärtner von *Glyndebourne*, war auch nicht mehr so zuverlässig wie früher. Dabei standen ihm, wie in jeder Spielzeit, genügend Helfer aus den Trutzdörfern zur Seite.

Der Lord blickte zum Haupthaus hinüber. Das langgestreckte, zweistöckige Gebäude war der älteste Teil der gesamten Anlage. Der größte Teil des Hauses war noch in der Vor-Tudor-Zeit um 1800 errichtet worden und hatte allen späteren Erweiterungen und Anbauten als Vorbild gedient. Das lange, spitzgieblige Dach wurde an mehreren Stellen von aufgesetzten Firsten, gemauerten Ziegelschornsteinen und kleinen Mansardenfenstern unterbrochen. Ein zusätzlicher Doppelgiebel und ein halbrund nach außen gebauter Turm mit Queen-Anne-Fenstern nahmen dem alten Haus etwas von seiner ursprünglichen Strenge.

Nichts wäre auf irgendeine Weise ungewöhnlich oder bemerkenswert an dem typischen Landsitz gewesen, wenn nicht …

… ja, wenn nicht vor zweihundert Jahren ein zu Vermögen gekommener Musikliebhaber namens John C. im Alter von achtundvierzig Jahren eine um achtzehn Jahre jüngere Opernsängerin geheiratet hätte …

John C. hatte schon vorher häufig private Musikabende mit Gesang in seinem Landhaus veranstaltet. Doch dann gehörte plötzlich eine echte und talentierte Sopranistin zu seiner Familie. Zunächst wollte er ihr zu Gefallen nur den schon vorhandenen Orgelraum erweitern. Der langgestreckte Saal mit einer gewölbten Decke sollte für kleine Theateraufführungen umgebaut werden. Doch seine junge Frau Mildmay überredete ihn, sich nicht mit halben Sachen zufriedenzugeben.

John C. kannte und schätzte Bayreuth, Salzburg und andere berühmte Festspielorte auf dem Kontinent. Und irgendwann beschloß er, seiner Frau zuliebe ein kleines Opernhaus zu bauen …

Er entwarf alles selbst und baute mit Handwerkern aus der Umgebung. Noch Jahre später verging kaum eine Saison, nach der er nicht immer neue Anbauten, Veränderungen und Erweiterungen vornahm. Ursprünglich war er von dem Traum beseelt, Wagner-Opern in deutscher Sprache aufzuführen. Die damaligen weltpolitischen Konstellationen standen aber zu eindeutig gegen ein derartiges Vorhaben. Seine Frau konnte ihn deshalb überreden, zunächst einmal einfache, intimere Werke zu probieren. Ihre Wahl fiel auf Mozart.

Am 28. Mai 1934 eröffnete John C. seine erste private Festspielsaison mit sechs Aufführungen von «*Figaros Hochzeit*» und sechs von «*Così fan tutte*». Die Einstudierungen übernahmen zwei deutsche Emigranten.

Am zweiten Abend wurde vor vierundfünfzig Zuschauern gespielt, am dritten vor fünfundfünfzig und danach jahrzehntelang vor einem ausverkauften Haus. Dabei war es von Anfang an ein typisch britisches Abenteuer, im vorgeschriebenen Smoking oder im Abendkleid fünfzig Meilen in einem Sonderzug von London bis zur Bahnstation von Ringmer zu fahren, einem Ort, an dem normalerweise nicht einmal alle Personenzüge hielten. Von Ringmer aus wurde ein Zubringerdienst nach *Glyndebourne* eingerichtet. Und schon bald kamen die Besucher aus ganz England. Sie reisten bereits am Nachmittag an, und einige benutzten auch ihre *Rolls-Royce* und *Bentleys*, die kurz vor dem Ziel schnell noch an den Tankstellen der Umgebung gewaschen und poliert wurden. In späteren Zeiten ließen sich einige Besucher sogar in eigenen oder gecharterten Helikoptern vom Kontinent «übersetzen».

Das erste Opernhaus war gegenüber den späteren Versionen noch relativ einfach. Es besaß noch keinen Schnürboden und keinen vierstöckigen Kulissenturm über der Bühne. Der Zuschauerraum faßte dreihundert Besucher, doch im Orchestergraben konnten bereits bis zu hundert Musiker spielen. Es gab nur zwei Umkleideräume für die Darsteller, aber die Toilettentüren waren so breit angelegt, daß die Damen ohne Schwierigkeiten mit Krinolinen hindurchgehen konnten ...

Von Anfang an wurde in *Glyndebourne* das Beste an Technik und Lichtanlagen installiert, was sich mit Geld und guten Beziehungen kaufen ließ. Die gleiche Sorgfalt galt auch der Werktreue der Aufführungen und dem Dinner in der großen Pause. Hierfür wurde eine eigene, mittelalterlich wirkende Speisehalle errichtet. Schon kurz darauf folgten weitere Bauten.

Die Chauffeure erhielten einen eigenen Aufenthaltsraum, in dem sie Tee und Tabak auf Kosten des Hauses bekommen konnten. Im Jahre 1936 wurde ein zweites Gebäude wie eine größere Schale um den ersten Theatertrakt gebaut. Dadurch erhöhte sich die Anzahl der Sitzplätze auf vierhundertdreiunddreißig, die vierzig Plätze auf dem neuen Balkon bereits mitgerechnet.

Für John C., seine Frau Mildmay und enge Familienmitglieder wurden in den folgenden Jahren immer neue Logen an den verschiedensten Stellen gebaut. Mal lagen sie ganz hinten, mal in halber Höhe der Rückwand und mal in der Mitte des Rangs. 1939 faßte das Opernhaus bereits fünfhundertsiebenunddreißig Besucher. Als sechshundert Angehörige der feinen englischen Gesellschaft an den Vorführungen teilhaben konnten, nahmen die verschachtelten Gebäude bereits mehr Raum ein als alle anderen Opernhäuser, die nicht von Saison zu Saison weiter ausgebaut wurden ...

Doch dann mußte das Festival für einige Sommer ausfallen. 1947 wurde ein neuer Anfang versucht. Glucks «*Orpheus*» erlebte aber nur neun Aufführungen. Danach trat erneut eine Pause bis zum Jahre 1950 ein. Bis zu diesem Jahr hatte John C. alles aus eigener Tasche bezahlt. Das war jedoch nicht mehr möglich. Die Zeiten hatten sich geändert.

Den Verlust von «*Don Giovanni*» übernahm dann ein befreundeter Textilfabrikant, der auch den Stoff für die Kostüme geliefert hatte. Er war es, der auf die Idee kam, *Glyndebourne* in geänderter Form weiterzuführen.

Durch die Gründung einer *Festival Society* wurde *Glyndebourne* zu einer Institution, zu einem gesellschaftlichen Ereignis, das weitaus exklusiver und unerreichbarer war als das Pferderennen von *Ascot*, der Tenniszirkus von *Wimbledon* oder die Salzburger *Jedermann-Spektakel*. Als dann auch noch der *Glyndebourne Art Trust* ins Leben gerufen wurde, konnten Ölgesellschaften und Verleger, Banken und Waschmittelfabrikanten durch horrende Spenden Jahr für Jahr einige Eintrittskarten für Vorstandsmitglieder und Geschäftsfreunde erwerben, die keinen natürlich ererbten Adelstitel besaßen ...

Eine neue, riesige Speisehalle wurde gebaut. Die Lagerschuppen für die Kulissen dehnten sich immer weiter auf die Wiesen des alten Schloßparks aus. Baracken für Saisonangestellte, Bühnenarbeiter und Bedienungspersonal mußten in der Nähe der früheren Picknickplätze errichtet werden. Um 1977 faßte das immer wieder erweiterte Opernhaus achthundertfünfundvierzig Plätze. Zu dieser Zeit hatte *Glyndebourne* bereits ein modernes Management, eine eigene Presseabteilung und ein Besetzungsbüro, das niemals berühmte, sondern stets neue, vielversprechende Stimmen aus der ganzen Welt verpflichtete.

John C. erlebte die zweite Blüte seiner skurrilen Idee nicht mehr. Er starb im Jahre 1962. Sein Sohn George führte *Glyndebourne* als Familienkonzern weiter, ebenso sein Enkel Hector, der in den letzten Tagen des zwanzigsten Jahrhunderts im Alter von neununddreißig Jahren von König Charles zum Lord erhoben wurde.

Drei Tage später, im Mai 2001, brannte der größte Teil des Opernhauses ab. Auch später konnte nie geklärt werden, wie es dazu gekommen war. Ursprünglich hieß es, daß sich der entlassene künstlerische Leiter dafür gerächt hatte, daß seine Position durch einen neuen Besetzungscomputer überflüssig geworden war.

Aber es gab auch andere Gerüchte. Für einige Wochen tauchten Dienstwagen aus London mit ernst blickenden Insassen auf. Sie sperrten das Gelände um die Ruine ab, hängten dichte Tücher an hohen Stangen auf und sagten, daß alles «streng geheim» sei.

Schon lange vor dem Vertrag von Calais hatten einflußreiche Anhänger der *Kontinuum-Bewegung* ganz bewußt und oft sogar mit Unterstützung verschiedener Regierungen versucht, überall neue Unruheherde zu schaffen. Es war ein Krieg, der täglich für neue Schreckensmeldungen sorgte.

Als *Glyndebourne* brannte, war das nur eine Fackel von den vielen, die das Leben auf der Erde immer unerträglicher machten. Wer über den Tag hinaus denken konnte, fand plötzlich auch die berühmten *Yona-Friedmann-Axiome* bestätigt. Anders als Philosophen wie Habermas, Marcuse und Arnold Gehlen hatte Friedmann Ende des zwanzigsten Jahrhunderts gesagt, daß Utopien nur aus einer kollektiven Unzufriedenheit heraus verwirklicht werden könnten. Das war *Axiom Nummer eins*.

Die zweite Voraussetzung oder *Axiom Nummer zwei* war das Vorhandensein eines Verfahrens, einer Idee oder einer technischen Möglichkeit, um die Unzufriedenheit zu beseitigen oder einen Ausgangspunkt für eine bessere Lage zu schaffen.

Axiom Nummer drei besagte, daß Utopien nur dann verwirklicht werden konnten, wenn sie eine kollektive Zustimmung erhielten. Und genau darum ging es schließlich …

«Kontinuum, Kontinuum!» hieß die berauschende Parole des gerade angebrochenen Jahrtausends, *«Kontinuum eternum ...»*

Yona Friedmann wurde in allen Punkten bestätigt: Es gab eine weltweite Unzufriedenheit. Es gab eine technische Idee, eine Lösung. Und es gab immer mehr Zustimmung für den Bau der Röhre, die der bayerische Architekt Günther L. Eckert im Jahre 1980 erstmals gezeichnet, berechnet und beschrieben hatte ...

Der Vertrag von Calais neutralisierte die letzten Warner. Sie bekamen ihre Reservate. Neben den englischen Inseln wurden noch neunzehn kleine und entlegene Flecken auf dem Planeten Erde all jenen zugesprochen, die sich aus religiösen oder anderen Gründen ausschließen wollten. Die Verwaltung der Reservate wurde verschiedenen Organisationen von Naturschützern übertragen. Ihre Koordination übernahm *Greenpeas*.

Der Bau des *Kontinuums* begann im Jahre 2009 an mehreren Stellen gleichzeitig. Die ersten zusammenhängenden Röhrensegmente wurden im Brückenvortrieb Scheibe für Scheibe bei Le Mans in Frankreich, in Budweis, Stalingrad, bei Ulan Bator, Wladiwostok, Sapporo, nördlich von Salt Lake City und über Boston errichtet.

Zur gleichen Zeit wurden die letzten Opernaufführungen in *Glyndebourne* inszeniert. Lord Hector Rothschild, der noch persönlich geadelte Erbe, hatte zehn Jahre benötigt, um trotz der Warenbewirtschaftung für jegliches Baumaterial das Opernhaus in seiner ursprünglichen Form wiederaufzubauen.

Vor dem Baubeginn für das *Kontinuum Eckert* hatte er noch gehofft, daß nicht alle Musikfreunde zur immer perfekter gewordenen Gefühlsbestrahlung der neuen *Wohlseyn-Technik* abwanderten. Er wollte nicht einsehen, daß auch die feierliche Atmosphäre eines Opernabends nicht mehr gegen den künstlich erzeugten, individuell programmierbaren *Innenraum der Gefühle* ankam.

Jeder, der süchtig nach *Wohlseyn-Träumen* wurde, wollte ständig bis an die medizinisch erlaubte Grenze der Selbsterfahrung vordringen. Was dabei an neuen Farben, Klängen und Genußempfindungen möglich wurde, konnte keine noch so gute Oper bieten. Jedenfalls glaubten das all jene, die nie eine echte Opernaufführung gesehen hatten ...

Lord Rothschild ging an der Mauer des ersten, zweihundert Jahre alten Küchengebäudes entlang. Er trat in den überdachten Gang, in dem in den vergangenen Jahren wieder eine Art Champagner ausgeschenkt wurde. Die Trauben waren Gewächse der Insel, doch Lord Rothschild konnte sich lebhaft vorstellen, wie ein guter Schluck Champagner früher einmal gemundet haben mußte.

Der alte Innenhof zwischen dem Orgelraum, dem Theaterfoyer und dem Hauptgebäude wirkte noch kühl nach der klaren Nacht. Rechter Hand befand sich der Durchlaß zu den Werkstätten und zur uralten Ruine der *Wallop Dining Hall.* Lord Hector Rothschild hatte den ehemaligen großen Speisesaal nicht wiederaufgebaut, obwohl es anfänglich so ausgesehen hatte. Doch als die Absperrwände und Vorhänge nach fast zwei Jahren abgenommen wurden, schien sich trotz intensiver Bautätigkeit nichts verändert zu haben. Im Gegenteil! Die Mauern der Ruine wirkten, als wären sie bis auf die Fundamente abgebrochen und Stein für Stein noch theatralischer wiederaufgebaut worden ...

Lord Rothschild lauschte eine Weile dem Klappern der Töpfe und Pfannen in der Küche. Die Stimme der Kaltmamsell hatte wieder ihren unverwechselbaren, dröhnenden Klang. Bis zum Lunch war Miß Earlymorn alleinige Herrscherin über das Küchenpersonal.

Erst wenn am frühen Nachmittag Blasius Bockhus, der beste Kochmagier Britanniens, in *Glyndebourne* das Regiment übernahm, mußte Miß Earlymorn dem weichen, was sie stets leise murrend, aber auch respektvoll *«dekadente Genießerküche»* nannte.

Es hieß, daß Miß Earlymorn durch eine unglückliche Liebesaffäre ihr Gedächtnis verloren habe, doch selbst Lord Rothschild konnte sich kaum noch an den lange zurückliegenden Vorfall erinnern.

Er beobachtete, wie sich die ersten, schläfrig gähnenden Handwerker und Bühnenarbeiter über den Hof zum Speisesaal bewegten. Die meisten hatten die halbe Nacht durchgearbeitet. Von den Schauspielern war noch nichts zu sehen. Vermutlich waren die besten von ihnen über ihren Textbüchern und Notenheften eingeschlafen.

Denn das gehörte seit nunmehr zwanzig Jahren zu einem ungeschriebenen Gesetz von *Glyndebourne:* Wer hier sang oder spielte, tat es mit ganzem Einsatz oder nie wieder …

Lord Rothschild betrat das enge, muffig riechende Treppenhaus. Die Stufen waren noch immer mit ausgetretenen Steinplatten belegt. An den Innenkanten der Stufen befanden sich Ösen für Teppichstangen, doch es gab niemanden mehr, der einen neuen Treppenläufer weben konnte. Wozu auch?

An diesem Morgen fiel Lord Rothschild zum ersten Mal auf, wie verwahrlost die alten Gebäude aussahen. Seit zwanzig Jahren hatte er sich nur um die Oper gekümmert. Und nur dort, wo Besucher hinkamen, war repariert und ausgebessert worden. Alles andere, ja, selbst die Unterkünfte für die Schauspieler und Musiker, die Techniker und Handwerker, Saaldiener und das private Hauspersonal befanden sich in einem erbarmungswürdigen Zustand.

Lord Rothschild ging bis in den zweiten Stock. Hier begannen seine eigenen Räume. Für einen Moment zögerte er. Die helle Sonne schien auf ausgebleichte Tapeten und vor langer Zeit ausgebesserte Stellen im Wandverputz. Er wußte, daß es unmöglich war, *Glyndebourne* so zu erhalten, wie es einmal gewesen war.

Dabei hätte es in Britannien einen nie versiegenden Überfluß von Metallteilen, Werkzeugen und alltäglichen Gebrauchsgegenständen geben können! Doch eine kleine, habgierige Clique von Reservatsbewohnern hatte seit hundert Jahren alles gesammelt und gehortet, was irgendwann einmal einen Wert besitzen konnte. Und was die *Neo-Normannen* einmal in alten Bauwerken, Atombunkern und vergessenen U-Bahn-Schächten versteckt hatten, war bisher einfach nicht mehr aufgetaucht. Mit einer derartigen Entwicklung hatte niemand rechnen können, als vor genau hundert Jahren entschieden wurde, einige Freiwillige auf der Erde zurückzulassen …

Lord Rothschild blieb auf halber Treppe stehen. Vom Fenster des Treppenabsatzes aus konnte er über die flacheren der Dächer von *Glyndebourne* sehen. Und plötzlich fiel ihm wieder ein, warum er vor sechs Jahren doch weitergemacht hatte … zuerst hatte ihn ein neuer, höflicher Commodore darum gebeten. Und dann waren ganz neue, wunderbare Gäste über den *Turm der Reisenden* gekommen. Seit dieser Zeit verließen junge Männer und Mädchen ihre Familien, um in den Wäldern als Freigänger zu leben …

Lord Rothschild ahnte schon lange, daß es dabei Zusammenhänge geben mußte, aber er fühlte sich zu alt für eine Logik, die außerhalb der Dinge lag, die man noch sehen, riechen, schmecken und mit den Händen anfassen konnte. Er stieg die Treppe hoch und klopfte an die Tür des ersten Gästezimmers.

Eine Tagesreise südlich erwachte etwa zur gleichen Zeit Shahesa. Sie brauchte eine ganze Weile, bis sie sich zurechtfand, denn noch im Halbschlaf hatte sie von einem alten Schloß mit hohen Rosenhecken, mit einem Sultan und Eunuchen, mit Haremsdamen und schönen, fremden Kaufleuten auf großen Segelschiffen an einem Hafenkai geträumt.

Es roch nach fremdartigen Gewürzen, nach feuchter Luft und echtem Feuer …

Als sie merkte, daß sie Teile ihrer erregenden Empfindungen nicht nur geträumt hatte, erschrak sie. Sie richtete sich auf, zitternd, die Arme unwillkürlich vor der Brust verschränkt. Im gleichen Augenblick entdeckte sie den leeren Sessel vor dem Kamin. Dort hatte sich der Commodore ausgeruht.

Sie sah zur Seite. In einem zweiten Sessel schlief mit zur Seite gesunkenem Kopf der junge Mann, dem sie ihr Leben verdankte. Ein eigenartiges Gefühl der Sanftheit erfüllte sie. Gleichzeitig lief ein Schauer über ihren Rücken.

Olaf hielt noch im Schlaf sein Halbschwert in den Armen. Sie beugte sich etwas weiter vor. Zwischen seinen blonden Brauen hatte sich eine scharfe Doppelfalte gebildet. Seine Lippen bewegten sich, dann murmelte er undeutlich ein paar Worte.

Verwirrt strich sich Shahesa durch die Haare. Sie stand ganz leise auf und ging an Olaf vorbei zum Kamin. Unter den Scheiten befand sich keine Glut mehr. Von draußen drang ein schmaler Lichtstrahl bis zur *Machbar*. Shahesa überlegte, ob sie es wagen durfte, allein die Kontrollen des hüfthohen, mit runden Spiegeln verkleideten Kastens zu bedienen.

Sie wußte, wie eine *Machbar* funktionierte. Vorsichtig ließ sie etwas Wasser in eine der Ausgabeschalen rinnen. Sie wusch sich so leise wie möglich. Dabei überlegte sie, wo der Commodore sein könnte. Sie schöpfte eine Handvoll Wasser und ging auf Zehenspitzen zu Olaf. Dann spreizte sie die Finger.

Der Freigänger sprang mit einem knurrenden Aufschrei hoch. Gleichzeitig zog er sein Halbschwert. Sie war so verdutzt, daß sie selbst einen halb belustigten, halb erschreckten Schrei ausstieß.

«Nicht, nicht!» rief sie. «Ich bin es doch ... Shahesa ...»

Olaf verzog sein Gesicht. Nur langsam wich die Muskelspannung aus seinem Körper.

«Das war nicht gut!» sagte er und richtete sich langsam auf. «Oder wußtest du nicht, daß Freigänger sehr schnell in ihren Reaktionen sein können?»

«Viel zu schnell, wie mir scheint!»

«Schon möglich», brummte er zufrieden. Sie sah ihn mit schräggelegtem Kopf an. Ein Lächeln spielte um ihre Mundwinkel. Sie zog die Nase kraus, dann sagte sie: «Aber manchmal sollen Männer wie Ihr auch ohne jede Reaktion in der Gegend herumstehen ...»

«Dann *dreamen* wir!» sagte er stolz.

«Davon habe ich schon gehört. Was ist das ... *dreamen*?»

«Eigentlich nichts Besonderes», sagte er mit einer großzügigen Handbewegung. «Aber es gibt nur wenige Menschen, die richtig *dreamen* können ...»

«Willst du mir beibringen, wie man das macht?»

«Das geht nicht!»

«Warum nicht?»

«Weil ... nun ja, weil man entweder *dreamen* kann oder nicht. Man ist dann ein ganz anderer Mensch ... so, wie man vielleicht wirklich ist ...»

«Und wer bist du, wenn du *dreamst*?»

«Das kommt ganz darauf an, wer ich sein will. Manchmal bin ich Parsival ... dann wieder Ikarus oder ein junger *Hegelianer* ...»

«Das verstehe ich nicht.»

«Deshalb kann ich es auch nicht erklären!» sagte er. «Man weiß, daß man da ist, aber nicht hier ... als wenn man sich selbst dabei zusieht, wie man absolut nichts denkt. Ein Teil der Zeit vergeht dabei, ein anderer bleibt stehen.»

«Moment mal», sagte sie. «Wie ist denn das nun wieder möglich?»

Er hob die Schultern und lachte verlegen.

«Ich habe auch schon darüber nachgedacht. Manchmal *dreame* ich, wenn es regnet. Dann fühle ich nicht, wie naß es ist, sondern höre die Musik der Tropfen. Das ist ein richtig irres, vollkommen losgelöstes Gefühl ...»

«Jetzt willst du mich auf den Arm nehmen!»

«Nein, nein! Es gibt auch noch ganz andere Erlebnisse beim *Dreamen*! Eines ist schon sehr alt und nennt sich *wonnetrunken*. Dabei muß man sich nur auf sein eigenes Empfinden in einem Augenblick der Gegenwart konzentrieren. Man sucht sich irgend etwas Schönes ... einen Geruch, eine Melodie, einen Gedanken, und schaltet dann Vergangenheit und Zukunft aus ...»

Sie schüttelte den Kopf, ging zur *Machbar* des kleinen Commodore und kam mit einem Becher Wasser wieder.

«Willst du?»

Unwillkürlich wich er zurück. Er starrte auf den Becher in ihrer Hand, dann nahm er ihn zögernd und trank einen Schluck.

«Gutes Wasser», sagte er. «Tief aus der Erde. Ich wußte gar nicht, daß der Commodore die alten Wasserpumpen kennt ...»

«Was ist das ... Wasserpumpe?»

Zum ersten Mal an diesem Morgen war die Reihe an ihm, erstaunt zu sein. Er sah sie aufmerksam an, musterte ihr fröhlich wirkendes Gesicht und überlegte, warum sie ihm so gut gefiel. Er merkte, daß etwas Eigenartiges mit ihm geschehen war. Einerseits konnte er sein Mißtrauen nicht ablegen, andererseits mochte er sie.

«Du ... du bist nicht von hier ...» sagte er nach einer Weile.

«Nein», sagte sie und schüttelte langsam den Kopf. «Ich bin nicht von hier ... und auch nicht von der Erde!»

«Nicht von der Erde?» wiederholte er erstaunt. Er sah sie mit seinen hellen blauen Augen wie eine wunderbare Erscheinung an. Auch davon hatte er schon gehört ... von Feenwesen, die zu den Menschen kamen, um ihre Herzen zu verwirren. Vielleicht war Shahesa eine der Nymphen, ein Traum, der ihn verwirren und auf die Probe stellen sollte ...

«Ich komme aus dem *Kontinuum Eckert*», sagte sie, und ihre Lippen lächelten. Nachsichtig versuchte sie, dem wilden, ungebildeten jungen Mann das Wunder ihrer Technikwelt zu erklären.

«Du mußt dir das *Kontinuum* als eine große Röhre ohne Anfang und ohne Ende vorstellen ... wie ein Ring, der um den ganzen Planeten läuft!»

«Was ist ein *Planet*?»

«Die Erde ... unsere Erde!»

«Ach so», nickte Olaf. «Dann ist die Röhre wie ein hohler Baumstamm, der dort hinten im anderen Land zu einem Kreis gebogen wurde ...»

«Nein, Olaf! Noch größer! Die Röhre schwebt nicht über dem, was du das *andere Land* nennst. Wenn du direkt unter dem *Kontinuum* stehen würdest, könntest du keine Biegung erkennen! Du merkst doch auch nicht, daß dieses Land am Horizont gebogen ist wie ein riesiger Apfel ...»

«Doch, das habe ich gesehen! Die Horizontlinie am Meer war auch gebogen ...»

Shahesa blickte ihn verdutzt an. Offensichtlich war Olaf ein guter Beobachter. Das erleichterte ihr die Erklärungen.

«Das *Kontinuum Eckert* wurde nach den Ideen eines Mannes gebaut, der vor mehr als hundertfünfzig Jahren den Entwurf dieser Architektur für denkbare Zeiten entwickelt hat. Er hat schon damals alles ganz genau ausgerechnet und beschrieben ...»

«Er muß ein großer Magier gewesen sein!»

«Vielleicht», nickte Shahesa. «Vielleicht war er auch nur ein Mann, der realistisch träumen konnte. Du wirst nicht wissen, was ich meine, aber dieser Mann hat vor seiner Idee für das *Kontinuum* viele Preise gewonnen, Kirchen und sogar eine Olympiastadt auf dem Kontinent gebaut. Trotzdem wollte zunächst niemand etwas von seiner Vision wissen. Und komischerweise war es ein Museum in einer westdeutschen Stadt ... ich glaube, sie hieß Bochum ... in dem dann eine Ausstellung mit der Aufforderung organisiert wurde, die Idee des *Kontinuums* weiterzudenken ...»

«Wieso ein Museum? Wir sind ein Museum! Wir denken nicht weiter, sondern bewahren ...»

Sie lachte und legte ihre Hand auf seinen Arm. Er spürte, wie plötzlich ein angenehmer Schauder über seinen Rücken lief. Shahesas Mundwinkel zuckten kurz. Sie sah ihm in die Augen, und obwohl sie gar nichts mehr zu sagen brauchte, sprach sie weiter:

«... vielleicht waren Künstler und Liebende zu allen Zeiten

Phantasten ... Menschen, die unsere Welt verändern wollten, indem sie nicht mehr an das glaubten, was war, sondern was werden könnte ...»

«Ist das ein Unterschied?» fragte er und räusperte sich.

«Für einen Freigänger vielleicht nicht», sagte sie leise. «Aber für andere Menschen sind es oft nur die Träume und Hoffnungen auf eine bessere Zeit, die sie am Leben erhalten ...»

Sie legte den Kopf in den Nacken, schloß die Augen und zitierte mit leiser Stimme einen alten, schönen Text:

«Once upon a time ... es war einmal eine sehr gute Zeit, nicht meine Zeit, nicht deine Zeit und nicht die Zeit von irgendeinem anderen ...»

Sie stockte, öffnete die Augen und sah ihn liebevoll an.

«Ist das gemeint, wenn ihr von *dreamen* sprecht?»

Olaf nickte.

«Wenn ich in einem Kreis stehe und *dreame*, dann fühle ich, was ich gestern und morgen und heute in einer einzigen Zeit sehen kann. Man kann die Ewigkeit nicht teilen und nicht das Universum ... alles ist eins und jeder ist ein Teil des Ganzen!»

«Und du brauchst nichts dazu außer dich selbst?»

«Was sollte ich sonst noch brauchen, wenn ich zufrieden bin?»

«Soll das heißen, daß du noch nie unzufrieden warst ... mit dir ... oder mit etwas anderem?»

«Ich weiß nicht, was du meinst», sagte er überlegen. «Wie kann man unzufrieden sein, wenn man die Zeit versteht?»

Er sah, wie sie sich plötzlich zurückzog. Ein verborgenes Entsetzen, flackernde Angst und eine tiefe Enttäuschung drängten sich zwischen sie.

«O mein Gott!» flüsterte sie. Ihre Augen füllten sich mit Tränen. «Du bist ja noch schlimmer dran als wir! Ist es in *Glyndebourne* etwa auch so?»

«Woher soll ich das wissen?» sagte der Freigänger.

In der Ruine der alten Molkerei erwachte Klingsor Haywood mit den letzten Bildern eines schönen Traums. Er hatte von *Glyndebourne* an einem wundervollen, verzaubert wirkenden Nachmittag mit vielen noblen Gästen geträumt.

Doch dann öffnete er die Augen, sah, wo er wirklich war, und wurde ärgerlich. Er blinzelte durch leere Fensteröffnungen bis zu den giftig-bunten Lianenblüten außerhalb des Gemäuers. Gleichzeitig sagte ihm sein Verstand, daß auch das *Glyndebourne*, wie es im zwanzigsten Jahrhundert existiert hatte, nie etwas für übliche Touristen gewesen sein konnte. Es mußte vielmehr etwas von einer Zeremonie für Freunde eines Spleens gehabt haben. Denn wer kam schon am Nachmittag im Smoking und im Abendkleid auf eine Wiese, um sich danach in engen Sesselreihen eine Oper anzuhören, von der er doch kein Wort verstand?

Konnten Rituale auch nur Tarnung sein?

Man kam natürlich wegen Mozart. Aber man kam auch, um sich selbst zu sehen und zu zeigen. Das war für viele ein weitaus größeres Vergnügen als die Stunden in den engen Sesseln des Parketts …

Gut hundertfünfzig Jahre später kamen keine *Rolls-Royce*, *Bentleys* und Charterhelikopter von *Executive Wings Ltd.* mehr. Wer jetzt anreiste, hatte nicht mehr die Möglichkeit, Autobahnen und Schienenwege zu benutzen.

Im Sommer des Jahres 2134 kam jeder Weg nach *Glyndebourne* einer abenteuerlichen Expedition nahe. Die alten Waldpfade waren längst überwuchert, und nur noch in der Nähe der überfluteten Flüsse gab es schmale Passagen für Karren und Tragtiere. Die Besucher zögerten lange, bis sie – oftmals mit ihrem ganzen Hausstand – bis auf die Wiesen vor den Schloßgärten vordrangen. Auch dann noch schlugen sie ihre Zelte in großen Abständen auf.

Von Jahr zu Jahr zeigte sich deutlicher, daß Britannien immer weiter auseinanderfiel. Das Reservat war nur noch auf dem Papier ein geschlossenes und bewohntes Gebiet. In Wahrheit hatten sich in fast allen Grafschaften Inseln gebildet, die kaum noch miteinander in Verbindung standen. Auf einen Außenstehenden mußte das Ergebnis dieser seltsamen Entwicklung wie eine Vielzahl winziger, vollkommen voneinander abgeschiedener Theaterbühnen wirken. Und jede dieser Bühnen spielte während des ganzen Jahres ein Stück, für das es keinen gemeinsamen Regisseur gab.

Nur einmal, zu Mariä Himmelfahrt im August, folgten die Einsiedler im Bannforst und in den Trutzdörfern von Sussex dem Ruf des Opernhauses von *Glyndebourne*. Es gab nicht den geringsten

Grund für die seltsame Zusammenkunft ... kein Gesetz und keine Traditionsverpflichtung.

Oder steckte noch mehr hinter dem alten Ritual?

Schon seit den ersten Jahren der Wiedereinführung der Singspiele kursierten mancherlei Gerüchte unter den Besuchern. Einige hielten die Opern für eine willkommene Gelegenheit, um selbst zu sehen, wie sich die anderen Gruppen weiterentwickelt hatten. Manche erschienen nur, um zu demonstrieren, wie wenig sie das alles anging.

Noch wenige Stunden vor den Verkleidungen am Nachmittag sah es in jedem Jahr aus, als würden nahezu alle wieder abreisen. Es war ein ständiges Kommen und Gehen. Zelte wurden aufgestellt und wieder eingepackt. Am Rand der großen Talsenke teilte sich das Gebüsch, und manch einer schaute nur, ob alles ganz genauso war wie in den vergangenen Jahren ...

Klingsor spürte, wie ihm plötzlich kalt wurde. Er richtete sich auf, strich über die Nüstern seiner Stute und reckte sich. Dann stand er ganz auf und ging zum Türloch. Der Himmel strahlte in einem tiefen, wolkenlosen Blau.

Trotzdem konnte Klingsor den Nachklang seiner Traumbilder noch nicht ganz abstreifen. Alte Gerüchte kamen ihm wieder in den Sinn. Von Anfang an hatte es stets flüsternde Stimmen unter den Gästen gegeben. Man munkelte von geheimnisvollen Experimenten, von magnetischen Domänen in den Wänden des Opernhauses, von einer Induktionsbrücke, die nie jemand gesehen hatte, und von dem Tag, an dem die Sterne wieder so am Himmel strahlen würden wie vor sechsundzwanzigtausend Jahren. An diesem Tag sollte das Paradies zurückkehren ... der verlorene Garten des Serails ...

«Alles nur Mystik!» knurrte Klingsor und ging zurück zu seinem Pferd. Er hatte andere Probleme.

5.
Konstanze

Sie sieht noch immer wie scheintot aus», sagte Miß Earlymorn schaudernd. «Als wäre sie umgefallen, als sie den Kreis auf dem Boden wegwischen wollte.»

Lord Rothschild nickte unkonzentriert. Er hatte nicht damit gerechnet, seine Besucherin halb nackt und mit starr geöffneten Augen auf dem Fußboden vorzufinden.

Natürlich hatte er sie berührt, geschüttelt und dann auf das Bett zurückgelegt. Erst anschließend hatte er Shakes gerufen. Der Butler hatte empfohlen, die resolute Kaltmamsell hinzuzuziehen. Es kam immer wieder vor, daß Frauen während der Aufführungen ohnmächtig wurden. Normalerweise halfen in derartigen Situationen die alten Hausmittel wie Riechsalz, kalte Umschläge für die Stirn oder Fußmassagen.

Bei Konstanze war bisher alles ohne Erfolg geblieben.

«Sie hat nicht einmal mit den Augen gezuckt», sagte Miß Earlymorn und strich sich ihre weißen Löckchen aus der runden Stirn.

Lord Rothschild preßte die Lippen zusammen. Es gab Augenblicke, in denen er alles hinwerfen und aufhören wollte. Andererseits waren die Opernaufführungen die einzige Gelegenheit, in der sich die Einsiedler des Reservats ohne Mißtrauen begegnen konnten ...

Es klopfte kurz, dann trat Shakes ein.

«Ich habe Hagebuttle überredet, mir etwas von seinem Zaubertrank abzugeben», sagte er mit einem schiefen Lächeln.

«Hören Sie doch mit diesem Unsinn auf!» sagte Lord Rothschild ungehalten. «Sie wissen, daß ich auf *Glyndebourne* weder den Mummenschanz der Waldbauern noch die verdammten Räucherwerke dulde! Wir leben doch nicht mehr im finsteren Mittelalter!»

«Darüber kann man, mit Verlaub gesagt, ganz anderer Meinung sein», sagte der Butler. Er warf Lord Rothschild einen seiner unangenehmen, glasig wirkenden Blicke zu. Es war nur ein winziges, ablehnendes Glühen in seinen Augen, doch viele Bewohner des Schlosses fürchteten sich gerade davor.

Rothschild preßte die Lippen zusammen. Er wollte sich nicht anmerken lassen, daß er über diese Ungereimtheiten ebenfalls nachgedacht hatte. Irgend etwas stimmte hier nicht! Er war zu lange im Theatermetier, um nicht genauso abergläubisch zu sein wie viele der Schauspieler, Musiker und Bühnenarbeiter. Außerdem störte ihn, daß heute auch noch Freitag, der Dreizehnte war ...

«Vielleicht ist es auch nur eine psychische Unverträglichkeit», sagte der Butler. «Eine Immunreaktion, wie sie schon früher bei Organverpflanzungen vorgekommen ist.»

Miß Earlymorn wagte kaum zu atmen. Mit ihren fünfzig Jahren stand sie dem Lord altersmäßig näher als dem Butler. Trotzdem hatte sie von beiden ihre eigene Meinung.

Lord Rothschild hatte ganz tief in seinem Inneren die Befürchtung, daß Shakes etwas vor ihm verbergen wollte. Es war nur eine leise, nicht faßbare Ahnung ... ein Unbehagen, das er ebensowenig definieren konnte wie die Menschen vor mehr als hundert Jahren, die durch zuviel Informationen nicht mehr unterscheiden konnten, welche Gefühle geborgt waren und welche nicht.

Damals hatten sich überall Sekten gebildet, die ihre eigene *Innenwelt* wiederentdecken wollten. Sie versuchten den alten Urerinnerungen zu folgen. Nachdem aber die Erde wieder leer geworden war ... nachdem es keine pausenlosen Attacken auf die Sinne mehr gab, seit dieser Zeit war auch die ursprüngliche Fähigkeit, auf Zeichen zu hören, wieder zurückgekehrt ...

Lord Rothschild wandte sich an Shakes. Der Butler stand noch immer mit seinem Silbertablett am Eingang der Mansarde.

«Also geben Sie ihr den Sud!» sagte er. Shakes stellte das Tablett vorsichtig auf den Nachttisch. Er schob den Kerzenhalter zurück, schnippte kurz mit den Fingern und nickte der Kaltmamsell auffordernd zu.

«Dann zeigt mal, was Ihr könnt!»

Sie wurde unwillkürlich rot.

«Aber, ich weiß nicht, ob ...»

«Schon gut!» sagte Lord Rothschild. «Wir wissen, daß Sie in der Schloßküche schon manches Mal *Das Fluoreszierende* für Klingsor Haywood ausgefiltert haben!»

«Höchstens mal etwas Whisky!» beteuerte Miß Earlymorn. Lord Rothschild schnalzte mit der Zunge, dann ging er mit Shakes durch eine schmale Verbindungstür in einen weiteren, leerstehenden Gästeraum.

«Was halten Sie davon?» fragte er leise, nachdem er die Verbindungstür hinter sich geschlossen hatte.

Shakes schürzte die Lippen. Er zögerte, ehe er sagte: «Ich bin mir noch nicht sicher, aber es kommt mir vor, als ob seit Tagen eine unsichtbare Glocke über *Glyndebourne* liegt, die immer dichter wird ...»

Lord Rothschild hob die Brauen. «Sie haben wohl zu viele alte Schauspielführer gelesen, oder das Märchen von Dornröschen.»

«Das würde dem entsprechen, was ich im Augenblick noch nicht erklären kann.»

«Hm ... eine Glocke, sagen Sie ...»

«Vielleicht auch nur ein ungünstiger Luftdruck. Das soll jetzt häufiger vorkommen, sagte der Doktor. Und der muß es ja wissen!»

Lord Rothschild nickte nachdenklich.

«Wirklich zu dumm, daß Klingsor Haywood nicht hier ist! Mit seinen Apparaten könnte er schnell nachweisen, ob Sie sich irren oder nicht. Ich hatte schon mehrmals das Gefühl, daß mir die Ohren klingen ... ein Sirren in der Luft, dazu die Gleichgewichtsstörungen et cetera ...»

«Die anderen haben ebenfalls derartige Empfindungen gehabt», nickte Shakes.

«Und?» fragte Lord Rothschild. «Was spricht man noch?»

«Es gibt Spannungen zwischen den Schauspielern. Seit ich in *Glyndebourne* bin, habe ich noch nie eine derartig gereizte Unruhe miterlebt. Meistens sind es nur Kleinigkeiten ... Halbsätze und nervöse Gliederzuckungen ...»

«Na schön», sagte der Lord. «Wie ich Sie kenne, haben Sie bereits eine Theorie, einen Hinweis auf die alten Griechen oder zumindest irgendeine phantastische Erklärung!»

Shakes schüttelte bedauernd den Kopf.

«Diesmal nicht, Mylord. Ich weiß nicht, was ich davon halten soll. Es ist nichts Greifbares, denn äußerlich gesehen läuft alles vollkommen normal ...»

«Das Mädchen? Könnte das Mädchen etwas mit dieser eigenartigen Stimmung zu tun haben?»

«Wißt Ihr es wirklich nicht, Mylord?» fragte Shakes vorsichtig.

«Nein, da ist alles leer ... keine Spur einer Erinnerung ...»

Er strich sich mit den Fingern langsam über seine Stirn.

«Na ja», sagte er dann, «als Butler müssen Sie wahrscheinlich auch mal das Gras wachsen hören! Aber Sie haben ausgesprochen, was mich bereits seit Tagen an der Vorbereitung der neuen Oper stört. Sind wir denn schon so stimmungsabhängig geworden, daß wir selbst hinter einem Nichts eine besondere Bedeutung suchen?»

«Angst kann zum Selbstzweck werden», antwortete John Jacob Shakes philosophisch. «Wir wissen, daß es Möglichkeiten für die Bewohner des *Kontinuums* gibt, uns zu besuchen. Aber wir haben keine Ahnung, wer sie wirklich sind!»

«Schrecklich, wenn man die ganze Zeit beobachtet werden kann, ohne selbst etwas zu sehen!» sagte der Lord. «Ich glaube, daß wir alle Angst vor dem Unbekannten haben ...»

«Das könnte eine Erklärung sein», sagte Shakes und nickte. «Und wenn Ihr mich fragt, hat alles etwas mit Commodore Natz zu tun!»

«In den vergangenen Jahren haben Sie noch große Stücke auf Commodore Natz gehalten.»

«Das stimmt! Solange er uns friedliche Besucher brachte, hatte ich nichts gegen ihn. Doch diesmal schickt er uns ein Mädchen, das überhaupt nicht angemeldet war ...»

«Vielleicht taucht er ja doch noch auf», sagte der Lord. «Dann können wir ihn fragen, ob es schon wieder eine neue Technik für den Besucherversand gibt.»

«Vielleicht ...» sagte Shakes und stockte plötzlich. Lord Rothschild hob die Brauen.

«Was ist?»

«Ich denke gerade an die Freigänger», sagte der Butler zögernd. «Sollte nicht dieser Olaf, hinter dem der Doktor her ist, auch eine Rolle in der ‹*Entführung aus dem* Serail› spielen?»

«Mein Gott!» sagte der Lord erschreckt. «Jetzt glaube ich tatsächlich, daß ich langsam alt und vergeßlich werde! Daran habe ich überhaupt nicht mehr gedacht!»

Shakes wollte antworten, doch da hörten die beiden Männer einen Schrei aus dem Nebenzimmer. Sofort stürzten sie beide zur Verbindungstür.

Ein ätzender Geruch von Melisse, Minze und Kümmel schlug ihnen entgegen. Die Kaltmamsell hielt einen blutigen Lappen in der Hand.

«Was ist geschehen?» fragte der Lord knapp.

«Es ... es kam ganz plötzlich», schluchzte Miß Earlymorn fast tonlos. Ihr ganzer Körper bebte. Unfähig zu weinen, zuckten ihre Lippen. Shakes stürzte zum Bett. Er beugte sich über Konstanze. Vorsichtig strich er ihre Haare zur Seite. Und dann sah auch Lord Rothschild die frische, blutende Wunde schräg über der Stirn der jungen Frau.

«Der Schnitt war schon da», beteuerte die Kaltmamsell. «Bei allen magischen Geistern der Dunkelheit ... ich schwöre, daß ich es nicht getan habe ...»

Shakes packte ihre Handgelenke. Er drehte sie so, daß der blutige Lappen auf den Boden fiel. Mit der Spitze seines schwarzen Schnabelschuhs drehte er ihn um.

Das igelstachelige Amulett unter dem Lappen sah wie ein kleines, totes Tier aus ...

Der feuchte Dunst zwischen den Büschen und Bäumen hatte sich auch gegen die Mittagsstunde noch nicht verzogen. Aus den Laubhaufen stiegen würzige Dämpfe auf, und selbst die Borke der Bäume schien sichtbar zu atmen.

Vögel und andere Tiere des Regenwaldes zwitscherten, gurrten, schmatzten und fauchten wie stets nach den kurzen, heftigen Sommergewittern. Das vom Vormittag war vollkommen unerwartet über Sussex hereingebrochen. Klingsor hatte nichts damit zu tun. Vielleicht ärgerte er sich deshalb darüber, daß er schon wieder naß geworden war ...

Er hing auf seiner Stute, die wieder einmal ganz allein ihren Weg durch das schwüle Dickicht finden mußte. Selbst für ein herzhaftes *«Ja, kakreiti nobiscum!»* fehlte ihm jede Energie. Dabei hatte er nach seinem intensiven Traum ein Bad im warmen Meer genommen und ein Stück Vollkornbrot mit Speck gefrühstückt.

Es hätte ein wundervoller Tag werden können. Doch seit er den

Rolls aus den Augen verloren hatte, hielt er den Ausflug an die Küste für vertane Zeit! Er hätte sich denken können, daß sie einen anderen Weg als den durch die Wälder nehmen würden! Bis Beachy Head mit den Kreidefelsen war er im Wortsinn gut am Ball geblieben. Auch die drei Meilen über die alte Küstenstraße, entlang an den wie abgebrochen ins Meer ragenden Hügeln der *Seven Sisters*, waren relativ einfach gewesen.

Doch dann war der *Rolls* in den Serpentinen verschwunden, die zum ehemaligen Flußbett des Cuckmere hinabführten. Hier mußte er besonders vorsichtig sein. Überall konnten Fallen für seine Stute im Boden auftauchen. Die einzelnen Siedlungen im Urwald hatten kaum noch Verbindungswege untereinander. Dort, wo sich Trampelpfade in Tälern und Hohlwegen zufällig trafen, führten sie anschließend in weiten Bögen um die verlassenen Ruinenstädte herum.

Britannien war kein Land, das aufgeräumt worden war, ehe die Menschen in ihre Röhre krochen. Im Gegenteil! Wie nur die schlimmsten aller Touristen hatten sie ihren Unrat liegengelassen, wie er noch in den letzten Monaten vor der Aufgabe entstanden war.

Einige der Zurückgebliebenen hatten von Anfang an versucht, den Müllplatz Erde auszuwerten. Es waren die gleichen, die damals als Schutztruppe mit besonderen Vollmachten die ersten Schwierigkeiten geschlichtet hatten ...

Klingsor wußte, daß man sich mittlerweile vor den *Neo-Normannen* mehr in acht nehmen mußte als vor allen anderen Gruppierungen. Die ehemaligen Wald-Constabler hatten inzwischen eine brutale Besitz- und Eigentumsideologie entwickelt. Sie waren die Raubritter des Reservats geworden. Als Herren des Abfalls hatten sie drei Generationen lang alles aus den verlassenen Städten geraubt, was ihnen für einen späteren Machtkampf von Wichtigkeit zu sein schien.

Dagegen verfolgten die *Hegelianer* das Ziel, die gesamte Entwicklung der Menschheit noch einmal zu versuchen. Sie gaben vor, in strengster Wissenschaftlichkeit Schritt für Schritt alles neu zu entdecken und zu erproben. Von Anfang an hatten sie alles abgelehnt, was irgendwie auf einige Jahrtausende Kulturgeschichte hindeutete. Sie hatten beschlossen, mit einer Steinzeitkultur anzufangen und dann jede weitere Entwicklungsstufe kritisch zu diskutieren. Ihr Hauptproblem bestand darin, daß sie zu schnell waren. Deshalb durften pro Mondlauf nicht mehr als zwei Entdeckungen oder Erkenntnisse gemacht werden – eine naturwissenschaftliche bei Vollmond und eine philosophische bei Neumond …

Klingsor dachte daran, daß es noch hundert weitere Trutzdörfer und Überlebensexperimente allein in Sussex gab. Auf ganz Britannien übertragen, mußten es einige tausend sein!

Es gab in Sussex bereits Höfe, die keinen Fremden mehr über das abgesteckte Eigentum gehen ließen! Andere Bewohner des Reservats hatten sich neue Scheinreligionen und Leitbilder gezimmert, die einen deutlichen Rückfall in mittelalterliche Weltbilder ahnen ließen. Bei den *Pecuniaten* wußte man noch, woran man war. Sie rodeten, pflügten, säten und ernteten, wie die Jahreszeiten es vorschrieben. Alle Arten von Vieh und Haustieren bildeten ihr bewegliches Eigentum. Da kaum Möglichkeiten des Handels in Britannien existierten, hatten die *Pecuniaten* eine Frühform des ländlichen Matriarchats neu für sich entdeckt. Gemeinschaften, in denen die Mütter der Familien oberste Instanz und Autorität waren, bildeten gut die Hälfte alle Ansiedlungen im südlichen Britannien.

Von allen, die ihm bisher begegnet waren, hatten jedoch die *Elaboraten* seine besondere Sympathie. Sie waren oft eine schrullige Mischung aus Alchimisten, selbsternannten Magiern, Kräuterkundigen und Do-it-yourself-Naturphilosophen.

In jedem Haus eines *Elaboraten* war ein *Elaboratorium* eingerichtet mit einem Holzkohlenherd, Blasebalg, Kolben und Tiegeln, mit Mörsern und geheimnisvollen mechanischen Geräten. Die *Elaboraten* waren die einzigen, die im Reservat eine phantastische Chance sahen, früher vernachlässigte Randgebiete der Wissenschaft zu erforschen. Und nur die wenigsten Besucher von *Glyndebourne* ahnten, daß auch Klingsor Haywood ein *Elaboratorium* im Turm des Haupthauses eingerichtet hatte …

Mochte es Zufall sein, Fügung oder eine Vorahnung auf das Kommende … Klingsor träumte gerade von seinem Turmzimmer, als seine Stute plötzlich schnaubte und abrupt stehenblieb.

Es roch nach Rauch.

Der Doktor zupfte an seiner Nase, hob den Kopf ein wenig und schnüffelte nach allen Seiten.

«Kein Rastplatzfeuer!» murmelte er. Das war nicht gut. Vor einem Rastplatzfeuer konnte man ausweichen, denn schon der Rauch kündete an, zu welcher Lebensform seine Verursacher sich zählten. Die *Pecuniaten* waren auf mehr als eine Stunde Entfernung am Grilldunst zu erkennen. Sie brieten Fleisch, wenn sie sich doch einmal aus ihrem engen Lebensraum in die Wälder wagten. Kein wildes Fleisch, sondern die mitgenommenen Stücke. Und das roch anders als die Teile, die sich ein Freigänger mit seinem Kurzschwert zerlegte und an Stecken briet.

Orthodoxe *Hegelianer* kochten und brieten nichts. Und *Neo-Normannen* besaßen genügend Konserven und transportable Mikrowellenherde, von denen kein Dunst ausging.

Dieser Rauch jedoch roch eindeutig nach *Elaboraten-Kräutern*!

In *Glyndebourne* waren inzwischen die ersten Besucher eingetroffen. Nach einem jahrelang erprobten Plan stellten sie ihre Zelte an weit auseinanderliegenden Plätzen zwischen den Schloßgärten und dem Waldrand an den Hügeln auf. Erst nach und nach füllte sich der freie Raum zwischen den zuerst Angekommenen.

Auf diese Weise hatten alle Besucher genügend Zeit, sich langsam aneinander zu gewöhnen. Trotzdem ließen sich Reibereien und Auseinandersetzungen um die Abstände zwischen den Lagerplätzen nicht vermeiden.

«Ihr verderbt mit Eurem Zeltschatten die Erdströme», hieß es, und «Geht Ihr doch aus der Windrichtung mit Euren stinkenden Haustieren ...»

Erst als immer mehr *Pecuniaten* ankamen, beruhigten sich die verfeindeten Gruppen. Man rückte näher zusammen und richtete sich auf die üblichen Vorbereitungszusammenkünfte ein. Dennoch verhielten sich die Besucher in diesem Jahr wesentlich nervöser als sonst. Und einige benahmen sich regelrecht feindselig.

Gesichter wurden ohne die Tarnung der feierlichen Garderobe geprüft. Menschen, die während der Premiere nach gleichem Stil und Ritus gekleidet waren, lernten sich vorher so kennen, wie sie wirklich waren. Das hatte naturgemäß einen gewissen Verlust an Feierlichkeit zur Folge.

Für vier, fünf Stunden konnte jeder in eine ganz bestimmte Rolle schlüpfen – Schauspieler ebenso wie feingemachte Zuschauer. Für zwei, drei Tage war das schlechthin unmöglich!

Die ersten, die darunter zu leiden hatten, waren die Bediensteten im Schloß und die Mitarbeiter des Theaters. Niemand, der etwas zelebrieren will oder der eine Show veranstaltet, läßt sich schon vorher gern hinter die Kulissen sehen. Was da an Improvisation, Ärger, technischem Versagen und zwischenmenschlichen Konflikten zum Ausbruch kommt, war schon immer ein viel schärferes, fokusartig verdichtetes Schauspiel als alle Darstellungen auf der Bühne …

Der Machtkampf dieser Saison begann, als der Dirigent und Regisseur Westminster March bei Hagebuttle Blumenarrangements für die Eröffnungsszene des zweiten Aufzugs anforderte. Er wollte den Garten im Palast von Sultan Bassa Selim so echt und orientalisch wie möglich gestalten.

Hagebuttle weigerte sich, mehr als ein paar Sträuße schneiden zu lassen.

«Was wollt Ihr mit meinen Rosensträuchern? Für zwei, drei Stunden auf die Bühne stellen und dann verdorrt wegwerfen, wie?»

«Das gehört nun mal dazu!» sagte der wildhaarige Dirigent.

«Eindruck schinden … Applaus bekommen … ganz genial sein, wie? Aber nicht mit meiner Arbeit …»

«Es gehört zu meinen Aufgaben, die Bühne zu gestalten!»

«Und meine Gärten sind meine Bühne!»

Westminster March fuhr sich durch seine Beethovenfrisur. Er lief rot an, wußte für einen Moment nicht, was er antworten sollte, und zog schließlich mit einer eher trotzigen Gebärde sein buntes Halstuch stramm. Unglücklicherweise vergaß er dabei, daß er sich am Morgen einen besonders kunstvollen Knoten in sein Tuch gebunden hatte. Er schnappte plötzlich nach Luft, seine wäßrigblauen Augen traten weit hervor, und die Falten in seinem Gesicht verschwanden wie bei einem aufgeblasenen Ballon.

Westminster March hatte schon immer Schwierigkeiten mit sich selbst gehabt. Manchmal wurden ihm die verschiedenen Rollen, die er in *Glyndebourne* spielen mußte, einfach zuviel.

Zwei Gehilfen von Hagebuttle mußten ihm jetzt zu Hilfe kommen. Während einer den aufgeregt zappelnden Dirigenten mit starken Armen umklammerte, löste der andere mit schwarzen, erdigen Fingern das abschnürende Halstuch.

Westminster March sackte zusammen, als sie ihn losließen. Er hustete und würgte, schimpfte und schluchzte gleichzeitig. Aus den Augenwinkeln erkannte er, daß ihn über die Mauer des Rosengartens einige halbwüchsige Besucher aus den Wäldern beobachteten. Sie lachten und machten ihre Witze. Das war das schlimmste für Westminster March ...

«Ihr ... Ihr wollt mir also keine Blumen schneiden!» keuchte er in einem Anfall von Autorität.

«Nein!» sagte Hagebuttle ungerührt und stopfte sich bedächtig eine Maiskolbenpfeife. Er wußte, was er den Besuchern schuldig war. Obwohl es sonst nicht seine Angewohnheit war, hatte er sich für diesen Tag so angezogen, wie es die Bilder in den alten Büchern zeigten: Zu ungeputzten Lederstiefeln trug er geflickte, ausgebleichte Leinenhosen mit einem Strick als Gürtel, dazu ein buntkariertes Hemd und eine grüne Schürze. Auf seinem kantig und hager wirkenden Kopf saß ein Strohhut mit breiter Krempe und einem aufgerollten Mückenschleier. Hagebuttle war Mitte Fünfzig, aber er wirkte so, als hätte er sich bereits zwanzig Jahre länger um die Gärten von *Glyndebourne* kümmern müssen.

«Dann ... dann werde ich eben eine offizielle Materialanforderung ausschreiben!» schnaubte Westminster March. Er merkte nicht, daß seine staubige Perücke längst verrutscht war. Mit seinem traurig wirkenden Gesicht sah er in diesem Augenblick wie ein Clown aus, der nicht mehr wußte, wie sein großer Trick funktionierte.

Er wich rückwärts zurück, prallte gegen eine der kniehohen Säulen und verschwand humpelnd durch die Pforte zum Foyer. Zufrieden blinzelte der Obergärtner den Jungen an der Mauer zu.

Der *Rolls* des Commodore erwies sich als ideales Fahrzeug für unberechenbares Gelände. Obwohl ihn Olaf und Shahesa mehrmals nach der Herkunft der Kugel gefragt hatten, schwieg Scouty Natz.

Sie rollten eine halbe Stunde an der Küste entlang nach Westen. Die steilen Felsen reichten hier direkt bis ans Meer. An einigen

Stellen sah es so aus, als hätten die früheren Bewohner ihre Siedlungen auch unter der Wasserlinie weitergebaut.

«Alles versunken!» sagte der Commodore und wies auf eine Gruppe von Mauerresten, von denen nur noch rostige Betonskelette aus der Brandung ragten. «Das Meer ist in den letzten hundert Jahren nur fünf Meter gestiegen. Aber das hat bereits genügt, um fast den ganzen Norden des Kontinents dort draußen zu überfluten ... und unsere Flußtäler an der Küste ...»

Shahesa beugte sich neben Olaf nach vorn. Sie saßen hinter dem Commodore in harten, ausgefransten Polstern. An einigen Stellen im Inneren des *Rolls* war nicht nur die frühere Verkleidung verrottet, sondern auch das tragende Gerüst.

Als hätte er ein Leben lang nichts anderes getan, lenkte der Commodore die Kugel in weiten Schwüngen durch das Unterholz. Er vermied Buschgruppen mit Falschfarben und schien selbst an der Borke der Bäume zu erkennen, wo er aufpassen mußte.

«Festhalten!» schnaufte er plötzlich.

Der *Rolls* brach nach links aus, kugelte haarscharf an einem Felsbrocken vorbei, kippte fast über die Kante und setzte wie eine mit Drall versehene Billardkugel in der gleichen Spur zurück.

«Mein Gott, was war das denn?» fragte Shahesa. Sie hatte sich unwillkürlich an Olaf festgeklammert.

«Ein Teufelspfuhl», sagte der Commodore. Er stoppte den *Rolls*, wuchtete die Seitenluke auf und kletterte nach draußen. Vorsichtig näherte er sich einer leicht rauchenden, schwarzbraunen Lache in der Fahrspur. Er warf nur einen kurzen Blick auf die Mulde, dann kehrte er zum *Rolls* zurück. Er stieg ein, ließ den Induktionsmotor wieder an und betätigte kurz die immer noch funktionierende Waschanlage für die Solarzellen und die Außenhülle.

Bräunliche Schlieren liefen an der durchsichtigen Außenhülle des *Rolls* herab.

«Gummi», sagte Scouty Natz. «Das war nur Gummi! Irgendein altes Lager, an dem Autoreifen gesammelt wurden ... vielleicht auch ein Depot für irgendwelche Rauchzeichen ...»

«Das muß dann aber schon lange hier liegen», sagte Shahesa.

«Ich schätze, ungefähr hundertzwanzig Jahre.»

Er wartete, bis er wieder etwas sehen konnte, dann fuhr er langsam weiter. Dabei vermied er sorgfältig die Randstrecken der früheren Küstenstraße.

«In der Mitte ist es am sichersten», meinte er. «Die alten Versorgungsleitungen liegen meistens an den Rändern. Nur in den ehemaligen Städten muß man aufpassen wie ein Luchs. Als ich zum ersten Mal in einer Stadt war, bin ich mit einem *Rolls* so ungeschickt durch die Straßendecke gebrochen, daß ich zwei Tage festsaß. Was glaubt Ihr, wer mich da alles besucht hat ...»

«Alle, die Euch helfen wollten, nehme ich an», sagte Shahesa. «Und Rettungsmannschaften ...»

Der Commodore lachte laut auf.

«Rettungsmannschaften? Wir sind nicht im *Kontinuum*, meine Verehrteste! Nein, nein ... hier heißt es: hilf dir selbst, dann hilft dir Gott! Verdammte Waschbären, Füchse und sogar Wölfe haben sich ihre Nasen an der Kugel eingedrückt! Zum Schluß kamen auch noch die wilden Hunde ... und die sind schlimmer als alles andere!»

Vergnügt und ausgelassen folgte er den Windungen der ehemaligen Küstenstraße. Der Straßenbelag war nur noch an einigen wenigen Stellen erhalten. Dafür hatten die Pflanzen Aufbrüche und Verwerfungen verursacht.

Der *Rolls* besaß eine Fliehkraftfederung. Er hüpfte in weiten Sprüngen, wie ein mechanisches Känguruh, flach über den Boden. Bei jedem Sprung berührte er nur einen kurzen Augenblick die Erde. Shahesa klammerte sich mit beiden Händen an den Verstrebungen fest. Sie verstand einfach nicht, wie die beiden Männer es fertigbrachten, die langen, bei jedem Absinken äußerst unangenehmen Tauchbewegungen der Kugel so gleichmütig aufzunehmen. Nach ihrer Ansicht mußten die Konstrukteure des unmöglichen Fortbewegungsmittels entweder einen Hang zum Masochismus oder seefahrende Ahnen gehabt haben ...

«Das ist ja barbarisch!» sagte sie, als der Commodore wieder eine serpentinenartige Kurve der ehemaligen Küstenstraße mit einem weiten Schwung genommen hatte.

Olaf verzog sein Gesicht zu einem Grinsen.

«Hat dort hinten etwa jemand Schwierigkeiten mit dem Magen?» rief der Commodore. Shahesa preßte die Lippen zusammen. Jetzt machte sich dieser Mann noch lustig über sie!

«Ja, ich!» sagte im gleichen Augenblick Olaf.

Natz lachte laut und dröhnend.

«Der Andruckausgleich funktioniert nicht mehr ... normalerweise haben die Dinger Stabilisatoren ... verdammt, was ist das?»

Er steuerte die Kugel halb über die schräge Böschung. Der *Rolls* legte sich in die Steilkurve. Er brach durch ein paar Büsche, rammte gegen vom Regen ausgewaschene Steine und überquerte wie ein Geschoß die aufgerissene Straße.

Im gleichen Augenblick sahen auch Shahesa und Olaf die Straßensperre. Das Netz war direkt hinter einer neuen Biegung quer durch den Hügeleinschnitt gespannt.

«Neo-Normannen!» fluchte der Commodore. Dann raste der *Rolls* mit voller Wucht in das Netz.

Am frühen Nachmittag verließ Konstanze ihre Mansarde. Sie hatte nicht mehr geschlafen, seit sie urplötzlich aufgewacht war. Lord Rothschild hatte ihr umständlich zu erklären versucht, was er, sein Butler und die Kaltmamsell in ihrem Zimmer gesehen hatten.

Sie sprachen ziemlich lange über den Vorfall, doch weder Konstanze noch die anderen konnten eine Erklärung für den Schnitt auf ihrer Stirn finden.

Nachdem Miß Earlymorn ihr ein Pflaster auf die Wunde geklebt hatte, waren Lord Rothschild und der Butler gegangen. Konstanze hatte nichts dagegen, daß sie das Amulett mitnahmen. Wenn Dr. Haywood wieder zurückkam, sollte er es untersuchen. Er hatte bereits mehrere Amulette in seiner Sammlung.

Nachdem auch noch Miß Earlymorn gegangen war, kleidete sich Konstanze an. Sie beschloß, den Zwischenfall nicht zu ernst zu nehmen. Vielleicht war sie nur einfach noch zu erschöpft von der schwierigen, riskanten Reise aus dem *Kontinuum* bis zur Empfangsstation im *Turm der Reisenden*. Sie wußte nicht, wie diese Reise technisch funktionierte, aber es mußte sich dabei um ein Verfahren handeln, das sie perfekt und ohne das Gefühl zu träumen in dieses Reservat versetzt hatte.

Es gab nur wenige Glückliche im riesigen *Kontinuum Eckert*, die von dem phantastischen Gefühl berichten konnten, Ereignisse auf der Erde selbst gesehen und erlebt zu haben ...

Sie verließ die Mansarde und stieg die dunkle Treppe hinunter. Für einen Augenblick blieb sie zögernd an der Haupttür stehen, dann nahm sie ihren ganzen Mut zusammen und ging auf den Hof hinaus. Zuerst sah sie im harten, hellen Sonnenlicht fast gar nichts. Doch dann erkannte sie nach und nach Männer und Frauen, die geschäftig hin und her eilten. Handwerker schleppten Balken und bemalte Kulissenteile von einer Werkstatt zur anderen. Aus offenen Fenstern drangen die unterschiedlichsten Geräusche in den kleinen Schloßhof.

Hinter dem Küchentrakt probten sechs Maler den Janitscharen-Chor:

«Singt dem großen Bassa Lieder, töne feuriger Gesang;
Und vom Ufer halle wider unsrer Lieder Jubelklang!»

Konstanze wußte sofort, daß diese Stelle aus dem sechsten Auftritt des ersten Aktes stammte. In dieser Szene kehrt Sultan Bassa Selim mit seiner angebeteten, von Seeräubern für ihn geraubten Konstanze nach einer Lustfahrt auf dem Wasser in den Palast zurück. Aber Konstanze vertröstet den Sultan, denn ihre Liebe gehört Belmonte, dem Sohn von Bassa Selims ärgstem Feind. Sie ahnt nicht, daß der Geliebte sich bereits mit seinem Diener Pedrillo heimlich in den Serail eingeschlichen hat – stets auf der Hut vor Osmin, dem Palastaufseher, der sich inzwischen in Blonde, die Braut des lustigen Pedrillo und Zofe von Konstanze, unsterblich verliebt hat.

Konstanze seufzte selig. Sie konnte kaum erwarten, endlich mit all den anderen ihre Traumrolle zu singen. Sie kannte jede Einzelheit der Oper. Wie oft hatte sie oben in den Gefühlskabinen des *Kontinuums* bei Projektionen des Mozart-Singspiels mitgemacht! Allein, manchmal auch über Verbundschaltungen mit anderen Bewohnern irgendwo in der endlosen Röhre, doch niemals so real wie hier ...

Sie fühlte sich auf einmal auf eine ungeheuer intensive, trunken machende Weise in das Geschehen auf der Erde einbezogen. Sie sah, wie alles vorbereitet wurde. Sie roch das frische Holz, die feuchten Farben, hörte, wie Menschen fröhlich stritten und gemeinsam probten. Noch war vieles erst im Entstehen, unfertig, voller Erwartung. Sie kostete regelrecht den Geschmack der Vorfreude aus.

In einem weiten Bogen ging sie um den Küchentrakt herum. Linker Hand ragten die hellen Ruinenmauern der ehemaligen *Wal-*

lop Dining Hall aus dem Dickicht von Lianen, Baumfarnen, Huflattich und saftiggrünem Keulenbärlapp. Zum ersten Mal fiel ihr auf, wie jung der Dschungel in Britannien sein mußte. Hier standen Pflanzenarten zusammen, die noch gegenseitig um ihren Platz ringen mußten. Und erst in weiteren zwanzig, dreißig Jahren würde sich erweisen, was überlebte und was im Kampf um Licht und Nahrung unterging.

Am Ende des äußeren Hofes wandte sich Konstanze nach Westen. Sie ging zwischen flachen Lagerschuppen und der hohen Mauer um den Rosengarten bis an den Rand des steil nach Süden und Südwesten aufsteigenden Hanges. Hier waren kleine Fischteiche wie eine Reihe nierenförmiger Tümpel in den Boden gegraben. Strotzendes Bambusdickicht versperrte den Blick auf den ansteigenden Wald am Mount Caburn.

Sie ging an verwilderten Oleanderbüschen entlang nach Norden. Und dann sah sie Zelte, die bei ihrer Ankunft noch nicht auf den teilweise verdorrten Wiesen gestanden hatten.

Zwei halbwüchsige Jungen und ein ebenso altes Mädchen sprangen plötzlich von der steinernen Mauer um den Rosengarten. Sie zwängten sich durch die Büsche. Gleich darauf stießen sie fast mit Konstanze zusammen.

«Wir ... wir haben nichts getan!» sagte ein sommersprossiger, ungefähr sechzehn Jahre alter Junge erschrocken.

«Nur mal sehen, was hier schon los ist», nickte der andere.

Die ernsthaft wirkende Gefährtin der beiden Jungen musterte Konstanze von oben bis unten, dann warf sie ihr langes blauschwarzes Haar mit einer stolzen Kopfbewegung über die Schultern.

«Seid Ihr Besucherin, oder spielt Ihr auch mit?» fragte sie.

Konstanze mußte unwillkürlich lachen.

«Beides!» sagte sie. «Ich singe die Konstanze in der ‹*Entführung aus dem Serail*›. Aber ich komme nicht von hier, sondern aus dem *Kontinuum Eckert!*»

Die beiden Jungen rissen die Augen auf. Sie wichen verstört einen Schritt zurück. Das schwarzhaarige Mädchen schob die Unterlippe vor. Für einen Moment blitzte Zorn in ihren dunklen Augen.

«Laßt euch doch nicht ins Bockshorn jagen, George aus Ringmer und Ritas Hubert!» sagte sie ärgerlich, ohne sich nach den Jungen umzusehen.

Sie trat einen Schritt auf Konstanze zu. Mit einer schnellen Bewegung faßte sie zwischen ihre Brüste.

«Nichts!» rief sie dann.

«Kein Amulett! Seht ihr ... so leicht läßt sich Julianes Ebony nicht bluffen!»

Sie riß die Arme hoch, spreizte die Finger wie Krallen und stieß sie dicht vor Konstanzes Gesicht mehrmals zusammen.

«Ich banne Euch mit diesem Zauberzeichen ... jetzt seid Ihr magisch ... magisch-magnetisch ...»

Die Jungen standen direkt daneben. Ebony verzog ihr Gesicht zu einer drohenden Fratze. Dann lachte sie, drehte sich mit wirbelndem Rock um und rannte davon.

6.
Im Bannforst

Verdammt, ich hätte mehr erwartet!» knurrte der Bär von Mann. Er trug einen weich fallenden, schillernden Overall von undefinierbarer Farbe, relativ neu aussehende, hellbraune Schnürstiefel und über der Brust gekreuzte Taschengurte. An seinem breiten Gürtel hingen gebleichte Knochenköpfe von exotischen Vögeln.

«Der *Rolls* ist auch nur Schrott», sagte sein Begleiter. Er hielt eine kurzläufige MPi im Anschlag. Sie sah brandneu aus, obwohl sie aus dem zwanzigsten Jahrhundert stammen mußte.

Die beiden *Neo-Normannen* gingen mehrmals um ihre Gefangenen herum. Sie waren beide groß – fast noch größer als Olaf. Der dunklere der beiden Hünen entfernte sich, ohne dabei seine MPi wieder umzuhängen. Er ging bis zu einem hinter Netzen versteckten *Tank Roover*, der nur aus großen Ballonreifen zu bestehen schien. Die Reifen waren an drehbaren Achsarmen aufgehängt, die wie olivgrüne Krebszangen aus einem schwer und eckig in der Luft hängenden Kasten kamen.

Olaf beobachtete mit gesenktem Blick, wie der *Neo-Normanne* die Riegel des Kastens öffnete und hineinkletterte. Er hörte ein kurzes Pfeifen, dann einige Töne, die wie menschliches Vogelzwitschern klangen.

«... nein, keine *Machbar* ... sie hatten nur einen schrottreifen *Rolls* ...»

«Wo steht das Ding?» fragte der *Neo-Normanne*, der mit den Gefangenen am Fangnetz geblieben war. Commodore Natz tupfte sich mit einem Tuch über die aufgesprungenen Lippen. Er war mit dem Kopf gegen eine Verstrebung geschlagen.

«Das wird Sie teuer zu stehen kommen, Mann!»

«Willst du mir etwa drohen, du kleiner, windiger Commodore?»

«Allerdings!»

Olaf bewunderte den Mut von Scouty Natz. Der hatte nur einmal kurz geflucht und sich dann auf die neue Situation eingestellt. Er machte ganz den Eindruck, als würde ihm das nicht zum ersten Mal passieren ...

«Jetzt hör mir mal gut zu, Commodore Natz!» sagte der andere eisig. «Ihr seid hier unerlaubt in ein Sperrgebiet eingedrungen! Die Küste und der Wald sind altnormannisches Gebiet ... und zwar im gesamten Dreieck Hastings, Brighton, *Glyndebourne*!»

«Das ist mir bekannt», sagte der Commodore ungerührt. «Doch wenn ich mich umsehe, stelle ich fest, daß wir uns noch auf der Halbinsel von Eastbourne befinden. Und genau die gehört nach dem Vertrag von Calais zum Brückenkopf des Kontinents!»

«Seit der Landung der alten Normannen vor über tausend Jahren hat es nie wieder einen Brückenkopf in Britannien gegeben!» sagte der dunkle der beiden Hünen und spuckte auf den Boden.

«Keinen militärischen vielleicht», nickte der Commodore. «Aber einen wissenschaftlichen! Drei Halbinseln ... Eastbourne, Seaford und Newhaven ... diese drei Halbinseln am Nullmeridian sind offiziell zum Ankunftsgebiet für Kontinentaltouristen erklärt worden.»

«Hier ist noch nie jemand angekommen!»

«Was kann ich dafür, wenn ihr nicht aufpaßt? Ich selbst war mindestens ein dutzendmal in den vergangenen Jahren hier!»

«Das wissen wir», sagte der Speer der Normannen zweiter Klasse. «Aber bisher warst du nie in Begleitung ...»

«Na und? Was ändert das?»

«Eine ganze Menge! Britannien ist tabu für körperlich Reisende! Wo kommt die Kleine eigentlich her?»

«Aus dem *Kontinuum Eckert*!» sagte Shahesa mutig. Die *Neo-Normannen* lachten laut und dröhnend. Sie konnten sich fast ausschütten vor Vergnügen. Commodore Natz fand ihre Reaktion nicht besonders witzig. Er bekam einen tiefroten Kopf. Sie hatten fast alles ausziehen und auf einen Haufen am Wegrand legen müssen. Nur bei Shahesa waren die Wegelagerer etwas ritterlicher gewesen.

«Was bildet ihr euch eigentlich ein, ihr Strauchdiebe!» brüllte der Commodore. «Ich kann hier landen, sooft ich will und wann ich will!»

«Du hast ja eine Mißweisung im Gehirn!» lachte der Speer der

Normannen zweiter Klasse. «Vertrag von Calais ... wenn ich das schon höre! Das war vor über hundert Jahren, Mann! Inzwischen läuft hier überhaupt nichts mehr! Noch ein paar Jahre, und wir verrecken alle ... verstehst du? Da oben ... die Sonne ... die macht uns ganz langsam kaputt! Es fängt im Kopf an, und dann verlierst du jeden Tag etwas von deiner Lendenkraft ...»

«Dann geht doch in die Wälder, verdammt noch mal!» fauchte der Commodore. «Ich bin durch Steppen und durch die glühenden Wüsten auf dem Kontinent gezogen. Ich weiß, daß ihr alle krank seid ... die Verdammten dieser Erde! Aber ich weiß auch, daß das Magnetfeld eines Tages wiederkommen muß! Und deshalb muß irgend jemand überleben! Entweder ihr ... oder ein paar aus dem *Kontinuum*!»

«Was haben wir mit dem Rest der Menschheit zu tun?» lachte der dunkle Hüne. «Die leben doch alle wie die Maden im Speck!»

«Nein!» sagte Shahesa. «Sie sterben, weil sie nichts mehr *erleben*! Und deshalb werden wir versuchen, einen Teil Britanniens bis zur Röhre zu transportieren ...»

«In Säcken oder mit Wetterballons?» lachte der Blonde. Er ging langsam auf Shahesa zu. «Hallo», sagte er. «Ich bin Tankred ... und das ist Drogo. Aber ich würde sagen, wir beide versuchen es zuerst ...»

«Laß sie in Ruhe!» sagte Olaf leise. Seine Worte klangen keineswegs drohend, aber auch nicht so, als würden sie irgendeinen Widerspruch zulassen. Der Speer der Normannen zweiter Klasse drehte sich um.

«Du hältst dich da raus ... Freigänger!»

Shahesa spürte, wie sich in der Hitze des Tages erneut ein Konflikt anbahnte. Sie hatte nicht damit gerechnet, daß es so schwierig war, bis nach *Glyndebourne* zu kommen. Seit mehr als drei Jahren versuchte sie, nicht über einen der Freigänger, sondern mit ihrem ganzen Körper das *Kontinuum Eckert* zu verlassen. Viele hatten es vor ihr versucht. Sie waren verhungert, verdurstet, von wilden Tieren gefressen oder von Krankheiten zerstört worden.

Auch sie selbst hätte nie eine Chance gehabt, die vierhundert Kilometer von der Le-Mans-Kreuzung des Nullmeridians und der Röhre bis nach Britannien zu kommen. Nur die Tatsache, daß Commodore Natz und John Jakob Shakes eine Verbindungsperson oben im *Kontinuum* benötigten, hatte dazu geführt, daß sie von Natz ausgewählt worden war. Sie war die einzige *Wohlseyn* ihres Segments gewesen, die seine heimlichen Tests und Sondierungen überstanden hatte.

Fasziniert beobachtete sie, wie sich Olaf und Tankred gegenüberstanden. Jeder von ihnen wirkte stark und unabhängig. Der eine hatte sich mit einer martialisch wirkenden Uniform verkleidet, der andere ließ deutlich seine prächtigen Muskeln spielen.

«Na los, Freigänger!»

«Was soll der Unsinn?» protestierte der Commodore. «Wir wollen doch alle nur nach *Glyndebourne* ...»

«Die ganze Oper für das *Kontinuum* klauen, was?»

Tankred fletschte die Zähne.

«Wenn hier jemand etwas aus Britannien holen will, hat er zuerst uns zu fragen!» stellte Drogo fest.

Shahesa mußte zugeben, daß sie alles doch sehr erregte.

Commodore Natz überwachte ebenfalls die Situation. Nur sah er mehr als Shahesa, denn er hatte die Möglichkeit, auch noch ihr Minenspiel zu sehen. Er registrierte, wie sich ihre zarten Lippen öffneten, wie sie durch ihre Zunge angefeuchtet wurden und wie sich langsam ihre Wangen röteten. Ihr Blick bekam etwas Lüsternes, während sich ihre perfekt ausgebildete Brust immer heftiger unter der leichten Sommerbluse hob und senkte.

Zum ersten Mal entdeckte Scouty Natz Zeichen von unverhohlener sexueller Erregung an Shahesa. Oberflächlich betrachtet, war dieser Vorgang nichts Außergewöhnliches. Schließlich war Shahesa eine traumhaft schöne junge Frau, die ein Recht darauf hatte, vollkommen normal zu empfinden. Scouty hatte schon viele Touristinnen gesehen, die nur deshalb den Kontakt mit den Bewohnern des Reservats suchten ...!

Doch hier geschah etwas ganz anderes, denn nur Commodore Natz wußte, daß Shahesa keine Touristin im herkömmlichen Sinn war ...

Er hatte einen Augenblick nicht aufgepaßt.

Shahesa stieß einen kurzen Schrei aus. Im gleichen Moment prallten Tankred und der Freigänger mit den Schultern zusammen. Es krachte wie beim Bersten eines brechenden Baumes.

Olaf riß die Arme hoch. Er schrie, während er seinen mächtigen

Brustkasten mit Luft füllte. Aber auch der Neo-Normanne brüllte vor Schmerz und Wut.

«Paß auf, Olaf!»

Das war Shahesa. Sie sah, daß der zweite Kämpfer den gepanzerten Wagen unter dem Tarnnetz verließ. Olaf bückte sich, und dann geschah etwas Unglaubliches. Mit titanischer Kraft rammte der Freigänger seine rechte Schulter in den Leib des blonden *Neo-Normannen*. Der Hüne flog wie ein leerer Sack in die Luft. Er ruderte mit Armen und Beinen, drehte sich und krachte kurz vor der aufgebrochenen alten Küstenstraße in einen Macchia-Busch.

Der zweite *Neo-Normanne* stutzte. Ungläubig starrte er auf den Freigänger. Dann riß er seine MPi hoch, lud durch und schoß. Die Kugeln spritzten direkt zwischen Olaf und Shahesa in den Sand.

Natz warf sich instinktiv hinter einen grauen Felsbrocken. Er zog den Kopf ein, winkelte die Beine an und machte sich so klein wie möglich. Hinter dem Stein schrie Olaf erneut auf. Es war unfaßbar! Der Bursche mußte eine Konstitution besitzen, die alles andere in den Schatten stellte, was Scouty Natz bisher gesehen hatte!

Er hörte, wie sich Shahesa neben ihn warf. Mit einer weit ausholenden Bewegung zog er sie näher an sich heran. Aber Shahesa dachte nicht daran, neben ihm in Deckung zu gehen. Sie riß sich los und rutschte auf dem Bauch bis an die Kante des Felsens.

Und wieder ratterte die Maschinenpistole. Für einige Sekunden war alles still. Scouty Natz hob vorsichtig den Kopf. Shahesa lag zwei, drei Meter von ihm entfernt vor einer Felsspalte. Davor mußte der ungleiche Kampf schweigend weitergehen. Scouty hörte nichts und sah nichts, aber er konnte Shahesas Gesicht beobachten. Sie verzog immer wieder den Mund, preßte die Zähne zusammen und ballte kurz die Fäuste. Dabei leuchteten ihre Augen einmal groß und hell, dann wieder klein und schmerzverzerrt.

Scouty war so in die Beobachtung des Mädchens versunken, daß er den großen Schatten viel zu spät bemerkte. Er kam von der anderen Seite. Der blonde Hüne! Den hatte er ganz vergessen ...

Normannenspeer zwo packte Shahesa von hinten, riß sie mit einer brutalen Bewegung hoch und war sofort wieder verschwunden. Nur wenige Sekunden später zerriß etwas auf der anderen Seite des Felsens. Gleich darauf dröhnte ein lärmender Verbrennungsmotor durch die Hitze des Nachmittags.

Commodore Scouty Natz blieb schweißgebadet liegen. Seine Zunge fühlte sich hart und trocken an. In seinem Kopf hämmerte hart und mechanisch ein viel zu schneller Pulsschlag. Er preßte beide Hände gegen die Brust. Gleichzeitig zuckten seine Beine wie unter plötzlichen Muskelkontraktionen.

Ein Gefühl von Panik überschwemmte sein sonst so kühles, leidenschaftsarmes Bewußtsein. War er dafür nun tagelang mit dem Mädchen aus dem *Kontinuum* durch die Wüsten des leeren Kontinents gezogen?

Zum ersten Mal in der Geschichte der Röhre war es einer *Wohlseyn* gelungen, die perfekte Isolation zu überwinden! Und er, Commodore Scouty Natz, war der Initiator dieses einmaligen und ungeheuerlichen Verbrechens gewesen! Shahesa traf keine Schuld. Sie war ein Kind, ein kleiner, vollkommen ahnungsloser Engel gegen ihn ...

Klingsor Haywood glitt aus dem Sattel seiner Stute, nahm sie an der Trense und ging Schritt für Schritt durch das Dickicht.

«Du mußt hier warten!» flüsterte er ihr zu. Die Stute sah ihn mit großen, feuchten Augen an. Klingsor tätschelte ihren Hals, dann nahm er aus der Satteltasche ein paar Dinge und zwängte sich durch die verfilzten Lianen und Farne.

An einer etwas lichteren Stelle hielt er an, legte einen Beutel auf den Boden und packte verschiedene Gegenstände aus. Er faltete Papierstreifen, drehte sie wie Tabakblätter, bestäubte sie mit buntem Pulver und spuckte mehrmals auf die Kanten. Als die ersten Verfärbungen eintraten, preßte er die Papierlagen fest zusammen.

Das so gewonnene Kartonstück hatte ähnliche Eigenschaften wie ein Transistor. Mit einer Messerspitze ritzte Klingsor feine Linien in die Scheibe. Aus einer Seitentasche seiner Jagdhose holte er eine selbstgemachte Batterie. Sie war nur ein einfaches galvanisches Element. Mit dünnen, bastumwickelten Drähten stellte er eine Verbindung zwischen der Batterie und dem unschön aussehenden, noch immer etwas klebrigen Würfel her.

Dann legte er sich auf den Boden, suchte sich eine feuchte Stelle und steckte einen weiteren Draht in die Erde. Den Würfel hielt er mit den Fingerspitzen so weit nach oben, wie es ihm möglich war. Und dann schloß er die Augen.

Es dauerte nicht lange, bis er ein feines Kribbeln in den Fingerspitzen fühlte. Gleichzeitig wußte er, daß er richtig vermutet hatte:

Die fremden *Elaboraten* waren *Nullmeridianer*!

Klingsor lächelte zufrieden. Er nahm den Arm herunter, teilte den Würfel aus verklebten und wie bei einem alten Mikroprozessor übereinanderliegenden Schaltkreisen in zwei Hälften und legte eine neue, angefeuchtete Papierschicht mit einem sorgfältig aufgedampften Metallfilm dazwischen. Und wieder legte er sich mit dem Rücken auf den Waldboden, streckte den Arm hoch und wartete auf die Zeichen in seinen Fingerspitzen.

Nur wenig später wußte er, daß die *Elaboraten* aus einer Gegend stammten, die früher einmal zum Gebiet der Riesenstadt London gehört hatte.

Damit hatte Klingsor nicht gerechnet. Es kam sehr selten vor, daß sich die Nachkommen von sogenannten wissenschaftlichen Beobachtern aus den früheren Observatorien, Forschungslabors und Wetterstationen auf Reisen über Land begaben. *Nullmeridianer* galten seit eh und je als die *Elaboraten*, die kaum noch Kontakt mit anderen im Reservat suchten. Sie hatten ihre eigene Sprache entwickelt, die nur noch aus längst vergessenen Abkürzungen und Fachbegriffen bestand. Sogar mit dem selbstgebauten Dekoder hatte Klingsor Schwierigkeiten, überhaupt etwas von der am Feuer geführten Unterhaltung zu verstehen...

Er richtete sich wieder auf, zog den Erddraht ein und behielt sicherheitshalber seinen Lauschwürfel in der linken Hand.

Der jüngste der drei *Elaboraten* sprang auf. Er spreizte die Finger, wölbte sie, führte die Kuppen gegeneinander und murmelte eine unverständliche Beschwörungsformel.

Das *Alte Zeichen*!

Klingsor erkannte es sofort wieder. Aber er hatte vergessen, was es bedeutete. Er konnte sich nur noch daran erinnern, daß er vor mehr als zwanzig Jahren jeden neuen Tag mit dem gleichen Symbol der gewölbten Finger begonnen hatte...

Die beiden anderen Männer standen ebenfalls auf. Sie trugen Gummistiefel, lange, ehemals weiße Mäntel und schirmlose Stoffhauben. Der Anführer hatte eine Spiegelscheibe mit einem Loch in der Mitte über seiner Stirn befestigt.

«Wie ist Euer Luftdruck?» fragte er höflich reserviert.

«Normalnull auf Meereshöhe», antwortete Klingsor. «Und das Veränderliche ist des Lebens bestes Klima.»

Die beiden Älteren tuschelten miteinander.

«Ihr ... Ihr könnt uns verstehen?» fragte der Jüngste und trat einen Schritt vor. Sein Verhalten war wesentlich feindseliger als das seiner Begleiter.

«Ich habe mich ein paar Jahre mit den alten Wundern befaßt», sagte Klingsor. «Elektrizität, Magnetismus, Gravitation und Supraleitung bei tiefsten Temperaturen ...»

«Versteht Ihr Euch etwa auf Induktion?»

«Ich habe ein *Elaboratorium* mit einer ganzen Sammlung historischer Gerätschaften von Faraday bis Franklin ...»

«Wie heißt Ihr?» fragte er, und seine Stimme klang, als ob er die Worte wie in einer fremden Sprache suchen mußte.

«Klingsor Haywood», sagte der Doktor. «Geboren zweitausendvierundneunzig, Geburtsort unbekannt, Beobachter von *Greenpeas* in Schloß *Glyndebourne* ...»

Es gab nicht viele Menschen im Reservat, denen Klingsor ohne zu zögern etwas über sich erzählt hätte. Die *Nullmeridianer* bildeten in gewisser Weise eine Ausnahme. Noch vor siebzig, achtzig Jahren waren sie es gewesen, die *Greenpeas* alle Klimadaten aus Britannien geliefert hatten. So lange jedenfalls, bis sie eines Tages ohne weitere Begründung ihre Zusammenarbeit einstellten ...

«Habt Ihr verstanden, worüber wir gerade gesprochen haben?» fragte der Anführer der *Elaboraten*. Klingsor nickte und zeigte seine primitive Bioschaltung. Die drei Männer lächelten.

«Dann wißt Ihr also, daß wir auf dem Weg zu dieser Opernaufführung sind», meinte der Älteste. «Oder habt Ihr etwa noch etwas anderes gehört?»

Klingsor sah sich um. Der Wald kam ihm plötzlich still vor.

«Nun gut», sagte er. «Wollen wir stehen oder sitzen?»

«Wir können uns auch setzen», sagte der Mann mit dem Stirnspiegel. Erst jetzt sah Klingsor, daß es ein Restlichtverstärker war. Die *Elaboraten* räumten ihr verstreutes Gepäck zusammen und legten es neben einen alten Holzkoffer mit Messingbeschlägen.

Dicht neben dem Feuer lag ein Häufchen weißlichgrüner Holzspäne zum Trocknen. Vermutlich hatten sie *Leuchtholz* gesucht, aus dem sie «*Das Fluoreszierende*» abscheiden wollten. Klingsor erinnerte sich wieder an seine eigenen Versuche. Gleichzeitig spürte er ein Gefühl der Traurigkeit: «*Das Fluoreszierende*» war nicht der Weg, das verlorene Magnetfeld wiederzufinden ...

«Einen Tee, Sir?» fragte der dürre Mann. Klingsor nickte.

Der Bärtige reichte ihm einen gefüllten Becher, der sich in kleine Ringe zusammenschieben ließ. «Wir haben leider keinen weißen Zucker», sagte der Anführer der Gruppe. Klingsor hob die Schultern und nippte höflich an dem heißen Sud, den der Bärtige Tee genannt hatte.

«Brennessel», sagte der Jüngste, «mit etwas Wacholder und Birkenblättern. Gut gegen Rheuma, Gicht und Harnstauungen ...»

«Wollt Ihr jetzt sagen, was Ihr von unserem Gespräch gehört habt?» fragte der Anführer der *Elaboraten*, nachdem sie sich gesetzt hatten. Klingsor zögerte noch. Einerseits wußte er ganz genau, worüber die seltsamen Einsiedler gesprochen hatten, doch andererseits wollte er nicht zugeben, daß er sich selbst schon jahrelang mit den gleichen Problemen beschäftigte.

«Vielleicht löst es Eure Zunge, wenn ich uns erst einmal vorstelle», sagte der Älteste mit einem kaum wahrnehmbaren Lächeln. «Ich bin Professor Isaac Newton h. c., der bärtige Kollege dort ist der ehrenwerte Dr. Christian Huygens h. c., und dieser junge Mensch, mein Sohn, bereitet sich auf die Ernennung zum Nikolaus Kopernikus h. c. vor. Vielleicht schafft er sogar den Leibniz ehrenhalber ...»

Haywood senkte bei jeder Vorstellung den Kopf. Es war lange her, seit er gelernt hatte, daß es noch immer Menschen im Reservat gab, die sich streng wissenschaftlich ausrichteten. Trotzdem wurde er den Verdacht nicht los, daß diese drei *Elaboraten* mehr Wert auf ihre Namensmarotte als auf ihre ursprünglichen Aufgaben legten ...

«Ihr wundert Euch?» fragte der Bärtige. «Nun ja, die Jahre haben auch uns verändert. Aber im Gegensatz zu manchen anderen haben wir nicht vergessen, warum die Menschen wirklich in ihr *Kontinuum* geflohen sind!»

«Es kam damals eine ganze Menge zusammen», nickte Isaac Newton h. c. «Die einen fürchteten sich vor der drohenden Endzeit auf einer geplünderten und ausgelaugten Erde. Die anderen hatten furchtbare Angst davor, daß der nächste Krieg ein apokalyptisches Inferno werden könnte, und viele sahen einfach keinen Ausweg mehr in der Gefahr der Überbevölkerung, der Vermassung und ihrer eigenen Nutzlosigkeit ...»

«Die Idee einer neuen, paradiesischen Welt *mußte* wie eine alle Probleme lösende Heilslehre erscheinen», nickte Dr. Christian Huygens h. c.

«Wenn es nicht einen ganz anderen Grund für die damalige Endzeitstimmung gegeben hätte», sagte der angehende Kopernikus h. c.

Professor Newton schnalzte mit der Zunge und warf seinem Sohn einen mißbilligenden Blick zu.

Klingsor hörte, wie sie sich plötzlich in einer schnellen, abgehackten und unverständlichen Sprache verständigten. Diesmal half ihm sein selbstgebauter Transistor nicht.

Olaf bemerkte den Schatten über sich. Er störte ihn.

Obwohl er viel lieber noch eine Weile *gedreamt* hätte, entschloß er sich mit einem Schulterzucken, den Schutzkreis aufzugeben. Es war, als würde er in eine heiße, laute Welt zurückkehren ...

«Bist du wahnsinnig, Mann!» schrie neben ihm der kleine Commodore. «Wach endlich auf, verdammt noch mal!»

«Ich bin wach», sagte Olaf vollkommen ruhig.

Scouty Natz stampfte wie eine heißgelaufene Maschine um ihn herum. Seine Bewegungen wirkten eckig und unkoordiniert.

«... bin wach! Bin wach ...» wiederholte er mit knarrender Stimme. «Ein Träumer bist du! Ein verdammter Narr! Du kannst dich doch nicht einfach ausklinken und dann so tun, als sei nichts gewesen!»

Mit bebenden Schultern blieb er direkt vor Olaf stehen. Der Freigänger blieb noch immer ruhig. Er sah den Commodore von oben herab an. Sein Gesicht zeigte keine Gefühlsregungen.

«Ihr sollt mit mir nicht reden wie mit einem Wilden!»

«Wie denn sonst? Sag mir, wie sonst?»

«Ich habe Euch zweimal das Leben gerettet», sagte der Freigänger. Es war kein Stolz in seiner Stimme, bestenfalls Unwillen. «Beim ersten Mal wußte ich noch nicht, wer Ihr seid. Dann kam das Mädchen. Sie hat mich unsicher gemacht. Ich hätte *dreamen* können, aber ich wollte *ich* vor ihr sein ...»

«Was soll denn das? Oder weißt du blöder Kerl nicht, was gerade hier geschehen ist?»

«Ich habe Euch zum zweiten Mal gerettet», sagte Olaf. Seine Stimme klang plötzlich hart und tief.

«Mich? Gerettet? Du sagst, du hast mich ...»

Der Commodore lachte. Es war nur ein kurzes, ungläubiges und ruckartiges Lachen. «Mich gerettet! Das darf doch einfach nicht wahr sein! Menschenskind, Olaf! Hier waren eben noch *Neo-Normannen* mit einem *Tank Roover* ... die schlimmsten Blutsauger des ganzes Reservats! Sie haben auf uns geschossen, verstehst du denn nicht?»

«Doch», sagte Olaf. «Sie haben auch Shahesa mitgenommen.»

«Ach – das hast du also gesehen!»

«Ja», sagte Olaf.

«Und warum hast du nichts dagegen unternommen?»

«Damit sie nicht den ganzen Weg durch den Bannforst laufen muß. Jetzt kann sie fahren ...»

Der Commodore blieb wie vom Blitz geschlagen stehen. Dicke Schweißtropfen glänzten auf seiner hohen, kugeligen Stirn.

«Jetzt kann sie fahren?» sagte er tonlos. Olaf nickte nur.

Es war verrückt – vollkommen absurd.

«Heilige Ringwelt, steh mir bei!» stöhnte der Commodore.

«Sie ist doch eine *Wohlseyn*, oder?» meinte Olaf ungerührt.

«Natürlich», nickte Commodore Natz resignierend. Er ließ sich auf einen der heißen Felsen sinken. «Seit hundert Jahren ist dieses Mädchen der erste Mensch, der heil aus dem *Kontinuum Eckert* auf die Erde zurückgekommen ist! Du hast ja keine Ahnung, was das bedeutet! Alles war streng geheim. Noch nie ... hörst du ... noch nie zuvor ist es einem *Wohlseyn* gelungen, mit seinem eigenen Körper die Röhre zu verlassen und zu überleben!»

«Ich weiß», sagte Olaf. «Die anderen Besucher haben sich Gastkörper gesucht. So wie mich zum Beispiel ...»

Commodore Natz starrte den jungen Mann aus den Wäldern ungläubig an. Fast eine Minute lang sahen sich beide wortlos in die Augen. Und dann lächelte der Freigänger.

«Es ist nicht wichtig», sagte er. «Wichtig ist nur, daß Shahesa nach *Glyndebourne* kommt.»

«So? Und warum ist dir das so wichtig?»

«Weil sie das Schloß und das Operntheater wegnehmen soll ...»

Scouty Natz lachte mitleidig.

«Sagst du das jetzt von dir aus, oder spricht jemand anderes aus dir?»

«Das sagt Olaf, der Freigänger!»

«Nehmen wir an, es wäre so! Warum sollte Shahesa *Glyndebourne* wegnehmen, wie du sagst. Und zu welchem Zweck?»

«Sie soll die Oper entführen, weil die da oben etwas Echtes haben wollen ...»

«Aha ...»

Zu einer intelligenteren Äußerung war Scouty Natz nicht mehr fähig. Er verzog mehrmals sein Gesicht, dann stand er vorsichtig auf und verschaffte sich unmerklich einen gewissen Abstand von Olaf. Eine Weile hatte er noch geglaubt, daß man mit diesem Wilden vernünftig reden könne. Jetzt aber zweifelte er nicht länger daran, daß Freigänger gefährliche und zu allem fähige Irre waren ...

«Es wird nicht schwierig sein», sagte Olaf. «Man muß nur die Materie richtig einfangen. Das Ganze ist im Prinzip nur ein Zeitproblem ...»

Er machte eine leichte Handbewegung. Gleich darauf fielen Dutzende von blanken Kupferprojektilen vor die Füße des Commodore. Er sah sofort, daß sich die Geschosse aus der MPi nicht einmal verformt hatten ...

Newton und Huygens hoben die Köpfe. Sie sahen Klingsor fragend an.

«Ich habe mich auf Euer Dschungellatein konzentriert», sagte Klingsor. «Aber ich könnte schwören, daß ich Schüsse gehört habe!»

«Meint Ihr, sie galten uns?» fragte Isaac Newton h. c.

«Nein, dafür waren sie zu weit entfernt! Aber wir sollten versuchen, so schnell wie möglich aus dem Dschungel zu kommen! Die Cuckmere-Überflutung muß ganz in der Nähe sein!»

«Ein sehr vernünftiger Gedanke!» nickte Dr. Christian Huygens.

«Pack ein, Nikolaus!» ordnete Newton an. «Wir ziehen weiter!»

Der angehende Kopernikus – oder auch Leibniz – gehorchte. «Laßt uns solange über den Untergang der Erde plaudern», schlug Dr. Huygens vor. «Das ist doch immer wieder ein höchst interessantes Thema ...»

Erst jetzt murrte der angehende Kopernikus ein wenig.

Klingsor Haywood schüttelte verständnislos den Kopf, aber die beiden älteren *Elaboraten* schienen tatsächlich großen Gefallen daran zu finden, ihm ihre Ansichten mitzuteilen. Sie standen auf und wanderten vor Klingsor hin und her.

«Nehmen wir nur die wissenschaftlich gesicherten Erkenntnisse über das irdische Magnetfeld», sagte Dr. Huygens. «In den vergangenen zweieinhalb Jahrtausenden hatte es sich auf die Hälfte reduziert ...»

Professor Isaac Newton h. c. nickte ernsthaft. Er verschränkte die Arme auf dem Rücken und stieg über die Gepäckteile, die sein Sohn neben den Holzkoffer gestellt hatte.

«Bekannt! Bekannt!» sagte er. «Und daß die Magnetpole nicht nur wanderten, sondern von Zeit zu Zeit auch umkippen konnten, war auch kein Geheimnis mehr!»

«Das ist in den vergangenen Jahrmillionen einige dutzendmal passiert», nickte Dr. Huygens h. c. zustimmend. «Und nie in regelmäßigen Abständen!»

«Alle großen Mythen der Menschheit enthalten Erinnerungen an derartige Ereignisse», sagte Professor Newton h. c. «Vielleicht sind auch die Sintflut und die Legende vom Untergang von Atlantis auf ein Umkippen des Magnetfeldes zurückzuführen ...»

«Weiß man's?»

«Man weiß es nicht. Aber es wäre immerhin denkbar!»

«Und was ist mit dem Paläomagnetismus?» warf der angehende Kopernikus ein. «Verschiedene Gesteinsschichten tragen die unterschiedlichsten Richtungsspuren früherer Magnetfelder.»

«Das ist richtig», sagte sein Vater. «Aber damit sollte nur Wegeners Theorie von der Kontinentalverschiebung bewiesen werden.»

«Ende des zwanzigsten Jahrhunderts rechneten die Wissenschaftler mit einem Umkippen des irdischen Magnetfeldes in frühestens dreihundert Jahren», sagte Isaac Newton. «Maximal hätte die Menschheit noch tausend Jahre Gnadenfrist gehabt ...»

«Aber es waren dann nicht einmal hundert!» seufzte Dr. Christian Huygens. «Die Menschen müssen es geahnt haben ...»

«Der sechste Sinn», nickte Isaac Newton. «Gar nicht mal unwahrscheinlich nach dem, was wir *Elaboraten* über den tödlichen Sonnenwind, den verschwundenen Van-Allen-Gürtel und die frühen Tests mit Tieren in Versuchsanordnungen mit *Nullmagnetismus* erfahren haben.»

Klingsor Haywood hatte mit atemloser Aufmerksamkeit zugehört. Das Ganze klang so beiläufig, so selbstverständlich, daß er sich unwillkürlich fragte, warum er und die Angehörigen von *Greenpeas* das gleiche Wissen wie ein esoterisches Vermächtnis behandelt hatten.

«Wir sind schutzlos geworden», sagte Dr. Christian Huygens. «Ohne Magnetfeld ist kein Leben auf der Erde möglich! Ein paar Jahrzehnte vielleicht ... Solange hält die Atmosphäre noch einen Teil der kosmischen Strahlung ab. Aber die Vögel fliegen nicht mehr nach Süden, die Schlangen können sich nur noch nach der Temperatur orientieren, und wir Menschen verlieren nach und nach unser Gedächtnis ...»

Klingsor schluckte. Er räusperte sich, dann entschloß er sich, zu sagen, was er belauscht hatte.

«Ihr rechnet mit einer Neubildung der magnetischen Pole ... mit einem neuen Magnetfeld?»

«Nach der Wahrscheinlichkeit können die Pole sich in der gleichen Nord-Süd-Richtung neu bilden wie bisher. Sie können aber auch Nord zu Süd und Süd zu Nord machen ... aber nie anders, als es die Erdachse vorgibt!»

«Wir sind kaum fünfzig Jahre ohne Magnetfeld», sagte Klingsor. «Dauert der Übergang, ich meine, die Neubildung eines Magnetfeldes, für einen ganzen Planeten nicht viel länger?»

«Wenn wir Glück haben, werden wir dieses Wunder noch erleben», sagte Isaac Newton. «Aber es kann natürlich auch passieren, daß wir hier unten über dem langen Warten ganz langsam aussterben ...»

«Und die *Wohlseyn* in ihrer Röhre?»

«Das *Kontinuum Eckert* war von Anfang an mit einem künstlichen Magnetfeld ausgestattet. Aber man hat vergessen, daß man allein durch Warten nicht überleben kann! Wer weiß, ob die Milliarden nicht schon längst ausgestorben oder wahnsinnig geworden sind ...»

«Sie haben in den letzten Jahren auf verschiedenen Wegen versucht, aus der Isolation herauszukommen», sagte Klingsor leise. «Und manchmal denken wir in *Glyndebourne*, daß bereits echte Gäste aus dem *Kontinuum* zu unseren Opern kommen ...»

«Ich bin jetzt soweit», sagte der Sohn von Isaac Newton. «Es würde allerdings leichter sein, wenn wir das Tragetier benutzen könnten, das dort oben hinter den Büschen steht.»

«Mein Pferd? Aber natürlich!» sagte Klingsor. «Daran hatte ich gar nicht gedacht! Es ist noch ziemlich weit bis *Glyndebourne*.»

«Wir ziehen uns nur um für den weiten Weg», sagte Professor Isaac Newton II, nahm den Stirnspiegel ab und verstaute ihn in einer Reisetasche mit Tragegurten. Er legte auch seine weiße Kopfkappe dazu und setzte sich dafür ein großes, samtschwarzes Barett mit einer schwarzen Reiherfeder auf. Anschließend zog er seinen Mantel aus, der wie ein Arztkittel aus dem vergangenen Jahrhundert aussah. Unter dem Kittel hatte er nur eine schwarze, ärmellose Weste und Knickerbocker an. Dann knöpften sie auch noch die Stiefel wie Galoschen auf. Darunter trugen sie Schnallenschuhe.

Klingsor Haywood beobachtete schweigend die Verwandlungskünste der *Elaboraten*. Die beiden anderen zogen sich ebenfalls um. Wenige Augenblicke später sahen sie nicht mehr wie schmutzigweiße Vogelscheuchen, sondern wie reisende Scholaren aus. Das paßte wesentlich besser zu ihren ernsten, offenen Gesichtern ...

Nicht weit entfernt bimmelte plötzlich eine Art Kuhglocke. Die drei *Elaboraten* fuhren zusammen.

«Was war das?»

«Ich weiß nicht», sagte Klingsor und kratzte sich am Kopf. «Aber nach *Glyndebourne* zur Premiere kommt man gewöhnlich nicht mit einer ganzen Herde ...»

«Ich habe nur eine Glocke gehört», sagte der Dr. Christian Huygens II. «Meint Ihr denn, daß auch Frauen aus den Trutzdörfern der *Pecuniaten* eingeladen sind?»

Klingsor nickte zustimmend.

«Jeder, der die Beschwerlichkeiten einer mehrtägigen Reise für ein dreihundertfünfzig Jahre altes Singspiel auf sich nimmt, kann kommen.

«Und da erwartet Ihr tatsächlich über dreihundert Besucher?» fragte der Professor h. c. zweifelnd.

«Vielleicht werden es auch noch ein paar mehr», nickte Klingsor. «Wenn mich nicht alles täuscht, können wir in diesem Jahr sogar mit einer echten *Wohlseyn* rechnen. Ich habe sie ... ich habe sie ...»

Für einen Augenblick sahen ihn die *Elaboraten* verständnislos an. Klingsor Haywood machte eine entschuldigende Handbewegung. Er hatte vergessen, was er eigentlich sagen wollte.

«Dieser verdammte Dschungel!» fluchte er leise. «Er saugt einem noch alle Gedanken aus dem Kopf ... oder ist es vielleicht die Sonne?»

«Ihr seid es nicht gewöhnt, *Glyndebourne* zu verlassen», meinte Dr. Christian Huygens. «Man vergißt einfach zuviel, wenn man sich nur ein paar Meilen entfernt. Deshalb haben wir ja auch unsere Erinnerungsblocks ...»

Er zeigte auf das Gerät in seiner Hand. Klingsor nickte, aber er hatte keine Ahnung, was der *Elaborat* meinte.

7.
Vertauschte Rollen

Die Jungen und das Mädchen vom Zeltplatz amüsierten sich noch lange über den Streich, den Julianes Ebony der jungen Dame an der Mauer des Rosengartens gespielt hatte.

«Hoffentlich vergißt sie jetzt ihre Rolle nicht!» meinte Ritas Hubert. «Sie hat doch gesagt, daß sie auch in der Oper singen soll ...»

Sie lachten und streiften weiter durch die Büsche. Dabei interessierten sie sich weniger für den Theatertrakt, sondern für alles, was in den Werkstätten zwischen dem Schloß und den dichtbewaldeten Hängen des Mount Caburn passierte.

In einem nach Norden offenen Schuppen neben einem leeren Pferdestall stand ein ernst aussehender Mann, der mit vorsichtigen Hammerschlägen gelb glänzende Metallringe verformte.

Ritas Hubert, Claires George und Julianes Ebony duckten sich hinter einem Bretterstapel. Sie sahen dem seltsamen Mann schweigend zu.

«Weißt du, was der da macht?» flüsterte Hubert. Ebony schüttelte den Kopf.

«Vielleicht ein *Uhrbauer*!» sagte Claires George.

«Oder ein *Elaborat*, der sich hier seine Gerätschaften schmieden darf ...»

Ebony sah die beiden Jungen an.

«Wollen wir ihn ärgern?» fragte sie. In ihren Augen blitzte es. «Mal seh'n ... vielleicht reagiert er ja auf ein Minneangebot!»

Sie richtete sich auf und versuchte ihre noch kleinen Brüste zur Geltung zu bringen. Wie eine Tänzerin schritt sie langsam ins Freie. Der ernste Mann blickte auf. Ebony tat so, als würde sie ihn nicht sehen. Sie drehte sich mit einer Pirouette. Ihr weiter Rock hob sich und zeigte ihre nackten Beine.

John Jacob Shakes legte seine Arbeit auf den Werktisch. Die beiden Jungen im Gebüsch kicherten.

«So könnte es funktionieren!» sagte der Butler plötzlich und nickte. Er trat aus dem Schuppen und starrte auf Ebonys Beine. Sie merkte sofort, daß er etwas ganz anderes im Kopf hatte. Verwirrt hörte sie auf, sich zu drehen. Aber sie lief nicht weg.

«Ihr könnt ruhig aus den Büschen kommen!» sagte Shakes. «Seht euch lieber den Rocksaum eurer Freundin an!»

«Was soll daran besonders sein?» fragte Hubert mutig. Er kam vor George aus dem Gebüsch.

«Habt ihr gesehen, wie der Saum des Rockes Wellenlinien formte?» fragte der Butler. «Genauso könnte das irdische Magnetfeld sich selbst vernichtet haben ...»

«Was hat mein Rock mit dem Magnetfeld zu tun?» fragte Ebony. Sie zog die Schultern hoch und bedauerte bereits, daß sie die fremde junge Frau mit dem alten Zauberzeichen erschreckt hatte. Jetzt schien die Strafe dafür zu kommen ...

«Ich glaube, jede Drehbewegung hat etwas mit uns zu tun», sagte der Butler. «Vom kleinsten Kreisen der Elektronen um den Atomkern bis zu der großen Drehung unserer Milchstraße ...»

Die Jungen starrten den ernsten Mann mit großen Augen an.

«Ich will versuchen, euch die ganze Angelegenheit zu erklären», sagte er. «Ihr wißt doch, daß sich unser Planet jeden Tag einmal um seine Achse dreht, oder?»

«Wir sind doch nicht von gestern!» sagte Julianes Ebony. «Natürlich wissen wir das!»

«Seht ihr ... und mitten in der Erde steckt ein fester Metallkern mit einem Durchmesser von 2440 Kilometern. Der feste Kern wird durch eine Schicht aus heißem, flüssigem Metall umhüllt, die mit 7000 Kilometer Durchmesser genauso groß ist wie der Planet Mars ...»

Er ging einige Schritte auf Ebony zu.

«Kannst du dich noch einmal drehen?» fragte er. Sie nickte verlegen. Der Butler trat zurück. «Paßt auf, wann sie mit ihrer Drehung anfängt und wann die Rockfalten nachziehen ...»

Ebony drehte sich. Die Falten des Glockenrocks flogen tatsächlich mit einer sichtbaren Verzögerung um ihre Beine.

«*Scating!*» sagte der Butler. «Innerhalb der Erde heißt diese Verzögerung auch die *Coriolis-Kraft*. Und jetzt stellt euch mal vor, daß sich die Erde genauso dreht wie dieser Rock! Der feste Metallkern dreht sich einmal am Tag um seine Achse ... genauso wie die Oberfläche der Erde ... aber die Schmelze dazwischen bleibt immer etwas zurück ... sie wallt und rollt sich ... bildet Wirbel und schließlich riesige Wülste ... mit Turbulenzen wie bei unserem Wetter ... könnt ihr euch vorstellen, was Tag und Nacht unter uns los ist?»

«Die Planetenmaschine!» sagte Ritas Hubert und schluckte. «Davon habe ich schon einmal gehört!»

«Richtig!» nickte der Butler. «Aus diesen Kräften stammte unser Magnetfeld! Es begann am festen Metallkern der Erde und reichte weit ins All hinaus.»

«Aber die Erde dreht sich doch immer noch», sagte Hubert. «Warum ist dann das Magnetfeld verschwunden?»

«Paßt doch mal auf die Rockfalten auf», sagte Shakes. Er ging zu Ebony und flüsterte ihr etwas zu. Sie nickte, stellte ihre Füße eng zusammen und begann sich mit schnellem Schwung zu drehen.

«Da! Seht ihr ... da ist es!»

Ebony drehte und drehte sich. Die Rockfalten begannen neue, eigene Wellenbewegungen zu entwickeln. Plötzlich sah es so aus, als würden sich gegenläufige Wellentäler treffen, für einen kurzen Augenblick gegenseitig aufheben und in umgekehrter Richtung weiterlaufen ...

«Reicht das?» rief Ebony konzentriert.

«Ja, das reicht!»

Das junge schwarzhaarige Mädchen blieb schweratmend stehen.

«Puh!» sagte sie. «Das war anstrengend.»

«Habt ihr gesehen, wie die Wellen der Falten erst in die eine und dann in die andere Richtung liefen?» fragte Shakes erregt. «Wie sie sich neutralisierten und wie es für einen kurzen Augenblick so aussah, als wären überhaupt keine Faltenwellen mehr da?»

Die Jungen schwiegen betreten. Aber der Butler ließ sich nicht mehr bremsen.

«In jedem Dynamo kann es passieren, daß sich die Richtung des elektromagnetischen Feldes von Zeit zu Zeit umkehrt. Vielleicht liegt es wirklich daran, daß sich die umlaufenden elektrischen Felder durch die Verzögerungen wie bei der *Coriolis-Kraft*, beim *Scating* oder wie an diesem Rocksaum gegenseitig einholen und für einen kurzen Augenblick so überlagern, daß plötzlich alles zusammenbricht. Natürlich ist das immer nur ein sehr kurzer Übergang, bis sich das elektromagnetische Feld im ständig weiterdrehenden Dynamo neu aufbaut. Und zwar in der gleichen Richtung wie vorher ... oder genau umgekehrt ...»

«Und wie lange kann das dauern?» fragte Ritas Hubert.

«Ich habe keine Ahnung», sagte Shakes leise. «Darüber wußten selbst die Wissenschaftler im vorigen Jahrhundert nichts. Schlimmstenfalls müssen wir mit tausend Jahren rechnen ...»

«Mit tausend Jahren!» stöhnte Ebony entsetzt. «Aber bis dahin sind wir und alle anderen längst tot! Verbrannt durch kosmische Strahlen ... unfruchtbar ... verblödet ...»

«Ausgestorben wie seinerzeit die Saurier!» schluckte Ritas Hubert.

Der Butler nickte ernst. Er drehte sich um und ging zu seinen Metallringen auf dem Arbeitstisch zurück. Schweigend sammelte er sie ein.

«Ich muß zurück!» sagte er. «Aber ihr habt mich auf einige sehr brauchbare Ideen gebracht ...»

Klingsor und die *Elaboraten* zogen schwitzend und keuchend durch das Unterholz. Die schwüle Hitze des Sommertages schien erst jetzt richtig durch das dichte Blätterdach des Bannforstes zu dringen.

Die meiste Zeit bewegten sie sich in einem nebligen Halbdunkel. Überall flatterte, kreischte und schnarrte es wie in einem viel älteren Urwald. Doch dieser Dschungel war noch jung. Er hatte noch keine Baumriesen, keine meterdicke Laubschicht und keine seit Generationen eingespielte Flora. In ihm kämpften Pflanzen und Tiere noch um ihr ökologisches Gleichgewicht.

Klingsor Haywood führte seine Stute am langen Zügel. Sie trug das Gepäck der drei kauzigen Männer. An der Spitze ging Dr. Christian Huygens. Er bahnte mit einer Machete den Weg durch das hellgrüne Dickicht. Obwohl es bereits August war, sahen die Pflanzen an vielen Stellen noch wie im Mai aus.

«Ist er nicht schrecklich, dieser Wildwuchs?» stöhnte Professor Isaac Newton. Klingsor grinste leicht.

«Euch waren wohl die waldlosen Hügel von Sussex lieber?»

«Ich finde es nur ausgesprochen skandalös, daß auf den ehemaligen Wiesen Britanniens jetzt dieses wilde Zeug wächst, das es zu anständigen Zeiten bestenfalls in den Kolonien gab ...»

Klingsor mußte lachen.

«Und ich dachte, daß die *Elaboraten* etwas aufgeklärter denken als die *Neo-Normannen*! Aber Ihr trauert wohl auch noch dem Verlust des britischen Weltreiches nach ...»

«Unsere großen Wissenschaftler kann uns niemand nehmen!»

Sie kamen an eine Stelle, an der das Unterholz besonders dicht war. Newtons Sohn, der bisher die Nachhut gebildet hatte, ging an Klingsor und seinem Vater vorbei. Er stellte sich neben Huygens und riß mit bloßen Händen die jungen Zweige ab, um einen Durchlaß im Gebüsch zu schaffen.

«Nennen sich alle *Nullmeridianer* nach Naturwissenschaftlern aus vergangenen Jahrhunderten?» fragte Klingsor.

«So ist es», nickte Isaac Newton II stolz. «Früher war mal eine Zeitlang Mode, lateinische Namen anzunehmen. Wir halten mehr davon, uns nach den Großen unserer Zunft zu nennen.»

«Also nicht nur nach ehemaligen Engländern?»

«Ach, wißt Ihr, da sind wir tolerant», sagte der Chef der kleinen Wissenschaftlergruppe. «Die reine Lehre beanspruchen ohnehin die *Hegelianer* für sich. Die sagen, daß der Sinn jeder geschichtlichen Entwicklung darin liegt, daß der Mensch seine Freiheit nur verwirklichen kann, wenn er schrittweise die absoluten Wahrheiten enthüllt. Einige der *Elaboraten* haben in den vergangenen Jahrzehnten versucht, genau das Gegenteil zu tun. Sie folgten Schopenhauer ... oder vielleicht den Lehren der Yogis und der Heiligen ...»

«Ich habe schon davon gehört», sagte Klingsor und ließ die Zügel seiner Stute wieder locker.

Huygens und der angehende Kopernikus hatten einen Durchlaß im Gebüsch geschaffen.

«In gewisser Weise», sagte Isaac Newton, «leben auch die Freigänger nach einem ähnlichen Prinzip.»

«Kennt Ihr denn welche?» fragte Klingsor interessiert. Er bückte sich unter einem schweren Mangrovenzweig hindurch. Der Boden wurde immer sumpfiger.

«Die Freigänger sind für mich das interessanteste Phänomen

des gesamten Reservats», sagte Isaac Newton II. «Habt Ihr noch nie gehört, daß sie die Zeit verändern können?»

Klingsor Haywood blieb abrupt stehen.

«Die Zeit verändern? Was meint Ihr damit?»

«Sie *dreamen* ...»

«Das weiß ich, aber was hat das mit der Zeit zu tun?»

Isaac Newton sah sich nach allen Seiten um. Sein Sohn und Huygens hatten einen Hohlweg erreicht, der steil zu einem Abhang führte. Newton wartete, bis sie nicht mehr zu sehen waren.

«Wißt Ihr wirklich nichts davon?» fragte er leise. Klingsor schüttelte den Kopf.

«Dann müßt Ihr wirklich eine ganze Menge von den echten, uralten Geheimnissen des Lebens vergessen haben!» sagte Professor Newton h. c. mit einem tiefen Seufzer. «Die eigentliche Fehlentwicklung der Menschenrasse begann doch, als sie die Zeit ebenso wie den Raum einteilte. Aber die Menschen irrten, als sie annahmen, daß sich die Zeit in einer geraden, unendlichen Linie von der Vergangenheit über die Gegenwart bis in die Zukunft erstreckt! Denn dadurch machten sie sich automatisch zu Sklaven einer falsch verstandenen Zeit ...»

«Ihr wollt doch nicht behaupten, daß die Zeit nicht vergeht!» unterbrach ihn Klingsor. Der Professor schüttelte mitleidig den Kopf.

«Wieder der gleiche Denkfehler!» sagte er geduldig. «Wo ist denn festgeschrieben, daß man die Zeit genauso messen kann wie physikalische Vorgänge? Das ist doch seit Jahrtausenden der ungeheure Irrtum!»

Klingsor sah ihn verständnislos an.

«Zeit, die man messen kann ... angeblich messen kann ...» sagte Isaac Newton, «die so verfälschte Definition von Zeit wird so unsinnig wie das Gewicht großer Gedanken oder die Wärme von Gefühlen! Das ganze Unheil der vergangenen Jahrtausende bestand doch darin, immer mehr Zeit *sparen* zu wollen ... sie angeblich vernünftig einzusetzen und sie mit Handlungen zu füllen ...»

«Und was soll falsch daran gewesen sein?»

«Daß die Zeit schließlich zu einem absoluten Wert aufstieg ... zur Quelle aller anderen Werte! Solange Zeit noch mit Ereignissen in der Natur, dem Lauf der Sonne und dem Stand der Sterne verglichen werden konnte, wirkte der Denkfehler nur auf das Individuum und seine nähere Umgebung. Damals hatte das Wort *Welt* noch die gleiche Bedeutung wie *Zeit des Menschen* ...»

«Ich fange an, Euch zu verstehen», sagte Klingsor nachdenklich. «Es muß etwas mit Harmonie und mit dem Platz des einzelnen im Kosmos zu tun gehabt haben!»

«Ja!» nickte Newton. «Doch eines Tages durfte niemand mehr nach seiner eigenen inneren Zeit leben. Zeit war damit keine kostbare, einmalige Empfindung mehr, sondern ein gnadenloses Instrument der Macht! Und nur die Freigänger sind heute wieder in der Lage, die Zeit als eine unveränderliche Einheit zu verstehen. Und wenn sie *dreamen*, unterscheiden sie nicht mehr nach Vergangenheit, Gegenwart und Zukunft!»

Klingsor holte tief Luft.

«Wenn ich Euch recht verstehe, meint Ihr, daß Freigänger eine Art Rückentwicklung sind ... Menschen ohne ein Zeitgefühl ...»

«Ohne das falsche Zeitgefühl von Euch und mir! Ich würde sie daher als einen neuen Schritt, als korrigierte Glückskinder bezeichnen», sagte Professor Isaac Newton zustimmend.

Er lächelte und drehte sich um. Mit leichten, federnden Schritten ging er auf die Schneise im Gebüsch zu. Die Stute folgte ihm und zog Klingsor mit sich. Hinter der Schneise begann ein Hohlweg. Er führte mit einem schmalen, sumpfigen Bach in der Mitte direkt zu einer sandigen Bucht der breiten Cuckmere-Überflutung.

«Störe ich Euch, Shakes?» fragte Konstanze an der Tür der alten Küche. Der Butler saß an einem schweren Bohlentisch in der Mitte des Souterrainraums, der sowohl zum Rosengarten als auch zum inneren Schloßhof je eine Tür besaß. Hinter einer dritten, halbgeöffneten Tür war schemenhaft eine Steintreppe zu erkennen.

Der Butler blickte von seinen blitzenden Geräten auf. Im ersten Augenblick dachte Konstanze, er würde Löffel, Gabeln und Messer putzen, doch dann erkannte sie, daß er mit Schraubenziehern, kleinen Zangen und Drahtspulen hantiert hatte. Unter der tief über den Bohlentisch gezogenen Hängelampe erkannte sie eine halbzerfledderte Partitur mit handschriftlichen Korrekturen.

«Ihr könnt Euch frei im Schloß bewegen», sagte er. «Türen, die nicht verschlossen sind, stehen allen Bewohnern von *Glyndebourne* offen.

Sie dachte kurz über den seltsamen Satz nach, dann streifte sie ihre Schuhe an einer Matte neben den Stufen der Tür zum Rosengarten ab.

«Darf ich mich zu Euch setzen?»

John Jakob Shakes zog die Notenblätter zu sich und nickte wortlos. Sie ließ sich auf einen der schweren Holzstühle mit handgeschnitzten Lehnen sinken.

«Es ist sehr kühl hier!»

«Deshalb habe ich beide Türen aufgelassen», antwortete er, ohne sie anzusehen. Er drehte ein paar winzige Schräubchen in ein flach auf dem Tisch liegendes System verschieden großer Messingringe.

«Was ist das?» fragte sie. Er hob den Kopf. Zum ersten Mal sah sie ihm direkt in die Augen. Im gleichen Augenblick bereute sie ihre Neugier. Sie hätte oben im schönen, sonnigen Rosengarten bleiben sollen! Oder hatte ihr plötzliches Erschauern etwas mit der Bühnenrolle des schwarzhaarigen Butlers zu tun? Hatte sie deshalb Angst vor ihm, weil er in der Oper den gnadenlosen Wächter und Majordomus des Serails darstellte?

Sie lächelte unsicher. Natürlich hatte sie sich schon seit langer Zeit mit der *«Entführung aus dem Serail»* und mit den Baulichkeiten von Schloß *Glyndebourne* beschäftigt. Zum ersten Mal wurde ihr jetzt bewußt, daß sie auch die Personen kannte, die hier auf der Oberfläche der Erde lebten. Aber woher – woher *wußte* sie, daß es Männer wie Lord Abel Rothschild und seinen Butler Shakes wirklich gab?

Wie konnte sie es erfahren haben?

Sie spürte, wie es ihr kalt über den Rücken lief. Der Butler schien genau zu merken, was in ihr vorging. Er senkte seinen durchdringenden Blick.

«Wer durch den *Turm der Reisenden* nach *Glyndebourne* kommt, kennt nicht nur seine Rolle auf der Bühne des Opernhauses», sagte er wie beiläufig. «Vor ein paar Jahren haben die ersten *Wohlseyn* nur als Zuschauer die Singspiele erlebt. Wer aber an den Aufführungen teilnimmt, muß besser vorbereitet werden. Deshalb sind heutzutage sogar die Proben synchronisiert. Wir können dafür die früheren Sensoren, Sender und Aufnahmetechniken der letzten Zivilisation benutzen ...»

«Geräte wie das da?»

Sie deutete auf die glänzenden Messingringe. Shakes sah sie ohne die kleinste Regung in seinem glatten Gesicht an.

«Nein», sagte er nach einer langen Pause. «Das hier hat eine größere Bedeutung! So wie vor vielen hundert Jahren ein Mann namens Kopernikus das damalige Weltbild durch ein System aus Sphären ersetzte, die um die Sonne als Mittelpunkt geordnet waren, so haben Wissenschaftler später erkannt, daß es noch viel, viel größere Kreise geben muß, die unseren Platz im All beeinflussen.»

«Meint Ihr die Sternkreiszeichen?» fragte Konstanze. Sie war etwas erleichtert, daß sie darüber mitreden konnte. Ehe sie vor einiger Zeit begonnen hatte, *«Die Entführung aus dem Serail»* interessant zu finden, hatte sie sich wie viele junge Mädchen im *Kontinuum Eckert* mit Okkultismus, Astrologie und der schon fast vergessenen Lehre von den Sternen des Universums befaßt. Mit den Geheimnissen der Dinge also, die niemand in der großen Röhre je gesehen hatte ...

«Die Sternkreiszeichen haben auch etwas mit uns zu tun», sagte John Jakob Shakes zurückhaltend. «Wir wissen heute nicht mehr, wann die Einteilung des Nachthimmels in zwölf Zonen erfolgt ist. Aber wir haben nicht vergessen, daß es nur alle sechsundzwanzigtausend Jahre eine vollkommen identische Position der Sternkreiszeichen gibt. Das ist die Folge der leichten Kreiselbewegung unserer Erdachse.»

«Ich weiß!» nickte Konstanze interessiert. «Und alle vierzigtausend Jahre verändert sich die Inklination der Erdbahn ... und diese wiederum verändert ihre Form von elliptisch zur Rundung und wieder zurück alle hunderttausend Jahre, stimmt's?»

«Kennt Ihr etwa auch den Zeitraum, in dem die Sonne gegenüber der galaktischen Ebene der Milchstraße langsam auf und ab schwingt?»

«Ich glaube, das waren zweihundertachtzig Millionen Jahre», sagte sie zögernd.

«Nein, das ist falsch», sagte Shakes mit leichtem Tadel in der Stimme. «Diesen Zeitraum benötigt unser Sonnensystem, um einmal mit dem Milchstraßensystem um sich selbst zu kreisen. Das

Auf- und Abschwingen in der horizontalen Ebene der Milchstraße dauert nur achtundvierzig Millionen Jahre. Und ich bin gerade dabei, all diese Abweichungen in ein gemeinsames Modell zu bringen …»

Er zeigte auf die Ringe auf dem Bohlentisch.

«Es sieht aus wie Planetenlaufbahnen in einem Astrolab», sagte sie. Er nickte, doch dann schüttelte er den Kopf.

«Hierbei sind alle Zeiten so langsam, daß man sie mit bloßem Auge nicht erkennen könnte. Deshalb versuche ich, ein logarithmisches System zu bauen. Dadurch kann ich die galaktischen Bewegungen im richtigen Verhältnis zu kurzen Zeiten wie den Kreiselbewegungen der Erdachse darstellen …»

«Zweihundertachtzig Millionen Jahre für einen Sonnenumlauf um die Galaxis gegenüber sechsundzwanzigtausend Jahren?»

«Ja», sagte er ernsthaft. «Und dann muß ich berechnen, woher der Urknall bei der Entstehung unseres Universums kam. Denn dieser Knall muß gleichzeitig ein ungeheurer Energieimpuls gewesen sein, von dem das Echo noch im zwanzigsten Jahrhundert gemessen werden konnte.»

Sie sah ihn mit einer Mischung aus Bewunderung und Skepsis an. Auch wenn sie sich sehr viel von ihrem Besuch auf der Erde versprochen hatte – ein Gedanke hatte sie nie beschäftigt: die völlig unglaubliche Idee, daß sich ein Schauspieler und Butler im Reservat Britannien mit astronomischen Modellen auseinandersetzen könnte!

«Warum denkt Ihr ausgerechnet über so komplizierte Dinge nach?» fragte sie, noch immer hoch erstaunt.

«Weil keiner von uns überleben wird, wenn wir nicht wissen, wie das Magnetfeld um die Erde in ungleichmäßigen Perioden entsteht und wieder zusammenbricht!»

«Steht das denn nicht in irgendwelchen wissenschaftlichen Untersuchungen? In den Archiven bei uns oben im *Kontinuum* …»

«… ist auch nicht mehr vorhanden, als wir hier wissen!» unterbrach er sie mit einer resignierenden Handbewegung. «Das Magnetfeld kommt und verschwindet wieder. Manchmal hält es sich zehn Millionen Jahre, dann wieder nur einen halben Tierkreiszeichenumlauf … nicht einmal sechsundzwanzigtausend Jahre!»

Er sah sie an, und seine Augen schienen plötzlich zu glühen.

«Vielleicht gibt es tatsächlich einen gemeinsamen Nenner! Noch ist es nur eine vage Vermutung … eine Hypothese des Zusammenhangs zwischen dem Echo des Urknalls und dem Entstehen des irdischen Magnetfelds. Mit seinem festen Kern aus Nickeleisen verhält sich unser Planet wie ein riesiger Dynamo. Vermutlich braucht er das schwache magnetische Feld aus dem Urknall, das diese *Genesis-Induktion* immer dann verursacht, wenn sich bestimmte Konstellationen ergeben!»

«Können wir denn jetzt noch etwas damit anfangen?» fragte sie. «Selbst wenn die Hypothese eine gesicherte Erkenntnis würde?»

«Das kann ich erst beantworten, wenn mein Modell so funktioniert, wie ich es erwarte», sagte Shakes. «Denn irgendwo steckt noch ein anderer Gedanke hinter dem Geheimnis des Magnetfeldes. Vielleicht hat er etwas mit dem Wunder der Zeit zu tun … oder sogar dem Phänomen des Lebens!»

«Meint Ihr etwa, daß Leben nur innerhalb eines Magnetfeldes entstehen kann?» fragte sie schaudernd.

«Jedenfalls hört es ganz langsam auf, wenn kein Magnetfeld mehr vorhanden ist», sagte er. «Vielleicht erklärt sich dadurch sogar das Aussterben der Saurier, der Untergang großer Kulturen und die Summe rätselhafter Sprünge in unserer eigenen Entwicklung!» Konstanze spürte, wie ihr der Mann immer unheimlicher vorkam.

Lord Abel Rothschild, C. B., C. B. E., konnte die Hitze nicht gut vertragen. Er wanderte ziellos durch die Gärten, nickte den *Glyndebournern* zu, die vor großen Plänen an den Wänden standen, und ging schließlich ins Haupthaus zurück.

Von Jahr zu Jahr waren die Pläne ausführlicher geworden. Lord Rothschild ahnte, daß es irgendwann keine Opernaufführungen mehr geben würde. Vielleicht schon im nächsten Jahr. Bereits jetzt glich das ganze Unterfangen eher einem starrsinnigen Versuch, eine alte Tradition wachzuhalten, obwohl fast jeder Handgriff vorgeschrieben werden mußte. Und noch genauere Pläne aus den Jahren nach Klingsor Haywoods Ankunft gab es nicht mehr.

Damals hatten die beiden Männer ganz genau festgelegt, was für eine Opernaufführung notwendig war. Doch bereits in jenen

Jahren waren sie nicht mehr auf ganz einfache Dinge gekommen ... so einfach, daß sie nicht einmal mehr in den Archiven verzeichnet waren ...

Lord Rothschild stieg mühsam die Treppen im Haupthaus hinauf. Er ging bis ganz nach oben. Der Söllerturm an der Südostecke des Hauses verschaffte ihm etwas Kühlung. Zwar brannte auch hier die Sonne, aber der Luftzug aus dem kühleren Innenhof war sehr angenehm.

Lord Rothschild blickte über die Wiesen hinweg. Überall lagerten bereits Gäste. Sein Blick fiel auf den Theatertrakt. Dort würde in vierundzwanzig Stunden noch einmal der Versuch gewagt werden, die Bewohner der Trutzdörfer mit einer Oper zu erfreuen.

Aber warum machten sie das eigentlich noch? Es gab keine *Robbits* mehr, und die wenigsten Gäste hatten eine Vorstellung davon, wer Wolfgang Amadeus Mozart gewesen war ...

Britannien hatte sich sehr verändert. Es glich immer mehr einer Insel, die von der Küste her zuwuchs. Lord Rothschild konnte nicht einmal mehr sagen, ob es noch andere Menschen außerhalb von Sussex gab. In den vergangenen Jahren waren noch Besucher aus den Gegenden von London und Hastings, von Salisbury und Portsmouth gekommen. In diesem Jahr wurden nur einige *Nullmeridianer* aus Greenwich und *Hegelianer* aus Stonehenge erwartet. Fast alle anderen kamen aus den Trutzdörfern in der Umgebung ...

Lord Rothschild fragte sich, ob es tatsächlich sinnvoll war, so vollkommen unterschiedliche Gruppen für mehrere Stunden in einem geschlossenen Raum zu versammeln. Bereits in den vergangenen Jahren hatte es immer wieder Zwischenfälle, Berührungsängste und vorzeitige Abreisen gegeben. Es war sogar vorgekommen, daß sich Besucher mitten in der Vorführung ganz plötzlich aufregten und lärmend das Parkett verließen.

Nein, das sollte in diesem Jahr nicht geschehen!

Lord Rothschild entschloß sich, von Anfang an auf Disziplin zu achten. Wenn es nicht anders ging, blieben die Türen zwischen dem Parkett und den Foyers eben geschlossen, solange die Musik spielte!

Er lächelte zufrieden. Das war eine gute Lösung für die vielleicht letzte Opernaufführung auf der Erde. Er drehte sich um und verließ den Turm. Jetzt mußte er nur noch die entsprechenden Vorbereitungen treffen. Die Anlagen waren schon seit einem Jahrhundert für besondere Vorkommnisse vorbereitet. Bisher hatte Lord Rothschild sie nicht benötigt. Aber vielleicht war es sinnvoll, wenigstens einmal auszuprobieren, was eigentlich noch funktionierte …

Er hoffte nur, daß er noch nicht alles vergessen hatte!

8.
Shahesa

«Noch eine Stunde, dann machen wir Schluß für heute!» rief der Fahrer des *Tank Roovers.* Tankred nickte und gähnte mit weit aufgerissenem Mund. Er lag neben Shahesa in einem weichen Schalenpolster, strich sich über seine blonden Bürstenhaare und kratzte an den farbigen Tätowierungen auf seiner Kopfhaut.

Der Fahrkasten dröhnte mit hohen, singenden Motorengeräuschen am Ufer der Cuckmere-Überflutung entlang. Hin und wieder kletterten die großen, wulstigen Räder über Bodenwellen, Felsbrocken und umgekippte Bäume. Dennoch konnte Shahesa durch die schmalen Sichtschlitze nicht erkennen, nach welchen Wegmarkierungen Drogo das Fahrzeug steuerte.

Der blonde Hüne wandte sich zu ihr.

«Noch immer schockiert?» fragte Tankred spöttisch.

Sie schüttelte den Kopf. Eigentlich gehörte dieser Zwischenfall genau zu den Dingen, die sie erwartet hatte. Dennoch brauchte sie Zeit, um die Ereignisse zu verarbeiten. Sie dachte an die lange Wegstrecke, die sie mit Commodore Scouty Natz zurückgelegt hatte. Wahrscheinlich hätte sie keinen besseren Reisebegleiter finden können. Aber sie war von Anfang an vorsichtig gewesen. Nicht umsonst hatte sie sich entschlossen, bis zur Landung an Britanniens Küste Tranquilizer zu schlucken. Auf diese Weise hatte sie zu starke Umwelteindrücke vermieden.

Selbst die vergangene Nacht war so verlaufen, wie sie es geplant hatte – ohne viele Gedanken und nur auf das beschränkt, was sie gerade sah, hörte und empfand.

Das *«selektive Wohlseyn»* war immer noch die beste Methode, um alles zu verdrängen, was nicht in eine ganz bestimmte Situation paßte. Menschen in früheren Generationen hatten das ebenfalls gekonnt, ganz ohne dämpfende Chemikalien. Das *«selektive Wohlseyn»* war einer der Gründe dafür gewesen, daß Menschen selbst unter grausamsten Bedingungen immer noch weitermachen konnten. Daß sie sich auf eine Rolle konzentrierten und einfach nichts anderes hören wollten. Daß sie sich festhielten an einem einmal eingeschlagenen Weg und daß sogar die Friedlichsten eher über Leichen gingen, als einzuhalten und ihr Bewußtsein wieder zu öffnen …

Pflanzen hielten sich mit den Wurzeln an Plätzen fest, die ihnen Nährboden versprachen. Menschen klammerten sich stets an das, wovon sie sich ein möglichst einfaches und lange zu erhaltendes «*Wohlseyn*» erhofften. Dabei lebten sie in einem Zustand, wie er unlogischer kaum vorstellbar war.

Shahesa dachte daran, daß nur Menschen in der Lage waren, zwischen zwei Erscheinungen der *Nichtexistenz* zu wählen. Mit diesem ungeheuer komplizierten Trick konnten sie vor sich selbst vergessen, daß die Zeit eine Form von permanenter Energie war. Sie teilten diese Energie in zwei Abschnitte ein – in die *nicht mehr* vorhandene Zeit und in die *noch nicht* eingetroffene Zeit … in Vergangenheit und Zukunft. Und alles, was subjektiv zwischen diesen beiden Extremen lag, bildete den theoretischen Begriff der Gegenwart.

Shahesa wußte, daß es die Gegenwart niemals geben würde oder gegeben hatte. Sie war der Übergang von einer Betrachtungsweise in eine andere, mehr nicht. Und selbst wenn irgend jemand behaupten würde, er hätte in einem ganz bestimmten Augenblick die Gegenwart ergriffen, so wäre das bereits wieder eine Feststellung, die etwas Vergangenes betraf …

Zeit, wie die meisten Menschen sie verstanden, war nur ein subjektives Hilfsmittel zur Wahrnehmung der Außenwelt. Doch Zeit ließ sich nicht aufteilen. Sie blieb konstant, unveränderlich und von allen Versuchen, sie anderen Gesetzen unterzuordnen, vollkommen unbeeinflußt.

Shahesa dachte daran, daß in der ganzen Entwicklungsgeschichte der Menschheit nur wenige Epochen der Wahrheit über die Zeit nahegekommen waren. Das frühe Mittelalter gehörte dazu, aber auch hinduistische Philosophen, die das Geheimnis vom «*Ewigen Jetzt*» erkannt hatten …

Auf einer früheren Entwicklungsstufe waren auch primitive Kulturen eins mit der Zeit gewesen, in der sie existierten. Für sie hatte es weder Zukunft noch Vergangenheit gegeben. Was sie in ihren Erinnerungen bewahrten, war ebenso real gewesen wie das, wovor sie sich fürchteten und was sie wünschten. Die Welt, in der sie lebten, hatte deshalb nicht nur aus konkreten Dingen bestanden, sondern ebenso aus Überlieferungen, Geistern der Verstorbenen, Dämonen und Seelen, die sogar der Stein besaß. Träume und Urerinnerungen, Ängste und Hoffnungen waren für frühe Menschen ebenso wirklich wie das Feuer und der Fluß, der Wind, die Kälte und das Land.

Wer so zu leben verstand, der hatte das Paradies in sich noch nicht verloren, denn er war eins mit dem gesamten Kosmos ...

Der gleiche Zustand war auf eine ganz andere Art auch im *Kontinuum Eckert* eingetreten. Nur daß sich dort die Übergänge zwischen Traum und Projektionen künstlich herstellen ließen.

Shahesa hatte von Einwohnern der Ringwelt um die Erde gehört, die vom Zeitpunkt der Geburt bis hin zur Endverwertung ihrer Körper nicht einen Augenblick lang sie selbst gewesen waren. Auch diese Menschen existierten, hatten ein Innenleben und äußere Empfindungen. Sie konnten sehen, hören, riechen, schmecken und mit anderen sprechen. Aber sie waren nicht mehr in der Lage, zwischen selbsterlebten und eingegebenen Erfahrungen zu unterscheiden. Das Schlimme war, daß sie nicht einmal wußten, daß sie wie Blinde von der Farbe sprachen. Alles, buchstäblich alles in ihrem Bewußtsein und zum größten Teil auch in ihrem Unterbewußtsein stammte von fertigen, vorfabrizierten Konserven ...

Sie hatten keine eigene Meinung mehr, denn selbst die letzte Spur von Individualität hatten sie gegen ein neues, schnell zu bekommendes Zauberwort eingetauscht:

Wohlseyn ...

Ewiges, köstliches, riesiges *Wohlseyn ...*

Du wachst auf und fühlst dich himmlisch. Leise Musik lockt dich aus deinen angenehmen Träumen. Dein Bett ist weich, das Morgenlicht angenehm warm. Munteres Vogelgezwitscher grüßt dich, *Wohlseyn EUROPA-1711-2017-XXI* ... was hast du für heute wunschprogrammiert? Ach ja ... *Shahesa* ... die kleine Blonde ... tapfere Amazone ... Geliebte der Helden im Bannforst ... Du streckst dich und streichelst mit beiden Händen die Schultern, die Brust und die Hüften ... hörst du dich stöhnen vor Lust? *Wohlseyn* ist Lust, und du bist *Wohlseyn ...*

«Sieh dir das an, Drogo!» hörst du und lächelst. Männer, die dich geraubt haben ... dich ganz allein!

«He, Tankred, komm, laß uns tauschen ... ich will mich auch mal neben die Kleine legen ...»

Gelächter des anderen. Du spürst die Hände auf deinem Leib. Seine Hände. Metall klingt an Metall. Es riecht nach Leder und wilden Tieren. Er reißt dich an sich ...

Der Fahrkasten krachte in eine Mulde. Shahesa erschrak. Sie spürte plötzlich das Gewicht des fremden Mannes. Mit einem Aufschrei versuchte sie ihn wegzustoßen. Gleichzeitig erkannte sie, daß sie nicht in einem Gefühlssessel lag. Schlagartig kehrte ihre Erinnerung zurück.

Sie mußte für einen Moment eingenickt sein ... nur ein paar Minuten. Dabei hatte sie vergessen, daß sie tatsächlich in einem gepanzerten Fahrzeug über die Oberfläche der Erde rumpelte.

Die Männer waren echt!

Vor Schreck wurde ihr ganzer Körper steif. Es war, als hätte ein Kurzschluß in den Gefühlssesseln sie gelähmt. Nur unter großen Anstrengungen schaffte sie es, sich auf die Realität einzustellen. Ihr fehlte einfach die Übung ...

«Nicht!» preßte sie mühsam hervor. «Laß mich los ...»

Tankred, der Speer der Normannen zweiter Klasse, knurrte und schnaufte unwillig. Er leckte sich über die Lippen und versuchte sie zu küssen.

«Nein!» stöhnte sie. «Nein, nein!»

«Laß dir doch Zeit bis heute abend!» lachte der Fahrer. «Dann kannst du sie in ein Schloßbett legen ... mit seidenen Kissen und einem Baldachin ...»

Der blonde Hüne fluchte böse. Er wälzte sich zur Seite und rutschte in seine eigene Liegemulde zurück.

«Dich pack ich noch!»

Er wischte sich über den Mund und sah starr geradeaus. Shahesa machte sich ganz klein. Sie wünschte plötzlich, daß der Commodore wieder da wäre. Und Olaf, der ebenfalls wild ausgesehen hatte, aber auf eine ganz andere Art ...

Der Lagerplatz war nicht schlecht gewählt. Professor Isaac Newton h. c. hatte seinen Sohn vorausgeschickt. Schon nach kurzer

Zeit war er zurückgekommen und hatte von einem alten Heiligtum berichtet, das kaum fünfhundert Yard entfernt war.

Klingsor Haywood, der von sich behauptete, den gesamten Bannforst zu kennen, war zunächst mißtrauisch gewesen, doch dann erreichten die vier Männer eine Ansammlung von Menhiren, die fast genauso aussah wie die Steinbrocken, an denen Klingsor am Vortag Rast gemacht hatte.

«Es muß in dieser Gegend noch eine Menge frühhistorischer Grabstätten geben», meinte Dr. Christian Huygens.

Klingsor löffelte seine dünne Suppe. Er hielt nicht viel von Kräutertee aus flachen Holzschüsseln. Dr. Huygens II behauptete zwar, daß die geschmacklose Brühe eine Consommé von weißen Täubchen sein sollte, aber das konnte jeder sagen, der ein undefinierbares Pulver aus einer Tüte in heißes Wasser rührte ...

«Original Vorratsqualität aus den Beständen der *Neo-Normannen*!» lobte Isaac Newton. «Wir tauschen manchmal Nahrungsmittelkonzentrate gegen gewisse Dienstleistungen.»

«Viel kann es nicht gewesen sein, was ihr hierfür tun mußtet», sagte Klingsor und pustete über seinen gefüllten Löffel.

«Da irrt Ihr Euch», sagte Dr. Huygens. Sie saßen um ein winziges Feuer, das sie auf halber Strecke zwischen dem Fluß und den Menhiren am Bach angezündet hatten. «Wir haben fünf Beutel Gewürze, einen Sack Salz und eine Kiste Dauerkonserven für unseren Dienst verlangt ...»

«... und auch bekommen», nickte Isaac Newton.

Die kleine Lichtung war wie geschaffen für eine Rast. Sie bestand aus einer Felsenmulde, die an drei Seiten von dicht zusammenstehenden Korkeichen geschützt wurde. Die Eichen waren noch jung, aber sie bildeten bereits eine natürliche Palisadenwand.

An der vierten Seite der winzigen Lichtung floß murmelnd und glucksend ein Bach zum Meer. Wenn einer der Männer sich bis zum Bach vorbewegte, konnte er sowohl das Wasser als auch das alte Hünengrab weiter oben sehen.

Klingsor vermutete, daß nur er die wahre Beschaffenheit der Steine kannte. Jedenfalls hatten sie ihn noch nicht darauf angesprochen.

«Was mußtet Ihr tun?» fragte er und schlürfte mit einer Mischung aus Höflichkeit und Ekel den heißen Sud.

«Wir haben das gesamte Wetter berechnet», sagte Isaac Newton stolz. «Für alle Tage der Premierenfeier in *Glyndebourne* ...»

Klingsor sah unwillkürlich nach oben. Der strahlend blaue Himmel war etwas milchiger geworden. Im Osten deutete sich bereits eine Spur Abendrot an.

«Und?» fragte er. «Wie wird es?»

«Was?»

«Das Wetter.»

Die drei *Elaboraten* starrten ihn an, als hätte er das Beichten sämtlicher Sünden von ihnen verlangt. Sämtlicher Todsünden, versteht sich.

«Soll das ein Witz sein?» fragte Isaac Newton schließlich.

«Wieso? Was ist denn so geheimnisvoll an einer Wettervorhersage?»

Die *Elaboraten* verzogen ihre Gesichter. Sie sahen plötzlich ziemlich sauertöpfisch aus.

«Wie kann ein Ordensbruder von *Greenpeas*, der auch noch selbst ein Elaboratorium hat, eine so ungeheuer naive Frage stellen?»

«Tut mir leid, Professor!» sagte Klingsor. «Es ist inzwischen so gut wie ausgeschlossen, alle Fettnäpfchen zu kennen, in die man heutzutage treten kann. Ziehen zwei Männer durch den Wald, und einer grüßt sie, kann das ebenso grundverkehrt sein wie bei zwei anderen, die man – durch die Erfahrung klüger – nun nicht mehr grüßt ...»

«Versucht nicht, Euch herauszureden!» sagte der angehende Kopernikus. «Oder wollt Ihr etwa bestreiten, daß der Erfolg der Opernaufführungen von *Glyndebourne* entscheidend von den Wetterbedingungen am Nachmittag abhängt?»

«Im nassen Smoking sitzt man feucht», nickte Klingsor. «Ich kann nur nicht verstehen, warum sich ausgerechnet die *Neo-Normannen* um *Glyndebournes* Gäste sorgen ...»

Dr. Christian Huygens II beugte sich zur Seite. Er tuschelte mit dem Anführer der Reisegruppe.

«... oder hat irgend jemand etwa vor, das vollbesetzte Theater nach dem zweiten Aufzug in die Luft zu jagen?»

Haywood lachte über seinen eigenen Scherz. Die anderen waren nicht so fröhlich. Sie zuckten vielmehr deutlich sichtbar zusammen. Klingsor stellte seinen Holzteller auf den Boden und wischte sich die Hände ab.

«Also heraus damit!» sagte er dann. Seine Stimme klang härter und fordernder als bisher. «Was wird hier eigentlich gespielt?»

Isaac Newton h. c. holte tief Luft.

«Stop! Keine langwierigen Erklärungen!» forderte der Doktor. «Ich will jetzt klipp und klar von Euch hören, was offensichtlich alle wissen – nur wir in *Glyndebourne* nicht!»

Wieder tuschelten die drei Männer miteinander. Sie sahen auf einmal sehr unglücklich aus.

«Wir dürfen es nicht sagen», meinte der Professor schließlich. «Wir *Nullmeridianer* sind hundert Jahre lang immer neutral geblieben. Niemand von uns hat jemals den Versuch unternommen, anderen Siedlern seine Meinung aufzudrängen, Ihr versteht doch, was ich meine?»

«Natürlich», sagte Klingsor ärgerlich. «Ihr dient immer denen, die gerade vor Euch stehen. Ist es das?»

«Wir versuchen nur, mit allen Menschen auszukommen, deren Weg wir kreuzen!»

«Auch eine Überlebensstrategie!»

«Vielleicht die beste von allen», sagte Isaac Newton.

«Und dafür verkauft Ihr, wenn es sein muß, sogar Eure Seele ...»

«Nein», sagte Dr. Christian Huygens. «Wir schweigen lieber, wenn Konflikte auftauchen. Rein wissenschaftlich gesehen, kann ohnehin niemand den Lauf der Zeit beeinflussen. Die Wissenschaft macht keinen Unterschied zwischen Vergangenheit, Gegenwart und Zukunft. Denn niemand weiß, was sich alles verändern muß, um auch die Zukunft so zu lenken, daß sie besser wird!»

«Wir sprachen über *Glyndebourne*!»

«Das habe ich ebenfalls getan.»

Klingsor Haywood lächelte kurz, dann schüttelte er den Kopf.

«Irrtum, mein Lieber! Ihr seid mir ausgewichen!»

«Weil niemand definitiv sagen kann, was geschehen wird ...»

«*Ja, kakreiti nobiscum!* Das werde ich schon selbst herausfinden! Ich will nur wissen, warum in diesem Jahr seltsame Dinge passieren ... warum Reisende durch die Wälder ziehen, die hier noch nie gewesen sind ... warum es mehr Freigänger gibt als sonst, und was Ihr selbst vor mir verschweigt!»

«Habt Ihr Euch niemals überlegt, warum so viele alte Überlieferungen von Zauberbergen berichten?» fragte Isaac Newton h. c.

Der *Rolls* hüpfte wie ein flach über das Wasser geworfener Stein flußaufwärts. Commodore Natz muße höllisch aufpassen, daß er die Berührungen der Wasseroberfläche nicht zu steil ansteuerte. Andererseits veränderten die Strömungen und Wirbel ständig das Drehverhalten des Gyroskops im Massezentrum der Kugel.

«Schon etwas ausgeschlagen!» rief Natz. «In dieser Gegend kann alles mögliche den Kreisel beeinflussen. Außerdem ist der *Rolls* auch schon hundert Jahre alt ... da funktioniert die *Solar Power* nicht mehr so wie früher!»

Die durchsichtige Kugel hüpfte an der neuen Meerenge zwischen Ford Firle und Litlington in eine langgestreckte Bucht. Hier ließ sich nicht mehr erkennen, was Meer oder Fluß war.

«Kannst du's noch aushalten?»

Olaf nickte. Er beobachtete aus den Augenwinkeln, wie lässig der Commodore die Kugel steuerte. Obwohl er sich gern festgehalten hätte, versuchte der Freigänger, sich ebenso zu verhalten wie der Mann, den er am Vortag aus dem Meer gezogen hatte. Ihm war, als wäre das soeben erst geschehen ...

«Aufpassen!» rief der Commodore. Die Kugel sprang in flachen, eckig wirkenden Bewegungen um eine Felsgruppe im Wasser. Direkt dahinter begann ein Feld von Sandbänken und Geröllbuckeln.

Der Commodore deutete nach vorn.

«Das kommt vom Bach dort ... eine Folge der Unwetter ...»

Im gleichen Augenblick sah er den *Tank Roover*. Der Fahrkasten der Normannen-Patrouille hing wie ein flacher Sarg zwischen den riesigen Ballonreifen.

«Dort fährt Shahesa!» sagte Olaf nur. Commodore Natz sah kurz zur Seite. Und wieder einmal wunderte er sich über die Gelassenheit des jungen Mannes aus den Wäldern. Manchmal konnte man tatsächlich den Eindruck gewinnen, als interessierten sich die Freigänger für gar nichts.

Scouty Natz riß den *Rolls* so scharf durch den nächsten Sprung, daß der Oldtimer in allen Spanten und Verstrebungen aufkreischte. Die Platten der *Solar-Power-Batterie* klapperten, und für einen Moment drohte auch noch das Gyroskop aus seiner Verankerung in der Mitte der Kugel zu reißen.

Jetzt mußte sich Olaf doch noch mit beiden Händen festhalten. Der *Rolls* schlingerte und hüpfte in unkontrollierten Sprüngen durch den Ufersand. Er benahm sich wie eine große, gläserne Billardkugel, die von mehreren Queues gleichzeitig in Drehungen versetzt worden war.

Und dann gab auch noch der Gyroskopausgleich den Geist auf. Wie von einer schleifenden Kupplung erfaßt, ruckte die Sitzwanne nach hinten. Olaf und Natz hingen plötzlich mit dem Gesicht nach unten in den Gurten. Mit einem knirschenden, brechenden Geräusch kugelte der *Rolls* über Sand, Ufersteine, angeschwemmte Äste und hohlen Bambus.

Die Sitzwanne schwang zurück, überschlug sich mitsamt den Insassen zwei, drei Male und kam erst langsam wieder zur Ruhe.

«Noch drei Versuche, dann sind wir weltraumtauglich», stöhnte der Commodore. Er sah ganz grün aus im Gesicht. Auch Olaf konnte nicht behaupten, daß ihm die schnellen Schwünge Spaß gemacht hatten.

«Manchmal ist es doch besser, gleich zu Fuß zu reisen», sagte er mit einem schiefen Grinsen.

«Sieh an, sieh an! Die ersten Zeichen von Humor», ächzte der Commodore. «Ich wußte gar nicht, daß ihr Waldläufer auch scherzen könnt!»

Er griff über sich und versuchte die Außenluke aufzustoßen.

«Da ist irgend etwas verklemmt ...»

Olaf drückte mit seiner linken Hand gegen die Stelle, an der Scouty Natz vergeblich hantierte. Das Material bog sich durch, bis farbige Schlieren an den Verankerungen entstanden. Dann brach die Luke auf.

«Idiot!» sagte der Commodore verärgert. «Jetzt ist sie hin, die schöne Kugel ...»

«Manchmal ist es besser, gleich zu Fuß zu reisen», sagte Olaf erneut. Diesmal grinste er nicht.

«Ja, ja! Ich hab verstanden!»

Der Commodore stieg aus. Die Kugel roch von außen nach durchgeschmorten Transistoren und fauligen Isolierungen. Olaf sprang neben Scouty Natz. Er lief einige Schritte zur Seite, flog mit einer blitzartigen Bewegung auf einen meterhohen Felsen und sah sich hochaufgerichtet nach allen Seiten um.

«Sie lagern in der Nähe der *Sprechenden Steine!*»

«Ich weiß nicht, ob ich einen *Tank Roover* stehlen sollte», antwortete der Commodore. Olaf sprang vom Felsen und kam zur demolierten Kugel zurück.

«*Ich* könnte es tun!»

«Du?»

Der Freigänger nickte.

«Soll das heißen, daß du weißt, wie man diese gepanzerten Kisten steuert?»

«Nein, das nicht ... aber ich könnte sie in einem Freigängerkreis einschließen ... in eine Kugel aus *gedreamtem* Zauber ...»

«Aha!» sagte Scouty Natz knapp. «Und wie willst du das Ding bewegen, wenn du keine Ahnung hast?»

«Ich nehme es mir», sagte der Freigänger. «Soll ich?»

«Kommt nicht in Frage! Erst einmal müssen wir feststellen, was diese *Neo-Normannen* beabsichtigen! Sie haben Funkkontakt zu allen anderen in dieser Gegend. Wenn wir mit ihrem *Tank Roover* abhauen, alarmieren sie mit ihren Sprechgeräten augenblicklich alle anderen *Neo-Normannen* im Bannforst!»

«Dann müssen wir eben hinter ihnen herlaufen ...»

«Und was hältst du von der Idee, ihnen Shahesa wegzunehmen?»

«Nichts.»

«Das dachte ich mir schon!» sagte der Commodore bissig. «So wie du reagiert hast, als die Burschen auf uns geschossen haben, ist es dir wohl angenehmer, wenn die Prinzessin nicht von uns geschützt wird, sondern bei diesen Bullen bleibt ...»

«Sie wollte es», sagte Olaf.

Der Commodore blieb wie angewurzelt stehen. Er öffnete mehrmals den Mund, dann setzte er sich auf einen Stein, stützte die Ellenbogen auf die Knie und legte sein Gesicht in die Hände.

«Es ist unfaßbar!» stöhnte er. «Der Kerl macht mich noch wahnsinnig! Und so was habe ich mir als Begleiter ausgesucht ...»

Zur gleichen Zeit teilte sich etwas weiter stromauf das Gebüsch. Klingsor Haywood robbte auf dem Bauch bis in eine Mulde im Sand. Hinter ihm atmeten seine *Elaboraten*.

Klingsor grinste zufrieden, als er den stehenden *Tank Roover* am Ufer sah. Kaum eine halbe Stunde war vergangen, seit er vergeblich versucht hatte, den Neuausgaben von Newton, Huygens und Kopernikus Informationen darüber zu entlocken, was schon fast körperlich zu spüren war.

Er machte sich nichts vor. Schon lange ehe er zur Küste aufgebrochen war, hatten sich überall in *Glyndebourne* seltsame Zwischenfälle zugetragen. Mal schliefen alle Bediensteten und auch die übrigen Bewohner des Schlosses bis lange nach Sonnenaufgang. Dann wieder vergaßen Schauspieler und Sänger, die einen Tag vorher noch brillant gewesen waren, ihren gesamten Text. Zu Stellproben wurden falsche Kulissen angeschleppt, und dann versagten Generatoren, die seit Jahrzehnten ohne Beanstandungen den Strom für die Bühnenbeleuchtung lieferten.

Klingsor erinnerte sich, daß er einige Male mit Lord Rothschild über die Zwischenfälle gesprochen hatte. Doch der hatte immer nur abgewiegelt und von Zufällen gesprochen.

Jetzt – in der Sandkuhle am Ufer des Cuckmere – jetzt glaubte Klingsor nicht mehr an Zufälle! Er war sich sogar sicher, daß auch Lord Rothschild niemals wirklich daran gedacht hatte, daß alles nur ein gewöhnliches Zusammentreffen in einem heißen und wochenlang schon viel zu schwülen Sommer war.

Die Leute im Schloß hatten anfangs noch viel getuschelt. Doch dann waren auch sie stiller und zurückhaltender geworden. In den vergangenen Tagen war kaum noch jemand bereit gewesen, fröhlich und aufgeregt wie sonst über das nahende Premierenfest zu sprechen …

Klingsor fielen noch andere Vorkommnisse ein. In Ringmer war ein Kalb mit zwei Köpfen geboren worden. In South Malling sollte das frischgedroschene Korn nachts in den Speichern der *Pecuniaten* violett und grün geleuchtet haben. Und bei den *Hegelianern* von Lewes wollte man junge Frauen gesehen haben, die sich in Gänse und Schwäne verwandeln und dann bei Vollmond fliegen konnten …

«Was seht Ihr?» fragte die Stimme neben ihm. Klingsor fuhr unwillkürlich zusammen. Das bleiche, bärtige Gesicht von Dr. Christian Huygens tauchte unmittelbar neben ihm auf. Der große, leicht gebückt stehende Mann zog an seinen langen Pianistenfingern, um ihr Zittern zu verbergen.

«Keine Sorge!» sagte Klingsor. «Sie haben uns noch nicht entdeckt. Aber das werden sie, wenn sie ihren Lagerplatz für die Nacht absichern.»

«Nicht unbedingt», flüsterte der Bärtige. «Wir *Nullmeridianer* gelten zwar als Kräutersammler und Wurzelgräber, aber bei aller Hexerei haben wir nie den Blick für die tatsächlichen Entwicklungen verloren ...»

«Was meint ihr damit?»

«Ist Euch noch niemals in den Sinn gekommen, daß es nur wenige Professionen gibt, die sich über alle Jahrtausende erhalten haben?» fragte Dr. Christian Huygens lächelnd.

«Bäcker vielleicht», meinte Klingsor. «Ärzte, Bauern ...»

«Und Kräuterkundige», nickte der *Elaborat*. «Schon die ältesten Dichtungen Indiens verraten, daß in den Kräutern die ganze Kraft der Welt steckt. Sie sterben niemals aus, sondern kehren immer wieder, wenn auch manchmal so verändert, daß man ihre Magie nicht sofort erkennt ...»

«Was wollt Ihr damit sagen?»

«Daß sich gewisse Gesetzmäßigkeiten stets wiederholen. Wir *Elaboraten* haben die Welt immer in einem übergeordneten Zusammenhang gesehen. Deshalb kann uns auch keine noch so eigenartige Entwicklung überraschen. Wir *wissen*, daß in den kommenden zwei Tagen erneut eine Epoche der Menschheit zu Ende geht ...»

«Ach was! Alles nur mystisches Gerede! Was soll denn schon passieren? Eine Revolution? Ein Sturm auf *Glyndebourne*? Hat etwa irgendeine *Hegelianersippe* zum Kampf gegen die Opernaufführungen aufgerufen?»

«Ich würde die Warnungen nicht auf die leichte Schulter nehmen», sagte Dr. Huygens. «Wir wissen von befreundeten *Uhrbauern*, daß im Norden Britanniens nach vielen Jahren wieder Nordlichter gesehen wurden. Außerdem sind unsere Uhren stehengeblieben ...»

«Etwa so wie die alten Pendeluhren in Totenzimmern früherer Jahrhunderte?» meinte Klingsor lachend. «Oder wie die Uhren von Einsteins Relativitätsphantasten, die tatsächlich beweisen wollten, daß man die Zeit wie Gummi dehnen kann, wenn man nur schnell genug durch einen Raum fliegt?»

Huygens seufzte resignierend.

«Was habt Ihr eigentlich die ganzen zwanzig Jahre im Schloß von Lord Rothschild getrieben?» fragte er. «Ist Euch dabei denn niemals aufgefallen, was in Britannien tatsächlich geschieht?»

«Sicher», sagte Klingsor. «Ich habe ständig irgendwelche Berichte über unwahrscheinliche Begebenheiten vernommen. Und ... ich muß zugeben, daß ich mich in den ersten Jahren auch dafür interessierte. Aber dann wurden uns die Märchen doch zu langweilig. Stoff für die Küchenmädchen! Das hat es immer schon gegeben!»

«Hat man Euch eigentlich schon mal gesagt, daß Ihr ein ganz verdammter Ignorant seid?»

«Ja», sagte Klingsor Haywood. «Lord Rothschild pflegt mich so zu nennen, wenn er bei guter Laune ist.»

«Und Ihr selbst? Was glaubt Ihr?»

«Ich sehe und beobachte. Dann gebe ich an meinen Orden durch, was mir bedeutungsvoll erscheint.»

«Und jene?»

«Ich weiß nicht», sagte Klingsor. «Bisher müssen sie wohl zufrieden mit meiner Arbeit gewesen sein. Jedenfalls habe ich noch keinen Tadel erhalten.»

Dr. Christian Huygens schüttelte immer wieder den Kopf.

«Da lebt ein Mann mit einer guten Ausbildung nun zwanzig Jahre lang als Wächter in einem fremden Lande. Doch was bewacht er? Wie benimmt er sich? Ich will es Euch verraten ... wie einer, der zu satt und gleichgültig geworden ist ... der nur noch seinem eigenen *Wohlseyn* huldigt ...»

«Das ist nicht wahr!»

«Klingsor, ich warne Euch! Ihr dürft nicht länger die Augen vor dem verschließen, was um Euch geschieht! Natürlich war das lange Zeit der bequemste Weg. Doch was wollt Ihr tun, wenn eines Tages das eintrifft, worauf Ihr jahrelang gewartet habt? Sagen, daß es nur Wilde in Britannien gibt ... harmlose Kleinfamilien in irgendwelchen Trutzdörfern ... schrullige Kräutersammler im Bannforst und vielleicht noch hin und wieder einige ungehobelte Gesellen, die sich als Schrottsammler der verlorenen Zivilisation betätigen?»

Klingsor beobachtete die beiden *Neo-Normannen* an ihrem

Rastplatz. Sie hatten ihren *Tank Roover* gut getarnt im Uferdikkicht abgestellt.

Obwohl noch nie jemand so zu ihm gesprochen hatte wie der bärtige *Elaborat*, blieb er nachdenklich in der Mulde liegen. Er hätte aufstehen und jederzeit seine gute alte Wanderziege satteln können. Warum tat er es nicht?

«Ich gebe zu, daß ich mich wundere», sagte er nach einer langen Pause. «Ihr nennt Euch nach den ersten großen Naturforschern, die alles messen, wägen und durch den Stoff der Atome erklären wollten. Aber zur gleichen Zeit sprecht Ihr wie Mystiker von den geheimen Dingen der Metaphysik ...»

Huygens kaute auf einer weißen Bambusspitze.

«Wir denken seit hundert Jahren über die Zukunft nach ...»

«Und was hat das mit mir zu tun? Oder mit *Glyndebourne*?»

«Ihr könnt die Rose sezieren und unter dem Mikroskop in ihre Bausteine zerlegen. Doch selbst wenn Ihr aufs allerfeinste erforschen könnt, von welcher Art sie stammt, wann sie gewachsen ist und wie die chemischen Säfte ihres Duftes heißen ... selbst dann hättet Ihr keinerlei Erklärung dafür, warum Euch gerade diese Rose an einem vorherbestimmten Tag des Jahres als etwas ganz Besonderes und Einmaliges erscheint ...»

Klingsor Haywood schwieg. Er ahnte plötzlich, worauf der bärtige *Elaborat* hinauswollte.

«Es gibt einen Zusammenhang zwischen den objektiven Dingen der äußeren Natur und den subjektiven Empfindungen in allen Lebewesen», sagte Huygens. «Denn alles ist Bewegung! Und nichts kann sich bewegen, ohne tausendfach im Kleinen und im Großen andere Bewegungen zu verursachen. Wir selbst sehen, hören und fühlen von Induktion und Magnetismus bestenfalls einen Bruchteil!»

«Dann gebt Ihr also etwas auf Vorahnungen ... auf Okkultismus und Gesichte?»

«Ein Narr, der alles für nur rational und vom Verstande her für machbar hält!» sagte Dr. Christian Huygens II verächtlich. Er hielt die Finger hoch und zeigte Klingsor eine kleine rote Waldameise. «Noch ehe ich dieses Tier berührt habe, wußten die anderen im Bau irgendwo dort im Busch, daß hier ein Hindernis auftaucht, das eben noch nicht da war. Und ich bin sicher, daß die

Ameisen bereits einen Trupp ausgeschickt haben, um zu erkunden, wer wir sind ...»

«Ist das nicht eine ziemlich verwegene Behauptung?»

«Ich habe nicht nur die hauptsächlichsten Weltsysteme von Ptolemäus bis zu Heisenberg studiert», sagte er mit einem tiefen Seufzer. «Während die *Hegelianer* gerade dabei sind, das Rad, die Luftpumpe und die Spektralfarben neu zu entdecken, haben wir *Elaboraten* uns auf die unsichtbaren Dinge konzentriert. Wenn Ihr so wollt, dann forschen wir nicht nach den mechanistischen Zusammenhängen, nicht nach den *Korpuskelteilchen*, sondern nach dem, was unsichtbar in allen Harmonien schwingt. Die *Blaue Blume* der Romantik ist für uns eher ein Symbol als irgendein Retortenglas. Und außerdem war schon mein Namensvorbild davon überzeugt, daß alles Licht nicht körperlich vorhanden ist, sondern als Welle zwischen verschiedenen Atmosphären, Oberflächen oder Erscheinungsformen ...»

Er ließ die Ameise wieder auf ein Stöckchen am Boden klettern. Dann zeigte er zum Fluß hinüber.

«Seht Ihr die Wasseroberfläche? Was ist sie? Die Grenze zwischen zwei Materieformen. Aber wir sehen nur das Wasser, nicht die Luft. Deswegen sagen wir: ‹*Dort fließt der Fluß.*› Jemand im Wasser wäre nicht in der Lage ... er würde kurz vor der Oberfläche sagen: ‹*Dort fließt die Luft.*› Welcher von beiden hätte recht?»

Klingsor kam nicht mehr dazu, dem Bärtigen zu antworten. Vollkommen unerwartet stieß der blonde *Neo-Normanne* einige Schritte flußabwärts einen scharfen Pfiff aus. Sofort griff auch sein Begleiter nach der Waffe.

«Die beiden kenne ich doch!» flüsterte Klingsor Haywood erstaunt. Im gleichen Augenblick sah auch der *Elaborat* den kahlköpfigen Commodore und den Freigänger.

«Ich sage Newton Bescheid!»

Huygens zog sich in die Büsche zurück.

«Das hilft den beiden auch nichts mehr», murmelte Klingsor.

[illegible]

[illegible]

[illegible]

[illegible]

[illegible]

[illegible]

[illegible]

[illegible]

[illegible]

[illegible]

9.
Konflikt am Cuckmere

Genau vierundzwanzig Stunden vor dem Beginn der Opernaufführung sammelten sich einige Angehörige des Janitscharenchors in der Ruine der alten *Wallop-Dining-Hall.* Sie kamen einzeln aus den verschiedenen Gebäuden des Schlosses, kletterten über Mauerstücke und stiegen durch Farnbüsche. Dahinter hatten Schachtelhalme, Lianen und neue, fremdartige Dschungelpflanzen das alte Grün abgelöst.

Der ehemalige Speisesaal hatte kein Dach mehr. Von außen war nicht zu erkennen, wie eindrucksvoll die große, rechteckige und inzwischen sauber gefegte Speisehalle einmal gewesen sein mußte. An der Ostseite standen gegen die Mauern gelehnte Bretterstapel. Es sah fast so aus, als sollte doch wieder hier ein Festmahl vorbereitet werden. Doch das war nur ein Wunschtraum von Lord Rothschild. Seit zwanzig Jahren fand das Dinner in der Pause im neuen Speisesaal statt …

Pünktlich zur siebzehnten Stunde erschien Westminster March in der Ruine. Der kleine, weißhaarige und komisch wirkende Dirigent blieb auf einem Fenstersims stehen. Er hob die Hände, wartete einige Sekunden und begann zu dirigieren.

Sofort erhob sich ein kräftig schallender Gesang aus dem alten Gemäuer. Gleichzeitig liefen von der Küche aus Teeboys zu den Zelten hinaus. Sie trugen Schnallenschuhe, Kniestrümpfe, Bundhosen und grüne Westen über weißen Spitzenjabots. Mit ihren lockigen Perücken sahen sie wie kleine Pagen aus.

Staunend und mit offenen Mündern nahmen die meisten der Gäste eine Teeschale in Empfang. Nur einige *Uhrbauer* lehnten ab. Sie trugen Handschuhe, um ihre feingliedrigen Hände zu schonen. Obwohl sie nichts genommen hatten, sang einer von ihnen:

Nie werd' ich deine Huld verkennen,
«Mein Dank bleibt ewig dir geweiht.
An jedem Ort, zu jeder Zeit
Werd' ich dich groß und edel nennen.»

Das war die Huldigung Belmontes an Sultan Bassa Selim. Die Teeboys hatten Anweisung, mit den nur leicht veränderten letzten Worten des Sultans zu antworten:

«Wen man durch Wohlseyn nicht für sich gewinnen kann, den muß man sich vom Halse schaffen ...»

Die meisten der Gäste verstanden die unverhohlene Warnung. Die Einladung zur Opernpremiere nach *Glyndebourne* bildete nach achtzig Jahren der Eigenbrötlerei den bisher einzigen gelungenen Versuch, die Menschen in Britannien aus ihren Trutzdörfern und Erdbunkern, aus überwucherten Ruinen und aus den abgelegensten Gebieten an einem Punkt zu versammeln.

Natürlich kamen seit zwanzig Jahren immer nur wenige nach Sussex. Doch alle, die einmal das Spektakel miterlebt hatten, trugen einen Keim von Gemeinsamkeit ins Reservat zurück ...

Nachdem die Teeboys wieder hinter den Mauern des Schlosses verschwunden waren, kamen junge Mädchen in Krinolinenkleidern. Sie trugen Häubchen mit lustigen Bändern und geflochtene Körbe, in denen frischgeschnittene Rosen lagen.

Jeder, der *Glyndebourne* besuchte, erhielt eine Rose als Zeichen der Schönheit, der Harmonie und der individuellen Entwicklungsfreiheit. Selbst die gestrengen Frauen der *Pecuniaten* ließen sich Rosen geben ...

Um die achtzehnte Stunde des Tages empfing Lord Rothschild im Orgelraum Abordnungen der Besucher. Die Gäste hatten sich Sprecher gewählt. Von jeder offiziell anerkannten Siedlergruppierung war eine Frau oder ein Mann für den Empfang im Schloß ausgesucht worden. Wer nicht zu den bekannten Gruppen gehörte, konnte einen schriftlichen Antrag einreichen, dessen Überprüfung und Billigung die Teilnahme am Zweitempfang um die neunzehnte Stunde ermöglichte. Zunächst jedoch kamen ein Dutzend anerkannte Sprecher.

In den vergangenen Jahren hatte es oft Meinungsverschiedenheiten über die Reihenfolge des Eintritts in den Orgelraum gegeben. Lord Rothschild hatte deshalb veranlaßt, daß der Eingang von der Hofseite her verbreitert wurde. Jetzt konnten vier Besucher nebeneinander eintreten.

Zuerst kamen vier Frauen. Sie gehörten zu *Pecuniaten*-Siedlungen im Bannforst. Jede der Frauen war anders gekleidet. Die Vertreterin von South Malling hatte trotz der Wärme mehrere hellbraune Leinenröcke und ein dunkelbraunes, besticktes Wildledermieder angelegt. Sie trug eine Schnürhaube mit dünnem, hellblauem Stoff mit Rüschen über der Stirn.

Die beiden anderen Frauen aus Lewes hinter dem Mount Caburn und aus dem zehn Meilen entfernten Brighton trugen bunte Kleider. Nur die Vertreterin der aufgeklärten *Pecuniaten* von Hailsham nördlich der Eastbourne-Überflutung hatte einen Hosenanzug aus gebleichtem Leder an, auf das mit winzigen Druckmodeln kleine Vogelfiguren gestempelt waren. Dazu trug sie einen weichen Schlapphut mit einem feinen, alten Schleier.

Die zweite Gruppe bildeten Männer verschiedenen Alters. Die meisten trugen einfache, praktische Waldanzüge aus leichtem, aber derbem Stoff mit vielen Taschen, Riemen und Schlaufen. Einige hatten sich Bänder über Brust und Schultern gelegt, andere sahen aus, als seien sie zu einem Wettbewerb für phantasievolle Kopfbedeckungen geladen worden. Aber auch Ponchos und Kutten, Bundhosen und Kilts waren zu sehen.

Den Abschluß bildeten wieder vier Frauen. Die beiden auf der linken Seite unterschieden sich wie zweitausend Jahre Kulturentwicklung. Ganz außen ging eine sportlich wirkende Blondine mit streng geschnittenem Haar und einem Perlenband um die Stirn. Sie trug nur einen kurzen Einteiler, der an die ersten Jahrzehnte des zwanzigsten Jahrhunderts erinnerte. Die junge Frau neben ihr hatte ebenfalls eine Art Hemdkleid an. Doch diese Mode stammte viel eher aus der Zeit, als noch Tunika und Schnürsandalen von Frauen und Männern gleichermaßen getragen wurden.

Die beiden letzten Frauen paßten nicht in das muntere, vielfältige Bild. Sie hatten Uniformen an – feine wollene Beinkleider, lange Jacken mit aufgesetzten Verzierungen und doppelten Knopfreihen, mit roten und weißen Spiegeln, Stulpen an den Ärmeln und hohen, den Nacken verdeckenden Stehkragen. Dazu trugen sie Helme aus einem harten, halbdurchsichtigen Material, das wie Seifenblasen schillerte. Jeder konnte sehen, wie sich farbige Drähte unter den Helmen zu Antennen und elektronischen Bauteilen zogen. Sie bildeten die eigentlichen Insignien der Vorherrschaft.

Jedem war klar, warum die *Neo-Normannen* ihr Wissen um die

auf der Erde zurückgelassene Technik des vergangenen Jahrhunderts zur Schau stellten.

«In den ersten Jahren sind sie nie eingeladen worden», tuschelten die Beobachter des Aufzugs. Sie standen am Hof, in den Mauernischen und an den großen, schweren Schloßtoren. An allen Fenstern hingen Bedienstete. Niemand wollte sich das Spektakel entgehen lassen.

«Sind denn nicht Männer die Sammler?» fragte jemand. «Warum schicken sie Frauen?»

«Vielleicht wollen sie damit zeigen, daß selbst ihre Frauen mehr von der Technik verstehen als alle anderen ...»

«Weiß man, ob's funktioniert, was sie da unter den Helmen haben?»

Ein paar der Umstehenden lachten.

«Ob sie das auch im Bett tragen?»

«Frag sie doch, wenn du Mut hast ...»

«Gib mir die Hasenpfote aus deiner Hose, dann tu' ich's!»

Die Mädchen in der Nähe kicherten. Langsam wurden die großen Türen zum Orgelraum geschlossen. Die anderen machten sich wieder an ihre Arbeit. Während der festlichen Zeit lebten fast zweihundert Menschen im Schloß, sämtliche Musiker, Handwerker, Schauspieler, Beleuchter, Maskenbildner, Näherinnen und Putzmacher inbegriffen.

«Es können heuer gut fünfhundert Menschen werden, die wieder verpflegt werden müssen», sagte Miß Earlymorn sorgenvoll. Sie stand an einem der Küchenfenster und blickte über den Hof zum Herrenhaus. Dort waren nur wenige Fenster geöffnet. Ganz oben, in einer der Mansarden, entdeckte sie das Gesicht einer jungen Frau.

Sie wollte sich bereits wieder abwenden, als sie plötzlich erschrocken innehielt.

«O mein Gott ... das kann doch nicht möglich sein ... ist sie es oder ist sie es nicht?»

«Wollt Ihr die Küche kalt werden lassen?»

Miß Earlymorn drehte sich schwer atmend um. Shakes stand mit einem säuerlich wirkenden Lächeln vor ihr.

«Man soll sich nicht um Dinge kümmern, die einen nichts angehen!»

Miß Earlymorn wurde rot. Sie drehte mit den Fingern Löckchen in ihre dichten schneeweißen Haare. Dann fauchte sie den Butler empört an: «Ich bin, bei Gott, schon länger hier als Ihr! Und was ich sehe, sehe ich, verstanden! Oder glaubt Ihr, ich hätte nie bemerkt, wie Ihr nachts Leute eingelassen habt, von denen Seine Lordschaft nichts erfahren sollte?»

«Still!»

«Ich rede, wenn ich reden will! Fast zwanzig Jahre lang habe ich immer meinen Mund gehalten! Ich weiß doch, daß Ihr sogar dem Doktor Drogen unter sein Essen gemischt habt ... damit er nichts Arges dabei denken konnte, wenn Ihr zum *Turm der Reisenden* gegangen seid oder Geräte aus seinem *Elaboratorium* gestohlen habt!»

«Genug jetzt!»

John Jakob Shakes trat dicht vor Miß Earlymorn. Seine Augen funkelten, und seine Lippen bildeten schmale weiße Striche.

«Ein Wort zu Blasius Bockhus oder irgendeinem anderen, und Ihr erlebt den Abend der Premiere nicht mehr!»

«Bin ich geschwätzig?» fauchte Miß Earlymorn. «Hier kocht doch jedermann sein eigenes Süppchen. Aber ich hätte Seiner Lordschaft schon längst die Augen geöffnet, wenn er mich damals nicht so tief gekränkt hätte ...»

«Blasius Bockhus ist nun mal ein exzellenter Koch!»

«Raus!» sagte Miß Earlymorn wütend. «Sofort raus aus meiner Küche, Sie Scharlatan ... Sie ... Sie halber Shakespeare ...»

Shakes wurde noch eine Spur blasser. Von allen, die im Schloß arbeiteten und lebten, wußten nur noch Miß Earlymorn und Lord Rothschild, wie der Butler vor vielen Jahren zu seiner Stellung gekommen war. Er hatte als Schauspieler angefangen. Erst später hatte Lord Rothschild aufgedeckt, daß Shakes keinerlei Beziehungen zu dem Mann besaß, mit dessen Namen er nach *Glyndebourne* gekommen war ...

«Und es war doch Agwira, die ich oben gesehen habe!»

Miß Earlymorn drehte sich abrupt um. Sie stieß den Butler einfach zur Seite. Zum Glück kam in diesem Moment Hagebuttle in die Küche. Zusammen mit drei Gehilfen brachte er das Gemüse für die Nachtsuppe.

«Paß auf, Drogo … sie kommen!»

Tankred, Speer der Normannen zweiter Klasse, ebenso blond und muskulös wie der Freigänger, doch einen halben Kopf größer und mit Sicherheit besser trainiert, dieser Tankred lockerte unauffällig Arme und Beine. Er holte mehrmals tief Luft. Wie Hochleistungssportler in früheren Jahrhunderten folgte er einer Reihe von symbolischen Vorbereitungsbewegungen.

Er hüpfte mit kurzen Schnellsprüngen an den Uferbüschen entlang. Spannte dabei immer wieder die Bauchmuskeln und ließ seine Füße in kurzen Wirbeln auf den sandigen Boden stampfen.

Auch Drogo tat so, als würde er eine Art Histo-Jogging rund um den *Tank Roover* üben. Die beiden *Neo-Normannen* wußten sehr genau, was von ihnen erwartet wurde, sobald Zuschauer in der Nähe waren.

«Ha! Ha! Ha!»

Tankred preßte die Luft in kurzen, explodierenden Lauten aus seinen Lungen. Dabei schnellten seine Handkanten mit schneidenden Geräuschen durch die Luft. Er warf die Beine ruckartig hoch, drehte dabei den Körper und stieß noch im Fall mit seinen Füßen nach unsichtbaren Gegnern. Der Aufschlag seines Körpers sah härter aus, als er in Wirklichkeit war. Sofort rollte er zweimal zur Seite. Er robbte mit den Ellenbogen weiter.

Wie zufällig kam er dabei in eine günstigere Position. Gleichzeitig vollführte der dunkelhaarige Drogo einen rituell wirkenden Beschwörungstanz mit einer langen Schnur in beiden Fäusten. Er sprang über die Schnur, die er unter seinen Beinen über seinen Kopf und dann wieder unter sich hindurchschlug.

Sand, kleine Stöckchen und Kiesel flogen durch die Luft. Für jeden anderen wären die Trainingsübungen in der Hitze viel zu anstrengend und schweißtreibend gewesen. Nicht so für die beiden Uniformierten …

Nur wenige Schritte entfernt schoben sich der Commander und der Freigänger von Baumstamm zu Baumstamm. Sie wähnten sich noch immer unentdeckt.

«Sie tänzeln wie Bienen um ihr Fahrzeug herum», sagte Olaf. «Immer in Schleifen, damit wir keinen genauen Ausgangspunkt für einen Angriff haben!»

«Wie kommst du denn darauf? Für mich sieht das eher wie

Veitstanz aus ... Bärennaturen, die nicht mehr wissen, was sie sonst mit ihrer Kraft anfangen sollen ...»

Der Freigänger schloß für einen Moment die Augen.

«In diesen Wäldern sind es nicht die Worte, die Überlegenheit bekunden. Mir sagen Gesten und Bewegungen viel mehr!»

«War das jetzt gegen mich gerichtet?»

«Ihr redet zuviel ... das könnte hier als Anzeichen von Schwäche gelten ...»

Commodore Natz öffnete den Mund, klappte ihn wieder zu und schüttelte den Kopf.

«Du bist ja ein ganz Ausgeschlafener! Doch wenn du meinst ... Was schlägst du vor?»

Olaf sah den Commodore mit unbewegtem Gesicht an. Für einen Augenblick *dreamte* er etwas über sich hinaus. Ein Rascheln veranlaßte Scouty Natz, auf den Boden zu sehen. In einem Kreis von etwa drei Yard Durchmesser bildete sich eine Furche im trokkenen Sand. Sekundenlang wußte er nicht, ob er sich das alles nur einbildete oder ob er wirklich einen flimmernden, durchsichtig wirkenden Ring rund um den Freigänger sah.

«Was machst du denn?»

Die Furche füllte sich wieder. Olaf schüttelte sich kurz. Für einen Moment stellten sich seine dichten blonden Haare auf, als wäre mehrmals ein Kamm aus Bernstein durch sie gefahren.

«Jemand kommt durch den Wald», sagte er eher gleichgültig. «Es ist der Doktor aus dem Schloß ...»

«Wer? Etwa Klingsor Haywood?»

«Ich dachte, er heißt Belmonte ...»

«Kennst du ihn denn?»

«Er verfolgt mich schon seit einigen Tagen.»

«Warum? Was hast du ihm getan?»

Olaf schüttelte den Kopf.

«Nichts», erklärte er. «Aber die Leute aus dem Schloß fürchten sich vor Freigängern. Nicht vor allen, denn einige Freigänger werden an diesen Türmen erwartet und ins Schloß gebeten. Ich wollte wissen, warum sie einen Unterschied zwischen den anderen und mir machen ...»

«Ach, deshalb hast du dich in der Nähe vom *Turm der Reisenden* herumgetrieben!» grinste der Commander. «Du wolltest einfach wissen, warum du keine Einladung bekommen hast! Ist es so?»

Der Mann aus den Wäldern starrte nachdenklich zum anderen Ufer.

«Ich glaube, ich sollte sogar mitsingen ...»

«Du? Mitsingen in einer Oper? Du kannst ja nicht einmal die Noten lesen! Nein, nein, mein Lieber ... jetzt täuscht dich deine Erinnerung ganz gewaltig! Außerdem haben wir beide einen Vertrag!»

«Das ist etwas anderes.»

«Aha! Und warum, wenn man fragen darf?»

«Weil die Oper in diesem Jahr wichtiger ist!»

«Ja, gibt es das denn auch!» staunte der Commander. «Ein Wilder ... ein Mann ohne jede Kultur ... und du träumst nur davon, einmal eine Oper zu sehen?»

«Niemand hat das Recht, einen Freigänger zu beleidigen!»

«Entschuldige», meinte Natz sofort. «Das war nicht so gemeint ...»

Olaf kam nicht mehr dazu, dem Commander zu antworten. Er beschloß aber, sich von diesem Mann zurückzuziehen. Was ihn in der ersten gemeinsamen Nacht noch begeistert hatte, verblaßte mehr und mehr. Commander Scouty Natz war nicht der große, weitgereiste Held, dem es zu folgen lohnte.

Olaf hatte sehr lange gebraucht, um sich selbst über seine Gedanken und Gefühle klarzuwerden. Er hatte immer sehr viel Zeit gehabt ... Zeit, alle Fragen, die ihm durch den Kopf gingen, gründlich abzuwägen. Seit er mit Scouty Natz zusammen war, kam er kaum noch zum Denken. Und wenn er es versuchte, redete ihm der Mann einfach dazwischen. Er hatte einfach keinen Sinn für Stille, Meditation und eine vorsichtige Öffnung der Seele ...

«Hört Ihr die Vögel?» sagte er plötzlich. «Sie sprechen kaum noch miteinander. Und was sie sagen, klingt verängstigt ...»

«Worauf willst du hinaus?»

«Ihr seht Britannien nur aus Eurer Sicht. Ihr nennt mich einen Wilden ...»

«... dafür habe ich mich schon entschuldigt, oder nicht? Muß ich dir etwa auch noch Perlen schenken?»

Olaf schüttelte den Kopf.

«Ich denke, ich werde allein weitergehen!»

Er zögerte einen Moment, dann faßten seine Finger nach dem kleinen, igelstachligen Amulett über seinem Herzen. Er wollte es bereits abreißen, doch da knackte es neben ihm im Unterholz.

«Los, schnell! In Deckung!» zischte eine Stimme.

«Ich will verdammt sein, wenn das nicht der alte Knochenbrecher Klingsor Haywood war!» sagte der Commander erregt. Er beugte sich zur Seite und drückte ein paar Zweige zur Seite.

«Tatsächlich! Der *Erbsenzähler* von Schloß *Glyndebourne*!»

«Ich kann Euch auch nicht leiden!» zischte Klingsor. «Nichts ist mir so zuwider wie Ihr Seelenverkäufer! Trotzdem habe ich nichts davon, wenn Ihr von den *Neo-Normannen* erschlagen werdet. Da gibt es vorher noch etwas zu regeln ...»

Er ließ den Commander neben sich ins Gebüsch.

«He, junger Mann, du auch!»

Olaf schüttelte den Kopf.

«Ich will nicht!» sagte er bestimmt.

«Komm, ehe sie dich umbringen!»

«Den nicht», lachte der Commander aus den Büschen. «Der fängt die Kugeln mit den Fingern auf ...»

Olaf sah, wie die Zweige der Büsche zurückschlugen.

«Habt Ihr etwas gesehen?» fragte der Doktor. Olaf konnte die beiden Männer nicht mehr erkennen. Er hörte, wie sie sich in ein Streitgespräch über ihn und seine seltsamen Fähigkeiten einließen. Keiner von beiden wollte nachgeben. Sie wurden immer lauter. Und dann beschimpften sie sich im Gebüsch am Abend dieses schönen und doch so verwirrenden Tages.

Shahesa lag in der Polstermulde des Fahrkastens. Sie blickte versonnen auf die bunten Bilder auf den dreidimensionalen Holografieschirmen unterhalb des vorderen Sichtfensters. Über eine kleine Kugel in ihrer linken Hand steuerte sie die Blickrichtung der Kameras. Es war fast so wie oben im *Kontinuum*.

Sie hatte eine Weile gebraucht, um sich an die primitive Technik zu gewöhnen. Trotz der plastischen, farbigen Darstellungen fehlte noch eine ganze Menge in der Wiedergabe der Außeninformationen. Die Geräuschübertragung wirkte sehr mangelhaft. Wahrscheinlich nur eine einfache Stereokodierung. Außerdem fehlten die Gerüche, der Luftdruckausgleich und die für echtes *Wohlseyn* erforderlichen Feinabstimmungen bei der Luftfeuchtigkeit, der Außenabschirmung und der Egodämpfung.

Was sie jetzt sah, reichte bei weitem nicht aus, um diejenigen Bereiche ihres Hirns zu stimulieren, die dort, wo sie herkam, ständig durch neue Eindrücke umschmeichelt und gehegt wurden. Es waren noch nicht einmal für einen Teil ihrer Sinne perfekte Eindrücke …

Trotzdem gefiel es ihr.

Sie beobachtete, wie die beiden Hünen ihre Kraft vor dem *Tank Roover* zur Schau stellten. Zuerst hatte sie nicht verstanden, welchen Sinn die merkwürdigen kleinen Scheinangriffe gegen unsichtbare Gegner haben sollten. Doch dann schaltete sie einen Analyseprozessor zu den Bildern auf den Monitoren. Sie sah sofort, daß sie richtig vermutet hatte: Obwohl nicht alle Bewegungen von Tankred und Drogo fehlerfrei koordiniert waren, entsprachen sie einem ganz bestimmten System. Aus den Wiederholungen errechnete der Bordcomputer des *Tank Roover* blitzartig die Idealfiguren und blendete sie als strichartig weiterruckende Konturen über die Aufnahmen.

Die beiden Männer besaßen einen ungewöhnlich hohen Trainingsstandard!

«Neun Komma vier … neun Komma sechs … neun Komma neun …»

Sie las die zusätzlichen Bewertungszahlen von einem Seitenschirm ab. Bewundernd stellte sie fest, daß Tankred ein Meister bei diesen Übungen war. Drogo lag bei allen Kampffiguren zwei bis drei Zehntel zurück. Doch auch das war eine Leistung. Der Bordcomputer gab als Expertenwert einen Schnitt von «acht Komma fünf» an …

Shahesa reckte sich. Sie empfand plötzlich das Bedürfnis nach mehr Echtwert. Die Übertragungsanlagen des *Tank Roover* konnten ihr das nicht liefern. Sie waren bestenfalls historisches Spielzeug gegen das, was sie aus dem *Kontinuum Eckert* gewöhnt war.

Die gesamte Elektronik erinnerte sie irgendwie an Zugbrücken, Metallrüstungen und Benzinkraftfahrzeuge. Sie war faszinierend und hatte vor mehr als hundert Jahren sicherlich zum Modernsten gehört, was die Menschen in jener Zeit konstruieren konnten. Damals waren gerade die ersten Schritte in die neue Dimension des totalen *«Sensitiven Wohlseyns»* probiert worden. Welche gigantischen Fortschritte in dieser völlig neuen Erlebnisform erzielt worden waren, dafür gab es nur ein einziges vergleichbares Beispiel:

Innerhalb eines Jahrhunderts hatte sich die unsichtbare und lange angezweifelte Energieform der Elektrizität zur alles beherrschenden Triebkraft des Planeten Erde entwickelt. Aus dem ersten Scheibendynamo von Michael Faraday war in atemberaubendem Tempo eine Flut von Weiterentwicklungen entstanden. Es sollte Menschen gegeben haben, die in ihren ersten Lebensjahren noch nichts von Elektrizität gesehen hatten und die am Ende ihres Lebens Radio, Fernsehen, Datenbänke, elektronisch gesteuerte Satelliten und eine automatische Lebensversorgung mit allen nur denkbaren Gütern für selbstverständlich hielten.

Eine Kultur, die sich so explosionsartig veränderte, hätte aus steinernen Menschen bestehen müssen, um das zu verkraften. Doch auch das Jahrhundert nach dem Exodus war keine Ruhepause gewesen. Die meisten der auf der Erde Zurückgebliebenen glaubten, daß sich die Bewohner der riesigen Röhre mit ihrer gesamten Technik noch auf dem Stand von 2034 befanden. Und selbst diejenigen, die manchmal darüber nachdachten, was aus den Milliarden geworden war, die nicht mehr auf der Erdoberfläche lebten, machten immer wieder einen entscheidenden Denkfehler: sie konnten sich einfach nicht vorstellen, was hundert Jahre Weiterentwicklung innerhalb des *Kontinuum Eckert* bewirkt hatten. Dabei waren diese hundert Jahre nicht weniger phantastisch verlaufen als die vorhergegangenen ...

Shahesa merkte in diesem Augenblick, wie sehr sie sich von den beiden Männern am Flußufer unterschied. Nicht, weil sie eine Frau war, sondern weil sie ganz anders fühlte und dachte als die Bewohner des Reservats.

Sie war gewarnt worden. Und doch sah die Wirklichkeit bereits ganz anders aus. Sie war bei aller Erstarrung unberechenbarer, gefährlicher und dennoch faszinierender ...

Entschlossen legte sie die Steuerkugel für die Monitoren zur Seite. Mit den Fingerspitzen berührte sie die Sensortasten an der Seite des Ausstiegs. Es tat ihr weh, als sie hörte, wie mühsam uralte Servomotoren die gepanzerte Luke zur Seite schoben.

Die Hitze von draußen schlug ihr wie ein schweres, nasses Tuch entgegen. Die Luft war feucht, heiß und so würzig, daß sich ihr Magen zusammenkrampfte. Sie mußte sich für einen Moment an dem Rahmen der Luke festhalten, ehe sie schwankend aus dem *Tank Roover* klettern konnte.

«He ... du sollst drinbleiben, habe ich gesagt!»

Tankred hatte sie sofort bemerkt.

«Los, zurück, Mädchen! Aber ein bißchen plötzlich!»

Sie schüttelte den Kopf und ging zwei, drei Schritte weiter. Instinktiv blieb sie im Schatten der großen Ballonreifen.

«Sag mal, kannst du nicht hören?»

Tankred schüttelte Arme und Beine aus, dann kam er mit vorgeneigtem Oberkörper auf sie zu. Sie sah zum Fluß hinüber. Er kam ihr mit seinen kleinen, gläsern wirkenden Wellen auf einmal höchst verlockend vor. An den Felsen spritzten perlende Tropfen hoch, und über einer der Stromschnellen stand ein halber Regenbogen im sprühenden Wasser.

«Ich möchte baden», rief sie. «Oder gibt es hier gefährliche Fische im Wasser?»

«Das könnte dir so passen! Du hast doch erst bei deiner Ankunft ein Bad im Meer genommen! War dir das nicht genug?»

Er stand jetzt direkt vor ihr. Sein Gesicht wirkte verärgert und begehrlich zugleich. Er wischte sich die riesigen Hände an seiner Uniformhose ab. «Kannst du kochen?» fragte er. Sie hob die Brauen, dann schüttelte sie den Kopf.

«Dann hol mir eine Flasche Ale!»

«Ale? Was ist das? Und warum sollte ich es holen?»

«Weil ich es sage, verdammt noch mal! Ale ist Bier, und ich habe Durst, kapiert?»

«Nein», sagte sie. «Ich verstehe die Logik nicht, Speer der Normannen zweiter Klasse. Warum sollte ich etwas holen, wenn du etwas haben willst?»

Er öffnete den Mund, schnappte nach Luft und wurde rot im Gesicht.

«Weil ... weil ... na, weil ich es dir doch sage!» polterte er.

«Es macht noch immer keinen Sinn! Ich würde es ja gern verstehen, aber wieso soll ein anderer etwas für dich tun?»

Tankred überlegte mühsam beherrscht, dann grinste er.

«Ihr … ich meine euch *Wohlseyn* … ihr tut nie, was euch einer befiehlt?»

«Befiehlt? Ich glaube, ich habe dieses Wort noch nicht verstanden. Aber wenn du meinst, daß ein Mensch einem anderen sagen darf, was er tun soll, dann hast du recht …»

«Sieh an, sieh an!» sagte er spöttisch. «Das kleine Kätzchen aus der großen Röhre zeigt seine Krallen. Und du meinst, daß du damit bei mir durchkommst, eh?»

«Ach jetzt verstehe ich», lächelte sie. «Du fragst mich, ob wir spielen wollen … Sklavin und Sultan wie in der Oper …»

Der blonde Hüne schüttelte ungläubig den Kopf. Er sah sich verstohlen nach seinem Begleiter um. Drogo übte noch immer Schattenboxen am Flußufer.

«Paß mal auf, mein Mädchen», sagte Tankred und lehnte sich mit der Schulter an die Schattenseite eines Ballonreifens. «Hier ist das alles etwas anders als in der großen runden Welt um die Erde. Hier weiß jeder, an welchen Platz er gehört. Und wenn ein Normannenspeer zweiter Klasse etwas sagt, dann diskutieren die anderen nicht lange, sondern tun es, verstanden?»

«Das setzt in jedem Fall eine Spielvereinbarung voraus», nickte Shahesa. «Wir beide haben keine derartige Vereinbarung.»

«Haben wir nicht?»

«Nein.»

«Und ob wir die haben!» preßte der *Neo-Normanne* zwischen den Zähnen hervor. «In diesem Wald, an diesem Fluß bin ich der Chef. Und was ein Chef ist, weißt du wohl, oder?»

«Jemand, der innerhalb einer auf Abhängigkeit aufgebauten Gemeinschaft seine Stärke zur Unterdrückung der Schwächeren ausnutzt!»

«Hervorragend!» grinste der blonde Hüne. «Und ich bin hier der Stärkste. Deshalb wirst du jetzt in den Fahrkasten klettern und mir ein Bier holen … stimmt es jetzt?»

«Nicht ganz», sagte Shahesa geduldig. «Denn ich bin weder von dir abhängig noch schwächer als du!»

«Bist du nicht …»

«Nein», sagte sie. «Ich kann allein nach *Glyndebourne* gehen. Ich kann mir auch die Begleiter aussuchen, die ich mag. Und ich könnte mir auch dieses Fahrzeug nehmen …»

«Meinen *Tank Roover*?» fragte der blonde Hüne fassungslos.

«Er gehört doch gar nicht dir! Du hast ihn gefunden ... in einem alten Lagerstollen. Dort war er von unseren gemeinsamen Vorfahren für zukünftige Expeditionen abgestellt. Ebenso wie viele andere Sachen, die ihr wahrscheinlich längst geraubt habt.»

«Aber das ist doch ... das ist mein gutes Recht, verstanden? Was bildest du dir eigentlich ein? Kommst hier nach hundert Jahren wie die heilige Johanna an und hast auch noch die Stirn, mich einen Dieb zu nennen?»

«Ich habe nur gesagt, daß ich das gleiche Recht auf die Benutzung von Menschheitseigentum habe wie du ...»

«Ihr müßt alle verrückt geworden sein!» fauchte der Normannenspeer. «Erst kommt dieser windige Commodore und will mit mir über die Halbinseln an der Küste und irgendeinen Vertrag diskutieren. Und nun willst du Prinzessin auf der Erbse auch noch meinen *Tank Roover* haben! Ich glaub', die Sonne lacht!»

Er war so durcheinander, daß er nicht bemerkte, wie sich ein Schatten hinter ihn schob. Shahesa nickte Olaf lächelnd zu. Sie zeigte sich nicht überrascht.

«Schön, daß du kommst», sagte sie. «Willst du mit mir fahren?»

Der junge Mann aus den Wäldern sah abwechselnd den *Tank Roover* und den *Neo-Normannen* vor sich an. Tankred war noch immer so wütend, daß er das Auftauchen des Freigängers noch nicht bemerkt hatte. Doch dann wurde ihm plötzlich bewußt, daß Shahesa nicht mit ihm gesprochen haben konnte.

Er wirbelte mit einem kurzen «Ha!» herum. Noch in der Bewegung ging er in Kampfstellung. Doch Olaf berührte das Handgelenk des blonden Hünen nur mit Daumen und Zeigefinger. Er zog ihn eine winzige Spur weiter in die nicht mehr zu stoppende, explosionsartige Körperbewegung. Das Ganze ging so schnell, daß nicht einmal Shahesa sah, wie es der Freigänger machte.

Tankred überschlug sich in der Luft und landete fünf Schritte weiter im Ufersand.

«Paß auf!» warnte fast gleichzeitig eine Stimme aus dem Ufergebüsch. Shahesa glaubte, daß Drogo gemeint war. Auch Olaf gab nicht viel auf die Warnung. Der dunkelhaarige Hüne war noch immer mit sich selbst beschäftigt. Doch da brach und splitterte es in den Zweigen.

Verwirrt sah Shahesa, wie drei merkwürdig gekleidete Männer in wehenden weißen Mänteln und mit weißen Hauben auf dem Kopf mit entsetzten Schreien zum Ufer liefen. Alles, was sie verstehen konnte, war: *«Hegelianer ... Darwiner ... Huxleys ...»*

Irgendwo im Bannforst schlug eine Uhr. Es konnte aber auch ein kleiner, unglaublich lauter Glockenvogel sein ...

10.
Der Zeitspiegel

Konstanze hielt die Hand über die Augen und blinzelte. Obwohl kein Wölkchen am rötlichen Himmel aufgezogen war, hatte es sich etwas abgekühlt. Ein warmer Wind strich über die Baumwipfel des Bannforstes. Ab und zu raschelten auch die Blätter der näher stehenden Bäume am Rande des Schloßhofs und im lichten Park vor den Außenmauern. Den Namen des Parks hatte sie vergessen.

Sie stand auf dem Söller des viereckigen Türmchens, das nachträglich an das Haupthaus gemauert worden war. Der Turm begann erst im zweiten Stockwerk mit einer Schräge an der Außenwand. Er reichte nur wenig über den Giebel des höchsten Daches hinaus.

Sie war noch immer etwas verwirrt vom Gespräch mit Shakes. Seine Hypothese von der Entstehung des irdischen Magnetfelds, vom Wunder der Zeit und vom Geheimnis des Lebens ließ sie einfach nicht los. Sie hätte gern noch viel länger mit ihm gesprochen, doch irgendwie war sie erleichtert gewesen, als Shakes über einen kleinen Klappkasten an der Wand der alten Küche nach oben gerufen wurde.

Er hatte sorgfältig seine Geräte eingepackt und dann die Türen der alten Küche verschlossen. Obwohl es nur ein Gedanke war, vermutete Konstanze inzwischen, daß außer John Jakob Shakes niemand mehr die alte Küche im Souterrain betrat. Vielleicht hatte er die Türen sogar aufgelassen, um keine Neugierigen anzulocken. Denn nichts konnte besser vor Unbefugten verborgen werden als das Offenliegende. Das war auch oben im *Kontinuum* so.

Sie lehnte sich mit beiden Armen auf die steinerne Brüstung des Turms und sah über das friedlich wirkende Gelände hinweg. Auf den sanft nach Nordwesten ansteigenden Wiesen wurden immer mehr Zelte aufgeschlagen. Die ersten Feuer schickten dünne Rauchfäden senkrecht in den Abendhimmel. Nach Westen und nach Süden hin stiegen die dichtbewaldeten Hügel von *Glynde-*

bourne viel steiler an. Das ganze Tal um die Gebäudesammlung glich einer flachen Schüssel mit einer sanften Randwulst nach Norden und nach Osten und einer steilen, halbkreisförmigen Hügelkette nach Westen und nach Süden.

Konstanze erinnerte sich nur noch schwach an die ersten Bilder, die sie vom *Turm der Reisenden* gesehen hatte. Wenn sie nicht alles täuschte, befand sich *Glyndebourne* wie eine Insel in einem Ring aus Wasser.

Sie wunderte sich, daß ihre Erinnerung an die ersten Stunden so unscharf und verschwommen war. Außerdem hatte sie Mühe, sich an die Zeit vor dem Beginn der großen Reise zu erinnern. Während sie auf dem Söller des kleinen Aussichtsturms am Haupthaus stand, die warme Stille wie ein Bad genoß und über sich selbst nachdachte, kam es ihr plötzlich vor, als würde sie sich gleichzeitig an zwei Vergangenheiten erinnern …

Überall wurden emsig Vorbereitungen für das große Ereignis getroffen. Junge Burschen sprühten Wasser auf den Hof, fegten ihn mit langen Reisigbesen und räumten auch die letzten Reste von Brettern, Vorräten und Kulissenstücken fort. In den Gärten schritt Hagebuttle prüfend und mit vorsichtigen Bewegungen über geharkte Kieswege. Dort, wo lange Schnüre mit kleinen gelben Schildern die Wege markierten, nahm er ein Schild nach dem anderen in die Hand und malte mit einem dicken Stift ein Zeichen auf.

Konstanze beobachtete ihn eine ganze Weile. Dabei fiel ihr auf, daß die Absperrungen nicht willkürlich erfolgt waren, sondern ein besonderes Muster ergaben. Die Schnüre sparten alle Stellen aus, an denen sich die kniehohen Steinsäulen mit ihren Kappen wie aus Zuckerguß befanden …

Aus dem Theatersaal klangen hin und wieder Flöten- und Geigentöne. Die Werkstätten im äußeren Hof waren bereits geschlossen. Wer dort gearbeitet hatte, befand sich mittlerweile bei den letzten Chorproben.

Konstanze strich ihr langes braunes Haar über die Schultern. Die Wunde an der Stirn war kaum noch zu spüren. Sie lächelte glücklich und hätte gern ebenfalls an einer Probe teilgenommen. Doch das war nicht mehr vorgesehen …

Fast eine halbe Meile entfernt klang plötzlich eine Lure auf. Das

Bläsersignal führte zu einer eigenartigen Geschäftigkeit an den Zelten. Sie sah, wie überall lange, bunte Wimpel aufgezogen wurden. Die Waldkulisse war inzwischen in dunklem Dunst versunken. Im Westen stand die rote Sonne unmittelbar über dem Kamm der Hügel.

Konstanze atmete tief ein. Wenn sie nicht ganz genau gewußt hätte, daß dies der 13. August des Jahres 2134 war, hätte all das, was sie empfand, auch hundert, fünfhundert oder gar tausend Jahre in der Vergangenheit liegen können …

Das Tal von *Glyndebourne* wirkte auf einmal zeitlos und ohne jede Hast. Nichts kam ihr hart, schroff oder bedrohlich vor. Alles war sanft, weit geschwungen und voller Romantik. Und doch spürte sie tief in sich eine große, unheimliche Angst.

«Nicht!» stöhnte sie leise. «Nicht schon wieder!»

Alles in ihr wehrte sich gegen die andere, die tiefere Erinnerung. Sie wollte nur Konstanze sein und sonst nichts. Doch gleichzeitig wurden die Erinnerungen stärker … nicht die Erinnerungen an ihr Leben im *Kontinuum Eckert*, sondern an Tage, Monate und Jahre im Tal von *Glyndebourne*.

Zuerst war es nur ein unbestimmtes und rätselhaftes Gefühl … ein Ahnen, alles schon einmal ganz genauso gesehen zu haben …

Déjà-vu!

Konnte sich ihr Bewußtsein an etwas anderes erinnern als ihr Unterbewußtsein? Sie hatte plötzlich das Gefühl zu fallen. Mit beiden Händen hielt sie sich an den hellen Steinblöcken des Turmes fest. Ihr Blick wurde nach unten gelenkt. Gleichzeitig sah sie Menschen, die sie zu kennen glaubte. Eine weißhaarige Frau deutete mit ihrem Arm zum Turm hinauf. Sie lehnte sich dabei weit aus einem der Küchenfenster.

Obwohl Konstanze nicht verstand, was ihre Lippen sagten, erkannte sie den Namen … ihren Namen?

Agwira!

Sie begann plötzlich am ganzen Körper zu zittern. Warum erschreckte sie dieser Name? Und was hatte er mit ihr … mit Konstanze aus dem *Kontinuum Eckert* zu tun?

Sie drehte sich etwas zur Seite und suchte den Hügel, auf dem der *Turm der Reisenden* stehen mußte. Sie brauchte lange, bis sie die kleine, verwaschen wirkende Erhebung südlich von *Glynde-*

bourne fand. Von ihrem Standpunkt aus bildete der Turm eine Linie mit dem höchsten Mauerstück der künstlich weiter abgebrochenen Ruine der *Wallop Dining Hall.*

Wenn die Sonne im Zenit stand, mußten der Turm, die Ruine und das Erkerfenster am Haupthaus eine gerade Linie bilden. Sie beugte sich über den Rand des Söllers. Das Fenster befand sich direkt unter ihr. Es hatte ein kleines, schräges Schieferdach. Und dann entdeckte sie regelmäßige Zeichnungen auf den Dachplatten. Sie glänzten im rötlichen Abendlicht wie eine Reihe von Intarsien im Stein: Labyrinthe, Runen und Linien, die von zwei Punkten in geschwungenen Bögen aufeinander zu liefen ...

Genauso hatten die Hände ... die mit den Spitzen gegeneinandergelegten Finger des Mädchens am Rosengarten ausgesehen! Im gleichen Augenblick hatte sie das heftige Gefühl, daß nicht Konstanze, sondern die andere ... die verborgene Persönlichkeit in ihr das Zeichen kannte ...

Aber wer war sie, diese Agwira?

Lord Abel Rothschild, C. B., C. B. E., fragte Shakes nach Konstanze, ließ in der Küche, in den Werkstätten und in den Gärten nach ihr suchen. Niemand hatte sie gesehen. Die einzige, die etwas aussagen konnte, war Miß Earlymorn. Sofort schickte Lord Rothschild einen Stallburschen in ihre Mansarde. Er selbst eilte in den Orgelraum und telefonierte erneut nach Shakes.

Als der Stallbursche unverrichteter Dinge zurückkam, machte sich Lord Rothschild ernsthaft Sorgen. Er hatte lange über die merkwürdige Besucherin aus dem *Kontinuum* nachgedacht. Inzwischen hatten die alten Nachrichtenverbindungen die Ankunft einer Besucherin gemeldet. Kurz darauf war der Kontakt vollkommen abgebrochen ...

Lord Rothschild spürte schon seit dem frühen Morgen eine eigenartige Unrast in sich. Er fing die verschiedensten Tätigkeiten an, ohne sie zu beenden. Einmal glaubte er, daß er langsam zu alt für die ganzen Aufregungen würde, dann wiederum störten ihn falsche und schlecht gespielte Töne aus dem Orchestergraben des Theaterraumes.

«Daß auch noch Haywood nicht da ist!»

Er wußte nicht, wie oft er das im Laufe des Tages gesagt hatte.

Der Doktor hätte längst zurück sein müssen. Aber der Bannforst war unsicher geworden. Jedermann wußte, daß es inzwischen nicht nur die üblichen wilden Tiere gab. Auch die vor hundert Jahren freigelassenen Zooexemplare hatten sich, durch die zunehmende Wärme begünstigt, sehr stark vermehrt.

Lord Rothschild lief unschlüssig im Orgelraum auf und ab. Zum ersten Mal in seinem Leben wußte er nicht, was er tun sollte. Er griff nach dem Telefonhörer in der gläsernen Konsole und drehte die Kurbel in verschiedenen Abständen.

Es dauerte lange, bis sich jemand im Opernhaus meldete. Dann kam der Dirigent und Regisseur an den Apparat.

«Hören Sie, March», sagte der Lord ungeduldig. «Haben Sie irgendwo eine junge Dame gesehen ... Besucherin et cetera ...»

«Nein, Mylord! Hier ist keine Dame gewesen!»

«Wie sieht es sonst aus?»

«Bisher haben wir nur die üblichen Probleme. Aber es wird doch sehr viel getrunken ... wenn ich mir diese Bemerkung erlauben darf ...»

«Laßt sie trinken, doch achtet darauf, daß es keine Unfälle gibt. Der morgige Tag soll ein heiteres Fest werden und keine Trauerfeier!»

«Ich hatte eigentlich ein ähnliches Wort auf der Zunge», sagte der Dirigent pikiert. «Was einige Leute sich in diesem Jahr leisten, ist schon sehr arrogant ...»

«Können Sie nicht deutlicher werden?»

«Ich will ja nichts gesagt haben, Mylord. Aber ich kann nun mal nicht vertragen, wenn sich gewisse Angestellte selbst wie Schloßherren benehmen ...»

«Was meinen Sie damit?»

«Oh ... es liegt mir fern, irgendwelche Beschuldigungen auszusprechen. Es muß jedoch gestattet sein, daß ich gereizt reagiere, wenn mir zum Beispiel der Blumenschmuck für meine Dekorationen verweigert wird!»

«Haben Sie mit Hagebuttle gesprochen?»

«Ja, aber ich möchte nochmals betonen, daß mir der Gedanke an eine Intrige vollkommen fernliegt. Julianes Benjamin meint ebenfalls, daß wir schon bei den Proben so echt wie möglich spielen sollten. Wir haben ohnehin schon genügend Probleme mit der

Vergeßlichkeit der Schauspieler und Musiker. Wenn dann noch mutwillig Sand ins Getriebe gestreut wird, kann ich für meine Arbeit nun wirklich nicht mehr garantieren …»

«Was ist denn das für eine Logik, March? Oder suchen Sie bereits jetzt einen Schuldigen für Ihr eigenes Versagen?»

«Mylord, ich muß doch sehr bitten!»

«Sonst noch was?»

«Die Leute sind sehr durstig. Es hat seit gestern nicht mehr geregnet …»

«Sie brauchen also Wasser!»

«Ach … wenn Ihr nichts dagegen habt, würden wir gern ein Fäßchen Ale aus den Kellern holen …»

«Die Keller bleiben während der Festwoche verschlossen, March! Das müßten Sie doch inzwischen wissen! Alles, was Blasius Bockhus für die Bewirtung benötigt, befindet sich bereits in den Lagerräumen hinter der alten Küche.»

«Das beste Ale war immer das aus dem Tiefkeller», seufzte der Dirigent müde. Lord Rothschild nahm den Telefonhörer vom Ohr und blickte ihn mißbilligend an. Er kannte Westminster March nun schon seit vielen Jahren. Er wurde immer unleidlich, wenn eine Premiere bevorstand.

«Was ist los mit Ihnen, March? Warum beschuldigen Sie zuerst Hagebuttle und dann die Schauspieler und Musiker? Und was zum Teufel liegt Ihnen an diesem Ale?»

«Ja, wißt Ihr denn nicht, was man an den Zelten spricht?» fragte der Dirigent weinerlich.

«Nein! Aber Ihr werdet es mir sicher sagen! Ich hatte angeordnet, daß mir alle besonderen Vorkommnisse sofort gemeldet werden!»

«Das wollte ich ja schon längst tun, Mylord, aber dieses Durcheinander hier …»

«Was wird geredet?»

«Man munkelt, daß die Wasser steigen und die Berge bluten werden, weil sich die magischen Kräfte hier sammeln …»

«Eine magische Kraft?»

«Ja … oder eine magnetische, das konnte ich nicht so genau hören …»

«Machen Sie Schluß für heute!» ordnete der Lord an. Er hängte den Hörer ein und blieb für einen Augenblick bewegungslos stehen. Während er mühsam versuchte, seine Gedanken zu ordnen, hörte er plötzlich ein feines, wie aus der Tiefe der Erde kommendes Sirren.

Die Hitze war noch immer unerträglich. Lord Rothschild lokkerte sein Kragentuch. Unwillkürlich legte er den Kopf in den Nacken und sah zur gewölbten Decke des Orgelraums hinauf. Was er jahrzehntelang für Stuck und Ornamentverzierungen gehalten hatte, kam ihm auf einmal wieder wie ein verschlungenes Muster aus lauter vergrößerten, mäanderartigen Fingerabdrücken vor …

Er hatte oft an den langen Winterabenden in den Archivbüchern geblättert. In den Kellern des Haupthauses und unter dem Theatertrakt existierten noch immer die alten Anlagen, mit denen ein Abwehrring aus Energie um den gesamten Gebäudekomplex gelegt werden konnte.

Glyndebourne war nie eine Burg oder ein altes Kastell gewesen. Es besaß weder Folterkammern noch einen Wassergraben oder durchgehende Mauern mit stabilen Toren und Schießscharten. Die Schutz- und Verteidigungsanlage aus dem einundzwanzigsten Jahrhundert war von anderer Art.

Lord Rothschild hatte von seinen Vätern die Angewohnheit übernommen, das ungewöhnliche Anwesen so zu verwalten, daß es wie eine frei zwischen Weiden und Baumgruppen liegende Gebäudeansammlung aussah. Doch nicht nur der Obergärtner und seine Gehilfen wußten, wofür die grün glänzenden Isolatoren in den Gärten gedacht waren. Ob sie allerdings nach so vielen Jahrzehnten noch funktionierten, das wagte nicht einmal Lord Rothschild zu sagen …

Irgendwie gehörte das Muster an der Decke des Orgelraums ebenfalls dazu! Aber von wem konnte er eine Erinnerungshilfe bekommen? Voller Entsetzen mußte er feststellen, daß er nicht einmal mehr wußte, wer von den Leuten in *Glyndebourne* ebenfalls eingeweiht war …

«Ihr reitet wie diese traurige Figur namens Don Quichote!»

«Aber sicher doch», sagte Klingsor Haywood. Er hielt die Zügel seiner Stute locker in der Hand. «Brav, alte Wanderziege …

nur noch dieses kleine Wäldchen ... und am Landsteg zwischen dem Glyndemeer und der Ouse-Überflutung kann unser Freund einmal prüfen, ob er sich vielleicht als Sancho Pansa im Wasser spiegelt ...»

«Wollt Ihr mich beleidigen?» schnaufte der Commodore hinter dem Doktor. Er ließ die Hände los.

«Ich würde mich an Eurer Stelle doch weiter festhalten», sagte Klingsor amüsiert. «Die alte Wanderziege neigt dazu, in fröhlichen Trab zu fallen, wenn sie die Hügel südlich von *Glyndebourne* sieht!»

«Furchtbare Angewohnheit, Tiere zu vergewaltigen!»

«Na, na, na!» antwortete Klingsor. Er zog kurz an den Zügeln. Die Stute blieb sofort stehen. «Aber bitte, wenn Ihr lieber hinter den *Elaboraten* nachlaufen wollt, braucht Ihr nur abzusteigen! Vielleicht trefft Ihr sie ja drei Meilen westlich von hier ... dort verläuft nämlich ihr *Nullmeridian* von Nord nach Süd ... nur dummerweise genau durch Lewes. Und das ist eine verbotene Stadt ...»

«Was soll das? Wollt Ihr mich etwa ganz allein hier aussetzen? Mitten in diesem Dschungel?»

«Wir kommen bald an die alte Magnetbahnstrecke von London nach Eastbourne. Vielleicht findet Ihr ja auch einen *Omirolls* ...»

«Finden?» schnaubte der Commander erbost. «Was soll man hier noch finden?»

«Nun», sagte Klingsor Haywood, ohne sich umzudrehen. «Vielleicht *Tank Roover, Solar-Power-Enduros, Hubicars, Amphipeds* oder einen guterhaltenen *Rolls*. Ihr hattet doch gerade gestern erst einen gefunden, oder?»

Commodore Natz schwieg verbissen. Dafür wurden überall die Tiere des Dschungels lauter. Sie hatten die Stunden der Tageshitze fast lautlos im Dickicht verbracht, das an vielen Stellen schon dunkel und beinahe undurchdringlich erschien. Schon seit einiger Zeit raschelte, quiekte und schnarrte es zwischen den dunklen Tropenpflanzen. Schmatzende Geräusche begleiteten die ungleichen Reiter. Hin und wieder schnellte ein Zweig zur Seite, und mit lautem Gegacker sprangen langschwänzige Affen in Windeseile einige Etagen höher im komplizierten Pflanzengewirr.

Klingsor hielt sich an einen kaum sichtbaren Pfad. Hier hatte vor langer Zeit einmal die Trasse einer Magnetbahn entlanggeführt. Und irgendwann mußte der neue Wald die ersten starken Bäume hervorgebracht haben – so stark, daß sie mit ihren Wurzeln die Eisenschienen anheben konnten.

Von den Schienen war nichts mehr zu sehen. Dafür bemerkte er in regelmäßigen Abständen Veränderungen im Dickicht. Dann wurde der Wald lichter, nahm eine andere Farbe an und zeigte auf diese Weise, wo sich die Reste von halbvermoderten, dioxinhaltigen Transformatoren befanden ...

«Also gut!» sagte der Commander nach einer langen Pause. «Ich will Eure Unverschämtheit für dieses Mal vergessen!»

«Waaas?»

Klingsor drehte sich erstaunt um. Der kleine Commodore sah ihn mit blitzenden grünlichen Augen an. Er schwitzte. Zum ersten Mal sah der Doktor die älteren Narben im Gesicht des anderen.

«Was habt Ihr eigentlich davon, daß Ihr Freigänger durch unser Land begleitet?» fragte Klingsor. Er blickte wieder nach vorn. «Ich habe mich schon oft gefragt, welches die Motive für einen Mann sein können, der sich mit ein paar *Machbars* jederzeit an jeden Ort der Welt zurückziehen könnte.»

«Habe ich Euch etwa gefragt, warum Ihr zwanzig Jahre lang den Vasallen von irgendeinem Landlord gespielt habt?»

«Wir fühlen uns dafür verantwortlich, daß die Natur in den Reservaten diesmal das gleiche Recht bekommt wie die Menschen ...»

«Und dafür nehmt Ihr Euch das Recht, über jeden Vorgang, und sei er noch so unbedeutend, zur *Sacra San Michele* zu berichten», lachte der Commodore ironisch. «Ist es nicht so?»

«Man könnte es nicht treffender beschreiben», nickte Klingsor.

«Ihr fühlt Euch also als Schutzanwalt für Bäume, Pflanzen, Blumen und so weiter ...»

«Ja», sagte Klingsor.

«Und dabei stört es Euch nicht, wenn Ihr mit einem Pferd durch Wälder reitet, Zweige abbrecht und Hunderte von Pflanzen einfach zertretet?»

«Das ist natürlich», sagte Klingsor. «Es hätte keinen Sinn, wenn wir uns von der Welt abschließen. Totaler Schutz wie unter einer Käseglocke ist nie die Absicht unseres Ordens gewesen. Wir wollen, daß die Menschen vernünftig mit ihrer Umwelt umgehen. Wäre das nicht der Fall, müßte verboten werden, daß die Erde jemals wieder von Menschen betreten wird!»

«Jetzt kommen wir der Sache näher!» sagte der Commander. Er schnaufte zufrieden hinter dem Rücken von Klingsor. «Oder hat *Greenpeas* etwa nicht von Anfang an darauf hingearbeitet, daß der Vertrag von Calais nur eine Übergangslösung bedeutet? Daß sich die Zurückgebliebenen nach und nach selbst ausrotten und daß die Erde eines Tages zu einem Paradies ohne Menschen werden sollte? Ein Garten Eden für einen neuen Adam ... eine neue Eva?»

Klingsor zog die Zügel straff. Die Stute blieb abrupt stehen. «Runter!» befahl er. «Sofort runter von meinem Pferd!»

Der Commodore zögerte einen Moment, dann rutschte er vom Rücken der Stute. Klingsor Haywood löste die Riemen vom Gepäck des Commanders. Er warf ihm die Bündel vor die Füße.

«Ich hätte wissen müssen, was Ihr mit Euren scheinheiligen Touristenbesuchen wirklich beabsichtigt!» sagte er verärgert. «Dabei seid Ihr es, die sich nie an den Vertrag von Calais halten wollten! Überwintern in einer Röhre, bis sich die Erde wieder vom Raubbau der Menschen erholt hat ... das war doch die Ideologie der Commodores! Das alte, immer wieder erprobte Arche-Noah-Konzept! Erst alles zerstören, dann verschwinden und abwarten, bis irgendwelche Dummen den Schaden repariert haben ...»

«Unsinn! Ihr wißt genau, daß die Menschen das *Kontinuum* aus freien Stücken und mit einer gewaltigen gemeinsamen Anstrengung errichtet haben! Und niemand will zurück!»

«Wer spricht von *wollen?*» fragte Klingsor sarkastisch. «Sie *müssen* wieder Aufgaben bekommen, wenn sie nicht langsam in die Selbstauflösung hinüberdämmern sollen. Aber nicht durch uns, Commodore! Nicht durch uns! Wir werden Euch verdammt genau auf die Finger sehen, so wahr ich Klingsor Haywood heiße!»

Der Commodore wollte seine Bündel aufnehmen. Dabei verlor er beinahe das Gleichgewicht. Er richtete sich ruckartig auf.

«Tut mir leid, Scouty Natz», sagte Klingsor. «Wir beide stehen in verschiedenen Lagern! Ich weiß nicht, was Ihr vorhabt, aber ich kann Euch versichern, daß ich alles tun werde, um Eure Pläne zu durchkreuzen! Geht nach *Glyndebourne*, aber vergeßt nicht eine einzige Sekunde, daß diese Erde, dieses Land uns gehört und nicht den *Wohlseyn!*»

«Die Erde gehört allen Menschen ...»

«Ihr habt sie aufgegeben!»

«Der Vertrag von Calais ...»

«Regelt gelegentliche Besuche!»

«Na schön!» sagte der Commodore. «Dann eben nicht! Ich muß mich wohl geirrt haben, als ich annahm, daß es bei *Greenpeas* auch Männer ohne diesen fanatischen Alleinvertretungsanspruch geben könnte!»

«Wollt Ihr mich jetzt zu Tränen rühren?» lachte Klingsor und schüttelte den Kopf. «Nein, Scouty Natz! Wir kümmern uns nicht um die Röhre, und Ihr habt bestenfalls das Recht, an Sonntagen Besucher oder ihre Stellvertreter in unsere Parks und Wiesen einzufliegen. Und jeder, der nicht angemeldet über einen *Turm der Reisenden* hier auftaucht, ist automatisch rechtlos ...»

«Das gilt noch lange nicht für Commodores!»

«Man könnte dafür sorgen, daß die Bestimmungen aus dem Vertrag von Calais wieder so eingehalten werden, wie sie ursprünglich ausgehandelt worden sind ...»

«Soll das jetzt eine Drohung sein?» fauchte der Commodore.

«Fragt mal die *Neo-Normannen*, wo geschrieben steht, daß Commodores frei durch unser Land reisen dürfen!»

«Das ist doch längst Gewohnheitsrecht!»

«Wer sagt das?»

«Ich!»

«Und wer, bei allem notwendigen Respekt, ist dieser Händler der Nichtigkeiten? Ihr habt ohne Erlaubnis eine Fremde nach Britannien gebracht. Ich kann Euch daher nur raten, schleunigst im nächsten *Turm der Reisenden* die Dokumente zu beschaffen! Anderenfalls wird Euch Lord Rothschild den *Neo-Normannen* schenken!»

Der Commodore bebte innerlich. Zum zweiten Mal innerhalb eines Tages stieß er auf Widerstand. Und plötzlich begriff er, daß doch nicht alles so ablaufen würde, wie er es geplant hatte.

Und wieder spürte er heftige Schmerzen in seiner Brust.

Der *Tank Roover* brach durch das Unterholz am Ufer des schmal gewordenen Cuckmere. Je weiter Olaf und Shahesa ins Innere des Landes fuhren, um so unzugänglicher erschien es ihnen.

Olaf kauerte neben dem fremden, zierlich wirkenden Mädchen. Er hätte nie gedacht, daß sie so geschickt mit den geheimnisvollen Lenksystemen des Fahrkastens umzugehen verstand. Mehrmals sah er sie von der Seite her an. Sie lag in der Mulde des Fahrersitzes. Ihre Wangen waren gerötet, und ihre Augen funkelten vor Anstrengung und Begeisterung. Ihr blondes Haar sah längst nicht mehr wie ein Engelsschopf aus, sondern wie eine zerzauste Kampfhaube, wie sie einige Vögel im Bannforst trugen.

«Machst du das wirklich zum ersten Mal?» fragte er mehrmals. Shahesa gab ihm nie eine genaue Antwort. Sie lachte nur und zeigte ihm immer neue Kunststücke. Jetzt fuhr sie mit zwei Rädern ins seichte Wasser. Sie veränderte die Winkel der gegenüberliegenden Reifen und brachte dadurch den *Tank Roover* in eine bedrohliche Schräglage.

«Bist du von Sinnen!»

«Sei doch nicht kindisch, Olaf! Ich kann alles fahren, was es in euren Wäldern gibt. Was glaubst du, wie oft ich im *Kontinuum* die waghalsigsten Verfolgungsjagden durchgespielt habe!»

«Ja, aber hier kann man umkippen!»

«Das kann man oben auch!»

«Ohne daß irgend etwas passiert ...»

«Alles eine Frage des Programms! Gute Gefühle haben immer etwas mit Schmerzen und Entbehrungen, mit Angst und Risiko zu ...»

«Es kann einfach nicht dasselbe sein!»

«Da, Olaf, hast du ausnahmsweise recht», lachte sie fröhlich. «Das hier ist besser. Viel besser ... eine wahnsinnig große Erfahrung ...»

Sie jagte den *Tank Roover* mit hoher Geschwindigkeit über eine schmale Landzunge zwischen zwei Wasserflächen.

«Aufpassen, Shahesa! Der Glynde-Bahnhof ist ein Teufelspfuhl!»

Olaf griff nach ihren Armen. Sie riß das gepanzerte Fahrzeug herum. Gleichzeitig prallte sie gegen seine Brust. Der Freigänger spürte, wie sie plötzlich alle Kontrollen aus der Hand gab. Sie preßte sich gegen ihn, legte den Kopf in den Nacken und öffnete die Lippen.

«Halt das an!» befahl er heiser. Sie lachte und schmiegte sich noch enger an ihn. Der *Tank Roover* lag schräg auf den nicht ausgeglichenen Ballonreifen. Auf den Monitoren raste immer das gleiche Bild von rechts nach links. Der Fahrkasten beschrieb eine enge, halsbrecherische Kurve. Er jagte im Kreis um die fast völlig überwucherte Ruine der früheren Hilfsbahnstation von Glynde herum.

«Hör auf, Shahesa!» keuchte Olaf. «Haben wir dafür die *Neo-Normannen* überlistet ... den Commodore ...»

«Vergiß den Doktor und die *Elaboraten* nicht», strahlte sie. «Die können meinetwegen stundenlang durch den Bannforst laufen! Wir beide fahren ... immer im Kreis ... nur wir allein ... und diesmal ist es kein *Wohlseyn*, sondern echt ... echt ... echt ...»

Sie schlang ihre Arme um seinen Nacken, zog sich etwas nach oben und küßte ihn. Olaf blieb gar nichts anderes übrig:

Er mußte *dreamen!*

Die schwere Bohlentür war verschlossen. Konstanze wollte nicht, daß der Lord in den Turm kam und sie zur Rede stellte. Seit ihrer Ankunft empfand sie eine merkwürdige Scheu vor diesem schweigsamen Lord, der wie sein eigener Ahnherr wirkte. Dabei gab es nicht den geringsten Grund, irgend etwas an Lord Abel Rothschild auszusetzen. Er war höflich und zuvorkommend, charmant und rücksichtsvoll zu ihr gewesen. Kavalier der alten Schule ...

Sie wußte nicht, woher sie diese Bezeichnung kannte. Er fiel ihr einfach so ein. Doch gerade das beunruhigte sie.

Konstanze trat einen Schritt zurück. Die metallbeschlagene Tür leuchtete matt im Abendlicht. Aus allen Poren des Holzes schienen plötzlich warnende Muster und Maserungen hervorzutreten. Konstanze schloß die Augen, bis sie nur noch durch ihre Wimpern blinzeln konnte. Sie blies ihr langes braunes Haar aus dem Gesicht.

Was wollte sie eigentlich hier?

Langsam fuhr sie sich mit der Zunge über die Lippen. Die Tür! Irgend etwas war hinter der Tür ...

Oder etwa noch weiter? Im Kamin auf der rechten Seite ... am Blasebalg ... auf den Regalen mit den Retorten ...

Sie legte den Kopf etwas in den Nacken und versuchte sich den Raum hinter der Bohlentür noch plastischer vorzustellen. Links stand das große Regal mit den stählernen Tresoren. Dort wurden die Bücher aufbewahrt ... und geradeaus ... über die teppichbelegte Stufe ... der kleine massive Tisch am Fenster ... der alte spanische Klappsessel aus gebogenen Leisten und Löwenköpfen an den Armlehnen ...

Sie sang leise vor sich hin. Zuerst war es nur ein Summen, dann folgten ihre Lippen der traurigen Melodie:

« Welcher Wechsel herrscht in meiner Seele
Seit dem Tag, da uns das Schicksal trennte ...»

Sie streckte die Hände aus. Ihre Finger folgten den Maserungen des alten Holzes. Mit langen, kreisenden Bewegungen strich sie über die Stellen, an denen das Kernholz natürliche Vertiefungen aufwies.

«... Selbst der Luft darf ich nicht sagen,
Meiner Seele bittern Schmerz,
Denn, unwillig ihn zu tragen,
Haucht sie alle meine Klagen
Wieder in mein armes Herz ...»

Was als Rezitativ begonnen hatte, war plötzlich zur Arie geworden. Sie sang es leise und so intensiv, daß sie alles um sich vergaß. Gleichzeitig empfand sie eine so große Traurigkeit, daß Tränen über ihre Wangen rollten. Sie spürte auf einmal, daß etwas ganz tief in ihr wie aus einem langen Schlaf erwachte. Als ob sie aus einem dichten Nebel auftauchte, blieb plötzlich alles, was sie eben noch gewesen war, hinter ihr zurück.

Die schwere Bohlentür knarrte in ihren Scharnieren.

Sie drückte mit beiden Händen gegen das Holz. Leichter, viel leichter, als sie erwartet hatte, öffnete sich die Tür zu einem Raum, der ganz genau so aussah, wie sie ihn sich vorgestellt hatte ...

Der Kamin, der Blasebalg, der Tisch und der Stuhl vor bleigefaßten Butzenscheiben mit bunter Glasmalerei, ja – selbst das Regal mit den Büchertresoren war da ...

Das *Elaboratorium* von Klingsor!

Sie zog die Bohlentür hinter sich ins Schloß und lehnte sich schwer atmend dagegen. Ja, es war alles noch so, wie sie es kannte! Ein ungeheuer befreiendes, glückliches Gefühl überkam sie.

Das dreifache Pendel in der Mitte des Turmzimmers bewegte sich mit der Gleichmäßigkeit einer alten Uhr. Und doch schlugen die drei glänzenden, an langen Metallfäden hängenden Kugeln einen seltsamen, verwirrenden Takt. Die linke Kugel fiel gegen die Mittelkugel. Diese rührte sich nicht von der Stelle, aber die rechte Kugel schien auf geheimnisvolle Weise die Energie der linken Kugel zu übernehmen. Das Ganze wiederholte sich mehrmals, dann prallten wie auf ein Kommando die Kugeln in einer anderen Reihenfolge zusammen: zwei schlugen nach links aus, eine nach rechts. Und schon nach kurzer Zeit blieb die mittlere Kugel erneut im Mittelpunkt von zwei entgegengesetzt zusammenprallenden Kräften stehen.

Konstanze hatte auf einmal das Gefühl, daß diese Kugeln irgend etwas mit ihr selbst, mit den Geheimnissen von *Glyndebourne* und mit dem Dunkel zu tun hatten, das über ihrer Erinnerung lag.

Sie ging an Borden mit Tiegeln und kleinen Flaschen vorbei, strich über Sextanten, kostbare Zirkel und Winkelmesser mit eingravierten Symbolen, berührte hier ein Astrolabium, dort das Nocturno zur nächtlichen Bestimmung des Polarsterns.

Sie erinnerte sich wieder an die Messingringe, die Shakes in der alten Souterrainküche zusammensetzen wollte. Was taten die Menschen in *Glyndebourne* wirklich?

Direkt unter der Dachschräge des Erkerfensters entdeckte sie ein Geflecht aus Drähten. Es hatte die gleiche Form wie die Muster, die sie bereits vom Söller aus gesehen hatte. Die Drähte glühten im letzten Sonnenlicht. Sie führten zu einem großen Arbeitstisch, auf dem neben Kupferpfannen, Phiolen mit langen Hälsen und schwungvoll geformten Federscheren ein gläserner Exsikkator stand. Das zylindrische Gefäß war an der Oberseite durch einen gewölbten Tubusdeckel mit einem gläsernen Knebelhahn verschlossen. Ein dünnes, mehrfach gedrehtes Glasröhrchen führte zu einem Destillierkolben mit seitlich angebrachten Kühlwindungen.

Sie beugte sich etwas vor und erkannte eine Art Visier, das genau auf eine felsige Lichtung oberhalb des Parks ausgerichtet war. Ohne bestimmten Grund richtete sie sich wieder auf und nahm ein altes Teleskop von der Wand. Sie stellte es scharf ein und blickte durch das Erkerfenster nach draußen. Und dann erkannte sie ein Gerüst aus Pfählen, Lianen und blühenden Schlingpflanzen auf den Felsen oberhalb des Schlosses.

Sie schob das Teleskop wieder zusammen und drehte sich um. Sie wagte kaum noch zu atmen. Nur das ständige Klicken der drei Pendelkugeln erfüllte das *Elaboratorium*. Sie näherte sich erneut dem Exsikkator. Genau in der Mitte des Zylinders erkannte sie eine Porzellanscheibe mit mehreren kreisförmigen Durchbrüchen. Es war, als würde die unheimliche Apparatur Energie aus dem Nichts ansaugen. Wie in Trance beugte sie sich tiefer. Erst jetzt erkannte sie über den Durchbrüchen der Porzellanscheibe winzige, mit den Spitzen gegeneinandergestellte Glaskegel … so fein, daß kaum ihre Konturen zu erkennen waren. Sie schimmerten wie durchsichtige Magnetsteine …

Eine sehr zarte Melodie wurde in ihr wach. Die Kugeln der Pendel hinter ihr klickten plötzlich schneller. Konstanze wollte sich wehren, doch da schwebten Schleier aus nie gekannten Farben auf sie zu. Die Kraft des Atoms und das Feuer der Sterne schienen gleichzeitig in ihnen zu leben …

Shakes war auf dem richtigen Weg gewesen! Und Klingsor Haywood ebenfalls! Und sie – Konstanze? Agwira? – sah, wie das Wunder des Magnetfelds für die Erde neu entstand …

11.
An den Feuern der Nacht

«Drei Halbinseln liegen zwischen dem Ozean und *Glyndebourne*», sagte der Obergärtner. Er zeichnete sie mit einem Stock auf den geharkten Boden. Vor ihm hockten mehrere Halbwüchsige im Schein der Fackeln auf dem Boden.

«Hier ist die Halbinsel von Eastbourne», fuhr Hagebuttle fort. «Sie wird durch die große Eastbourne-Überflutung im Osten und durch die Cuckmere-Überflutung im Westen begrenzt. Die zweite Halbinsel schließt sich von der Westseite des früheren Flusses an und reicht bis zur Überflutung des Ouse von Newhaven bis hoch nach Lewes. Dieser Meerbusen hat viel mehr Land verschlungen als der am Cuckmere. Hier ... diese Ausbuchtung reicht weit über die Hügelkette der South Downs hinaus ...»

«War denn das flache Land zwischen Lewes und den Hügeln vor hundert Jahren noch trocken?» fragte ein aufgeweckter *Pecuniaten*-Junge. Er hatte Sommersprossen und hörte ebenso wie die anderen mit großen Augen dem alten Gärtner zu.

«Was jetzt nur Wasser ist, hieß einmal *The Brooks*», nickte Hagebuttle. Er holte einen Lederbeutel und eine zerkaute Pfeife aus seiner Schürze. Den anderen Gästen hatte er verboten, die frischgeharkten Wege zu betreten, aber irgend jemand mußte diesen Jungen erklären, wie die Welt beschaffen war!

«Der Ouse war früher einmal ein ganz normaler Fluß», erzählte er weiter. «Ebenso wie der Cuckmere. Jetzt gehören beide zum Meer. Ihr müßt euch vorstellen, daß es an der Steilküste vor hundert Jahren noch eine Straße gab, auf der man von Dover über Hastings und Eastbourne nicht nur bis zum Cuckmere oder zum Ouse fahren konnte, sondern in einer Linie über Newhaven weiter bis nach Brighton.»

«Ist denn das Glyndemeer auch so entstanden?» fragte ein anderer Junge. Hagebuttle hatte gehört, daß er Ritas Hubert hieß, knapp sechzehn war und unbedingt Freigänger werden wollte.

«Das Glyndemeer ist ein Überrest der großen Überschwemmung vor rund hundert Jahren», nickte Hagebuttle. Er steckte sich seine Tabakspfeife an. Es war noch immer sehr warm. Jenseits der Mauern um den Rosengarten stieg Rauch von vielen Feuern in den violetten Abendhimmel.

«Es ist nicht so salzig wie die Ouse-Überflutung», sagte der sommersprossige Junge. Er hieß Claires George.

«Woher willst du das wissen?» fragte ein anderer sofort. «Deine Mutter läßt dich wohl kaum drei Meilen aus eurem Trutzdorf gehen ...»

«Ich komme aus Ringmer», sagte George stolz. «Dort hinten am Rand des Tals kannst du es sehen ... anderthalb Meilen ...»

«Von hier aus ist das Glyndemeer keine Meile entfernt», sagte Hagebuttle, «aber seit Lady Jane dort vor Jahren mit ihrem Mann ertrank, gilt es als *Meer der Trauer ...*»

«Ach, so ist das», meinte Ritas Hubert. «Wir durften bisher unsere Zeltplätze nicht verlassen. Von einem unsichtbaren Meer habe ich trotzdem schon mal was gehört ...»

«Ihr solltet vorsichtiger sein», meinte der Obergärtner. «Ich weiß, daß ihr Burschen nicht die geringsten Erfahrungen habt. Oder war schon mal einer von euch weiter als drei Meilen von seinem Trutzdorf entfernt?»

Die Jungen senkten die Köpfe. Sie sahen sich aus den Augenwinkeln an.

«Seht ihr!» sagte Hagebuttle. «Ihr kommt alle aus Dörfern rund um *Glyndebourne*. Und trotzdem weiß keiner von euch, daß sich nur eine Meile entfernt von hier ein völlig überwachsener See befindet! Früher gab es eine Verbindung zwischen dem Glyndemeer und der Ouse-Überflutung, doch das ist lange her. Aber in jedem siebenten Jahr steigen die Wasser aus der Erde höher, und dann entsteht ein Ring aus Sümpfen um diese Hügelgruppe ... im Osten das überwucherte Glyndemeer, im Norden Ringmer, im Westen South Malling und von Westen bis zum Süden die Hügelkette mit Lewes dahinter und dem *Turm der Reisenden* auf dem Mount Caburn ...»

«Toll!» sagte Hubert. «Dann steht der Turm ja wie ein Signalmast auf einer Insel ... wart Ihr schon einmal auf dem Berg?»

«Nein, nein», sagte der Obergärtner und lachte leise. Er zog an seiner Pfeife und drückte die Glut mit dem Daumen nach. «Ich würde gern dort oben mal nach seltenen Pflanzen suchen. Es soll da ein paar eigenartige *Ginkgo biloba* geben ... ein lebendes Fossil, das Blätter wie ein Laubbaum hat und das doch eher ein Nadelholzgewächs ist. Ginkgos waren vor zweihundert Jahren fast ausgestorben. Dabei sind sie die letzten Vertreter einer Pflanzenfamilie, die es schon im Erdmittelalter gegeben hat ...»

«Wie Schachtelhalme?» fragte der sommersprossige Junge.

«Nanu?» sagte Hagebuttle verwundert. «Was verstehst du von seltenen Pflanzen?»

«Wir sammeln sie», sagte Claires George. «Zu uns kommen manchmal sogar *Neo-Normannen.* Sie holen sich Mutterkorn, Mohn und Hanf ...»

«Von uns wollen sie immer Piule-Sud», sagte Hubert. «Wir müssen jedes Jahr Datura-Stechäpfel anbauen und dann den Samen gären lassen ... aber das trinken auch die Männer bei uns.»

Hagebuttle sah die Jungen plötzlich mit ernstem Gesicht an.

«Ist das wahr?» fragte er Hubert. Der hübsche dunkelhaarige Junge nickte.

«Jetzt wird mir manches klar», sagte der Obergärtner. Er steckte seine Pfeife weg. «Wir machen Schluß für heute!»

Er stand ruckartig auf. Die Jungen protestierten, doch Hagebuttle ließ sich nicht aufhalten. Er vergaß sogar, sie zu ermahnen, nicht über die Rosenbeete zu laufen. Denn was er soeben eher durch Zufall erfahren hatte, erhellte einige sehr seltsame Vorgänge in Sussex, von denen auch die ständigen Bewohner von *Glyndebourne* nicht ausgenommen waren.

Hagebuttle beschloß, so schnell wie möglich mit Lord Rothschild zu reden.

Der *Tank Roover* kam von den südlichen Hügeln herab. Er brach mit hoher Geschwindigkeit und scharf in den Abend strahlenden Scheinwerferbündeln aus dem Dickicht des Dschungels.

An den Feuern wurden die Gäste aufmerksam. Einige sprangen auf, andere löschten instinktiv die Flammen.

«*Neo-Normannen!*»

Der Schreckensruf flog von einem Lagerplatz zum anderen. Besucher, die in der Nähe der Schloßgebäude lagerten, rafften ihre Habe zusammen und eilten durch die Tore in den Hof.

«Bleibt doch an euren Feuern!» riefen einige Männer und Frauen, die im Schloß beschäftigt waren. «Ihr habt doch eine Genehmigung ...»

«... wer eingeladen ist, darf auf den Wiesen bleiben!»

«Ihr habt das Gastrecht von Lord Rothschild!»

Die Flüchtenden ließen sich nicht aufhalten. Was noch vor wenigen Stunden friedlich und ohne Mißtrauen begonnen hatte, entwickelte sich durch das Auftauchen des *Tank Roovers* zu einer wilden Panik. Frauen schrien verängstigt auf, Männer brüllten dazwischen, und an den meisten Feuern klirrten und klapperten die hastig eingesammelten Gerätschaften.

Im Schloß selbst war niemand auf den plötzlichen Ansturm vorbereitet. Es dauerte eine ganze Weile, bis schließlich Lord Rothschild an der Turmplattform des Haupthauses auftauchte. Starke Scheinwerfer vom Dach der Küche und vom quadratischen Kulissenturm über der Bühne des Opernhauses strahlten ihn an. Er hatte sich als Sultan Bassa Selim verkleidet.

Lord Rothschild rief etwas in den Hof hinab, doch niemand verstand ihn. Der *Tank Roover* kurvte in einem weiten Bogen am Rand der Wiesen nach Norden. Für einen Augenblick tauchte er in einer Bodensenke unter, dann kam er mit neuer Fahrtrichtung über den alten Weg, der Glynde mit Ringmer verband. Er blieb ein Stück am Hohlweg, brach urplötzlich nach rechts aus, kurvte über die Wiese vor dem Haupthaus und raste dann auf die Hügel hinter dem *Jugendstilpark* und der Ruine der *Wallop Dining Hall* zu.

Die verängstigten Besucher am Schloß und in den Gärten sahen, daß der rasende *Tank Roover* für die Zickzackstrecke von fast zwei Meilen nicht mehr als zwei Minuten benötigte ...

Als das gefährlich aussehende Fahrzeug mit den großen Ballonreifen die nach Nordosten gebogene Hügelkette vor der ehemaligen Hauptstadt des Verwaltungsdistrikts Lewes erreichte, bog er wieder in Richtung Osten ab. Er kurvte oberhalb des *Jugendstilparks* durch felsiges Gebiet, an dessen Steilhängen der Dschungel noch nicht Fuß gefaßt hatte. Nur wenige Besucher konnten erkennen, wie der Fahrkasten in einem engen Hohlweg verschwand und sich zum Mount Caburn hocharbeitete ...

Die Lichter am Schloß blieben weiterhin eingeschaltet. Sie strahlten die alten Mauern, die Gärten und die Bäume des wilden

Parks zwischen der Ruine der *Wallop Dining Hall* und den verfallenen, längst durch dichtes Buschwerk überwucherten Resten des ehemaligen Dorfes Glyndebourne an. Mit den Gebäuden des Landsitzes hatte die aufgegebene Siedlung nichts zu tun ...

Die Gäste auf den Wiesen blieben unschlüssig stehen. Einige sahen mit vorgebeugtem Oberkörper noch immer dem verschwundenen *Tank Roover* nach. Andere diskutierten leise miteinander. Und wieder andere packten zitternd ihre Sachen zusammen. Sie waren so verstört, daß es sie nicht eine Minute länger auf dem Land von Lord Rothschild hielt.

«Zurück!» sagten sie hastig. «Noch eine Nacht außerhalb unseres Trutzdorfes können wir nicht ertragen ...»

«Wer weiß, was noch alles geschieht!»

«Es war nicht gut, daß wir gekommen sind ...»

«Der Mensch soll bleiben, wo er seine Wurzeln hat! Wer reist, verliert die Heimat ... und zerstört anderen den Lebensraum!»

«Fürchtet das Fremde und laßt es in Ruhe!»

«My home is my castle!»

Mitten in das Verharren, in Angst und Unschlüssigkeit stieg plötzlich eine Feuerwerksrakete. Sie stach wie eine feurige Lanze in den samtschwarzen Nachthimmel. Am höchsten Punkt ihrer Flugbahn platzte die Spitze mit einem dumpfen Knall. Farbiges Feuer regnete nach allen Seiten.

«Oh ... aaah ...» staunten einige der Gäste.

«Mein Gott, bedeckt die Augen vor Teufelskram, Kometenfall und lästerlichem Zauber!» schrie eine *Pecuniatin*.

«Hört, Leute, hört!» dröhnte in diesem Augenblick die mächtige Stimme des Mannes vom Turm, der in der Oper die Rolle des Sultans Bassa Selim spielte. Nur langsam verloren die Menschen im Schloßhof und auf den Wiesen ihre Verwirrung.

«Niemand ... ich sage, niemand wird euch belästigen!»

Er machte eine kurze, wirksame Pause.

«Hier steht Lord Rothschild ... dies ist sein Land ... er garantiert euch ... allen ... seinen Schutz!»

Gebannt hörten die Besucher dem Rufer auf dem Schloßturm zu. Und manch einer war von seinem Auftritt schon fast so begeistert wie von einer echten Theaterszene. Das war bereits mehr, als sich die meisten vorgestellt hatten.

«Geht zu den Feuern ... zu den Zelten! Wir werden Männer zum Mount Caburn schicken ... doch nun genießt den Frieden des Abends, auch wenn es Freitag, der Dreizehnte ist ...»

Lord Rothschild hob die Arme. Er löste seinen Turban vom Kopf und hielt ihn hoch. Wer die Rolle des Sultans in Mozarts Oper kannte, wußte, was damit gemeint war. Der Bassa aus dem Morgenland galt nicht nur Mozarts Zeitgenossen als Musterbeispiel für Edelmut und Großherzigkeit. Vielleicht hatte sich Lord Rothschild genau aus diesem Grund entschlossen, in diesem Jahr die Rolle selbst zu spielen. Es war, als ahnte er, daß es die letzte derartige Gelegenheit für ihn sein mochte ...

Nach und nach zerstreuten sich auch die Gruppen, die in den Schloßhof geflohen waren. Einige Kinder weinten, doch dann gingen sie mit ihren Vätern und Müttern wieder durch die Gärten zu ihren Lagerfeuern zurück.

Dennoch hatte sich die gesamte Stimmung im Schloß verändert. Die Schauspieler, die in den vergangenen Tagen wie Wesen von einem anderen Stern gelebt und sich um nichts und niemanden gekümmert hatten, waren durch den Zwischenfall wieder in die Wirklichkeit zurückgeholt worden.

Die meisten wußten voneinander, daß sie gewisse Teeaufgüsse und Kräuter eingenommen hatten, um sich ganz auf das Stück konzentrieren zu können. Seit Tagen schon wehten süßliche Gerüche und manch eigenartiger Rauch durch die Räume des Schlosses. Im Theatertrakt war das besonders deutlich zu spüren.

Doch nun, in der klaren, warmen Nachtluft, erinnerte sich mancher der Mimen daran, daß er sich nicht in einem orientalischen Palast und nicht in einem der großen Opernhäuser der Vergangenheit befand ...

Aus Mozart-Interpreten wurden wieder Holzfäller, Beerensammler und Bauern. Mitglieder des Janitscharenchors vergaßen für einige Minuten, daß sie tagelang dem großen Bassa Selim mit schmissigem Gesang gehuldigt hatten. Orchestermusiker stellten ihre Instrumente ab, kamen in den Hof und lauschten dem Konzert der Nachtgeräusche.

Kostümschneiderinnen und Maskenbildnerinnen, Bühnenarbeiter und Kulissenmaler versammelten sich unter den Küchenfenstern. Hagebuttle trat hinzu, dann auch noch Westminster March, der Dirigent des Singspiels. Die beiden Männer schienen ihre Auseinandersetzung vom Nachmittag vollkommen vergessen zu haben.

Der Obergärtner zog eine Notizuhr aus seiner Hosentasche, drehte sie an der schweren, rostigen Kette und ließ den Deckel aufspringen. Im Schein der Fackeln versuchte er seine Notizen abzulesen.

«Was soll man nur von diesem Vorspiel halten?» jammerte Westminster March. Er nahm seine wilde Beethoven-Perücke ab und wischte sich mit der anderen Hand über die schütteren, glatten Haare.

John Jakob Shakes kam über den Hof. Er trug eine schwere Karbidlampe vor sich her.

«Seht zu, daß Ihr in die Betten kommt!» sagte er unwirsch. «Ich weiß ohnehin nicht mehr, ob die Oper morgen noch zustande kommt oder nicht! So ein Theater haben wir ja noch nie gehabt!»

«Ganz meine Meinung!» nickte Westminster March. «Diese Wilden aus den Trutzdörfern haben doch jedes Verständnis für große Musik verloren! Wir hätten mehr davon, wenn wir in Zukunft für die Tiere im Dschungel spielen würden ...»

«Und das muß ein Mann aus einer Familie sagen, zu der früher einmal die feinsten *Uhrbauer* Britanniens gehört haben», brummte der Obergärtner. «Ein Mann, der Sir Thomas Beecham, den Gründer des Londoner Philharmonischen Orchesters, zu seinen Vorfahren zählte!»

«Das ... das ist zweihundert Jahre her!» greinte March. «Sir Thomas mußte auch nie für eine Bande von Wilddieben und Kulturbanausen dirigieren!»

«Euch wäre es wohl lieber, wenn Ihr im *Kontinuum* den Taktstock schwingen könntet», sagte Shakes über die Schulter hinweg. Er verschloß die Tür zum Foyer des Theatertraktes.

«Lacht nur!» fauchte der Dirigent. «Ja, lacht nur! Aber eines Tages werden die aus der Röhre schon merken, was ihnen seit hundert Jahren gefehlt hat! Wer war es denn, der hundert Jahre lang versucht hat, den Verfall des Reservats aufzuhalten? Lord Rothschild etwa ... ihr hier in *Glyndebourne*?»

«Wenn wir es nicht waren, wer dann?» fragte Hagebuttle.

«Etwa diese Banditen, die sich als *Neo-Normannen* und Wald-Ranger aufspielen?»

«Pah!» sagte Westminster March und richtete sich stolz auf. «Wir *Uhrbauer* waren es! Wir sind mit Montagekörben von Ort zu Ort gezogen. Wir haben die Sicherungen ersetzt, die Spulen neu gewickelt und die Ersatzteile so zusammengebogen, daß wenigstens in den ersten Jahrzehnten noch alles lief...»

«Ja, aber inzwischen sind die Turbinen und Dynamos verrottet!» knurrte der Obergärtner. «Wir werden in diesem Jahr die absolut allerletzten Glühbirnen in den Bühnenscheinwerfern verwenden, ist es nicht so?»

«Und nur bei Euch wächst jedes Jahr alles wieder ganz neu, wie?» konterte der Dirigent wütend. Zum ersten Mal verstand John Jakob Shakes, woher die Feindschaft zwischen Westminster March und Hagebuttle kam. March war ein Relikt, ein Überbleibsel aus einer Epoche, in der die Siedler des Reservats noch geglaubt hatten, daß es überall genügend Reserven für alle gab. Während die *Neo-Normannen* nur einsammelten und versteckten, hatten die *Uhrbauer* jahrzehntelang versucht, die Technik einer vergangenen Zivilisation zu erhalten. Sie waren die Mechaniker, Klempner und Bastler Britanniens gewesen. Doch jetzt, nach hundert Jahren, war einem von ihnen nur noch ein kläglicher Rest von mechanischen Geräten geblieben:

Musikinstrumente...

«Los, Leute! Verschwindet jetzt!» mahnte der Butler erneut. «Ich will die restlichen Türen verschließen!»

«Ein Jammer ist das!» murrte der *Uhrbauer*. «Vor zwanzig Jahren haben wir jedes Wochenende gespielt. Und da mußte niemand die Türen verschließen!»

«Jetzt spielen wir eben nur einmal im August», sagte Shakes.

«Und hoffentlich zum letzten Mal!» ergänzte der Obergärtner. «Es war sowieso eine verrückte Idee von Lord Rothschild! Wenn ich dran denke, was hier in den letzten Jahren alles zertreten wurde ... und nicht einmal Haywood von *Greenpeas* hat es verhindert!»

Er schüttelte sich und ging mit steifen Schritten davon.

Klingsor roch die Lagerfeuer, noch ehe die Stute den steilen Hang des Mount Caburn ganz erklommen hatte. Der Commodore war zurückgeblieben. Die letzte halbe Meile von Glynde bis zum Schloß würde er auch so schaffen.

Haywood merkte, daß er irgendwie ärgerlich war. Er wußte nicht, woran es lag. Vielleicht war es doch kein guter Gedanke gewesen, zusammen mit dem Commodore durch den Dschungel zu reiten. Andererseits mußte er zugeben, daß er ganz froh über die Begleitung gewesen war. Schließlich besaßen Commodores ungewöhnliche Vollmachten und Möglichkeiten ...

Während sein Pferd mühsam über die weiß schimmernden Kreidefelsen unter den dichten Bäumen kletterte, spürte Klingsor ein Gefühl zunehmender Verwirrung. Es war, als würden ihm tropfenweise immer mehr Dinge einfallen, an die er tagelang nicht mehr gedacht hatte.

«*Ja, kakreiti nobiscum!*» fluchte er immer lauter. «Was ist denn eigentlich los mit mir? Da stürzt sich doch der alte Knochenbrecher auf seine alten Tage noch in Abenteuer! Möchte nur wissen, warum ich mich auf diesen Unfug eingelassen habe!»

Er hörte, wie die Stute warnend schnaubte.

«Brrr!» sagte er gedämpft. «Was ist los, alte Wanderziege?»

Die Stute tastete mit den Hufen über einen glatten, schrägen Felsblock. Sie suchte einen Spalt, irgendeinen Vorsprung.

«Das ist doch gar nicht der Weg, den wir gekommen sind!» sagte Haywood. «Eh, alte Wanderziege! Was sollen wir denn hier oben am *Turm der Reisenden*?»

Er zog mit einer Hand an den Zügeln und wies mit der anderen auf eine Lichtung am steilen Berghang. Die Stute sträubte sich. Sie weigerte sich einfach, auf die Lichtung zuzugehen. Klingsor verzog sein Gesicht. Ob sie vielleicht die Unterhaltung mit dem Commodore mitbekommen hatte? Die Stute hatte schon mehrmals Ansätze eines besonderen Instinktverhaltens gezeigt.

«Ach was!» sagte Klingsor schließlich. «Los, komm jetzt! Ich habe nicht die geringste Lust, noch eine Nacht im Wald zuzubringen!»

Die Hufe des Pferdes griffen. Sofort streckte sich der Körper, und mit einer mühsamen Serie von Kletterbewegungen überwand die Stute die Felsbarriere.

«Gut, sehr gut!» lobte Klingsor. «Und jetzt nach Norden den Hang hinab! Wir lassen den *Turm der Reisenden* links liegen, und schon sind wir unten im Schloß, einverstanden?»

Irgendwo dröhnten die Fahrgeräusche eines *Tank Roovers* durch die Nacht. Die Tiere des Waldes benahmen sich viel aufgeregter als sonst. Klingsor hatte auf einmal das Bedürfnis, so schnell wie möglich die letzten Meter hinter sich zu bringen. Nicht, daß er Angst hatte; aber es war schon ein ungemütliches Gefühl, ganz allein durch den düsteren Bannforst zu reiten, ohne zu wissen, ob das Rascheln rechts, links und vor ihm von Tieren oder von irgendwelchen unberechenbaren Besuchern stammte ...

Andererseits hatte er auch kein Bedürfnis nach einer Begegnung mit wilden Tieren. Ihm fiel ein, daß er eigentlich noch nie während der Nacht außerhalb der Mauern von *Glyndebourne* gewesen war. Das Schloß mit dem Operntrakt und den Werkstattbaracken war in all den Jahren seine Trutzburg gewesen. Und seit das Tal von *Glyndebourne* mit seinem Ring aus Hügeln fast ganz von Wasserflächen umgeben war, hatte er selbst bei Tageslicht die Insel nicht mehr verlassen. Jedenfalls bis vorgestern ...

Er war drei Tage und zwei Nächte fort gewesen. Ursprünglich hatte er nur einen Freigänger gesucht, der seine Rolle bei der großen Opernpremiere nicht mehr spielen wollte. Schon das war etwas, was Klingsor Haywood einfach nicht verstehen konnte. Er erinnerte sich daran, warum er sehr früh am Mittwochmorgen aufgebrochen war. Aber zwischen diesem Zeitpunkt und seiner Rückkehr nach *Glyndebourne* lagen drei Tage, die ihm im nachhinein das Blut in den Kopf steigen ließen.

Wie hatte er nur so leichtsinnig sein können! Kein vernünftiger *Glyndebourner* entfernte sich mehr als zwei, drei Meilen vom Schloß! Aber nein ... er mußte ja bis zur Küste reiten!

Und wofür?

Nur um einen Freigänger zu suchen, von dem er nicht mehr wußte, als daß dieser junge Mann eine Rolle in der Oper spielte? Er spürte, wie ihm der kalte Schweiß ausbrach. Langsam wurde die Vergeßlichkeit zu einer tödlichen Gefahr!

«Los, über die Lichtung!» keuchte er verschreckt.

Die Stute dachte nicht daran, ihm zu gehorchen. Sie drückte sich gegen die Büsche und Farnwedel am Waldrand. Sie schnaubte und zeigte alle Anzeichen von Panik. Klingsor wußte nicht, was geschah. Nervös tänzelnd, dann wieder zögernd und plötzlich weitertrabend, drückte sich die Stute halb um die Lichtung herum. Für einen Augenblick glaubte Klingsor eine Art Gerüst in der Mitte der Lichtung zu entdecken. Er hatte keine Ahnung, was die Pfähle mit einer schemenhaft zu erkennenden Plattform darstellten.

Auf der anderen Seite der Lichtung fiel das Gelände steil ab. Die Stute rutschte und kletterte schräg durch das Gebüsch. Und dann sah Klingsor endlich die Dächer des Schlosses. Sie lagen wie schwarz ausgeschnittene Schatten im etwas helleren Dunkel des Dschungels. Dahinter entdeckte er Feuerflecken und leuchtende Rauchfäden, die bis in den Nachthimmel zogen.

Nur wenige Minuten später erreichte er die Ruinenmauern der *Wallop Dining Hall.* Erst jetzt erkannte er auch die Lichter hinter den Fenstern. Ein tiefes Gefühl von Dankbarkeit durchströmte ihn.

«Geschafft!» stöhnte er erleichtert. «Mein Gott, alte Wanderziege, wir sind wieder zu Hause!»

Er rutschte aus seinem Sattel. Erst jetzt merkte er, daß seine Knie doch etwas weich geworden waren. Er tätschelte den Hals des Pferdes. Dankbar ließ er sich bis zu den Stallungen ziehen.

«Dieser verdammte Freigänger!» schimpfte er leise. Direkt vor ihm ging ein Licht an.

«Man sollte sich vorher überlegen, auf was man sich einläßt!» sagte Lord Abel Rotschild, C. B., C. B. E. Klingsor stöhnte erneut auf.

«Mußt du mich auch noch erschrecken?»

«Ich glaube, wir haben sehr viel zu besprechen», sagte der Lord.

«Mach, was du willst, Abel!» sagte der Doktor. «Hilf mir, das Pferd zu versorgen, dann kannst du mich meinetwegen mit heißen Zangen foltern oder in Eisen legen!»

«Das werde ich nicht tun», antwortete der Lord. «Aber ich denke, wir sollten uns ganz genau über jeden Punkt deines Ausritts unterhalten ... wo du gewesen bist ... wen du gesehen hast ... und was über die Oper morgen gesprochen wurde!»

Sie gingen gemeinsam in den Stall. Der Lord schnallte das Sattelzeug ab, während Klingsor Wasser und Mais besorgte.

«Vielen Dank, alte Wanderziege!» sagte Klingsor schließlich und küßte die Nüstern seiner Stute. Sie schnaubte verständnisvoll.

«Und jetzt komm!» drängte Lord Rothschild. «Wir müssen in dieser Nacht noch herausfinden, was hier geschieht!»

«Hat das nicht Zeit, bis ich geduscht habe?»

«Mein Gott, Klingsor! Begreif doch endlich!» sagte der Lord beschwörend. Klingsor hob hilflos die Hände.

Olaf fühlte die weichen Lippen auf seiner Stirn. Ein angenehmes Gefühl rann durch seine Adern. Er holte tief Luft. Sein Brustkasten dehnte sich, und seine Muskeln wurden stark. Vor seinen Augen flimmerte es für einen Moment, dann kehrte er in die Wirklichkeit zurück.

Es kam nicht oft vor, daß er so intensiv *dreamte*.

«Wach auf, Mann von der Erde! Wir sind am Ziel!»

Sie küßte ihn auf die Lippen, wühlte mit beiden Händen durch sein Haar und lachte.

«Sieh mal nach draußen! Von hier aus haben wir einen wundervollen Blick auf das ganze Tal von *Glyndebourne*!»

«Ich sehe überhaupt nichts! Wo sind wir?»

«Am *Turm der Reisenden*! Ich habe mir unten alles angesehen, während du deine Meditationsübungen gemacht hast. Komm jetzt, ich möchte sehen, was im Turm ist.»

«Er ist verschlossen!»

Sie sah ihn verwundert an. Halb neben ihm liegend, öffnete sie die Verschlußluke des Fahrkastens.

«Du kannst manchmal ganz schön naiv sein», sagte sie. «Einerseits verfügst du über geheimnisvolle Kräfte, andererseits würdest du kaum auf die Idee kommen, daß sich Schlösser auch öffnen lassen! Hier ... das ist solch ein Schlüssel! Ich habe ihn im Laderaum gefunden.»

Sie warf ihm einen kleinen Kasten zu, an dessen Unterseite Eisenspäne, ein paar Schrauben und feine Drahtreste hingen.

«Ein Magnetstein!» wunderte sich der Freigänger.

«Nein, ein Magnetschlüssel», lachte sie. «Sogar mit der genauen Bezeichnung, für welche Türen er geeignet ist! Ich würde sagen, daß dieser primitive Magnet eine Art Generalschlüssel sein kann! Komm ... wir versuchen es!»

«Wie hast du so schnell hierhergefunden?» fragte er.

«Ganz einfach!» sagte sie und lachte. «In den Bordcomputern des *Tank Roovers* sind Tausende von alten Landkarten gespeichert. Früher muß es in dieser Gegend ein ganzes Netz von Städten, Dörfern, Straßen und Wegen gegeben haben ...»

«Das kann schon sein», nickte Olaf. «Aber wie konntest du erkennen, wo du gerade bist. Hier sieht der Urwald für eine Fremde doch überall gleich aus!»

«Auch das war kein Problem! Die alte Elektronik knirscht zwar schon ein bißchen, aber sie arbeitet mit mehreren Systemen. Nach dem, was ich bisher herausgefunden habe, sind sowohl Großkoordinaten der verschiedenen Landschaften eingespeist als auch Frequenzen von alten Dauersendern, dazu die Höhenlinien, die Sonnenbahn und ein paar andere Details.»

Olaf überlegte einen Moment.

«Du meinst, daß sich diese Maschine ebenso orientieren kann wie ... wie ich?»

«Fast!» lachte sie. «Fast, mein Geliebter!»

Sie kam auf ihn zu und schmiegte sich an ihn.

«Komm!» flüsterte sie. «Ich möchte gern mit dir in den Turm gehen. Mal sehen, was da drin ist ...»

«Das geht nicht», sagte er. «Der Turm ist *tabu* für mich!»

«Wieso für dich?» fragte sie spöttisch. «Du hast das gleiche Recht wie alle anderen!»

Olaf holte noch einmal Luft. Er war sich noch nicht sicher, ob es gut war, mit Shahesa zu gehen. Gleichzeitig spürte er, daß er sie nicht mehr allein lassen durfte. Er akzeptierte, daß sie viel mehr von der alten Technik verstand als er selbst. Aber das allein reichte nicht, um wie ein Freigänger in den Wäldern Britanniens zu überleben.

Er lauschte dem vielfältigen Geschrei der Nachtvögel. Vergeblich versuchte er, etwas davon zu verstehen. Aber er spürte, daß sich etwas in den Hügeln verändert hatte. Seine Gedanken kreisten um mehrere Möglichkeiten, aber es fiel ihm schwer, sie auseinanderzuhalten.

«Worauf wartest du noch?» rief Shahesa aufgekratzt. Sie kletterte durch die Luke und reckte die Arme zur Seite.

«Ich wußte nie, wie schön eine echte Nacht sein kann!»

Olaf schob die Unterlippe vor und kletterte ebenfalls hinaus.

«Siehst du die Feuer?» fragte er nach einer Weile.

«Aber natürlich!»

«Und die ... Sterne?»

«Sie sind das Wundervollste, was ich je gesehen habe!»

«Es gibt nicht mehr viele Menschen, die nachts etwas erkennen können», sagte er. «Jedenfalls nicht auf weite Entfernungen!»

«Ich weiß! Der Commodore hat mir sehr viel von Britannien erzählt, als wir noch im anderen Land waren.»

Er sah sie von der Seite her an.

«Warum bist du hierhergekommen?»

«Weil ich selbst einmal erleben wollte, wie das hier ist ... am ganzen Körper ... mit allen Sinnen selbst erleben ...»

«Das kann ich verstehen», sagte er langsam. «Aber ich dachte immer, daß niemand die große Röhre verlassen darf!»

«Das durfte bisher auch niemand!» lachte sie. «Ich bin der erste Mensch, dem es erlaubt wurde.»

«Warum? Und wer hat das erlaubt?»

«Gar nicht so dumm, deine Fragen!»

Sie lehnte sich gegen ihn und legte ihren Arm um seine Hüften.

«Müssen wir gerade jetzt davon reden?»

«Ich möchte wissen, was du hier wirklich willst ...»

«Ganz einfach ... ich habe die Erlaubnis erhalten, einen Versuch zu unternehmen. Es gibt schon seit einigen Jahren eine Bewegung im *Kontinuum*, die eine schrittweise Rückkehr zur Erde fordert. Eigentlich war das auf einen Zufall zurückzuführen. Vor dreizehn Jahren fiel in unserem Lebenssegment durch einen unerklärlichen Fehler das äußere Magnetfeld aus. Alle, die davon betroffen waren, wurden natürlich streng isoliert. Ich war damals erst vier Jahre alt. Trotzdem muß ich eine zu starke Dosis von irgendwelchen äußeren Strahlen abbekommen haben ... na ja, und das hat mich dann zur Kandidatin für das erste ‹*Zurück-zur-Erde-Experiment*› gemacht ...»

«Aber ihr wußtet doch, daß wir hier leben können ...»

«Frag mich nicht, was da noch alles eine Rolle gespielt hat! Ich weiß nur, daß ich krank zurückkommen muß!»

«Krank?»

«Als abschreckendes Beispiel für alle anderen, die glauben, man könne doch wieder auf der Erde leben ...»

«Aber das ist doch Wahnsinn! Wie konntest du dich darauf einlassen? Oder bist du bereits ...»

Sie lachte und schüttelte den Kopf.

«Ich wäre nie gegangen, wenn mir der Commodore nicht etwas ganz anderes erzählt hätte! Er sagt, daß es in dieser Gegend stets Erdmagnetismus gegeben hat ... eine Art Dauerfeld rund um *Glyndebourne* ...»

«Davon habe ich nie etwas gehört!»

«Und warum können hier immer noch Opern gespielt werden? Mit langen Texten ... mit Arien ... Duetten?»

«Das ist eine uralte Tradition», sagte Olaf.

«Schön, aber ein paar Meilen weiter haben die Bewohner des Reservats nicht nur vergessen, warum sie Jahr für Jahr nach *Glyndebourne* kommen, sondern auch alles andere. Ist dir das nie aufgefallen?»

Olaf strich sich nachdenklich durch die Haare.

«Vielleicht hast du recht», sagte er schließlich. «Mir fällt gerade ein, daß ich morgen auch eine Rolle spiele. Ich werde wohl den Pedrillo singen ...»

«Und ich deine Geliebte ... die Blonde!» sagte sie mit einem vergnügten Lachen. Er drehte sich ganz zu ihr und starrte sie überrascht an.

«Hast du ... hast du das die ganze Zeit gewußt?»

«Nein, erst als du im *Tank Roover* zu singen begonnen hast ...»

«Ich habe *was*?»

«Du hast dich schon an der alten Brücke einfach ausgeklinkt.»

«Ich habe *gedreamt*!»

«Meinetwegen», sagte sie. «Aber dabei hast du mir dauernd etwas von deiner Liebe vorgesungen!»

Sie lachte wieder, dann lief sie zum Turm hinüber.

[illegible]

Sie schüttelt [illegible] Kopf.

[illegible]

Chinesen.

[illegible]

Oh, ich [illegible]

[illegible]

12.
Die Masken fallen

Unten im Küchentrakt saßen zur gleichen Zeit vier Personen am hölzernen Tisch in der Kemenate der Kaltmamsell. Sie hatte den Tisch mit einer hübschen, handgewebten Decke versehen. An der Wand neben dem zugehängten Fenster blakte ein Kienspan.

Am Kopfende hatte der Oberkoch Platz genommen. Er trug eine weiße Schleife um seinen nackten Hals, ein Netzunterhemd und ein Monokel im linken Auge. Außer Blasius Bockhus waren noch Shakes und der Obergärtner anwesend. Der Butler hatte sie zusammengeholt, um die Pläne des kommenden Tages noch einmal durchzusprechen. Und doch wußte jeder der Anwesenden, daß sie eigentlich über etwas ganz anderes reden wollten ...

«Draußen herrscht eine eigenartige Stimmung», sagte Hagebuttle schließlich. Die anderen holten erleichtert Luft. Es war gut, daß einer von ihnen damit angefangen hatte.

«Es ist eine Stimmung wie vor einem Gewitter», fuhr Hagebuttle fort. Er hatte seinen Hut auf den Tisch gelegt und drehte ihn unablässig mit den Fingern. «Noch ist kein Wölkchen zu sehen, aber es kann passieren, daß wir morgen einen gewaltigen Wolkenbruch erleben!»

«Vielleicht sollten wir die alte Ruine ausräumen», schlug Miß Earlymorn vor. «Wenn Seine Lordschaft die Rollen mit Plastikbahnen in den Kulissenlagern freigibt, könnte man auch noch ein provisorisches Dach bauen ...»

«Das Wetter beunruhigt mich weniger als die ungebetenen Gäste», sagte John Jakob Shakes.

«Hier kann doch jeder kommen!»

Shakes lachte trocken. «Das ist schon richtig, Blasius! Aber habt Ihr in den vergangenen Jahren schon einmal *Huxleys* und *Darwiners* hier gesehen? Gruppen von Wilden, die sich noch nie für eine Mozart-Oper interessiert haben ...»

«Es sollen auch *Elaboraten* gesehen worden sein», nickte Hagebuttle.

«Touristen!» sagte der Butler und verzog sein Gesicht. «Erst sind sie zu hochnäsig, und wenn sich dann ein Erfolg rumgesprochen hat, kommen sie aus allen Löchern!»

«Ob wirklich alle kommen, um die ‹*Entführung aus dem Serail*› zu sehen?» fragte Hagebuttle skeptisch. «Ich habe eher den Verdacht, daß in diesem Jahr eine Art Wallfahrt stattfindet ... irgendein Auftrieb, der nichts mit der Oper zu tun hat ...»

«Womit denn dann?» fragte Shakes.

«Ich weiß nicht», sagte Hagebuttle. «Aber Ihr könnt nicht bestreiten, daß es auch früher schon unerklärliche Völkerwanderungen gegeben hat ... das kennt man sogar von Tieren ...»

«Ach was!» sagte Shakes abwehrend. Miß Earlymorn stand auf und zog den Vorhang vor ihrer Schlafstatt zur Seite. Sie griff in ein Regal und holte eine Schale mit Gebäck, vier Gläser und eine Flasche Pfefferminzlikör hervor.

«Für mich nicht!» sagte Shakes, doch die Kaltmamsell ließ sich nicht beirren. Sie schenkte jedem ein großes Glas ein.

«Trinken wir auf das Reservat, auf Schloß *Glyndebourne* und eine erfolgreiche ‹*Entführung aus dem Serail*›!» sagte der Obergärtner.

«Und darauf, daß nie wieder *Robbits* auftauchen, daß uns die *Wohlseyn* keine menschlich aussehenden Marionetten mehr schicken und daß die Freigänger wieder normale Kinder werden», ergänzte Miß Earlymorn.

«Dafür würde ich sogar die Wilden aus unseren Wäldern verpflegen», sagte Blasius Bockhus. «Bis auf die *Neo-Normannen* ... die haben sich in den vergangenen hundert Jahren selbst genug zusammengestohlen!»

Miß Earlymorn setzte sich und begann an ihren weißen Löckchen zu drehen.

«Warum bloß Klingsor Haywood so lange fort ist!» sagte sie nachdenklich. «Der muß doch morgen den Belmonte singen!»

«Er sucht seinen Diener», antwortete Shakes belustigt. «Einen Freigänger namens Olaf. Außerdem fehlt uns noch eine Besucherin aus dem *Kontinuum*. Die Konstanze ist ja seit gestern da ... nur die Darstellerin der Blonden hat sich noch nicht gemeldet.»

«Und wer wird die Rolle singen, wenn sie nicht mehr kommt?» fragte Blasius Bockhus. Shakes hob die Schultern.

«Es gibt ein paar Mädchen bei den *Pecuniaten*, die den Part übernehmen könnten. Allerdings haben wir bei denen nicht die geringste Garantie, daß sie mehr als ein paar Takte behalten haben …»

«Ich glaube, wir alle vergessen von Jahr zu Jahr mehr», sagte Miß Earlymorn. «Ich wollte neulich einen Heilsud von Ringelblumen ansetzen, aber ich konnte mich tagelang nicht mehr an das Rezept erinnern.»

«Da habt Ihr's!» nickte der Obergärtner. «Vielleicht spüren die Menschen in den Wäldern ebenfalls, daß sie bald alles vergessen haben … und vielleicht wollen sie deshalb ein letztes Mal zum alten Ritual der Opernaufführung zusammenkommen …»

«Abschied von gestern?» fragte Shakes.

«Nein, eher ein Abschied vom Morgen! Inzwischen muß doch der Dümmste begriffen haben, daß es für uns keine Zukunft mehr gibt! Wir hatten genau hundert Jahre Zeit, aber wir haben nicht einmal das konservieren können, was wir hier vorgefunden haben! Zum Wohl!»

Er hob sein Glas und leerte es.

«Und die *Wohlseyn*?» fragte Miß Earlymorn. Hagebuttle lachte kurz, dann schüttelte er den Kopf.

«Versuche mit Stellvertretern, die hier auf der Erde Sinneseindrücke sammeln sollten … System ‹*Rent a Native*› … schlüpf in die Haut eines Eingeborenen, und du erlebst alles so original wie er selbst! Wenn die paar Freigänger alles sind, was daraus geworden ist, dann gute Nacht, *Kontinuum*!»

«Laßt uns jetzt Schluß machen!» sagte Shakes. «Ich werde noch einmal auf dem Mount Caburn nachsehen …»

Lange vor Mitternacht, als die Feuer bereits auf ihre glühenden Reste zusammengesunken waren, saßen nur noch sehr wenige Gäste vor ihren Zelten. Die meisten schliefen bereits. Wer nachts noch sehen konnte, zog es vor, zu den glitzernden Sternen hinaufzublicken und auf den Mond zu warten.

Das galt besonders für Angehörige der *Hegelianer*. Sie waren als einzige ohne Zelte gekommen. Als Menschen, die alle Erfahrungen noch einmal selbst machen wollten, verachteten sie künstliche Hilfsmittel, von deren Wert sie erst nach Generationen überzeugt werden konnten. Und selbst dann noch blieben sie mißtrauisch gegen zu schnelle Entwicklungsschritte. Fast alle eingeladenen *Hegelianer* hatten es abgelehnt, sich auf die Reise nach *Glyndebourne* zu machen. Sie wollten selbst die Entscheidungsfreiheit darüber behalten, wann und wohin sie gingen. Und sicherlich war bei einigen auch die Tatsache mitbestimmend gewesen, daß wieder ein großer, voller Mond erwartet wurde.

Die wenigen, die doch gekommen waren, gehörten bereits unterschiedlichen Kulturstufen an. Zwei rothaarige Männer und eine Frau waren halb nackt erschienen. Sie trugen nur Fellwickel um die Waden, Bastsandalen und einen Lendenschurz aus zottigem Fell. Die Männer hatten Speere und Bogen mitgebracht, während die Frau einen ganzen Sack voller Gerätschaften mit sich schleppte.

Die drei wurden von den anderen respektvoll, aber auch spöttisch die *Darwiners* genannt. Sie lagerten dort, wo vom Hügelbogen aus ein paar Dächer von South Malling zu sehen waren. An ihrem Rastplatz brannte kein Feuer.

Eine zweite Gruppe von *Hegelianern* hatte sich ebenfalls in die Hügel zurückgezogen. Schneller als andere Gäste in der Senke ihre Zelte aufgebaut hatten, waren sie mit der Errichtung eines Pfahlbaus fertig geworden. Die schwankende Konstruktion aus Ästen, Lianen und blühenden Schlinggewächsen stand an einem strategisch besonders günstigen Punkt. Instinktiv hatten die sieben nach *Glyndebourne* gekommenen *Huxleys* einen Platz ausgewählt, von dem sie bei Sonnenaufgang eher als alle anderen ihre Zeremonien durchführen konnten.

Der Pfahlbau auf der Felsnase an der Nordostseite war vom Schloß aus gerade noch zu sehen. Dafür konnten sie jederzeit beobachten, was weiter oben, auf der Spitze des Mount Caburn, am *Turm der Reisenden* geschah.

In dieser Nacht lagen nicht nur die *Hegelianer* mit großen, erhabenen Gefühlen auf dem Rücken und sahen zu den Sternen. Auch andere wußten, wie ungeheuer die Wirkung der Solidarität mit der gesamten Natur sein konnte. Wenn man sich öffnete für die Geräusche der Nacht, ihre Magie, ihre Angst und ihr Raunen … wenn man nur zu den Sternen hinaufsah, ohne Begrenzung des Blicks … wenn man sich tragen ließ von der Wärme des Bodens, des Holzes, des nächtlichen Luftozeans ... dann kam das, was Aldous Huxley ebenfalls beschrieben hatte – nicht die Satire der «*Schönen neuen Welt*», sondern der Durchgang durch die «*Pforten der Wahrnehmung*» ...

Die sechs Frauen der *Huxleys* legten sich rund um ihren Mann auf den Boden. Sie ließen sich ihre völlig entkleideten Körper vom warmen, würzigen Nachtodem streicheln. Jeder berührte jeden, doch das war nur ein winziger Anker während des großen Falls ins Nichts.

Noch während unten die Gäste zum Schloß flohen, tauchten die *Huxleys* auf ihrer Pfahlplattform in den Sternenhimmel ein. Zuerst sahen sie die funkelnden Sterne wie jeder andere. Doch schon nach sehr kurzer Zeit wurden es immer mehr. Es war, als würde sich ein schwarzer Schleier nach dem anderen vor immer neuen Tiefen auflösen. Bewegung entstand ... das Fühlen begann ...

Musik wie von weit entfernten Harfen ... Ton für Ton ansteigend, dann ein Glissando ... Panflöten ... aus den Geräuschen der Nachtvögel entsteht eine ferne Melodie ... neue Sterne entstehen aus dem unendlichen Nichts ... du tauchst ein ... beginnst zu fallen ... immer mehr Lichter kommen erst langsam, dann immer schneller auf dich zu ...

Angst! Furchtbare Angst, ganz allein zu sein!

Du fällst weiter, und dann ein neues Gefühl. Körperlos läßt deine Seele die Schwere der Erde hinter sich ... du bist nur noch ein Fühlen und Fallen, doch du fällst aufwärts ... den Sternen entgegen ...

Tausend uralte Sagen, Legenden und Mythen begleiten dich ... Träume vom Fliegen ... Bilder des einen, ganz großen Rausches ... Märchen sind Drogen ... Berichte von Drogentrips ... Urerinnerungen an jene ferne Zeit, in der du selbst *zeitlos und alle Zeit der Ewigkeit* gewesen bist ...

Bis an die Grenze des Wahnsinns!

Kein körperlich lebendes Wesen ist in der Lage, die Sterne über den einen, entscheidenden Punkt hinaus anzusehen!

Irgendwann wirst du schwach, brichst zusammen, gibst auf. Wie ein Ertrinkender suchst du nach Halt. Wohl dem, der sich in solchen Grenzwertgebieten der eigenen Gefühlswelten auf andere Hände in seiner Nähe verlassen kann ...

Sie kamen mit einem Aufschrei alle gemeinsam zum Höhepunkt. Aus der einzeln und doch zusammen erlebten Loslösung von allen Fesseln der Erde fielen sich alle sieben *Huxleys* lachend und weinend, schluchzend vor Lust und sinnlich nacheinander tastend in die Arme. Sie küßten sich, streichelten ihre Tränen fort, rangen nach Luft und rückten ganz nah zusammen. Noch lange zitternd, schliefen sie engumschlungen und wie ein einziger Körper auf ihrer Pfahlplattform ein.

Und noch ein anderer benahm sich in dieser Nacht eigenartig. John Jakob Shakes hatte gerade den Küchentrakt verlassen, als er die Stimmen von Lord Rothschild und Klingsor Haywood im inneren Hof hörte.

Sofort änderte er seine Pläne. Er blieb ein paar Schritte hinter ihnen. Sie gingen über den leer gewordenen Hof zum Theatertrakt. Dort waren inzwischen alle Lichter gelöscht. Nur die Notbeleuchtung schickte bläuliche Schatten über die leeren Sesselreihen. Das Licht der Blinden …

Lord Rothschild und Klingsor Haywood betraten den Theatersaal. Sie gingen an den Parkettreihen entlang bis zum Orchestergraben. Dort stiegen sie über eine kleine Treppe auf einen schmalen, schwankenden Steg, der bis zur Vorbühne führte. Während der Vorführungen wurde der Steg bis in die Kulissen gezogen. Dann gab es keine Verbindung mehr zwischen Saal und Bühne.

Shakes hielt sich bedeckt, während Lord Rothschild zum Inspizientenstand hinter dem linken Bühnenrahmen ging und einen der Bühnenbildprojektoren einschaltete. Ganz langsam wurde der Bühnenhintergrund heller. Die Projektion zeigte bunte Paradiesvögel, die in sanften Pastellfarben innerhalb einer großen goldenen Voliere hin und her flogen.

Ohne die weiteren Projektoren und Scheinwerfer sah das Bild unnatürlich und fremd aus. Doch Lord Rothschild hatte nicht die Absicht, eine Lichtprobe für den Garten des Sultanspalastes zu veranstalten. Shakes sah, daß das erste Bild des ersten Aktes noch nicht fertig war. Die Bühnenarbeiter würden mindestens noch einen halben Tag zu tun haben, wenn die Oper am nächsten Nachmittag pünktlich beginnen sollte …

Lord Rothschild blickte zum Schnürboden mit den Prospektzügen und der Arbeitsgalerie hinauf. Er machte ganz den Eindruck, als wolle er vermeiden, daß irgend jemand ihm zufällig zuhörte. Wenn Shakes nicht so gespannt gewesen wäre, hätte er selbst die leise vibrierende Stimmung im Saal empfunden.

Er war der einzige Mensch im Zuschauerraum. Und oben auf der Bühne besprach der Lord mit seinem jahrelangen Vertrauten genau das, was Shakes hören wollte ...

«Wir haben mehr Gäste, als wir verkraften können», sagte der Lord besorgt.

«Wie viele?»

«Mehr als dreihundert!»

«Also mit allen, die zu *Glyndebourne* gehören, etwa fünfhundert Personen!»

«Das ist zuviel!» nickte Lord Rothschild. «Wir riskieren damit die Existenz des gesamten Reservats!»

«Ich weiß», sagte Klingsor und reckte sich. «Nach dem Vertrag von Calais dürfen nie mehr als fünfhundert Personen an einem Fleck Britanniens versammelt sein!»

«Ich habe bereits darüber nachgedacht», sagte der Lord. «Die einzige Möglichkeit, die ich sehe, ist, daß wir einige Sänger, Musiker und Schloßangestellte fortschicken ...»

«Wohin?»

«Am liebsten hoch ins *Kontinuum*!» seufzte Lord Rothschild. «Aber das geht leider nicht! Jeder direkte Kontakt zwischen den Menschen in der Röhre und uns wäre absolut tödlich! Jedenfalls unter normalen Bedingungen. Wenn ich nur wüßte, was in diesem Jahr so viele Besucher hierhergetrieben hat ...»

«Du meinst, daß sich nach hundert Jahren der gegenseitigen Isolation eine Veränderung andeutet?» fragte Klingsor. Er hatte noch immer seine verdreckten, abgerissenen Reisekleider an.

Lord Rothschild nickte, ganz in Gedanken versunken.

«Dabei sind es ja nicht nur die vielen Besucher, die mir inzwischen Sorgen machen», sagte er. «Es ist auch die Art, wie sich einige Gruppen verhalten ...»

«Merkwürdig sind sie schon», sagte Klingsor nachdenklich. «Aber sie können längst nicht soviel, wie in manchen Dörfern gemunkelt wird. Ich habe jedenfalls weder Hexen noch Magier oder irgendwelche Mutanten gesehen ...»

Er legte den Kopf in den Nacken und strich sich mit der flachen Hand über sein müde wirkendes Gesicht. «Eigentlich sind doch die ganzen Legenden der letzten Jahre nur Ausdruck der Angst vor den unbekannten Nachbarn. *Elaboraten, Hegelianer, Huxleys* und *Darwiner*s benehmen sich im Prinzip auch nicht anders als die seßhaften *Pecuniaten* oder die letzten *Uhrbauer*. Und wenn du mich fragst, müssen wir uns nur vor zwei Gruppen vorsehen – vor den *Neo-Normannen* und diesen Freigängern!»

Lord Rothschild sah ihn mit seinen schiefergrauen Augen durchdringend an.

«Die Freigänger also!» sagte er schließlich. «Ich habe doch gleich geahnt, daß mein Mann von *Greenpeas* nicht ohne Grund tagelang verschwindet! Was hast du herausgefunden?»

«Eigentlich nur sehr wenig», sagte Klingsor. «Ich traf den Freigänger Olaf, den gleichen, der den Pedrillo singen soll, unten in Eastbourne. Er hat dort auf Commodore Natz gewartet ...»

«Kommt der denn auch wieder?»

Klingsor nickte. «Diesmal hat er sogar ein Mädchen vom anderen Land mitgebracht. Wenn mich nicht alles täuscht, stammt sie sogar aus dem *Kontinuum* ...»

«Unmöglich! Das ist gegen den Vertrag von Calais!»

Klingsor hob die Schultern.

«Ich weiß nicht, ob dieser Vertrag noch viel wert ist», sagte er. «Inzwischen sind mehr als hundert Jahre vergangen. Zu anderen Zeiten hat diese Spanne ausgereicht, um Weltmächte entstehen und wieder untergehen zu lassen! Was wissen wir denn, wie sich die Menschen in dieser Röhre entwickelt haben ...»

«Darüber habe ich oft nachgedacht», sagte Lord Rothschild. «Während der ersten Jahrzehnte haben wir überhaupt nichts von den *Wohlseyn* gehört. Dann kamen diese vermaledeiten *Robbits*, die Marionetten und schließlich die Freigänger.» Er drehte sich zu Klingsor um und faßte ihn an den Oberarmen.

«Hast du im Bannforst irgend etwas über meine Enkelin gehört? Irgendwelche Gerüchte, Andeutungen ...»

Klingsor schüttelte den Kopf.

«Sie ist hier», sagte der Lord ernst. Klingsor starrte ihn fassungslos an.

«Agwira hier? Du meinst hier im Schloß?»

Lord Rothschild nickte.

«Shakes hat sie vom *Turm der Reisenden* abgeholt. Sie glaubt, daß sie Konstanze heißt und aus dem *Kontinuum Eckert* stammt.»

«Ja, kakreiti ...»

«Hör auf zu fluchen! Die Sache ist wahrscheinlich viel komplizierter, als wir denken!»

«Aber wir spielen doch nur Zaubermärchen! Unsere Opern sind nichts als eine verrückte Idee! Wie könnten da die *Wohlseyn* in ihrer Röhre auf den Gedanken kommen ... Moment mal!»

Er fuhr sich mit den Fingern durch die Haare und marschierte einmal im Kreis um den Lord herum.

«Freigänger!» sagte er dann. «Junge Mädchen und Burschen! Und jetzt sogar deine Enkelin! Keine mobilen Mikromodule mehr mit künstlichen Augen und Sensoren! Auch keine Marionetten, die wie Menschen aussehen! Sondern echte Menschen, die hier aufgewachsen sind ...»

«... und um sie anzuzapfen und zu steuern, genügt ein kleines, igelstachliges Amulett!» sagte der Lord mit verkniffenen Lippen.

«Die perfekte Übertragung aller Gedanken und Empfindungen!» sagte Klingsor ergriffen. «Nicht nur die Eindrücke der *Außenwelt*, sondern der gesamten *Innenwelt* dieser unglücklichen Reportermedien!»

«Eine neue Form der Besessenheit», sagte Lord Rothschild. «Oder der *Seelenwanderung* zwischen den Menschen der Erde und der isolierten Röhre!»

«Diese verdammten Schnüffler!» fluchte Klingsor leise. «Wenn man nur wüßte, welches Gift dagegen hilft!»

Lord Rothschild ging langsam vor den Kulissen auf und ab.

«Wenn mein Verdacht zutrifft, und es sieht ganz danach aus, dann haben die *Wohlseyn* mit der Freigängermethode eindeutig den Vertrag von Calais gebrochen! Das wird noch gravierender, wenn sie tatsächlich zugelassen haben, daß ein Mädchen von ihnen mit einem Commodore unser Reservat betritt. In diesem Fall ... in diesem Fall ...»

Er blieb unmittelbar vor Klingsor stehen.

«Also gut! Eines Tages mußt du es ja doch erfahren! Und jetzt ist der Zeitpunkt gekommen, an dem ich deiner Erinnerung über meine Funktion in *Glyndebourne* etwas nachhelfen muß!»

Er holte ein Taschentuch aus seiner Jacke und tupfte sich über die Lippen. Klingsor hatte nicht die geringste Ahnung, auf was sein väterlicher Freund hinauswollte.

«Ich bin nicht das, was viele von mir denken», sagte der große alte Mann. «Kein Landlord, sondern eher *Lord-Mayor*, Lordkanzler … und meinetwegen auch der Gouverneur des Reservats Britannien. Das ‹*C. B.*› hinter meinem Namen bedeutet nach dem Zusatzprotokoll zum Vertrag von Calais nichts anderes als ‹*Corps Britannique*›. Und ‹*C. B. E.*› heißt in Wirklichkeit ‹*Central Behaviour Experiment*›. Eine Verhaltensstudie über Menschen, die sich vollkommen frei und ganz nach ihren Fähigkeiten entwickeln können. Das Ganze wurde hundert Jahre lang niemals gestört, obwohl von Anfang an Kontakte zu *Greenpeas* bestanden. Wir wurden von euch kontrolliert!»

«Kontrolliert?» fragte Klingsor erstaunt.

«Ja, von Männern, die nur hin und wieder ihre Berichte zur *Sacra San Michele* durchgaben! Das war doch zwanzig Jahre lang auch deine Aufgabe, oder?»

Klingsor kniff die Augen zusammen, schüttelte immer wieder den Kopf und stöhnte leise.

«Also entweder bin ich inzwischen total vertrottelt, oder du willst mir eine ganz neue Rolle einreden …»

«Denk mal darüber nach!» sagte Lord Rothschild freundlich. «Aber laß dir nicht zuviel Zeit, denn außer Freigängern und einem fehlgeschlagenen Paradiesexperiment haben wir noch ganz andere Schwierigkeiten …»

«O nein!» stöhnte Klingsor. «Sag jetzt nicht, daß auch noch die Oper ausfällt!»

«Das ist inzwischen nicht mehr ausgeschlossen! Denn irgend jemand hat mit *Glyndebourne* andere Pläne! Ich weiß nicht, wer es ist, aber ich bin ein alter, mißtrauischer Fuchs, Klingsor! Mir laufen hier inzwischen zu viele Leute rum, die ganz bestimmt nicht wegen Mozart hier sind!»

Klingsor fiel plötzlich wieder ein, was die *Elaboraten* über das fehlende Magnetfeld gesagt hatten. Lord Abel Rothschild lehnte sich unauffällig gegen den Inspizientenstand am Rand der Bühne. Seine Finger spielten mit verschiedenen Schaltern. Und dann leuchtete auf einmal ein scharf gebündelter Scheinwerferstrahl in den Zuschauerraum. Er kam von einer Beleuchterbrücke hinter dem hochgezogenen eisernen Vorhang.

Doch das Parkett war leer.

Sie hatten sich den *Turm der Reisenden* von oben bis unten angesehen. Vom Türeingang lief eine Treppe mit steinernen Stufen an der Innenseite der Mauer über drei Stockwerke nach oben. Sie war eng, staubig und bot kaum für zwei Personen nebeneinander Platz. Das Innere des Turmes enthielt einen runden, zylindrischen Kern, zu dem es aber von keiner Stelle aus einen Zugang zu geben schien.

«Eigentlich hatte ich mehr erwartet», sagte Shahesa, als sie sich neben Olaf an den umlaufenden Zinnenkranz stellte. Sie schmiegte sich an ihn und sah in die dunkle, sternklare Nacht.

«Ich auch», meinte er nach einer Weile.

«Ist das alles, was du dazu zu sagen hast?»

Er versuchte ein Lächeln, doch das machte sie ärgerlich.

«Du bist ein seltsamer Mann!» schimpfte sie. «Interessiert dich denn überhaupt nichts von dem, was hier passiert?»

«Doch», sagte er. «Ich höre ja schon die ganze Zeit zu ...»

Sie stieß sich von ihm ab und sah zu ihm auf. Erst jetzt sah sie, daß aus dem kleinen, spitzen Türmchen in der Mitte des Söllers ein grünlicher Lichtschein drang.

Die Geräusche des nächtlichen Waldes waren auch jetzt noch deutlich zu hören. Aber sie schienen aus einer anderen Welt zu stammen.

«Was ... was ist das?» fragte sie leise und deutete auf den Turmgiebel. Olaf ging einmal um die hüfthohe Mauer in der Mitte des Söllers herum. Das Dach des Mittelstücks ragte nur wenig über seinen Kopf hinaus.

Shahesa blieb an der Seite stehen, an der das Tal mit dem Schloß, dem Park und den Wiesen lag.

«Was weißt du?» fragte sie tonlos. Zum ersten Mal, seit sie mit ihm zusammen war, ging eine Initiative von ihm aus. Bisher hatte er nur reagiert, doch jetzt hob er die Arme. Seine Hände faßten stark und gleichzeitig sanft nach ihren Schultern. Er lehnte sich etwas zurück und sah sie mit einem leisen Lächeln an.

«Habe ich dich etwa gefragt, was du weißt?»

Sie schüttelte verwirrt den Kopf.

«Warum willst du dann wissen, was ich weiß?»

«Du bist nicht so, wie ich zuerst gedacht habe.»

«Ein Wilder? Ein einfältiger Naturbursche, der durch die Wälder streift ... hast du das gedacht?»

«Ja.»

«Es stimmt!» sagte er. «Freigänger sind Menschen, die in Harmonie mit der Natur, den Pflanzen und den Tieren leben. Ich freue mich über die Sonne, über die Sterne und über alles, was ich in jeder Sekunde des Tages und der Nacht erlebe. Ich bin ein Mensch, der glücklich sein darf ...»

«Aber du denkst darüber nach ... du kannst darüber sprechen ... dann mußt du doch auch *wissen*, daß andere nicht so glücklich sind! Und auch du mußt manchmal mehr und manchmal weniger glücklich sein!»

«Natürlich, aber im Grunde ist es ganz einfach ... alle Vorstellungen, Träume und selbst die Wahrnehmungen sind Erinnerungen. Wo keine Erinnerung vorhanden ist, entsteht kein Bild in dir ... und ich kann eben aussuchen, welche Erinnerung ich haben möchte, wenn ich etwas sehe, höre oder in mir selbst empfinde!»

«Du meinst, du assoziierst nur das, was für dich selbst angenehm ist?»

«Nicht nur für mich, sondern ebenso für alles, was mit mir in Berührung kommt ...»

«Das verstehe ich nicht», sagte sie. «Wie kann es angenehm für eine Frucht sein, wenn du sie pflückst? Oder für einen Vogel, ein Tier, das du dir tötest, weil du essen mußt?»

«Du machst den gleichen Fehler wie alle anderen Menschen», sagte er lächelnd. «Du siehst den Augenblick und vergißt dabei das Ganze! Auch ich könnte getötet werden, aber es macht mir überhaupt nichts aus, weil es den Tod nur gibt, wenn man nichts von der Zeit versteht ...»

«Du ... du würdest dich töten lassen?» fragte sie erschreckt.

«Natürlich – wenn es dem Sinn des Lebens dient!»

Er zog sie langsam näher. Sie hob den Kopf, und dann küßten sie sich auf eine ganz andere, zärtliche und doch so intensive Art, wie es keiner von beiden bisher erlebt hatte. Sie merkten nicht, daß sich hinter ihnen eine Tür öffnete. Selbst als das grüne Leuchten erlosch und ein Schatten in der Türöffnung erschien, blieben sie mit sich selbst beschäftigt.

«Schluß jetzt!» sagte die harte Stimme von Commodore Natz. «Dieser Mann hat keine Zeit mehr für die Minne!»

Shahesa stieß einen unterdrückten Schrei aus. Sie klammerte sich an Olaf, aber der Freigänger faßte sie an den Armen und drückte sie vorsichtig zur Seite.

«Ich brauche ihn jetzt!» sagte der Commodore knapp. Shahesa schüttelte den Kopf. Sie wollte protestieren, schreien ...

«Eines Tages erlebt jeder Mensch das Wunder der Zeit», sagte er sanft. Er drehte sich zu Scouty Natz um. Der Commodore wich unwillkürlich einen Schritt zurück.

«Keine Tricks!» sagte er schnell. «Ich bin kein *Neo-Normanne*!»

Die beiden ungleichen Männer starrten sich abschätzend an.

«Und ich bin Olaf ... ein freier Mann!»

«Hast du etwa keine Vereinbarung mit mir?» konterte Natz sofort.

«Ich war rechtzeitig am Meer!»

«Das ist richtig», nickte der Commodore. «Shahesa und ich sind dir Dank schuldig. Aber das hat nichts mit deiner eigentlichen Aufgabe zu tun ...»

«Mit welcher Aufgabe?»

«Du bist ein ...»

«Ich weiß, ein Freigänger!»

«Ein Auserwählter für das größte Experiment, das es jemals zwischen dem *Kontinuum Eckert* und dem Reservat Britannien gegeben hat», sagte der Commodore. «Bisher wurden Persönlichkeitsdaten von *Wohlseyn* auf sensible und besonders trainierte Einwohner des Reservats übertragen. Aber eines Tages ... sobald sich das Magnetfeld um die Erde neu bildet ... wird diese Psycho-Induktionsmethode versagen. Deswegen muß schon jetzt ein neuer Weg gefunden werden, um Milliarden von Menschen vor dem seelischen Verdorren zu bewahren. Du wirst den Anfang machen!»

Olaf blickte bewegungslos auf den Commodore.

«Was habt Ihr vor?»

«Du und Shahesa … ihr werdet eins sein! Körperlich, geistig und mit allen Gefühlen! Aus dieser vollkommenen Verschmelzung wird die erste Brücke für etwas absolut Neues entstehen …»

«Also doch Minne!» sagte Olaf ungerührt.

«Nein, nicht nur das!» keuchte der Commodore. Seine Augen glitzerten im Sternenlicht. «Was ich vorhabe, ist mehr … viel mehr sogar! Zum ersten Mal in der Geschichte der Menschheit wird zu der körperlichen und emotionalen Vereinigung von Liebenden … zum oft besungenen Gleichklang der Seelen eine neue Dimension hinzugefügt! Jedes Atom von euch wird im gleichen Takt schwingen – absolut synchron in Zeit und Raum!»

«Und wie wollt Ihr das erreichen?» fragte Olaf mit leichtem Spott in seiner Stimme.

«Mit den Maschinen und Anlagen, die vor mehr als hundert Jahren hier in den Berg gebaut wurden! Kommt, nehmt euch an der Hand und folgt mir! Denn mit euch beiden werde ich ganz *Glyndebourne* bis ins *Kontinuum dreamen* … morgen, wenn alle anderen Herzen und Sinne auf ein gemeinsames Fest der Gefühle eingestellt sind!»

Über den Wäldern tauchte ganz langsam der große gelbe Mond auf. Er sah phantastisch aus … wie in den Nächten, in denen Wölfe heulen und sanft die Wasser in den Sümpfen steigen …

13.
Der Turm der Reisenden

Butler Shakes wartete, bis Lord Rothschild und Klingsor Haywood den Theatersaal wieder verlassen hatten. Er hatte sich gerade noch rechtzeitig hinter den Säulen der Parkettlogen versteckt, ehe er vorsichtig ins steingepflasterte Foyer zurückschlich. Der langgestreckte, verwinkelte Raum mit seiner tiefhängenden Balkendecke sah eher wie ein Stall als wie der Vorraum eines Theaters aus. Die Barecke war noch mit Tüchern verhängt. Von einigen Hinweisschildern unter den schwachen elektrischen Lampen an den Feldsteinwänden ging ein Geruch von frischer Farbe aus. An den Waschräumen standen wie vor zweihundert Jahren die alten deutschen Wörter *Damen* und *Herren*. Vielleicht waren es Merkwürdigkeiten wie diese, die *Glyndebourne* von Anfang an zu einem besonderen Platz in Britannien gemacht hatten.

Shakes dachte daran, daß auch die Opern anfänglich nur in deutscher Sprache gesungen worden waren. Er fragte sich, wie viele der sonst so konservativen Besucher auch nur ein Wort davon verstanden hatten. Shakes schüttelte immer wieder den Kopf. Und plötzlich begann er sich über sein eigenes Verhalten zu wundern. Er hatte vollkommen vergessen, daß er eigentlich zum *Turm der Reisenden* gehen wollte. Der Lord und Klingsor hatten ihn so leicht von seiner ursprünglichen Absicht abbringen können wie Magnete, die an einem Eisenspan vorbeizogen …

Gab es die gleiche magnetische Kraft etwa auch bei Menschen, Tieren und Pflanzen? Konnten sich unbewußte Empfindungen und Gefühle auch auf die nahenden und dann vorbeiziehenden Ereignisse ausrichten … wie Eisenspäne in einem Magnetfeld?

Es war verrückt – vollkommen absurd!

Aber entwickelte sich nicht jeder Ritus ebenfalls durch unsichtbare Kräfte, die stärker waren als jede Logik?

Shakes preßte die Finger gegen seine Schläfen. Was war mit ihm los? Und warum hatte er schon seit Tagen das Gefühl, nicht nur der Butler, sondern auch ein ganz anderes Individuum zu sein?

Ein Freigänger?

Nein!

Er trug kein Amulett. Aber er tat manchmal Dinge, an die er sich anschließend kaum noch erinnerte. Konnte es sein, daß er – John Jakob Shakes – wie *Dr. Jekyll und Mr. Hyde* tagsüber der eine und in bestimmten Nächten ein anderer war? Und folgte er damit einer ähnlichen magisch-magnetischen Kraft wie die Besucher von *Glyndebourne*, die einmal im Jahr von ihren Trutzdörfern aufbrachen, durch unwegsamen Dschungel zogen und auf den Wiesen warteten, bis sie gemeinsam eine Oper sehen konnten, von der sie sogar noch weniger verstanden als ihre Vorfahren?

Niemand sprach sie heilig dafür. Niemand erteilte ihnen Absolution. Und niemand konnte erklären, warum er eigentlich nach *Glyndebourne* kam.

Shakes fragte sich plötzlich, warum sich die Menschen nicht gleich an der Küste trafen. Warum sie sich nicht in einer Vollmondnacht versammelten, um dem Geschrei der Wildvögel zuzuhören. Oder warum sie niemals den Versuch gemacht hatten, ins andere Land aufzubrechen, um im Schatten des künstlichen Magnetfeldes um das *Kontinuum* Schutz zu finden.

Er ging über zwei breite Stufen im Steinboden. Durch dicke Doppelscheiben konnte er bis in den Rosengarten sehen. Hier deutete nichts darauf hin, daß schon am nächsten Tag Hunderte von Besuchern im Schloß auftauchen würden.

Er ging durch verwinkelte Säulenpassagen bis in den Hof. Es dauerte einige Zeit, bis seine Augen sich an die Dunkelheit gewöhnt hatten. Und wieder wunderte er sich darüber, daß er in manchen Nächten die Sterne sehen konnte, während er in anderen ebenso blind war wie viele andere Bewohner des Reservats.

Er fingerte eine kurze, zerdrückte Zigarette aus seiner Hosentasche. Mit einem Magnesiumstein schlug er in einer Nische der Mauern Funken. Dann atmete er den Kräuterrauch tief in seine Lungen.

Er spürte, wie eine wohlige Gliederschwäche durch seinen Körper rann. Er lehnte sich mit den Schultern gegen die alte Mauer, während sich ganz langsam sein Bewußtsein erweiterte.

Das Gift des Rauches drang in seine Blutbahn. Was war dies anderes als die Droge Musik … als *Wohlseyn* mit den primitiven

Möglichkeiten von *Glyndebourne* ... wenn sich die Zuschauer ebenso verkleideten wie die Schauspieler auf der Bühne ... wenn sie theatralische Übertreibungen bestaunten und dabei alles um sich herum vergaßen! Einmal im Jahr ... wie alte Ritterspiele, Karneval oder der Ball der Saison ... Ventile der Kultur, bei denen jeder seine gestauten Komplexe emotional glätten durfte ...

Shakes dachte an die neuen Reisenden. Auch das war nichts anderes. Noch nie waren Touristen in ferne Länder gereist, um wirklich Land und Leute kennenzulernen! Nicht einmal mit der Entschuldigung *nur zum Vergnügen* ließen sich die großen Reisewellen kurz vor dem Baubeginn für das *Kontinuum Eckert* wirklich erklären. Denn Reisen war immer ein Rausch, eine Flucht vor den erstarrten Zwängen der Zivilisation. Auf der Suche nach ein paar Wochen, in denen das echte Leben noch möglich sein sollte, hatten die Menschen elf Monate des Jahres die Knebelung ihrer Seele durch lebensfeindliche, mechanisch wirkende Zwänge der Zivilisation in grauer Trance ertragen.

Die Zivilisation des ausgehenden zwanzigsten Jahrhunderts war tödlicher Selbstzweck geworden ... geistlos und bis in das letzte Detail des privaten Lebens reglementiert.

Die einstmals lebendige *Sprache* war zu Formeln erstarrt. Aus der Idee von Platons alle in Liebe und Duldsamkeit vereinendem *Staat* waren Verwaltungsmaschinerien geworden. Aus Tausch und Handel hatte die *Wirtschaft* den Selbstzweck Konsum gemacht. Aber auch andere, nicht für die unmittelbaren Bedürfnisse wesentlichen Errungenschaften der Zivilisation waren in ihrem Wesen unmenschlich geworden.

Das geschriebene Recht war von Gerechtigkeit zum bloßen Gesetz verkommen. *Wissenschaft* hatte nichts mehr mit Erkenntnis, sondern nur noch mit eifersüchtig vor anderen gehüteten Dogmen zu tun. *Kunst* hatte längst ihre lebendige Kreativität eingebüßt und lebte nur noch vom modischen Wiederkäuen oder von bewußten Täuschungen. Und selbst die *Religion* konnte mit ihren erschlafften Institutionen keinerlei Hoffnung und Trost mehr bieten ... Shakes trat seine Zigarette aus.

Klingsor hatte nur kurz in seinem *Elaboratorium* nachsehen wollen, ob alles in Ordnung war.

Ursprünglich war er mit dem Gedanken ins Haupthaus gegangen, ausgiebig warm zu duschen und sich sofort ins Bett zu legen. Irgendwie hatte er genug gesehen und gehört. Er konnte und wollte einfach nicht mehr verkraften; denn in seinem Kopf wirbelte längst alles durcheinander.

Er spürte sofort, daß sich im Turmzimmer etwas verändert hatte. Unwillkürlich blieb er im Eingang stehen. Er schnupperte und versuchte in der Dunkelheit etwas zu erkennen. Mit weit aufgerissenen Augen und dennoch fast blind stolperte er schließlich in den Raum. Er lauschte dem Summen der Apparate, hörte das leise Gluckern von Flüssigkeiten in Kolben und Tiegeln, schmeckte auf seiner Zunge das Saure von Elektrizität.

Vorsichtig tastete er nach einem Gasfeuerzeug. Er drückte den Hebel für den Zündstein. Das Gas zischte, dann knallte ein Lichtblitz aus der Röhre des Sammlers. Er regulierte die Flamme und setzte das lampenförmige Gerät auf eine dafür vorgesehene Stelle an der Wand.

Er ging an den Tischen mit Apparaturen vorbei bis zum Erkervorsprung im Turm. Und dann blieb er plötzlich wie versteinert stehen.

Die Fenster waren geöffnet!

Er wußte genau, daß er sie niemals offenließ, wenn er sein *Elaboratorium* verließ. Er drehte sich ruckartig um. Im gleichen Augenblick sah er, daß etwas am Exsikkator anders war als sonst. Die Drahtschlingen über dem gläsernen Gerät hatten sich um ein paar Grad verschoben. Sie waren nicht mehr auf die Spitze des Mount Caburn ausgerichtet, sondern auf eine Stelle etwas darunter.

Klingsor bückte sich und drehte sich wieder um. Er versuchte die Richtung zu fixieren, in die jene gedachte Linie zeigte, aus der er fast zwei Jahrzehnte lang das Geheimnis der Induktion erforscht hatte.

Er wußte schon lange, daß ein Magnetfeld stets dann entstand, wenn Strom durch einen Leiter floß. Er hatte die Drähte so gebogen, daß sie wie auseinanderfallende Schlaufen eines ringförmig ausgebreiteten Wollknäuels aussahen. Keine der Windungen war mit den benachbarten identisch. Und jetzt stimmte überhaupt nichts mehr ...

Er richtete sich schwankend auf. Benommen stolperte er erneut zum Fenster. Sein Herz schlug wie wild, als er sich weit nach draußen beugte und in die Dunkelheit starrte. Und dann erlebte er ganz sanft und ohne jede Vorankündigung ein Wunder …

Zuerst war es nur ein Blinken. Er achtete nicht weiter darauf. Als sich immer mehr feine Leuchtpunkte vor seinen Augen bildeten, versuchte er die Erscheinung auf die Anstrengungen zu schieben, denen er ausgesetzt gewesen war. Er wußte, daß seine Augen bei Dunkelheit schon lange nichts mehr erkennen konnten. Das ging auch anderen im Reservat ähnlich.

Die Lichtpunkte nahmen zu. Und dann erkannte Klingsor zum ersten Mal in seinem Leben die Sterne …

Er war derartig überwältigt, daß ihm fast das Herz stehenblieb.

«Die Sterne!» hauchte er fassungslos. «Ich kann die Sterne … *sehen*!»

Er weinte plötzlich vor Glück und Freude.

Aber auch Lord Rothschild konnte noch nicht schlafen. Nachdem er mit Klingsor den Theaterbau verlassen hatte, waren sie zusammen bis in den ersten Stock des Haupthauses gegangen. Klingsor hatte seine Zimmer – und sein *Elaboratorium* – eine Etage über den seinen.

Lord Rothschild ging an einen alten Wandschrank und holte sich eine Dose mit Tabak heraus. Er wählte lange, bis er sich schließlich für eine altmodische Kolbenpfeife entschied. Während er sie sorgfältig stopfte, gingen ihm immer wieder die seltsamsten Gedanken durch den Kopf.

Er dachte an den Vertrag von Calais, an die Menschen, die vor zweihundert Jahren das erste Opernhaus gebaut hatten, und an den Mann, dessen Oper vor mehr als dreihundertfünfzig Jahren … am 16. Juli des Jahres 1782 … zum ersten Mal aufgeführt worden war.

Fast hätte eine Intrige gegen den Komponisten die Erstaufführung noch verhindert. Doch damals galten kaiserliche Befehle im alten Wien noch etwas. «Zu schön für unsere Ohren und gewaltig viele Noten, lieber Mozart!» sollte Joseph II. damals gesagt haben …

Lord Rothschild lächelte, als er an die Zeit zurückdachte, in der ein Opernhaus noch von der kaiserlichen Gunst abhängig war. Und morgen würden wieder die Stimmen der Sänger versuchen, etwas von der Zeitlosigkeit einer großen Komposition zurückzuholen. Verkleidete Besucher aus dem Dschungel Britanniens würden sich ebenfalls verkleidete Schauspieler ansehen ... in einem Stück, das irgendwo in der Phantasie spielte ... in einem Sultanspalast ... einem Serail ...

Er ging zum Kamin, nahm einen glühenden Kienspan und zündete damit die Pfeife an. Eigentlich war es unsinnig, mitten im August ein Kaminfeuer anzuzünden. Doch Shakes hatte darauf bestanden ... ebenso wie auf einigen anderen alten Ritualen.

Lord Rothschild ging zu einem der hohen Fenster. Er blickte in die Dunkelheit der Nacht. War *Glyndebourne* vielleicht auch nur eine Bühne, auf der einmal im Jahr ein Traum Wirklichkeit wurde? Eine Erinnerung an frühere Zeiten ... ein sorgsam inszeniertes Schauspiel alter Bräuche für die Beobachter im *Kontinuum Eckert*?

Er mußte plötzlich an andere Mythen denken, an Symbolgeschichten und Märchenspiele, in denen die Zeit unbedeutend war. Lancelot fiel ihm ein, König Arthur, Gawain. Er dachte an die Legende von Barbarossa im Kyffhäuser und alle anderen, die für Jahrhunderte in Feenreichen und hinter Rosenhecken in Dornröschenschlössern der Wirklichkeit entzogen waren.

Woher kamen diese Geschichten? Und was bedeuteten sie?

Er dachte an die vielen Gespräche mit Klingsor Haywood. Sie hatten sich schon oft darüber unterhalten, ob hinter der Idee von *Glyndebourne* nicht ein ganz anderes, ein größeres Geheimnis stecken könnte ...

Die Weiterführung einer alten Tradition war nur eine Facette des Mysteriums. Die Tatsache, daß einmal im Jahr Besucher aus vielen Teilen Britanniens an einem Ort zusammenkamen, gehörte ebenfalls dazu. Das dritte Problem bildeten die Versuche der *Wohlseyn*, durch ständig feiner werdende Techniken an den Opernaufführungen teilzunehmen. Was hatten sie in den vergangenen Jahrzehnten nicht alles unternommen!

Lord Abel Rothschild ließ den Rauch aus seiner Pfeife langsam aufsteigen. Konstanze fiel ihm wieder ein. Sie war Freigängerin geworden wie viele andere junge Mädchen und Männer. Doch erst in diesem Jahr hatte er erfahren, welchem Zweck Freigänger tatsächlich dienten.

Obwohl er stundenlang über dieses Problem nachgedacht hatte, sah er keine Möglichkeit, aus Konstanze wieder Agwira zu machen. Wenn sie nicht selbst zu sich zurückfand, blieb sie verloren! Und eines Tages würden ihn Meldungen erreichen, die von abgenagten Knochen irgendwo im Bannforst berichteten … oder von einem ausgedorrten, mumifizierten Körper …

Er fühlte plötzlich eine merkwürdige Unruhe in sich. Wann hatte er Agwira zum letzten Mal gesehen?

Er wollte nach Shakes läuten, doch dann sah er, daß es inzwischen lange nach Mitternacht war. Er warf die Tabakspfeife in eine Messingschale neben dem Kamin. So schnell er konnte, lief er aus seinen Räumen. Im Treppenhaus brannten nur noch die blauen Nachtlampen. Er eilte über knarrende Stufen, stieß achtlos Zwischentüren auf und erreichte schließlich schwer atmend die Mansarden.

Für einen Augenblick blieb er zögernd stehen. Dann klopfte er leise an die Holztür. Es dauerte nur wenige Sekunden, bis er auf der anderen Seite Geräusche hörte. Die Tür ging auf, und dann stand seine Enkelin vollständig angezogen vor ihm.

«Ich … ich bitte vielmals um Entschuldigung …»

«Ich habe nicht geschlafen», sagte sie.

«Aber wir haben dich … ich meine *Euch* … mehrmals gesucht.»

«Kommt doch herein!» sagte sie und lächelte. Er holte tief Luft und folgte ihr. Sie bot ihm einen Stuhl an und setzte sich selbst aufs Bett. Die Fenster waren weit geöffnet. Der kleine Raum war angefüllt von betörenden Gerüchen.

«Ich habe Euch vorhin aus dem Theater kommen sehen», sagte sie. «Zusammen mit einem anderen Mann.»

«Das war Klingsor Haywood, unser Doktor.»

«Der *Mesmerist?*» fragte sie und lächelte. Lord Rothschild hob die Brauen, dann nickte er.

«Dann wird er mich ja morgen noch *entgaußen* wollen … falls das noch geht …»

«Ja, ja, das wird schon gehen», sagte Lord Rothschild. Sie hatte eine Kerze angezündet. «Wir haben morgen früh noch Zeit für alle Formalitäten …»

Sie sah ihn aufmerksam an. Ganz langsam strich sie sich durch ihre aufgelösten Haare.

«Ich wollte schon die ganze Zeit etwas fragen», sagte sie. Er nickte ihr aufmunternd zu. Trotzdem zögerte sie einige Sekunden.

«Ist hier unten eigentlich alles in Ordnung?»

Er hob fragend den Kopf.

«Ich kann nicht genau beschreiben, was ich meine», sagte sie. «Aber ich spüre irgendwie, daß die Dinge nicht so harmonisch sind, wie ich es erwartet hatte.»

«Ach, das ist nur die Aufregung!» sagte er abwehrend. «Natürlich sind wir alle etwas nervös ...»

«Aber warum kommen und gehen manche Leute hier so, als würde es heimlich geschehen müssen?»

«Ich weiß nicht ...»

«Shakes zum Beispiel. Ich sah ihn, wie er Euch und diesem Klingsor ins Theater folgte. Und eine Weile später hielt er sich in einer Nische der Hofmauern versteckt ...»

Lord Rothschild preßte die Zähne zusammen. Sie hatte keine Ahnung, was sie ihm damit sagte!

«Er hat mein Amulett fortgenommen», sagte sie unvermittelt. Und plötzlich glomm eine ganz neue Hoffnung in Lord Rothschilds Augen auf. Er leckte sich über die schmalen Lippen. Das Amulett! Agwira hatte kein Amulett mehr!

«Wohin ist er gegangen?» fragte er. Seine Stimme klang auf einmal heiser und rauh.

«Zum Mount Caburn hinauf», antwortete sie.

«Da muß sofort Klingsor hinterher!» entschied Lord Rothschild entschlossen. «Ich hatte doch schon jahrelang diesen Verdacht! Nur diese verdammte Vergeßlichkeit hat mich immer wieder davon abgebracht!»

«Wovon?» fragte sie verständnislos. Er sprang auf und marschierte mit langen Schritten auf und ab.

«Ich bin mir noch nicht sicher, aber Shakes könnte der Mann sein, mit dem der Commodore hier in Verbindung steht. Ich habe nie ganz verstanden, wie der Tourismus zwischen uns und dem *Kontinuum* wirklich funktioniert ...»

«Ihr habt mir selbst gesagt, daß Shakes mich vom *Turm der Reisenden* abgeholt hat ...»

«Ja, daran erinnere ich mich natürlich! Aber mir war nicht klar, was das bedeutet. Ich habe mir einfach keine Gedanken darüber gemacht! Nicht *nach-gedacht*, versteht Ihr?»

Er rieb sich die Hände und ging mehrmals bis zur Tür. «Wir sehen uns dann morgen!» sagte er. «Es würde mich freuen, wenn Ihr zum Frühstück mein Gast sein könntet!»

Sie spürte seine Erregung und nickte automatisch. Lord Rothschild lächelte ihr zu. Für einen Augenblick sah es so aus, als wolle er noch etwas ganz anderes sagen, doch dann verließ er hastig ihre Mansarde.

Er eilte die Stufen hinunter. Klingsors *Elaboratorium* lag direkt unter der Mansarde von Agwira. Noch während er die Stufen hinabstieg, fiel Lord Rothschild ein, daß er seine Enkelin nicht mehr nach der Bedeutung des Amuletts und danach gefragt hatte, ob sie sich an den Namen Agwira erinnerte. Doch dafür war auch noch am nächsten Morgen Zeit!

Er pochte gegen die schwere Bohlentür des Turmzimmers. Klingsor öffnete nicht. Lord Rothschild wandte sich zur Seite. Er eilte ein kurzes Stück über den Flur, der am Ende eine Verbindungstür zum Dachgang über dem Orgelraum hatte. In früheren Jahrzehnten waren die Herren von *Glyndebourne* manchmal auf diesem Weg bis in die Balkonlogen des Theatersaals gegangen ...

«Suchst du hier deinen eigenen Schloßgeist?» fluchte Klingsor Haywood plötzlich. Lord Rothschild drehte sich ruckartig um. Der Doktor stand mit verwirrtem Haar in der Tür seines Schlafgemachs. Er hatte sich ein langes weißes Nachthemd angezogen.

«Du mußt sofort dein Pferd satteln!» sagte der Lord erregt. «Shakes ist zum *Turm der Reisenden* hinaufgegangen!»

«Das ist sein gutes Recht! Vielleicht holt er Besucher ab!»

«Er hat alles gehört, was wir vorhin auf der Bühne besprochen haben!»

«Was war denn so geheim daran?» fragte Klingsor unwillig.

«Herrgott! Verstehst du denn nicht? Wir geben morgen eine Oper, meine Enkelin ist als Freigängerin aufgetaucht, und du hast gesehen, daß der Commodore eine Fremde aus dem anderen Land mitbringen will et cetera ...»

«Stimmt!» sagte Klingsor trocken. «Und was ist daran so dramatisch?»

«Mir ist eben eingefallen, daß Shakes immer gesagt hat, sobald der erste echte Mensch aus dem *Kontinuum* hier auftaucht, ist das das Ende von *Glyndebourne* ...»

«Ach so», sagte Klingsor und begann auf seiner Unterlippe zu kauen. «Und nun meinst du, daß Shakes losgegangen sein könnte, um dieses fremde Mädchen abzuholen ...»

«Ich weiß es nicht!» sagte der Lord mit einem schweren, tiefen Seufzer. «Ich weiß nur, daß du sofort feststellen mußt, was Shakes beabsichtigt. Ich fürchte, daß er schon seit vielen Jahren mit dem Commodore gemeinsame Sache macht!»

«Oder mit den *Neo-Normannen*!»

«Es ist mir gleichgültig, mit wem! Aber ich will, daß sich morgen der Vorhang hebt! Nimm dein Pferd, mach einen Umweg über Glynde, dann kannst du immer noch vor Shakes am *Turm der Reisenden* sein!»

«Ich wußte doch, daß diesmal etwas schiefgeht», stöhnte Klingsor.

«Tut mir leid, Shahesa», sagte der Commodore. Er stand konzentriert an einem quadratischen Kasten, der wie ein Aufsatz auf einem steinernen Altar aussah. Das Licht im Inneren des Turmes hatte sich verändert. Es war, als würden jetzt alle Wände ein gelbrotes Leuchten ausstrahlen.

«Das war keine sehr feine Dramaturgie!» sagte sie ärgerlich. «Ich hatte die Absicht, mit Olaf allein zu sein ...»

«Und wie, bitte sehr, soll ich das den anderen erklären? In wenigen Minuten landen hier zehn weitere Opernbesucher ...»

«Wieso *landen*? Ich denke, ich bin die einzige, die ...»

«Mein Gott! Leg doch nicht jedes Wort auf die Goldwaage! Natürlich landen sie nicht, sondern schicken nur ihre Suchdaten und die Gewebeproben hierher! Was glaubt Ihr denn, was passiert, wenn sich ein Freigänger als *unverträglich* erweist?»

«Sind die nicht lange genug konditioniert?»

Der Commodore lachte trocken.

«Man kann seit hundertfünfzig Jahren Nieren verpflanzen, Herzen und was weiß ich alles ... aber was ich hier mache, hat nichts mit Chirurgie oder Hypnose und spiritistischen Séancen zu tun! Hier geht es auch nicht darum, Hirnströme anzuzapfen, Shahesa ... nein, diese Kopplung zwischen zwei Individuen im *Kontinuum* und hier im Reservat ist tausendmal komplizierter als alle früheren Versuche! Hier werden *echte* Verbindungen zwischen den Wunschträumen eines menschlichen Empfängers und den ganz individuellen Empfindungen eines ebenso menschlichen Senders hergestellt! Und nur wenn keiner von beiden irgend etwas davon merkt, kann der reibungslose Informationsaustausch im Zweiwegesystem gelingen!»

Shahesa drehte sich zu Olaf um. Der Freigänger lehnte mit dem Rücken an der inneren Innenwand des Turms. Er hatte die Augen geschlossen. Seine schweren, muskulösen Arme hingen schlaff von seinem Körper. Die beiden Kreuzgürtel um seine Brust waren so verrutscht, daß sie wie Gurte aussahen, die seinen Oberkörper zusammenhielten.

Sie ärgerte sich, daß sie dem Commodore auch noch geholfen hatte, Olaf ins Innere des Turmes zu bringen.

«Warum wacht er nicht auf?» fragte sie. Scouty Natz blickte von seiner *Machbar* hoch. Er sah zu Shahesa auf der engen inneren Treppe des Turms. Sie bestand ebenso wie die Innenwand aus einem glatten, fugenlosen Material. Außer der Treppe hatte gerade noch ein durchsichtiges, kaum zwei Fuß breites Rohr im inneren Turm Platz. Es reichte von der Spitze bis über den Platz in Bodenhöhe, an dem die *Machbar* stand.

«Ich mußte sein Amulett ausschalten», sagte der Commodore, ohne von seinen Kontrollen aufzublicken. «Jedes Amulett dient einer langen Frequenzbestimmung. Dabei werden über viele Monate Tausende von ganz persönlichen Daten gespeichert und ausgetauscht. Vom vorgesehenen Gastindividuum ebenso wie vom Touristkandidaten.»

«Ist das der Grund, warum es fast hundert Jahre unmöglich war, echte Eindrücke von der Erde zu erhalten?»

Der Commodore nickte.

«Einfache Stimmungsberichte gibt es schon seit Jahrtausenden», sagte er. «Die ersten wurden mündlich überliefert. Ganze Völkerstämme haben nichts anderes gekannt ...»

«Märchen, Sagen und Legenden!»

«Ja. Aber schon dabei ging es nicht allein um die sachlich richtigen Beschreibungen. Das war stets nur der Rahmen ... der objektive, wertfreie oder wissenschaftliche Teil. Die eigentlichen Inhalte wurden stets auf eine ganz andere Art übermittelt. Und auch dafür ist ein *Konsens* die entscheidende Voraussetzung ...»

«Ihr meint, Sender und Empfänger müssen aufeinander abgestimmt sein?» überlegte sie. «Die gleiche Sprache sprechen ...»

«Vollkommen richtig! Natürlich wird es nie möglich sein, daß zu Emotionen fähige Menschen genau das gleiche empfinden. Das schaffen nicht einmal eineiige Zwillinge! Natürlich gibt es grundlegende Übereinstimmungen und verschiedene Formen des gemeinsamen Erlebens ... aber es ist niemals absolut identisch!»

«Aber es gab doch früher auch schon Symbole, Riten und Buchstaben, die überall die gleiche Bedeutung hatten!»

«Das war der große Irrtum!» lachte der Commodore.

«Und unser *Wohlseyn*?»

Er sah von seinen Kontrollen auf. Für einen Augenblick entdeckte sie eine tiefe Traurigkeit in seinen Augen. Der kleine, sonst so energische Mann wirkte auf einmal wie verloren an seiner *Machbar*.

«Wie kann ein künstlich aufrechterhaltener Rausch oder irgendeine Ideologie das Wunder des freien Denkens und Fühlens ersetzen? Nein, Shahesa ... wenn *Wohlseyn* zum Dauerzustand wird, ist es das Gegenteil von Glück! Denn das muß man erkämpfen!»

Sie kam nicht mehr dazu, ihm zu antworten. Der Mann aus den Wäldern bewegte sich. Er stieß einen tiefen, brummenden Laut aus. Seine geschlossenen Augen rollten, und seine Hände ballten sich zu Fäusten.

«Mein Gott! Was sollen wir tun?»

«Schnell ... dort hinüber!»

«Aber ich will nicht, daß Ihr ...»

Er griff mit beiden Händen ihre Arme. Sie hätte nie gedacht, daß soviel Kraft in diesem kleinen Mann steckte. Mit einer einzigen Bewegung hob er sie hoch und stellte sie neben die *Machbar*.

Ein feines Sirren kam aus dem Gerät. Gleichzeitig vibrierte die durchsichtige Röhre in der Mittelachse des Turms. Aus einem Schlitz an der Vorderseite der *Machbar* quoll ein langer, an den Rändern geriffelter Streifen aus einem rötlich glühenden Material.

«Vorsichtig! Nicht berühren!»

Der Commodore griff an seinen Gürtel. Er zog eine Art Peitsche hervor. Mit einem scharfen Knallen schlug er sie durch den engen Raum. Das Ende der Peitsche glitt wie eine lebende Schlange unter den Brustgürtel des Freigängers. Sie riß sein Amulett ab und löste im Zurückreißen auch noch seinen Schwertgürtel.

Der Commodore bückte sich, wirbelte das Amulett hoch und ließ es mit einem Bogen in einen Trichter der *Machbar* fallen.

Olaf stieß einen gellenden, grausam hallenden Schrei aus.

Shahesa hielt es einfach nicht mehr aus. Sie stieß sich von der Wand ab. Das bunte Licht innerhalb des Turms flackerte in wilden Kaskaden. Rot prallte gegen Grün, Gelb floß auf Violett. Aus der *Machbar* stiegen übel stinkende Rauchwolken auf.

Shahesa taumelte gegen den Commodore. Im gleichen Augenblick stürzte Olaf nach oben. Sie wollte ihm folgen und stieß gegen die Wände des Turms. Mühsam und immer wieder abrutschend arbeitete sie sich höher. Jede Stufe, jeder Schritt wurde zu einer neuen Qual.

Und irgendwann erreichte sie halb ohnmächtig den spitzen Raum unter dem Dach des Turms. Die ganze Zeit hatte sie immer wieder gehofft, daß einer ihr helfen würde, daß seine starken Arme in das Inferno aus Licht und Rauch, Schreien und Splittern griffen, daß er sie zu sich hochhob …

Sie taumelte auf die Söllerplattform. Und dann sah sie ihn, seinen Rücken. Mit hocherhobenem Kopf und weit ausgestreckten Armen hatte er sich dem doppelt aufgegangenen Vollmond zugewandt. Sie wußte sofort, daß er wieder *dreamte* …

Sie fröstelte plötzlich am ganzen Körper. Dann sah sie einen Ring aus kleinen, gläsernen Flammen. Sie bildeten einen perfekten Kreis rund um den *Turm der Reisenden* …

Klingsor blickte über das weite, verzaubert wirkende Tal hinweg. Einige Feuer brannten noch. Über den Zelten wölbte sich der sternendichte Himmel. Klingsor konnte sich überhaupt nicht sattsehen an soviel Schönheit. Erst jetzt verstand er den wahren Grund für die vielen Berichte, Sagen und Legenden von Göttern und fernen Sternenreichen.

Die Stute stand am Rand der Lichtung und schnaubte leise. Sie hatte ihn ohne Protest bis zum *Turm der Reisenden* gebracht.

Klingsor konnte den dunklen Umriß der Landmarke deutlich erkennen. Er wartete bereits eine halbe Stunde auf den Butler, aber bisher hatte sich Shakes noch nicht gezeigt.

Klingsor sah wieder zu den Sternen hinauf. Er saß im Gras und lehnte mit dem Rücken am Stamm eines *Gingko-Baumes*. Er legte den Kopf schief und entdeckte nach und nach die zu den alten Sternbildern gehörenden Lichtpunkte über sich. Der große Wagen war hell und deutlich zu sehen, dazu Castor und Pollux und das helle Band der Milchstraße.

Sein Blick schweifte zum dunklen Horizont. Und dann entdeckte er plötzlich das schwarze Band über den Hügeln. Im ersten Augenblick bekam er einen Schreck. Wurde er etwa schon wieder nachtblind?

Er stand verwirrt auf und sah sich nach allen Seiten um. Zunächst versuchte er sich einzureden, daß es nur eine Täuschung war, eine Halluzination. Er hatte ziemlich lange in angespannt-abwartender Haltung im Gras gesessen. Spielten ihm jetzt seine Augen einen Streich? Er schloß sie für einen kurzen Moment.

Vorsichtig, ganz vorsichtig blinzelte er erneut in die Dunkelheit. Die Sterne glitzerten so hell und klar wie vorher. Ein warmer Windhauch strich über die Hügelflanke. Gerüche von Tieren und Pflanzen, von Moder und Blüten der Nacht hüllten ihn ein.

Er öffnete seine Augen ganz und konzentrierte sich auf die Region am Himmel, an der die Sterne nicht mehr funkelten. Und diesmal mußte er seinen Augen trauen!

Der Streifen sah wie ein absolut schwarzer Kulissenhorizont aus. Er begann direkt über der Hügellinie und reichte bis in eine Höhe von etwa zehn Grad am Himmelsgewölbe.

Klingsor erkannte plötzlich, daß er sich in all den Jahren stets nur nach Süden gewandt hatte, wenn er mit seiner Wanderziege ausgeritten war. Kaum, daß er Ringmer kannte. Von South Malling wußte er ebenfalls wenig. Die Ruinen der alten Stadt Lewes und auch das neue Trutzdorf lagen hinter den westlichen Flanken der Hügelkette, und östlich von *Glyndebourne* hatte das *Meer der Trauer* jeden Erkundungsritt als natürliche Sperre verhindert.

Wenn er es recht bedachte, war er stets innerhalb des seltsamen schwarzen Streifens rund um den Horizont geblieben. Während er nachdenklich auf seiner Unterlippe herumbiß, fragte er sich, warum ihm dieses Phänomen nicht bereits früher aufgefallen war. Allerdings mußte er zugeben, daß er noch nie zur Stunde der Mitternacht auf dem Mount Caburn gewesen war. Reisende abzuholen, war stets die Aufgabe des Butlers gewesen …

Er hörte das Schnauben seiner Stute. Noch immer nachdenklich und etwas verwirrt drehte er sich um und stieg die letzten Meter zum Turm hinauf.

«Ja, ja, ich komme schon!» rief er halblaut. Dann legte er seinen Arm auf den Hals des Pferdes. Die Stute zitterte am ganzen Körper. Sie schnaubte, und in ihren weit aufgerissenen Augen spiegelten sich die Sterne des Himmels.

«Was ist denn los, alte Wanderziege?» fragte Klingsor. Er strich über die trocken wirkenden Nüstern der Stute. «Willst du mir etwa krank werden, mein gutes Mädchen?»

Was sonst stets zu einem leisen Wiehern geführt hatte, blieb diesmal ohne die geringste Wirkung. Die Stute drängte ihn einfach zur Seite. Sie schob ihn den Weg zurück, den er gerade den Hügel heraufgekommen war. Gleichzeitig bemerkte er, wie der Lärm der Nachttiere im Urwald zunahm.

Wie zufällig sah er nach oben. Im gleichen Augenblick entdeckte er ein seltsames Leuchten an der Spitze des Turmes. Er sah zwei Silhouetten, und beide wirkten so, als würde *«Das Fluoreszierende»* von ihren Körpern ausgehen. Noch ehe er richtig verstand, schob sich eine grünlich leuchtende Scheibe von Süden her in sein Blickfeld.

Die Stute bäumte sich mit einem wilden Wiehern auf. Klingsor warf sich zur Seite. Er rannte halb um den Turm herum und landete in einem riesigen Oleanderbusch. Aus den Augenwinkeln sah er den Ring aus Feuer auf der Lichtung. Die kalten Flammen züngelten wie in einem Tanzrhythmus. Sie stiegen … fielen … stiegen … fielen … neigten sich nach Osten, dann nach Westen …

Die kleine Scheibe schräg über dem *Turm der Reisenden* schwankte im gleichen wellenförmigen Takt. Und dann stürzte sie unmittelbar hinter der Stute in den Dschungel.

Klingsor hörte das Krachen des Aufschlags. Im gleichen Augenblick verlor er die Besinnung.

14.
Der große Tag

Die Sonne stand bereits heiß und hell über dem Glyndemeer, als das erste Zelt vorsichtig von innen geöffnet wurde.

«Seht nur! Die Nacht war wieder ohne Regen!» rief eine frische Jungenstimme. Nach und nach wurden überall weitere Zeltverschnürungen gelöst. Mißtrauisch, zögernd und nach allen Seiten sichernd steckten schlaftrunkene Gäste ihre Köpfe ins Freie. Sie blinzelten in den herrlichen Morgen, rieben sich den Schlaf aus den Augen und fuhren mit den Fingern durch wildes Haar.

«Tatsächlich ... alles trocken!» lachte jemand.

«Bei mir liegt Morgentau ...»

«Bei mir liegt überhaupt nichts!»

«Wenn ich es sage ...»

«Hört auf, euch zu streiten!» fiel eine kräftige Frauenstimme ein. Im Lager der *Pecuniaten* trat eine halbnackte Clanmutter vor ihr Zelt. Sie strich sich mit beiden Händen über ihre schweren, vollen Brüste, dann reckte sie sich und gähnte herzhaft.

«He, Rita! Komm mal raus!» rief sie. «Wir haben bereits die achte Stunde!»

«Das kann doch nur Juliane sein!» antwortete eine andere Frauenstimme aus einem der etwas entfernten Zelte. «Sie will uns weismachen, daß dieses Lügentheater bereits begonnen hat!»

«Seht euch doch selbst die Sonne an, wenn ihr mir nicht glauben wollt!»

Juliane drehte sich verstimmt um und ging in ihr Zelt zurück. Gleich darauf wurde es laut. Einige halbwüchsige Jungen flohen protestierend durch den Eingang. Sie stolperten auf die Wiese, fielen hin und rappelten sich sofort wieder hoch.

«Verdammte Faulpelze!» schimpfte die Clanmutter. «Werdet ihr euch wohl waschen!»

«Und das soll nun das berühmte Augustwochenende sein!» murrte einer der Jungen. Er zog die Nase kraus und blinzelte in die Sonne.

«Der vierzehnte August Anno zweitausendeinhundertvierunddreißig», gähnte ein anderer Junge. Jetzt kamen immer mehr Leute aus den Zelten. Die meisten hatten flache Schalen in den Händen. Offensichtlich suchten sie auf der Wiese nach Stellen, in denen sich über Nacht Regenwasser gesammelt hatte. Die Zelte standen auf kleinen Erdbuckeln, die schon vor Jahren aufgeworfen sein mußten. In den vergangenen Sommern hatte es stets genügend Wasser in kleinen Rinnen und Tümpeln am Rand des Zeltplatzes gegeben. So lange jedenfalls, bis die Sonnenhitze alles wieder verdunsten ließ ...

Obwohl noch immer einige Verwirrung herrschte, wurde das Lager ziemlich schnell wach. Überall stiegen die ersten Rauchfäden in den Himmel. Geschirr klapperte, Töpfe und Pfannen wurden über die Feuerstellen geschoben. Aus Kruken und anderen Behältern wurden Körner und gegorene Milch, Fruchtmus und Süßholzfasern angerührt.

Jede Besuchergruppe folgte einem anderen Ritual für die erste Mahlzeit des Tages. Manche fingen an, aufwendige Speisen zu kochen, andere wiederum begnügten sich damit, einige Trockenbeeren und gedörrte Pilze auszupacken.

Schon bald ging das Leben seinen Gang, als ob das Lager schon seit Wochen auf den Wiesen von *Glyndebourne* aufgeschlagen wäre. Und nur bei genauem Hinsehen wurde deutlich, daß sich zwischen den Zeltgruppen klare Trennlinien befanden – unsichtbar zwar, aber doch deutlich durch das Verhalten der verschiedenen Gruppen.

Am Rand des Lagers standen zwei einsame, schmucklose Zelte, in denen *Uhrbauer* übernachtet hatten. Sie waren erst sehr spät am Abend angekommen und hatten ein silbrig glitzerndes Moskitonetz über ihre beiden Zelte gespannt. Von außen war nichts von dem zu sehen, was hinter dem Netz geschah.

Normalerweise hätte jede Gruppe bis zum Nachmittag so getan, als wäre sie ganz allein auf der Schloßwiese gewesen. Doch da entdeckte Ritas Hubert plötzlich die beiden *Tank Roover* am Rand der Hügel. Sie waren so gut hinter den Büschen versteckt, daß sie nur auffielen, wenn man sehr genau hinsah.

«He! He! He!» schrie Ritas Hubert mit heller Stimme. *«Neo-Normannen ... Neo-Normannen ...»*

Claires George nahm den Warnruf auf. Der sommersprossige Junge aus Ringmer verließ seinen Clan und rannte in weiten Kurven von einem Zelt zum anderen.

«*Neo-Normannen!*» rief er überall. «Seid allemal gewarnt ... sie haben sich am Waldesrand versteckt!» Claires George rannte um eines der letzten Zelte herum. Er wollte gerade zurücklaufen, als er plötzlich mit seinen Füßen einen sprühenden Regen aus dem Gras aufwirbelte.

«Morgentau! Sie haben Morgentau versprüht ...»

Im gleichen Augenblick spürte er das Brennen auf seinen nackten Beinen. Er wollte instinktiv die Luft anhalten, konnte aber nicht mehr verhindern, daß er den kühlen, nach Seifenkraut schmeckenden Nebel einatmete. Sein Gesicht verzog sich, dann wankte er mit einem verzerrten Grinsen zu den Zelten seines Clans zurück.

Lord Rothschild sah sofort, daß der Tau auf den Rosen keinen natürlichen Ursprung hatte. Er blieb bereits auf den oberen Stufen der kleinen Treppe vor dem Orgelraum stehen.

Damit hatte er nicht gerechnet!

Obwohl er keineswegs abergläubisch war, fühlte er sich plötzlich an die dunklen Jahre vor der Jahrhundertwende erinnert. Damals war es viel häufiger als jetzt vorgekommen, daß ganze Landstriche über Nacht ihr Gesicht veränderten. Manchmal hatte rötlicher Staub auf den Blättern der Bäume gelegen, dann wiederum waren bestimmte Gräser und Pflanzen verdorrt. Es kam vor, daß es von einem Tag auf den anderen schneite und daß es Fische regnete ...

Erst Klingsor Haywood hatte nach jahrelangen Untersuchungen einen Katalog von mysteriösen Erscheinungen aufgestellt, die sich fast ausnahmslos auf einen natürlichen Ursprung zurückführen ließen.

Dennoch mußte Lord Rothschild innerlich zugeben, daß der Morgentau unheimlich aussah. Er bedeckte nur Pflanzen. Es sah aus, als hätte eine unsichtbare Macht angeordnet, daß alle belebte Materie sich zu erkennen geben sollte ...

Lord Rothschild ging ins Orgelzimmer zurück. Er berührte eine Fußleiste neben der Tür zum Garten. Sofort schob sich eine flache

Schale aus der Wand. Sie war mit einer halb eingetrockneten Flüssigkeit gefüllt. Schon daran erkannte er, wieviel Zeit vergangen war, seit er zum letzten Mal Morgentau in seinen Gärten gesehen hatte.

Er desinfizierte seine Stiefel und ging zur Telefonkonsole. Die Drehkurbel ließ sich nur mühsam bewegen. Auch das war keine ungewöhnliche Erscheinung. Besonders vor Gewittern verstärkte sich das Magnetfeld in den Spulen.

Es dauerte ziemlich lange, bis er den Obergärtner an den Apparat bekam.

«Wieso liegt schon wieder überall Morgentau? Ich hatte doch ausdrücklich angeordnet, daß wir in *Glyndebourne* keine Experimente mehr mit Verdunstungen, Taupunktkondensationen und Trockeneis mehr machen!»

«Für künstliches Wetter war schon immer der Doktor zuständig!» antwortete Hagebuttle unwirsch. «Fragt ihn doch, ob er wieder experimentiert hat ...»

«Haywood ist seit vorgestern nicht mehr hiergewesen», sagte Lord Rothschild.

«Vielleicht hat er einen Fernversuch über seine komischen Steinsender im Bannforst angestellt.»

«Unsinn!» sagte Lord Rothschild verärgert. «Die Menhire sind nur Meßstationen für das Magnetfeld gewesen ... als es so etwas noch gab!»

«Und was war mit dem ganzen magnetischen Zauber, den Klingsor Haywood in seinem *Elaboratorium* veranstaltete? Wenn er gefährliche Experimente mit Induktionsmaschinen und Strahlenspiegeln gemacht hat? Davon wollt Ihr wohl nichts mehr wissen?»

Lord Rothschild zog die Brauen zusammen. Er verstand nicht, was plötzlich in den Obergärtner gefahren war. Gewiß – er war schon immer grantig und eigensinnig gewesen, aber er hatte noch nie von *Induktionsmaschinen* oder *Strahlenspiegeln* gesprochen! Wieso kam er auf einmal zu derartigen Begriffen?

«Vielleicht waren es ja die *Neo-Normannen*!» sagte der Obergärtner auf der anderen Seite der Leitung. «Die sind seit Jahren scharf auf trockene Kräuter und Reste von verdorrten Lebewesen!»

Lord Rothschild hatte plötzlich eine eigenartige Vermutung. Sollte Hagebuttle etwa viel mehr wissen, als er bisher gezeigt hatte?

«Wir wissen doch, daß wieder diese Touristen aus dem *Kontinuum* erwartet werden», fuhr Hagebuttle fort. «Und dafür werden nun mal Gewebeproben von lebenden Freigängern und von verdorrten Dingen benötigt, oder?»

«Schluß jetzt!» sagte Lord Rothschild entsetzt. Hagebuttle wurde ihm langsam unheimlich. Er wollte bereits einhängen, als der Obergärtner noch etwas murmelte.

«Wie war das?» fragte Lord Rothschild.

«Ich sagte nur, daß am Nordhang des Mount Caburn erneut Verdorrte liegen ...»

«Um Gottes willen! Sie müssen sofort geborgen werden! Sorgen Sie dafür, daß sie ins Magazin unter der neuen Küche kommen!»

«Ich werde Leonardo schicken. Aber ich weiß nicht, wo sich Shakes aufhält. Normalerweise übernimmt er doch die Bergungsgänge.»

«Shakes ist nicht da», sagte Lord Rothschild. Er merkte, daß Hagebuttle auf eine weitere Erklärung wartete. Aber genau die konnte Lord Rothschild ihm nicht geben.

Weder der Butler noch Klingsor Haywood waren bisher wieder aufgetaucht. Lord Rothschild hängte den Hörer ein. Er fühlte sich nicht wohl. In seinen Ohren sirrte es, und vor seinen Augen bildeten kaum wahrnehmbare Schleier aus feinen Lichtlinien einen Bogen, der von ihm selbst bis zu einem imaginären Punkt in der Mitte des Orgelraums reichte.

Seine Empfindungen waren so unbestimmt, daß er sie zunächst nicht beachtete, dann für Zeichen von Anspannung und Streß hielt und schließlich eher zufällig auf den Gedanken kam, daß sie nichts mit seinem Alter, sondern mit seiner Umgebung zu tun hatten ...

War das vielleicht etwas, das sie alle im Reservat seit mehr als fünfzig Jahren vermißt hatten?

Das Prana? Die induktive Übertragung einer unsichtbaren, geheimnisvollen und längst verschollenen Kraft? Einer Melodie aus dem Inneren des Erdballs?

Lord Rothschild, C. B., C. B. E., versuchte sich zu erinnern. Aber sosehr er sich auch bemühte, da war nichts, was sich in irgendeiner Weise fassen, beschreiben oder nachempfinden ließ! Und doch veränderten sich die Luft, das Licht und sogar der Strom des Lebens in seinem Körper …

Er sehnte sich plötzlich nach Klingsor Haywood. In all den Jahren war der Ordensbruder von *Greenpeas* nie wie ein Kontrolleur, sondern stets als schrulliger, aber auch angenehmer Gesellschafter erschienen. Am Anfang hatte er noch gestaunt, wenn Klingsor ihm zeigte, wie einfach die Tricks waren, mit denen er das Wetter beeinflussen konnte. Manchmal waren sie tagelang in Klingsors *Elaboratorium* gewesen. Sie hatten versucht, doch noch irgendwelche Spuren des verlorenen Magnetfeldes zu finden.

Und manchmal, in ganz besonderen Stunden zwischen Tag und Traum, war es ihnen am Anfang gelungen, Restwirbel aufzuspüren – Nachwehen einer großen Zeit, in denen die ganze Erde unter dem Schutz eines unsichtbaren, weit ins All gewölbten dreidimensionalen Kraftfeldes den Schritt vom instinktiven Handeln zum bewußten Erleben und schließlich sogar zum Gestalten der Umwelt geschafft hatte.

«Vielleicht war das Magnetfeld auch vierdimensional», hatte Klingsor manchmal gesagt.

«Wir werden es nie mehr erfahren», war dann seine resignierende Antwort gewesen …

Doch plötzlich erinnerte er sich wieder an die Zeit vor zwanzig Jahren. Voller Begeisterung für ihre Idee, erneut Opern aufzuführen, hatten sie den gesamten Theatertrakt inspiziert. Dabei war Klingsor auf die Verbindungstreppe von der östlichen Bühnenseite zum Nordgang über dem Orgelraum gestoßen. Doch auch nach unten gab es eine Wendeltreppe mit einer Eisentür!

Lord Rothschild schüttelte verärgert den Kopf. Wie hatte er das alles einfach vergessen können?

Er spürte, wie sich sein hagerer Körper straffte. Ein seltsam erregender Schauder lief über seinen Rücken. Dort in den Stollen des Berges – nur dort konnte er feststellen, ob er sich irrte oder ob etwas ganz Unglaubliches geschah …

In der Küche herrschte Hochbetrieb. Blasius Bockhus war ausnahmsweise schon am Vormittag erschienen. Er trug ein sauberes Netzhemd, eine steife Kochmütze und weiße Glacéhandschuhe. Das Monokel in seinem Auge war von stärkerer Linsendicke als in den vergangenen Wochen. Es blitzte wie eine alles überwachende Linse.

«Die Kräuter nicht zu heiß!» befahl er knapp. Er ging an Töpfen und Pfannen entlang. Überall auf der großen Herdanlage in der Mitte der Küche stiegen Dampfwolken und würzige Düfte bis zu einem großen Netzfilter hoch. Ein Dutzend Männer und Frauen arbeiteten angestrengt mit Rührlöffeln, Kellen und Schaumsieben. Ein weiteres Dutzend saß an hölzernen Bohlentischen unter den Fenstern zum Hof und zum Rosengarten. Sie schabten und putzten, schnitten und stiftelten. Kurze Rufe flogen hin und her. Einige der Jüngeren lachten und sangen. Und alle freuten sich auf die Rollen, die sie am Nachmittag übernehmen würden.

Durch eine halb geöffnete Tür war der Raum für die Kuchen zu sehen. Hier standen die Konditoren an sauberen Metalltischen. Sie hielten Spritzbeutel in den Händen und drückten mit angehaltenem Atem haarfeine Verzierungen auf glasierte Pasteten.

Miß Earlymorn überwachte die Arbeit. Hin und wieder blickte sie auf. Wenn dann wie zufällig der Oberkoch an der Tür vorbeiging, war von der alten Rivalität nichts mehr zu spüren. Sie lächelten sich an, als hätte es nie einen Streit zwischen ihnen gegeben

In diesen Augenblicken mußte sich Miß Earlymorn eingestehen, daß der Oberkoch ein durchaus stattlicher Mann war. Außerdem war er mit Sicherheit der beste Koch von ganz Britannien ...

Bockhus schritt wie ein Feldherr hinter den arbeitenden Männern und Frauen am großen Herd entlang. Hin und wieder nahm er ein Schälchen mit Soße, mit Brühe oder ein winziges Stück Braten entgegen. Dann ließ er sein Monokel in die linke Hand fallen und hielt es wie eine Lupe über die Probe. Anschließend kostete er ein winziges Schlückchen oder berührte mit seinen Lippen das duftende Fleisch.

«Mehr Wasser vom zweiten Brunnen!» sagte er gelegentlich, oder: «Nehmt etwas Butter hinzu!»

Langsam füllten sich die gewaltigen Warmhalteschränke hinter den großen Scheiben an der Gartenseite der Küche. Nicht alles, was für das große Pausendinner benötigt wurde, konnte erst kurz vorher zubereitet werden. Pasteten brauchten ein paar Stunden Ruhe, die Wildterrinen mußten gelieren, und was jetzt noch in Weinbeize lag, bekam durch gehäckselte Kräuter den letzten Pfiff.

Blasius Bockhus erreichte den Raum an der Stirnseite der Küche, in dem er die großen, mit steif wirkenden Buchstaben aufgeschriebenen Pläne für das Dinner hängen hatte. Hier war alles in Ordnung. Das gleiche galt für die Kemenate, in die Miß Earlymorn sich gelegentlich für einen Moment zurückzog.

Er reckte sich, blickte über die Köpfe seiner Bediensteten hinweg und ging mit wohlgesetzten Schritten zu dem Raum, in dem die Zuckerbäcker arbeiteten. Die Konditoren hatten sich inzwischen das Hauptstück der großen Dinner-Dekoration vorgenommen. Es bestand aus einer metergroßen Erdkugel, bei der die einzelnen Kontinente kunstvoll und vorsichtig aus Salzteig vorgebacken waren.

Blasius Bockhus trat dicht vor die Kugel. Mit kritischem Blick überprüfte er alle Einzelheiten. Der Globus war so nachgebildet, wie er vor hundert Jahren ausgesehen hatte. Riesige Städte bedeckten ganze Landstriche. An manchen Stellen sahen die dichtbesiedelten Gebiete wie zerfranste Flickenteppiche aus.

«Gebt Mexico City noch etwas Slumfarbe hinzu», sagte er, während er Mittelamerika mit seinem Monokel als Lupe betrachtete. «Hier haben immerhin fünfzig Millionen Menschen gehaust ... Kalifornien muß auch noch dichter werden ... ihr könnt das ganze Gebiet zwischen Los Angeles und Silicon Valley als überdachten Lebensraum darstellen ...»

Er drehte vorsichtig den Globus weiter.

«Taiwan ... nein, das ist völlig falsch! Taiwan bekommt doch kein Grün mehr ... die Insel ist eine einzige Fabrikanlage gewesen ... und hier, Kalkutta! Diese Stadt war damals ein weißes Gebiet ... keine Bewohner mehr ... nur noch heiliges Reservat für diese Hindu-Kühe!»

Der Meister der Konditoren schrieb alles eifrig mit. Er verglich die Anmerkungen von Bockhus mit seinen Rezepten aus dem vergangenen Jahr.

«Letztes Mal hatten wir Europa ziemlich überfüllt dargestellt. Soll das heute wieder so sein?»

Der Oberkoch schürzte die Lippen. Er überlegte eine Weile, dann schüttelte er den Kopf.

«Wir zeigen es so, wie es um die Jahrtausendwende aussah!»

«Noch vor dem Bau der Röhre?»

«Dann kann man vielleicht deutlicher erkennen, warum die Menschen sich damals noch geweigert haben, die Idee des *Kontinuums* anzunehmen. Sie haben alle nach mehr Umweltschutz gerufen, aber keiner konnte wirklich etwas tun, weil sie alle verhungert wären, wenn sie statt ihrer Industrie nur noch Korn- und Gemüsefelder eingerichtet hätten ...»

Er drehte sich zur Seite.

«Ist die Röhre schon fertig?»

«Sie muß noch ausbacken», sagte der Meister der Konditoren. Blasius Bockhus ging zu einem der Öfen. Er sah hinein. Das feine, filigranartige Gebilde aus einem dünnen Ring mit winzigen Stelzen sah ganz und gar nicht so aus, als wäre es das Modell eines gigantischen Lebensraums für fünf Milliarden Menschen.

«Wir werden diesmal mit Leuchtfarbe arbeiten», sagte der Oberkoch und richtete sich wieder auf. «Und damit es noch faszinierender aussieht, werden wir die Ozeane mit Kakaobutter zum Glänzen bringen!»

«Ein großartiger Gedanke», nickte der Meister der Konditoren. «Sollen die Städte ebenfalls leuchten?»

Blasius Bockhus verzog sein Gesicht.

«Das ist doch stillos!» sagte er angewidert. «Dann könnten wir ja gleich alte Satellitenaufnahmen von der blinkenden Nachtseite der Erde nachbilden! Diese schreckliche Überfüllung ... wo bleibt denn da die faszinierende Klarheit der *Kontinuum-Idee*?»

«Es war auch nur so ein Gedanke», sagte der Meister.

«Immer diese Übertreibungen bei den Konditoren!» sagte Blasius Bockhus und schnalzte mit der Zunge. «Die wahre Größe einer guten Küche liegt in der Erhabenheit des Schlichten!»

«Vielleicht bei halbgekochtem Gemüse», murmelte einer der drei Konditoren. Bockhus überhörte die Anspielung. Er drehte sich um und klemmte sein Monokel wieder ins Auge, ehe er in die Küche zurückging.

«Nein, nein, nein!» rief Westminster March und klopfte mit seinem Stab aufs Pult. «So geht das nicht, meine Damen und Herren! Die zweiten Geigen müssen *singen* und nicht wie alte Türen quietschen!»

«Aber wir haben nun mal keine Stradivaris!» beschwerte sich einer der Musiker im Orchestergraben. «Das Holz ist von der trockenen Luft spröde geworden ...»

«Das merkt doch eh niemand von diesen Bauern!» brummte der Konzertmeister. «Für die sollten wir besser Wagner spielen und nicht Mozart! Richtig mit ‹*Götterdämmerung*› und großem Lärm! Das würde sie bestimmt mehr von den Stühlen reißen als dieses feinsinnige Barockspiel!»

Westminster March blickte traurig unter seiner weißen Perücke hervor und hob entschuldigend die Hände.

«Ich weiß doch auch, daß es verrückt ist», sagte er leise. «Das ganze Festspiel ist verrückt! Aber was haben wir denn noch außer dieser Gala einmal im Jahr? Ein wildes Land, in dem jede Gruppe ihre eigenen Wege geht ...»

«Das wäre alles nicht so schlimm, wenn wir einmal im Jahr zu einem Sängerwettstreit zusammenkämen», meinte das Fagott. «Oder zu einem volkstümlichen Festival mit unterschiedlichen Orchestern, Kapellen und Musikgruppen ... das ließe sich doch ebensogut machen!»

«Gewiß, gewiß», sagte Westminster March und nickte.

«Wir könnten ‹*Tannhäuser*› einstudieren», rief die Harfe. «Das ist schon eher ein Musikdrama ... und ein Sängerkrieg auf der Wartburg kommt auch darin vor ...»

«Warum nicht gleich ‹*Die Meistersinger von Nürnberg*›», meinte die Baßtrompete begeistert. Westminster March sah von einem zum anderen. Er merkte, wie ihm die Kontrolle über die Musiker entglitt. Mehrmals schlug er mit seinem Stöckchen gegen das Pult, aber es half nichts. Die Musiker, die aus den verschiedensten Trutzdörfern und Siedlungen rund um *Glyndebourne* stammten, waren auf einmal nicht mehr bereit, sich ohne Diskussion den traditionellen Ritualen zu unterwerfen.

Für Westminster March traf der schlimmste aller nur denkbaren Alpträume ein: Das Orchester verwandelte sich von Instrumenten mit gehorchenden Menschen dahinter in eine Versammlung von widerspenstigen Individualisten. Wo das passiert, kann kein Dirigent der Welt die Harmonie des Klangkörpers retten ...

«Wir machen Schluß!» sagte er leise. Er drehte sich abrupt um. Hinter ihm diskutierten die Mitglieder des Orchesters immer erregter weiter. Westminster March ging am Rand des Orchestergrabens entlang zur Treppe. Alles in ihm wirbelte aufgewühlt durcheinander. Er verstand es nicht, konnte sich einfach nicht erklären, wie ihm dieses entsetzliche Versagen passiert war.

Während er mit gesenkten Schultern am Rand der leeren Sesselreihen zum Foyer ging, hörte er, wie der Streit im Orchestergraben immer lauter wurde. Zuerst ging es nur um die Opern, die gespielt werden sollten. Doch dann wurde das ganze Festival in Frage gestellt, die Idee von Lord Rothschild und schließlich auch noch die Zusammensetzung der Gäste ...

Der Dirigent weinte, als er sich im Foyer seine Perücke abnahm. Für ihn war nach diesem entsetzlichen Zwischenfall auch noch die letzte Illusion von Gemeinsamkeit gestorben. Er ging dicht an den alten Mauern des Haupthauses über den Hof. Und selbst der abergläubische Gedanke, daß eine verdorbene Generalprobe auch ihr Gutes haben konnte, tröstete ihn nicht.

Die Idee von *Glyndebourne* hatte zum zweiten Mal in zweihundert Jahren ihre Kraft verloren. Und das nur wenige Stunden vor ihrem Jubiläum ...

Klingsor Haywood richtete sich ruckartig auf. Die Sonne stand bereits hoch am Himmel. Im ersten Moment wußte er nicht, wo er sich befand. Er sah die hellen Spitzen der Zweige, hörte die Vögel im Gebüsch und dann das Schnauben eines Pferdes.

Seine Erinnerung kam nur in kleinen Stücken zurück. Zuerst wunderte er sich, warum er mit schmerzenden Gliedern in einem Oleandergebüsch lag. Er konnte sich nicht vorstellen, daß er das stark duftende Grünzeug bei Hagebuttle bestellt haben sollte ... wozu auch?

Er hob den Kopf und lauschte. Und dann sah er die Stute.

«Mein Gott, du alte Wanderziege!» rief er erfreut.

«*Ja, kakreiti nobiscum!* Wo sind wir denn eigentlich?»

Er richtete sich ächzend auf. Seine Knochen waren wie eingerostet. Er fühlte ein Kribbeln im Nacken und schlug automatisch zu.

Eine Blutspur auf seiner Handfläche zeigte, daß er irgendein Insekt zerschlagen hatte. Gleichzeitig wunderte er sich, daß er nach mehreren Tagen im Dschungel relativ sauber gekleidet war.

Das Schloß! *Glyndebourne! Der Turm der Reisenden ...*

«Aha!» nickte er zufrieden. «Jetzt funktioniert der alte Hirnkasten wieder ... Wohl etwas durcheinander gewesen mit seinen ganzen Schubladen ...»

Er schüttelte und reckte sich, dann gähnte er und machte ein paar Kniebeugen. Und plötzlich hörte er zwischen den Bäumen ein fernes Hornsignal.

Er hob den Kopf. Die Stute kam mit leisen, schnaubenden Geräuschen näher.

«Hast du das gehört?» meinte er. «Das erste Hornsignal für den Beginn des Festivals. Ist es denn schon so spät?»

Er rechnete an seinen Fingern nach, wann er von *Glyndebourne* weggeritten war. Die erste Nacht hatte er in der alten Molkerei von Eastbourne verbracht ... die zweite mit den *Elaboraten* ... und in der dritten hatte er doch ein unbequemes Oleandergebüsch seinem eigenen Bett vorgezogen ...

Er lachte leise und schüttelte den Kopf. Inzwischen hatten sich die kleinen Denkblasen in seinem Hirnkasten warmgelaufen. Schon drängten sich von allen Seiten weitere Informationen und Erinnerungen in sein Bewußtsein.

«Langsam! Langsam!» murmelte er. «Nicht alles auf einmal!»

Er ging zu seiner Stute, streichelte ihren Hals und versuchte mit sich selbst ins reine zu kommen. Die Stute drängte ihn an ein paar Felsbrocken vorbei. Sie trabte voraus, wartete schnaubend, bis er herangekommen war, und warf den Kopf hoch. Klingsor kannte sie ganz genau. Er mußte nicht lange nachdenken, um festzustellen, daß sie ihm etwas zeigen wollte.

Es war ihm recht, daß er ein paar Schritte gehen mußte. Auf diese Weise kam sein Kreislauf wieder in Gang. Das Gebüsch wurde dichter. Tagtiere huschten von einem Zweig zum anderen. Auf dem Boden raschelte es, und dann bog er um eine weitere Felsgruppe. Sie hatten einen der kleinen Bäche erreicht, die von den Hügeln zur Senke von *Glyndebourne* abflossen. Das Wasser war blutrot ...

Alte Legenden von Sussex-Teufeln schossen ihm durch den

Kopf. Hatten nicht schon vor Jahrhunderten die Bergtrolle der South Downs versucht, beim *Devils Dyke* in der Nähe von Brighton das Meer bis weit ins Land zu leiten, weil ihnen die ersten Christenkirchen in den Tälern mißfielen? Und waren sie nicht dadurch vertrieben worden, daß die Berge selbst aus all ihren Quellen zu bluten begannen?

Blutrotes Wasser!

Klingsor zog die Schultern zusammen. Die Stute blähte die Nüstern. Mit einem wilden, angstvollen Wiehern brach sie zur Seite hin aus.

«He! He!» rief Klingsor erschrocken. Er schluckte und näherte sich erneut dem Wasser. Gleichzeitig entdeckte er an den Uferrändern des kleinen Bergbachs Schwärme kleiner Insekten. Ein Käfer mit großen, verhornten Kopfzangen krabbelte mühsam über ein nasses Zweigstück. Überall pfiffen und zwitscherten Vögel. Sie tirilierten, scheckerten und zirpten wie in einem großen, natürlichen Dom. Der Hall ihrer Stimmen brach sich an den Stämmen der Baumriesen, verstärkte sich zu einem lärmenden Tonteppich und wurde immer wieder durch starke, kehlige Signale unsichtbarer Revierverteidiger vervielfacht.

Unter normalen Bedingungen hätte sich Klingsor wie in einem wunderbaren Morgenkonzert der Natur gefühlt. Doch heute kam ihm das Vogelgeschrei unruhig und irgendwie hektisch vor. Es mußte etwas geben, was die Tiere im Dschungel störte ...

Klingsor wußte nicht, was es war. Er sah, wie seine Stute mit den Hufen auf den Waldboden schlug. Instinktiv wich er vom rot schillernden Wasser des Baches zurück.

Und plötzlich wußte er wieder, warum das Wasser aus dem Mount Caburn rot gefärbt war. Es kam vom Eisen in den Kalkfelsen ...

Die Stute stupste ihn an der Schulter weiter. Er stolperte über einen Ast, fing sich wieder und rutschte an einem feuchten, halbvermoderten Baumstamm zwischen Schlingpflanzen und Moos den Hang hinab.

Der Morgenduft von tausend roten und gelben, blauen und weißen Blüten betäubte ihn. Es roch nach Moschus und fauliger Erde, nach Zimt und Limonen, Safran und falschem Jasmin. Auch jetzt noch konnte er sich nicht erklären, warum er die Nacht draußen verbracht hatte. Von der Spitze des Mount Caburn bis hinunter zum Schloß betrug die Entfernung nicht einmal eine Meile …

«Wenn ich nur wüßte, was ich schon wieder vergessen habe!» schimpfte er leise vor sich hin. Er kam sich vor wie ein Mann, der ein ganz bestimmtes Wort auf der Zunge hatte und genau dieses eine Wort einfach nicht aussprechen konnte. Während er weiterging, dachte er darüber nach, warum ihm manchmal längst vergessene Zusammenhänge einfielen und dann wieder die einfachsten Erklärungen fehlten.

Er kam an eine Stelle mit einer Lücke im dichten Blattwerk. Schräg unter ihm waren die Dächer des Schlosses zu sehen. Aus mehreren Kaminen stieg Rauch auf. Hinter dem quadratischen Kulissenturm des Theatertrakts entdeckte er die Zelte. Die ersten Gäste hatten sich bereits umgekleidet. In bunten Trachten und komischen Anzügen gingen sie von einem Platz zum anderen.

Etwas weiter östlich, direkt hinter dem *Jugendstilpark*, schimmerte die glatte, blattgrüne Fläche des Glyndemeers. Er hatte den Eindruck, als wäre das *Meer der Trauer* samt seiner grünen Pflanzendecke in den vergangenen Tagen deutlich gestiegen.

Und plötzlich sah er den *Tank Roover*. Der Fahrkasten mit seinen abgewinkelten Ballonreifen sah wie eine sattgefressene Metallspinne aus.

Er wollte sich bereits abwenden, als er noch einen Fahrkasten sah. Er war viel besser hinter den Büschen getarnt als der erste. Und dann rumpelte vom Hang her kommend auch noch ein dritter *Tank Roover* durch das Dickicht.

Klingsor spürte, wie seine Lippen trocken wurden. Was ging hier vor? Und warum kamen in diesem Jahr viel mehr *Neo-Normannen* als sonst?

«*Ja, kakreiti nobiscum!*» fluchte er leise. «Du hast doch überhaupt keine Drogen genommen, altes Haus! Warum verstehst du dann nicht, was sich in *Glyndebourne* zusammenbraut?»

Wenn seine Stute nicht mahnend geschnaubt hätte, wäre er vermutlich nicht weitergegangen, sondern einfach im Wald geblieben. Denn plötzlich fürchtete er sich vor den vielen Menschen …

15.
Vogelstimmen

Shahesa und Olaf streiften wie glückliche, unbeschwerte Kinder durch den *Jugendstilpark*. Sie faßten sich an den Händen, liefen zwischen den alten, halb überwucherten Brunnenspielen hin und her, schauten den Tieren in den Sträuchern nach und schienen vollkommen vergessen zu haben, was in der Nacht geschehen war ...

«Komm, hier ist es schattig», sagte Shahesa lachend. Sie zog ihn auf den steinernen Rand eines quadratischen Brunnens. Moos hatte die Figuren der Tänzerinnen am Brunnenrand schon fast bedeckt. Sie nahm einen Zweig aus dem Gras, streifte die halbverwelkten Blätter ab und schabte die Reliefs sauber.

«Siehst du ... hier muß es schon früher glückliche Menschen gegeben haben ...»

Er sah auf die steinernen Mädchen am Brunnenrand. Sie hielten Blumenkränze über ihre Köpfe. Junge, halbnackte Burschen waren beim Spiel mit Speer, Schwert und auf Rossen mit wehenden Mähnen dargestellt.

«Ob es das alles einmal hier unten gegeben hat?» fragte sie.

«Das muß schon lange her sein», sagte er. Er neigte sich über sie, nahm mit der Hand ihr Kinn und hob es hoch. Sie schlang ihre nackten Arme um seinen Hals. Sie küßten sich nur so lange, bis es ihr erneut gelang, sich zur Seite zu winden. Lachend und fröhlich lief sie um den alten Brunnen herum. Sie versteckte sich hinter einem blühenden Strauch. Eine fast weiße Schwanzmeise flog mit einem feinen *«Tsi-tsi-tsi»* auf.

Olaf wollte Shahesa bereits fangen, doch dann blieb er abrupt stehen. Er sah der Schwanzmeise nach, spitzte die Lippen und wiederholte ihr Singen mit leichten Variationen. Fast augenblicklich kam die Schwanzmeise zurück. Mit ihr flogen noch sechs, sieben andere der zierlichen Vögel auf den Brunnenrand. Sie hatten bräunliche Streifen unter den Augen.

Shahesa drückte die Zweige zur Seite. Mit leuchtenden Augen

beobachtete sie, wie Olaf mit den kleinen, unschuldig aussehenden Vögeln sprach. Er wirkte sehr ernsthaft dabei. Wie auf ein geheimes Kommando flogen die Schwanzmeisen wieder hoch. Sie teilten sich in zwei Gruppen. Die eine flog nach Osten über das *Meer der Trauer*, die andere nach Süden zum Mount Caburn hinauf.

Shahesa blieb noch eine Weile verwundert stehen, dann kam sie zögernd bis zum steinernen Brunnenrand.

«Was war das?» fragte sie voller Bewunderung. «Hast du etwa mit diesen winzigen Vögeln gesprochen?»

Olaf nickte.

«Sie holen einen Pirol», sagte er. Er hatte noch nicht ausgesprochen, als sich die Zweige der Bäume im *Jugendstilpark* zu teilen schienen. Ein wunderschöner, goldgelber Vogel mit schwarz abgesetzten Flügeln und einem schwarz-gelben Schwanz flog aus dem Geäst bis zu einem nahen Busch.

Shahesa kam langsam zu Olaf. Sie sah, wie er die Arme etwas anhob. Seine Finger bewegten sich, dann öffnete er leicht die Lippen und stieß ein reines, flötendes *«Di-Düdlio ...»* aus. Der goldgelbe Vogel blieb stumm. Olaf wiederholte die Tonfolge. Und dann sang der schöne Pirol in schnellen, sehr lauten Kaskaden. Shahesa hatte den Eindruck, als würde der große Vogel so schnell wie möglich eine ganze Geschichte erzählen.

Sie sah abwechselnd zu Olaf und zu dem Pirol. Und tatsächlich ... Olaf nickte, wiederholte flötend einige Passagen, veränderte sie und schüttelte den Kopf, wenn ihm die Antwort nicht zusagte.

Shahesa war so fasziniert, daß sie alles um sich herum vergaß. Sie wußte nicht mehr, daß sie sich auf einen sehr langen und schweren Weg gemacht hatte, um einmal im Leben eine echte Oper mit echten Menschen zu sehen. Sie verlor die Erinnerung an das leere Land unterhalb des *Kontinuums*, an das stürmende Meer, den Commodore ...

Hier stand ein Mann unter den lichtdurchfluteten Bäumen, ein großer, starker Freigänger, der von Anfang an für sie ausgewählt war und den sie von der ersten Sekunde an geliebt hatte. Ein junger, stolzer und geheimnisvoller Mann, der aus den Wäldern kam und nicht ein Wort über sein Woher und sein Wohin zu ihr sagen mußte! Und dieser herrlich anzusehende Mann sprach mit den Vögeln ...

Sie spürte, wie ihr schwindelig wurde, denn selbst in ihren sehnsüchtigsten Träumen hatte sie sich nie ein derartiges Wunder vorgestellt!

Der Pirol breitete die Flügel aus. Er flog auf die rechte Schulter von Olaf. Für einen Augenblick lächelte der Mann; dann löste sich der goldgelbe Vogel und schwang sich zu den Baumwipfeln hinauf. Olaf blieb ohne die geringste Bewegung stehen. Und dann sah das Mädchen den Kreis aus fußtief eingefallenem Waldboden zwischen den Gräsern. Es war, als würde der junge Mann im Kreis in eine unsichtbare Welt sehen und auf ihre Klänge lauschen ...

Die Männer aus dem Schloß blieben in respektvoller Entfernung unterhalb des Gerüstes stehen. Sie sahen nach oben und besprachen leise, ob die Verdorrten heruntergeholt werden sollten oder nicht.

«Man könnte wenigstens warten, bis die Oper vorbei ist», sagte einer von Hagebuttles Gehilfen.

Der Mann, dem die gesamte Technik von *Glyndebourne* unterstand, schüttelte energisch den Kopf.

«Dann wäre es schon besser, wir würden gleich zurückgehen! Aber Lord Rothschild hat ausdrücklich angeordnet, daß die Verdorrten ins Magazin gebracht werden.»

«Typisch Leonardo!» murrte der Gehilfe des Obergärtners. «Alles muß immer perfekt sein! Und wenn Seine Lordschaft *piep* sagen würde, würde unser Genie auch noch Eier legen ...»

«Nun macht schon!» sagte der technische Leiter des Opernhauses unwillig. «Ich muß wieder zurück!»

«Hier ein Schräubchen, da ein Drähtchen», sagte der Gärtner spöttisch. «Und eines Tages hebst du ab und fliegst zu deinen alten Freunden bei den *Elaboraten*.»

«Ihr wißt genau, daß ich nichts mehr mit den alten Fakultäten zu tun habe», sagte der Mann, der sich nach Leonardo da Vinci nannte. Er hatte nie eine Zeichnung des großen Italieners gesehen. Aber immer, wenn er in seinem tagtäglichen Chaos nicht weiterwußte, träumte er davon, einmal in seinem Leben zur alten Bibliothek von Windsor Castle zu reisen, um die Folianten mit den Spiegelbildaufzeichnungen Leonardos zu suchen. Und jedesmal, wenn Besucher nach Schloß *Glyndebourne* kamen, fragte er sie bei passender Gelegenheit, ob die Mauern von Eton schon überwuchert waren. Er sagte nie, daß er eigentlich nur etwas über die frühere Burg auf der gegenüberliegenden Seite der Themse wissen wollte …

«Also, was ist nun?» wollte der Assistent der Kostümchefin wissen. Er war nur durch Zufall für den Abtransport der Verdorrten eingeteilt worden. «Lassen wir sie nun liegen oder nicht?»

Zwei der Männer hatten einen zweirädrigen Karren mit, der auf der Bühne manchmal als Blumenwagen eingesetzt wurde.

«Holen wir sie nach unten!» sagte Leonardo II. Die vier anderen begannen über eine primitiv zusammengebundene Leiter nach oben zu klettern. Das luftige Gerüst mit der Pfahlplattform schwankte. Nacheinander betraten die vier Männer aus dem Schloß das Baumgrab. Noch im Tod hielten sich die sieben *Huxleys* fest umschlungen. Obwohl sie erst in der vergangenen Nacht gestorben sein konnten, wirkten ihre mumifizierten Körper keineswegs abstoßend. Im Gegenteil!

«Schön, wie sie so zusammenliegen», sagte der Assistent der Kostümchefin. Die Bäume standen an dieser Stelle etwas weiter auseinander. Aus den hohen, pilzartig zerfransten Wipfeln von Pinien und von Palmen ließen sich große, weißblaue Vögel in einen weiten Segelflug fallen. Sie kreisten um die Pfahlplattform wie um einen Hochaltar mitten im Urwald.

Die Männer zögerten. Es fiel ihnen schwer, Hand an die friedlichen, nebeneinander ruhenden Mumien zu legen.

«Sie haben die Zeit gemeinsam überwunden», sagte der Gehilfe von Hagebuttle. Die anderen sahen sich verstohlen an. Sie spürten längst, daß sich *Glyndebourne* fast unmerklich veränderte. Doch noch wollte keiner zugeben, was er empfand.

Lord Rothschild hatte den Orgelraum sehr nachdenklich verlassen. Er war bis zu den Ruinen der *Wallop Dining Hall* gegangen. Im Hof und unter den Küchenfenstern drangen von allen Seiten Gerüche und Geräusche auf ihn ein, deshalb kehrte er an der Ruine um und ging wieder zurück. Er hatte längst vergessen, daß er eigentlich in die tiefen Keller hinabsteigen wollte …

Als er in den Orgelraum zurückkam, sah er das Mädchen. Es stand genauso wie bei ihrer ersten Begegnung im Gegenlicht vor den hohen Fenstern.

Doch diesmal erkannte er sie sofort.

«Agwira!» sagte er nur.

Ihre Mundwinkel zuckten, dann lächelte sie vorsichtig.

«Es hätte mir schon bei unserer allerersten Begegnung auffallen müssen. Aber ich hatte einfach keine Erinnerung mehr ...

«Ich weiß», lächelte sie. Sie konnte nicht verhindern, daß plötzlich Tränen über ihre Wangen liefen.

«Ich habe auch sehr lange gebraucht, bis ich mich wiederfand», sagte sie. «Am Anfang wußte ich überhaupt nicht, wo ich war. Doch nun ist alles wieder da ... die schönen Sommer im Rosengarten ... die stillen Vormittage, wenn ich unter dem Taubenbaum neben einer weißen Ziege lag. Die Ziege kaute mit geschlossenen Augen, und wenn ich ihren Bart gestreichelt habe, hat sie die gleichen Geräusche gemacht wie die Tauben über mir. Ich meine, sie hat nicht gemeckert, sondern gebrummt und gegurrt ...»

Er lachte leise.

«Ist das zu einfältig gesagt?» fragte sie erschrocken.

«Ganz und gar nicht, mein Kind!» sagte er bewegt. «Warum sollen Menschen nicht endlich Freiheit haben, ihre Gefühle so zu zeigen, wie sie sind!»

Er legte seine Hände auf ihre Schultern.

«Du warst sehr lange fort, Agwira! Seit du Freigängerin geworden bist, habe ich Tag für Tag gebetet und gehofft, daß du eines Tages zurückkommen würdest. Es gibt nicht viel, was einen alten Mann wie mich am Leben erhält ...»

«Aber du hast doch deine Oper!» lachte sie und wischte sich die Tränen aus den Augen.

«Ein Ritual, das mir von Jahr zu Jahr mühsamer geworden ist», sagte er. Er legte einen Arm um ihre Schultern. «Kannst du dich wirklich noch an den Taubenbaum erinnern?»

Sie nickte heftig und sah ihn mit großen Augen an.

«Damals kannst du erst fünf oder sechs Jahre alt gewesen sein», meinte er versonnen. «Wir haben ihn im Jahre 2120 gefällt, weil er zu morsch geworden war ...»

«Und die Ziege? Ich glaube, sie hieß Lotte.»

«Sie starb, als du zwölf Jahre alt warst.»

Eine kleine Falte erschien zwischen ihren Augen.

«Seltsam, daran kann ich mich nicht erinnern.»

«Im gleichen Jahr tauchten die ersten künstlichen Menschen hier auf. Und alle Tiere, die mit ihnen in Berührung kamen, starben an einem Schock.»

«An einem Schock?» fragte sie verwundert. «Wie kam das?»

«Leonardo meint, sie hätten ein starkes elektrisches Feld gehabt. Klingsor Haywood ist allerdings anderer Meinung. Er behauptet, die steifen, kalt wirkenden Touristen vor den Freigängern wären zeitlich einen Sekundenbruchteil versetzt hier erschienen.»

«Das verstehe ich nicht.»

«Ich auch nicht. Vielleicht hat es etwas damit zu tun, was ihr Freigänger *dreamen* nennt ... diese Rückkopplung mit sich selbst beim Phasenübergang zwischen magnetischen und nichtmagnetischen Zuständen in der subatomaren Struktur der Körperzellen.»

«Du meinst, daß wir tief in uns selbst zwischen Chaos und Ordnung schwanken?» fragte sie erstaunt. Er nickte nachdenklich.

«Bin ich ... bin ich wirklich Agwira?» fragte sie. Noch nie zuvor hatte er soviel Angst in den Augen eines lebenden Wesens gesehen. Es war der hilflose Schrei einer Kreatur, die an sich selbst zweifelte. Tiere im Augenblick des Todes hatten den gleichen Ausdruck. Und doch traf ihn Agwiras Blick viel tiefer.

Für einen Moment fühlte er sich vollkommen hilflos. Doch dann fiel ihm ein, wie er sie auffangen und festhalten konnte.

«Sag mal, Agwira ... kannst du dich daran erinnern, ob die Vögel auf dem Taubenbaum mit dir gesprochen haben?»

«Ja, natürlich», sagte sie und nickte. «Ich habe damals doch mit allen Tieren gesprochen!»

«Wie lange ging das?»

«Ich weiß nicht, aber wahrscheinlich hörte es langsam auf, als ich den ersten Unterricht bekam. Ich habe dich damals nicht sehr nett gefunden, wenn ich lernen mußte und die anderen Kinder spielen durften!»

«Lernen!» sagte Lord Rothschild nachdenklich. «Ausbildung und Erziehung. Das kann der Fehler gewesen sein ...»

Seine Enkelin sah ihn verständnislos an.

«Hast du eine Theorie, die mich betrifft?»

«Ja», sagte er schlicht. «Der Fehler war, daß wir eines Tages keine eigenen Erfahrungen weitergegeben haben, sondern Meinungen, Ansichten und Weisheiten, die wir nicht selbst gemacht hatten. Wenn man es so sieht, krankt das gesamte *Kontinuum Eckert* am gleichen Fehler. Und das ist auch der Grund, warum die *Wohlseyn* sich seit Jahren bemühen, echte Eindrücke zu stehlen …»

«Aber die Phantasie kann sich doch alles ausdenken», sagte sie. Ihr Großvater schüttelte den Kopf.

«Die Phantasie braucht Anreize … winzige Möglichkeiten, um eine eigene *Innenwelt* zu formen.»

Er lächelte und ging zur alten Orgel an der Stirnwand des hohen Raumes. Mit leichter Hand zog er ein paar Register, schaltete den Blasebalg ein und setzte sich auf die zerschlissene, ledergepolsterte Bank. Die Orgel begann zu leben. Sie schnaufte, holte mit mühsamen Geräuschen Luft und wartete auf die Finger, die ihr Töne und Melodien entlocken sollten.

«Wir haben hundert Jahre Zeit gehabt, um das Geheimnis zu entschlüsseln», sagte Lord Rothschild. «Hundert Jahre ohne irgendwelche Zwänge der Zivilisation. Jeder konnte tun und lassen, was er wollte! Doch was ist dabei herausgekommen? Ein paar naive Freigänger und ansonsten die ganzen alten Raster des Zusammenlebens … und manchmal denke ich, daß alles nur ein Gitter über unserem Bewußtsein ist! Wir haben uns die Scheuklappen selbst geschaffen durch unsere Sprachen, durch Zeichen und Schriftsymbole. Wenn wir all das nicht hätten, müßten wir versuchen, uns auf ganz andere Weise auszudrücken … nicht über den dummen, eingebildeten Verstand, sondern vielleicht auf diese Weise …»

Er drehte sich halb zur Seite. Seine Finger sahen steif und knöchern aus. Doch schon als sie die ersten Tasten berührten, veränderte sich der große, leere Raum. Ein Ton schwebte wie eine zarte Ahnung über sie hinweg.

«Schwingungen», sagte er leise. «Nicht nur die Töne, die du hörst, sondern die Schwingungen, die wir gemeinsam mitempfinden! Die großen, unsichtbaren Harmonien … die unser Herz fröhlich machen oder uns weinen lassen …»

Er zog sanft einige zusätzliche Register. Wo seine Finger nur Tasten berührten, setzte die große Orgel seine Empfindungen in Klang und Bilder um.

Und plötzlich *dreamte* sie.

Sie löste sich mit ihrem ganzen Bewußtsein, ihren Empfindungen und ihren auf den eigenen Körper konzentrierten Gefühlen vom Zustand der Vergänglichkeit. Sie spürte, wie die Musik einen Schauder über ihren Rücken laufen ließ. Es war ein Strom, der sie aufhob und schwerelos machte.

Ebony, Hubert und George streiften mißmutig um die immer leerer werdenden Zelte herum.

«Eigentlich finde ich es verdammt unfair, daß wir nicht mitdürfen!» murrte Ritas Hubert. George nickte.

Ebony lief auf einen Erdhügel. Sie starrte zum Schloß hinüber. Von dieser Seite aus lag der Theatertrakt im Vordergrund. Er verdeckte den Orgelraum, und vom Haupthaus waren nur das oberste Stockwerk und das Dach zu sehen.

Ebony musterte die Mauer vor dem Rosengarten. Aus dem dahinterliegenden Küchengebäude stieg Rauch in den Nachmittagshimmel.

«Am liebsten würde ich das ganze Schloß verhexen!» sagte das schwarzhaarige Mädchen sauer. Sie kaute auf ihren Lippen, dann trat ein kindlich-böser Glanz in ihre Augen. Sie reckte sich wie eine Ballerina, hob die Arme und drehte sich einmal ganz schnell im Kreis. Dann duckte sie sich halb und machte die Finger krumm. Sie stieß die Kuppen immer wieder gegeneinander:

«Ich banne Euch mit diesem Zauberzeichen ... jetzt seid Ihr magisch ... magisch-magnetisch ...»

«Laß doch den Unsinn», sagte Ritas Hubert. «Dadurch kommen wir auch nicht mehr in die Oper!»

«Nein, aber es soll ihnen überhaupt keinen Spaß machen!» sagte sie wütend. Sie blickte zu den bewaldeten Hügeln hinüber. Von hier aus war sogar die Spitze des Mount Caburn mit dem *Turm der Reisenden* zu erkennen.

«Wer kommt mit zum Turm?» fragte sie. Die beiden Jungen schüttelten den Kopf.

«Ich glaube, es gibt bald Regen», sagte Claires George. «Seht mal die Wolken am Horizont ... wie Perlenketten ...»

Das Ding sah wie ein großes, plattgedrücktes und aufgerissenes Amulett aus. Es steckte bis zur Hälfte im aufgewühlten Dschungelboden neben einem der kleinen Bäche. Dunkelrot schillerndes Wasser strömte unter Lianen und Orchideenblüten hangabwärts. Dazwischen glänzten Brocken von Kreidefelsen wie weißlich abgenagte Knochen.

John Jakob Shakes blieb wie von einem Ast am Kopf getroffen stehen. Er taumelte und mußte sich an abgeschürften Zweigen festhalten. Schlagartig kam seine verlorene Erinnerung zurück.

Gleichzeitig wurden ihm mehrere Tatsachen bewußt:

Er befand sich zwischen dem *Turm der Reisenden* und den Dächern von *Glyndebourne* am Nordhang des Mount Caburn. Es war Tag, und die Sonne brannte heiß auf den Dschungel. Als er *Glyndebourne* verlassen hatte, waren über ihm nur Sterne und der Mond sichtbar gewesen. Demnach waren ungefähr zwölf Stunden vergangen. In dieser Zeit hatte er den Berg erklommen, den Turm betreten, den Commodore gesehen und einen Freigänger mit einem fremden Mädchen beobachtet.

Aus Gründen, die er nicht kannte, war er im Turm in eine Auseinandersetzung geraten. Dabei war ... wenn ihn nicht alles täuschte ... das Innere des Turmes zerstört worden.

Bei diesem Punkt seiner Erinnerung war er sich nicht mehr ganz sicher. Aber dann fiel ihm noch etwas anderes ein: Er hatte gesehen, daß um den *Turm der Reisenden* ein leuchtender, wogender Flammenkranz aufgestiegen war. Das mußte um die Zeit gewesen sein, als die Transporteinheit vom *Kontinuum Eckert* zur Landung angesetzt hatte.

Er starrte auf das zerstörte Ding im Dickicht. Bisher hatte er noch nie eine Transporteinheit auf der Erde gesehen. Sie kamen bei Dunkelheit, berührten die Spitze des Turmes und flogen sofort nach dem Übergabekontakt wieder nach Süden. Das Ganze dauerte nicht länger als ein Befruchtungsvorgang von Insekten in Blütenkelchen ...

Doch diesmal hatte es keinen Kontakt gegeben. Shakes konnte sich auch nicht an wartende Freigänger erinnern. Unter normalen Bedingungen wurden sie noch in der gleichen Nacht im *Turm der Reisenden* mit konditioniertem Zellmaterial geimpft ... mit absolut fehlerfreien DNS-Ketten, in denen die Lebensinformationen eines Besuchers aus dem *Kontinuum* enthalten waren.

Die Freigänger merkten nicht, daß sie von diesem Moment an

Gastgeberindividuen waren. Sie dachten, fühlten und handelten genauso wie vorher. Der einzige Unterschied bestand darin, daß sie nach außen hin Namen und Identität eines anderen trugen.

Shakes beugte sich vor und betrachtete das Gewirr aus Metallteilen, glänzenden Mustern und wie lebendes Rankengeflecht wirkenden Nervenbahnen. Er suchte nach einem Antrieb, aber er konnte nur eine Art Muschel an der Unterseite des zerstörten Dings erkennen. Dafür entdeckte er, daß das rotschillernde Wasser nicht aus der abgestürzten Scheibe kam. Es sprudelte aus einer winzigen Quelle im Berghang ...

Shakes drückte die Zweige zur Seite, und dann sah er mehrere Ringe, die wie ein Kreiselkompaß aussahen. Sofort erinnerte er sich wieder an sein Modell für die Bahn der Erde, der Sonne und der vielen Millionen Jahre dauernden Abweichungen innerhalb der Galaxis.

Aus der Gedankenbrücke entstand eine weitere Erinnerung. Er wußte auf einmal wieder, warum die *Wohlseyn* seit Jahrzehnten versuchten, ausgerechnet mit *Glyndebourne* in Verbindung zu treten. Der Besuch der Opernaufführungen war nur ein äußerer Vorwand! Denn schon lange bevor Lord Rothschild auf die Idee gekommen war, eine sehr alte Tradition wieder mit Leben zu erfüllen, hatte es Kontakte zwischen Britannien und dem *Kontinuum* gegeben ... zuerst über *Greenpeas* und Commodores und dann über die *Robbits*. Die Beobachtungskugeln waren bereits eine Plage gewesen, ehe im alten Theatertrakt wieder gesungen wurde!

Er wußte nicht, wie die Vertreibung der Schnüffelkugeln in der Röhre gesehen worden war. Doch diesmal mußte es einfach Nachforschungen geben! Zehn verlorene Identitäten bildeten auch in einem hermetisch verschlossenen System eine spürbare Größe!

Und dann dachte er plötzlich an Scouty Natz.

Er mußte es bereits wissen. Natz war kein Mann, der sich von Zauberei und merkwürdigen Zufällen blenden ließ! Wenn er wußte, daß die Scheibe abgestürzt war, würde er kommen, um sie zu suchen. Trotzdem verstand John Jakob Shakes nicht, wo die Freigänger gewesen waren ... zehn Freigänger!

Er hatte nur einen gesehen ...

Mit einem Aufstöhnen ließ er die Zweige wieder los. Er rutschte am Bach entlang tiefer. Und zum ersten Mal in seinem Leben verfluchte er den Tag, an dem er den Vertrag mit Commodore Scouty Natz geschlossen hatte.

Leistung und Gegenleistung: Ausführung sämtlicher Anordnungen gegen einen Besuch im *Kontinuum Eckert*. Das war es, was er vor Jahren mit Scouty Natz vereinbart hatte …

Denn nichts war für John Jakob Shakes ein größerer Traum, als einmal im Leben das Innere der Milliardenröhre mit ihrer phantastischen Technik, ihren Maschinen und ihren tausendfach unterschiedlichen Lebensräumen zu sehen. Er wußte, daß das *Kontinuum Eckert* ein eigenes Magnetfeld hatte; doch das war niemals der Grund seiner Sehnsucht gewesen …

Unter den vielen festlich gekleideten Menschen kam Klingsor sich fast wie ein Fremder vor. Er hatte die Stute erneut in ihren Stall gebracht. Schon dabei war er immer wieder verwundert angesehen worden. Einige der Besucher grüßten ihn, während sie um die Gebäude herumflanierten. Andere wichen vor ihm zurück, kicherten oder ignorierten ihn. Und erst allmählich fiel ihm auf, daß sich die meisten der Gäste bereits umgezogen hatten.

Er lief geduckt unter den Küchenfenstern vorbei. Der Innenhof war mit langen, bunten Schnüren aufgeteilt. Über den Simsen des Orgelraums flatterten bunte Tücher, und im Durchgang zum Rosengarten hatten die Gehilfen des Obergärtners Lianen zu Ranken geflochten.

Das Foyer war bereits eröffnet. Klingsor sah einige Dutzende Herren mit gestutzten Vollbärten, kunstvoll frisierten Haaren und glatten Scheiteln. Sie trugen fast alle einen schwarzen Smoking.

Einige der Damen sahen genauso aus wie ihre Vorgängerinnen vor mehr als hundertfünfzig Jahren. Nach strengen Modemaßstäben beurteilt, waren fast alle Stilrichtungen seit den ersten Jahrzehnten des zwanzigsten Jahrhunderts vertreten. Klingsor sah wertvolle Abendroben, Cocktailkleider, elegante Hosenanzüge und schlichte, taillelose Reformkleider aus alten Stoffen.

«Hallo, Haywood», rief jemand aus dem Küchenfenster. «Nett, Euch zu sehen! Wo habt Ihr denn so lange gesteckt?»

Blasius Bockhus winkte dem Doktor zu.

Klingsor sah sich verlegen um. Er zögerte einen Moment, dann senkte er den Kopf und ging mit schnellen Schritten auf den Küchentrakt zu. Nachdem er sich nochmals umgesehen hatte, schlüpfte er durch eine Tür mit der Aufschrift:

«Eintritt nur für Dienstpersonal! Touristen haben gekennzeichnete Wege zu benutzen!»

«Ja, gibt es Euch auch noch?» rief Miß Earlymorn, als er in die Kammer des Oberkochs trat. Klingsor wunderte sich, daß sie dicht neben Bockhus stand. Das war in all den Jahren, seit Bockhus in *Glyndebourne* war, noch nie vorgekommen.

«Stimmt etwas nicht?» grinste der Oberkoch. Er setzte sich in einen Lehnstuhl und streckte die Beine aus. «Ihr seht aus, als hättet Ihr eine Reise ins andere Land hinter Euch …»

Klingsor ließ sich auf einen zweiten Stuhl fallen. Noch ehe er ganz saß, reichte ihm Miß Earlymorn einen Becher mit kalter Milch.

«Trinkt das!»

Klingsor blickte sie dankbar an. Er nahm zwei, drei kleine Schlucke, dann leerte er den Rest mit einem Zug.

«Ah … das tut gut!»

«Ihr wart noch nie drei Tage hintereinander fort», sagte Bockhus. Klingsor nickte vollkommen erledigt.

«Das werde ich auch so schnell nicht wieder tun», sagte er mit einem tiefen Seufzer.

«Man sagt, Ihr seid sogar in Eastbourne gewesen …»

«In Eastbourne am Meer, an den Kreidefelsen, an der Ouse-Überflutung und am Cuckmere», nickte Klingsor mit einem Anflug von Stolz. «Ich habe gesehen, wie Commander Natz eine Fremde vom anderen Land übers Meer brachte, und bin mit *Elaboraten* zwei Nächte im Dschungel gewesen. Tankred, der Speer der Normannen, hat meinen Weg gekreuzt … ich sah ihn kämpfen gegen Olaf, den Freigänger. Und dann habe ich auch noch den Commodore mit meinem Pferd bis zum *Turm der Reisenden* gebracht …»

Er sah, wie ihn Miß Earlymorn und Blasius Bockhus bewundernd anblickten. Es tat ihm gut, wieder bei den Leuten von *Glyndebourne* zu sein.

«Kommt Ihr erst jetzt aus dem Dschungel?» fragte die Kaltmamsell.

«Nein», sagte Klingsor und schüttelte mit Verschwörermiene den Kopf. «Ich kam schon gestern abend. Doch Seine Lordschaft hat mich erneut zum Mount Caburn geschickt. Ich mußte dort etwas nachprüfen ...»

«Habt Ihr dabei zufällig Shakes gesehen?» fragte der Oberkoch.

«Shakes? Wie kommt Ihr ausgerechnet auf ihn?»

«Nun, weil er verschwunden ist. Er sollte heute vormittag das Bergen von Verdorrten überwachen, aber er ist nirgendwo zu finden.»

«Hm», machte Klingsor. «Wer sind die Verdorrten? Kennen wir sie?»

Miß Earlymorn schüttelte den Kopf.

«Es waren *Huxleys* ... sechs Frauen und ein Mann.»

«Furchtbar!» sagte Klingsor. «Und immer wenn wir eine Oper vorbereiten ... Da fällt mir ein: Ist Commodore Natz schon aufgetaucht? Oder Olaf, der Freigänger?»

«Wir haben nichts gehört», sagte Miß Earlymorn. «Aber wir haben inzwischen eine Besucherin, die Ihr eigentlich noch kennen müßtet ...»

Blasius Bockhus schnalzte mit der Zunge. Er sah die Kaltmamsell vorwurfsvoll an und versuchte vergeblich, sie zu warnen.

«Spannt mich nicht auf die Folter», sagte Klingsor. «Wer ist es?»

«Ach, nur eine Freigängerin», sagte der Oberkoch. «Sie wird die Konstanze singen.»

«Es ist Agwira!»

Klingsor starrte Miß Earlymorn ungläubig an.

«Ja», sagte Blasius Bockhus. «Agwira ist zurückgekommen. Ihr hättet es ja ohnehin erfahren! Aber es scheint, als hätte sie Euch auch als Freigängerin nicht vergessen ...»

Die beiden ungleichen Männer sahen sich in die Augen.

«Was wollt Ihr damit andeuten?» fragte Klingsor.

«Wir wissen, daß Agwira, als sie sich noch Konstanze nannte, in Eurem *Elaboratorium* gewesen ist», sagte Bockhus. Er mußte bereits vorher geahnt haben, daß diese Information verheerend auf den Mann von *Greenpeas* wirkte.

«Ich ... ich muß sofort hinauf!» stöhnte Klingsor entsetzt.

[illegible]

[illegible]

[illegible]

[illegible]

[illegible]

[illegible]

[illegible]

[illegible]

[illegible]

[illegible]

[illegible]

[illegible]

[illegible]

[illegible]

16.
Einzug der Gäste

Ein leichter Wind drückte die Mittagshitze aus der Talsenke von *Glyndebourne*. Er kam von Nordwesten und sorgte dafür, daß die Damen und Herren in ihrer anachronistischen Abendgarderobe nicht erstickten. Dennoch blieb es viel zu warm für hochgeschlossene Kleider, schwarze Smokings und enge Schuhe.

Obwohl der Nachmittag flanierenden Spaziergängen durch die Gärten des Schlosses und leichten, manierierten Gesprächen vorbehalten war, wichen immer mehr Besucher in die kühleren Räume des Foyers aus. Hier war Tee vorgesehen, doch kaum jemand ließ sich den warmen Sud einschenken. Die Damen und Herren belagerten vielmehr die Bar mit den kühlen Getränken.

Einige der Bediensteten, die das ganze Jahr über auf den Feldern zwischen Ringmer und South Malling arbeiteten, Korn säten und Gemüse anbauten, hatten sich inzwischen ebenfalls umgekleidet. Sie trugen eine Art Livree aus hauchdünnen, buntgefärbten Stoffen auf ihren nackten Körpern. Die Stoffe stammten aus der *Machbar* eines Commodore. Natürlich stimmten sie bestenfalls noch im Schnitt mit den alten Vorbildern überein. Dafür hatten sie den entscheidenden Vorteil, kühler und luftiger zu sein als die Bestände in den Magazinen des Opernhauses …

Kurz nach der fünfzehnten Stunde des 14. August 2134 erschienen die Chefinnen der *Pecuniaten* im Rosengarten. Jede der gut fünfzig Frauen hatte sich einen besonders zierlichen Mann als Gewandordner mitgebracht. Die kleinen Männer wieselten konzentriert und mit artistischem Geschick um ihre Herrinnen herum. Sie schoben mit ihren Lackschuhen imaginäre Kiesel aus dem Weg, strichen mit ausgestreckten Händen die Luft glatt, duckten sich mit grazilen Kratzfüßen und zupften dabei unablässig an Schleifen und Rüschen, Schnallen und Miederriemchen ihrer Herrinnen.

Jeweils einen halben Schritt hinter den Frauen ging mit steifen Schultern und marionettenhaften Bewegungen ein *Begatter*. Dabei handelte es sich ausnahmslos um Hünen mit kantigen und eher grob als edel geschnittenen Gesichtern. Die meisten hatten mit Mehl weißgefärbte Wangen, hellgeschminkte Lippen und buschig nach oben gekämmte Augenbrauen. Jeder der *Pecuniaten-Begatter* trug eine andere, kunstvoll frisierte Haartracht. Sie war das Zeichen der Stärke und Macht der verschiedenen Clans. Aber auch andere Kleinigkeiten zeigten, wer von den stattlichen Männern ein besonderer Crack war.

Gefärbte Ohrläppchen, goldene Ziernadeln in den Nasen und nach oben gebogene, sehr lange Fingernägel gehörten ebenso zu den Insignien besonderer Leistung wie Tätowierungen auf den Oberarmen, die unter durchsichtigen Fenstern im Stoff der Smokingärmel deutlich genug zu sehen waren. Einige trugen Drogenbeutel am Gürtel.

Argwöhnisch und nicht ohne Stolz oder Neid flanierten die Frauen aneinander vorbei.

«Ach, meine Liebe ... der Eure hat ja erst zwei Monde am Arm ...»

«Ist doch recht hübsch für einen Zweitbegatter ... zwei Monde sind immerhin der Beweis für eine ununterbrochene nächtliche Leistung von Neumond zu Neumond ...»

Die Damen lächelten sich karnibalisch an, ehe sie weiterschritten. An anderen Stellen wurden sehr ähnliche Komplimente ausgetauscht. Einige Clans aus South Malling hatten damit begonnen, ihren Begattern historische Orden an den Smoking zu heften. Die bunten Gehänge aus Blech und Email glitzerten im Sonnenlicht, und wer das seit Jahren eingespielte Zeremoniell nicht kannte, hätte leicht denken können, daß sich im Rosengarten von *Glyndebourne* nur eine Spieluhr mit lebenden Figuren im Kreis bewegte ...

Ganz anders sah es am *Croquet lawn* aus. Hier standen hinter den hohen Hecken kleine Gruppen zusammen, die wortlos darauf warteten, bis andere Besucher vorbeigingen. Die *Uhrbauer* schätzten keine zu engen Kontakte mit anderen. Steif und wie Puppen aus einem Wachsfigurenkabinett bewegten sie nur die Augen. Hin und wieder verzog einer der *Uhrbauer* die Mundwinkel, wenn sich besonders aufgeblasen wirkende Gäste pfauenhaft über die Wege der Ziergärten bewegten.

Erst gegen die sechzehnte Stunde kamen schließlich auch noch die *Hegelianer* aus ihren Verstecken am Rand der Wiesen. Sie überquerten das freie Gelände zwischen den Bäumen und den Schloßgärten wie nacheinander losgeschickte Spähtrupps.

Die erste Gruppe bestand aus zwei Frauen und einem Mann. Sie waren von weitem kaum zu unterscheiden, denn alle trugen die gleichen ledernen Smokings. Auch in Frisur und Benehmen unterschieden sie sich kaum voneinander. Sie exerzierten die Urform der Dreierbeziehung – Lilith, Eva, Adam ... Gefährtin, Mutter, Mann. Und manch einer der schweigenden Beobachter fragte sich, warum die steinzeitlich in den Wäldern lebende Triole einen Kultursprung über mehrere hunderttausend Jahre gemacht hatte, nur um in *Glyndebourne* wieder dabeizusein.

Nach den beiden Frauen mit dem Mann in der Mitte näherten sich in unregelmäßigen Abständen verschiedene andere *Hegelianer* dem Schloß. Manche kamen als weit auseinandergezogene, nach allen Seiten sichernde Kette, andere trugen kleine, dicht über den Wurzeln abgeschnittene Büsche vor sich her. Sie benutzten einen gezähmten Hund für ihr Vorgehen. Der Hund befand sich auf der anderen Seite des Schlosses. Jedesmal, wenn er mit einem grausig klingenden Jaulen die Aufmerksamkeit der anderen Besucher ablenkte, rannten die *Hegelianer* mit ihren Büschen ein Stück vor. Auf diese Weise erreichten sie, vermeintlich ungesehen, nach und nach die Gärten an den alten Gebäuden.

Und dann verdichtete sich die Dramaturgie der Besucherankunft. An der *Wallop Dining Hall* huschten vorsichtig einzelne Gäste unter den eingestürzten Fensterbögen hindurch. Sie blickten sich wie Wildgetier mit ruckartigen Bewegungen nach allen Seiten um, schnupperten nach den Küchendüften und bewegten ihre Ohren zum Schloßhof hin.

Andere blieben wie einsame Wanderer nach eines langen Tages Mühsal auf den Trümmern der Ruine stehen, legten die Hand über die Augen und betrachteten aus halber Höhe das Getümmel im Rosengarten, auf dem Hof und hinter den Fensterscheiben des Foyers. Manch einer holte jetzt erst aus mitgeschleppten Säcken und Beuteln eine Smokingjacke, ein Paar Handschuhe oder Kamm und Spiegel ...

Wer nun noch einzeln kam, ließ sich nur schwer irgendwo einordnen. Manche sahen auch jetzt noch wie Halbwilde aus, andere hatten ihre Bärte mit ungeübter Hand gestutzt, ihre Gesichter gefärbt oder trugen vergilbte, ausgefranste Rüschenhemden, von denen nur noch der Brustteil vorhanden war.

Einer erreichte die Schloßmauern mit einem nagelneuen, perfekt sitzenden und in tiefem Nachtblau glänzenden Smoking. Es war ein kleiner, stämmiger und zäh wirkender Mann mit einer Halbglatze und einem lockigen Haarkranz. Sein Gesicht wirkte wie gegerbt.

Commodore Scouty Natz ging aufrecht und mit kraftvoll wirkenden Schritten über den alten Weg von Glynde nach *Glyndebourne*. Er trug einen aufgespannten Schirm aus schwarzem Seidenstoff vor sich her. Unter den rechten Arm hatte er ein altes, auf rosafarbenem Papier gedrucktes Programm der Opernaufführung geklemmt. Es konnte aber auch eine Zeitung sein, wie sie im zwanzigsten Jahrhundert für gewisse Spaziergänger in Britannien üblich gewesen war. Wie dem auch sei – Commodore Scouty Natz schaffte es auf Anhieb, unter all den skurrilen, seltsamen und eigenständigen Besuchern dieses Nachmittags eine Sonderstellung einzunehmen. Dabei fiel es ihm nicht einmal schwer, sich nach den Eckdaten von «*Britannien, erste Hälfte 20. Jhd., Städter, mittlere Mittelschicht*» zu verhalten.

Er folgte dem alten Weg durch den *Jugendstilpark* mit seinen immer noch sichtbaren Ornamentzweigen. Kurz bevor er den großen Wendeplatz vor dem Haupteingang erreichte, sah er Shahesa und den Freigänger. Sie saßen Hand in Hand auf einem Mauerrest, der früher einmal zu den Portalen des Eingangstores von Schloß *Glyndebourne* gehört haben mußte. Schweigend gegeneinandergelehnt, beobachteten sie das eigenartige, aber faszinierende Treiben der Menschen, die aus ganz Sussex gekommen waren, um an diesem heißen Augustnachmittag eine Oper zu hören, die niemand mehr verstand ...

Commodore Natz zögerte nur eine winzige Sekunde. Er preßte die Lippen zusammen, während seine Wangen kurz zuckten, dann neigte er seinen schwarzen Schirm so, daß ihn die beiden nicht erkennen konnten. Stur und mit entschlossenem Eifer ging er an ihnen vorbei. Weder Olaf noch Shahesa bemerkten, daß der Commodore nicht über den Innenhof ging, sondern im Haupthaus verschwand.

Agwira hätte den Commodore bemerken können, aber sie blickte in eine andere Richtung. Sie hatte genau gesehen, wie Klingsor mit seiner alten Stute in den Hof kam. Im ersten Augenblick war sie nicht in der Lage gewesen, auch nur einen klaren Gedanken zu fassen.

Klingsor! Ihr Klingsor!

Sie spürte, wie ihr Atem schneller wurde, wie das Blut in ihre Schläfen schoß und wie sich gleich darauf eine harte Hand um ihr Herz legte. Erinnerungen an alte Märchen und Legenden wurden in ihr wach. Sie ärgerte sich darüber, daß sie selbst genauso reagierte wie die Prinzessinnen aus diesen Geschichten. Aber waren die Märchen etwa alle erfunden? Sie wartete, bis Klingsor wieder aus der Küche kam. Er wirkte eilig, aber frischer als bei seiner Ankunft. Von ihrem Mansardenfenster beobachtete sie, wie er zum Haupthaus ging. Sie konnte nicht verstehen, was er unten zu einigen der Bediensteten sagte. Dafür sah sie, wie der ständige Strom von Gästen langsam abnahm. Nur noch gelegentlich suchten sich ein paar Nachzügler den Weg zum Schloß.

Als sie sich bereits abwenden wollte, streifte ihr Blick die Hügelkette im Südwesten. Hinter den fröhlichen und aufgeräumt wirkenden Zelten der Gäste ruhte der Urwald in gläsernem, weißlichem Dunst, und wer die Hügel und Wälder von *Glyndebourne* nicht kannte, hätte kaum etwas Besonderes an der Farbe der Bäume, der Wiesen und der Felder weiter nördlich entdeckt.

Agwira war hier aufgewachsen.

Sie spürte plötzlich eine Veränderung, die ihr vorher noch nicht aufgefallen war. Im ersten Moment dachte sie, es würde damit zusammenhängen, daß sie nach all den Jahren den Doktor wiedergesehen hatte. Vielleicht war es nur eine ungewohnte Sentimentalität ... ein Schwingen der Gefühle ... ein Echo von Erinnerungen tief in ihrer Seele ...

Doch dann schüttelte sie heftig den Kopf. Sie atmete tief ein. Die Luft roch würzig und wie vor einem Sommerregen. Sie stand am Fenster, stützte die Hände auf und beugte sich weiter nach draußen. Ihre Mansarde lag so, daß sie gerade noch eine Ecke des Türmchens mit Klingsors *Elaboratorium* erkennen konnte. Dort waren die Fenster geschlossen. Der Wind bewegte die Drähte auf dem schrägen Dach.

Sie löste sich von den Gedanken an Klingsor. Irgendwie hatte sie Angst vor einem Zusammentreffen mit dem Mann, den sie lange Zeit wie einen Vater und später dann wie einen unerreichbaren Geliebten angesehen hatte. Klingsor hatte ihr oft im Scherz gesagt, daß er sie heiraten würde, wenn er nicht so viele Jahre älter gewesen wäre ... aber vielleicht in seinem nächsten Leben ...

In *seinem* nächsten Leben ... oder in *ihrem*?

Sie wußte es nicht mehr.

Sie strich sich über die Augen und sah erneut zur Hügelkette vor Lewes und South Malling. Der kaum wahrnehmbare Glanz über den Baumwipfeln war immer noch da. Es war, als würde die heiße Luft eine Art Wall über den Hügeln bilden ...

Die Mauer sah noch zarter aus als die Erscheinungen, die von Luftspiegelungen verursacht wurden. Sie wirkte wie eine Fata Morgana, aber sie flimmerte nicht, sondern schien aus einem hauchfeinen Glasrand zu bestehen. Wie ein riesiger Kelch, dachte Agwira, ein Kelch, der so groß war, daß ganz *Glyndebourne* hineinpaßte ...

Sie drehte sich so, daß sie die Dächer in Ringmer im Norden sehen konnte. Auch dort erkannte sie das eigenartige Schillern. Kurzentschlossen drehte sie sich um und lief durch die Tür in den schmalen Gang zwischen den Mansardenräumen unter dem Dach. Die erste Tür, die sie probierte, war verschlossen. Die zweite ebenfalls.

Sie eilte ein paar Stufen bis zur Zwischenetage hinunter. Hier befand sie sich genau über den Wohnräumen ihres Großvaters. Für einen Moment überlegte sie, ob sie ihn suchen sollte, doch dann entschied sie sich, zuerst mehr herauszufinden.

Sie wollte sich nicht lächerlich machen. Außerdem hatte Großvater im Augenblick genug zu tun. Wahrscheinlich mußte er gerade im Orgelraum freundliche Worte mit irgendwelchen wichtigen Abgesandten von Trutzdörfern führen, die nicht allein wegen der Opernaufführung nach *Glyndebourne* gekommen waren. Früher, als sie noch viel kleiner gewesen war, hatte sie manchmal auf der Orgelbank gesessen und zugehört, wenn sich Großvater gegen Vorwürfe von anderen verteidigte. Sie erinnerte sich noch genau an das rosa Rüschenkleid, das sie damals anziehen mußte. In den ersten Jahren war es ihr viel zu weit vorgekommen, und dann hatten auch die Jahr für Jahr vorgenommenen Veränderungen nicht mehr geholfen …

Sie öffnete eine Zwischentür, kletterte über einen Ballen alter Dekorationsstoffe und stieg auf der anderen Seite eine steile Treppe hinab. Nach vierundzwanzig Stufen kam sie in eine Kammer, in der sich nur verstaubte Ölgemälde, einige alte Truhen, in Plastikbahnen eingehüllte Ritterrüstungen und anderes Gerümpel befanden.

Die Tür zum Dachgang über dem Orgelraum war halb geöffnet. Sie sah verschiedene Fußspuren im Halbdunkel. Vorsichtig stieg sie wieder drei Stufen hinter der Tür nach oben. Der Dachgang teilte sich nach zwei Seiten. Eine Verlängerung führte südlich der gewölbten Decke über dem Orgelraum zum Theater, die andere nördlich davon.

Als kleines Mädchen war sie dreimal mit ihrem Großvater diesen Weg gegangen. Sie wußte, daß der südliche Gang an den rohen, staubigen und unheimlich wirkenden Balken vorbei bis zur Rothschild-Loge führte. Der nördliche Gang endete wie in einer alten Kathedrale an einer steinernen Wendeltreppe, die hinter die Bühne führte.

Vielleicht war es der Gedanke, ihrem Großvater jetzt ausweichen zu wollen, der sie nach Norden gehen ließ … vielleicht auch nur der Wunsch, mehr von dem dichten Glanz am Horizont zu sehen.

Sie bog in den nördlichen Dachgang ein und eilte an den runden Luken vorbei. Auf diesen Wegen waren früher oftmals Bewohner des Haupthauses bis zu den Garderoben und Logen im Theatertrakt gegangen. Aber Agwira suchte etwas ganz anderes. Sie hatte plötzlich das Bedürfnis, durch die kleinen Luken zu sehen.

Sie wollte sich gerade bücken, als sie auf der mit Mörtelstücken bedeckten Rundung der Decke ihr Amulett entdeckte. Sie erkannte es sofort wieder. Es hing an einem Netz aus feinen, metallisch glitzernden Drähten, die wiederum an kleinen Rollen bis auf die andere Seite der Deckenwölbung über dem Orgelraum führten.

Verwundert beugte sich Agwira noch weiter zur Seite. Sie wußte nicht, ob die Decke stabil genug war. Ihre Arme reichten nicht bis zu ihrem Amulett. Sie war ganz sicher, daß es sich nur um ihren eigenen kleinen Talisman handeln konnte, denn an den flacheren Seiten waren zwei Igelstacheln abgebrochen. Das war vor zwei Jahren passiert, als sie auf der Flucht vor dem Nachkommen eines Zoo-Gorillas in eine Felsspalte auf der Eastbourne-Halbinsel gestürzt war. Damals hatte sie noch nicht gewußt, daß die Mehrzahl der großen Säugetiere im Bannforst relativ harmlos war. Die Gorillas fraßen auch noch nach hundertjähriger Freiheit nur Laub von den Bäumen ...

Für eine unbestimmte Zeit stand Agwira unschlüssig vor dem Amulett. Sie wollte es gern wiederhaben, denn noch immer übte es eine große Faszination auf sie aus. Schließlich war es das Zeichen der Freigänger! Doch dann überwand sie sich. Sie hatte Angst, ihre Rolle als Konstanze in der Oper ohne das Amulett nicht mehr spielen zu können. Doch dies war das Risiko, das sie als wiedergeborene Agwira eingehen mußte ...

Eine halbe Stunde vor dem Beginn der Oper ertönte ein Hornsignal von der Zinne des Türmchens am Haupthaus. Es war das Zeichen für die letzten der Gäste, sich nunmehr zu sputen und im Foyer einzufinden.

Dennoch leerten sich die Gärten nur langsam.

«Es geht los!» riefen die an den Zelten zurückgebliebenen Jugendlichen. Sie suchten sich noch bessere Plätze auf kleinen Erdhügeln und selbst auf den Bäumen am Hang und im *Jugendstilpark*. Wer älter als sechzehn war, hatte die Erlaubnis, bis an die Mauer des Rosengartens und zum *Croquet lawn* zu gehen. Einige Eingeweihte hatten erzählt, daß man von dort aus am meisten sehen und auch die Oper selbst hören könne.

Im Inneren der Gebäude waren verschiedene komplizierte Apparate installiert worden, über die sich die Ereignisse im Opernsaal wenigstens akustisch verfolgen ließen. Für eine Bildübertragung hatte es nie die entsprechenden Einrichtungen gegeben. Nur an zwei Stellen befanden sich abgeschirmte Spiegelsysteme ... das eine im Orgelraum, das andere in der Kemenate von Miß Earlymorn.

Wer nichts mehr in der Küche zu tun hatte, eilte auf überdachten Wegen an den Hausmauern des Foyers vorbei zum Orgelraum, bog kurz vorher ab und gelangte über Seiteneingänge in die

Garderoben der Schauspieler und in den großen Probensaal hinter der Aufenthaltskantine für die Mitwirkenden.

Die ineinander verschachtelte Anlage des Opernhauses bildete eine Ansammlung von großen und kleinen Räumen, Magazinen, Speichern und Anbauten. Manche dieser Gebäudeteile bestanden nur aus kammerartigen Ecken, andere waren zweistöckig und hatten mehrere Zugänge. Obwohl der Opernsaal das eigentliche Zentrum bildete, wirkte von außen gesehen der quadratische Turm des Schnürbodens ebenso hoch wie das Haupthaus. Dazwischen befand sich der langgestreckte Orgelraum.

Eine Viertelstunde nach dem Hornsignal läuteten im Foyer an den inneren Gartenmauern und neben dem Hofeingang zum Orgelsaal kleine Glocken. Sie wurden durch Drahtschnüre von der Bühne aus bedient.

«Noch einen Becher Wein», sagten die Männer, die nicht zu den *Pecuniaten* gehörten, an den Bars im Foyer.

«Mir einen Fruchtlikör ...»

«Mir eine Pinte Ale ...»

Es war, als würden sich jetzt erst die Hemmungen abbauen.

«Last orders, please ... last ...»

Die livrierten Diener verkündeten das Ende der Bestellungen wie Ausrufer in mittelalterlichen Städten. Ihre Stimmen klangen so markant, daß sie unschwer als Angehörige des Janitscharenchors auszumachen waren.

Die Türen zwischen dem Foyer und dem Parkett wurden geöffnet. Besucher mit blauen Einladungen wandten sich nach links, diejenigen mit roten nach rechts. Einige der Damen ließen sich das Vergnügen nicht entgehen, noch einmal die eindrucksvollen Waschräume aufzusuchen. Das gab den Männern die Möglichkeit, trotz der verkündeten Ausschanksperre noch eine allerletzte Bestellung aufzugeben. Sie tranken, als hätten sie ein Jahr lang keinen Tropfen angerührt ...

Als das zweite Glockensignal ertönte, entstand vor dem Haupthaus auf der anderen Seite des Innenhofes eine zusätzliche Unruhe. Zuerst wußte niemand, was dort geschah, doch dann sahen die langsam in den Opernsaal schreitenden Gäste den Mann, den einige von ihnen schon eine ganze Weile vermißt hatten.

Lord Rothschild kam um die Ecke des Küchengebäudes. Er trug

einen zerknitterten Smoking. Hinter ihm rollten mit abgesenktem Antrieb fünf *Tank Roover* bis vor den Orgelraum. Sie hatten ihre Fahrkästen so tief heruntergefahren, daß sie fast das Steinpflaster des Hofs berührten. Es sah aus, als würden die sargartigen, gepanzerten Fahrkästen mit in die Luft gestreckten Rädern durch den Schloßhof kriechen.

«Neo-Normannen!»

Der Schreckensruf erreichte zuerst die Männer, die sich noch immer nicht von den Getränkequellen gelöst hatten. Die meisten von ihnen drehten sich schon etwas schwankend um. Sie hielten ihre Becher und halbgeleerten Krüge in den Händen, als wollten sie einen gemeinsamen Toast auf die ungeliebten Besucher ausbringen.

Lord Rothschild betrat das Foyer. Er hob beide Hände wie zur Entschuldigung, verbeugte sich immer wieder und ging dann mit einem schiefen Lächeln zur Treppe, die zu den Logen hinaufführte.

Die *Neo-Normannen* trugen ausnahmslos blankpolierte, hellbraune Schnürstiefel mit Messerschäften an den Waden, grasgrüne, enganliegende Hosen mit scharfen Falten und gefleckte Kampfjacken. An der linken Schulter hingen bunte Kordelschnüre in allen Regenbogenfarben mit Schlaufen und kunstvollen Makramee-Knoten. Sie hatten hellbraune Gürtel und weiße Halstücher aus Seide angelegt. Fast alle hatten ein bauschiges, grünes Barett mit einer weißen Reiherfeder auf dem Kopf.

«Die neuen Raubritter Britanniens!» kommentierte einer der *Uhrbauer* verbittert.

«Aasgeier der letzten Zivilisation», flüsterte ein anderer Gast.

«Diebe!» war der kürzeste und mutigste Kommentar. Einer der Neuankömmlinge hatte die leise Bemerkung gehört. Er trug kein Barett, sondern eine durchsichtige, klimatisierte Kugel auf den Schultern, von der kleine Antennen ausgingen.

Er bog vom Weg zur Logentreppe ab, stellte sich mit gespreizten Beinen vor den allein reisenden *Hegelianer* und klinkte seine Daumen in den Gürtel.

«Wer sagte *Diebe?*» klang es metallisch aus seinem Kopfhelm. Lord Rothschild wurde erst jetzt aufmerksam. Sofort eilte er herbei und stellte sich neben die beiden.

«Keine Verunglimpfung von Lebensformen!» sagte er warnend. «Das ist Gesetz in diesen Mauern!»

«Dann schmeißt den Kerl hinaus! Er hat uns beleidigt!»

Lord Rothschild wandte sich an den *Hegelianer*. Er war noch ein relativ junger Mann mit einem wirren Rotschopf und einer altmodischen Rundbrille, die an den Seiten Schutzblenden hatte.

«Könntet ihr euch auf *Sammler* verständigen?» fragte der Lord.

Der *Hegelianer* trank mit einem bedächtigen Schluck sein Ale aus.

«Wir hatten uns auf dem Hügel von Stonehenge ein Erdenkraft-Heiligtum gebaut», sagte er kalt. «Und dann kamen die dort und haben uns alles gestohlen, was für uns einen heiligen Wert hatte ... unsere geschnitzte Stele ... die Sonnenwinkel ... unsere Pendel für die Kraftströme der Erde ... einfach alles!»

«Nichts als verwirrender Zauberkram!» sagte der Speer der Normannen zweiter Klasse abfällig. «Wer weiß, wen ihr damit eines Tages betrügen wolltet!»

«Und ihr?» fragte der *Hegelianer* erregt. «Habt ihr nicht seit hundert Jahren das gesamte Reservat betrogen? Wo sind denn die Fahrzeuge ... die großen Maschinen ... die Flugapparate und die Millionen Tonnen an Lebensmitteln, Werkzeugen und Ersatzteilen?»

«Das geht euch gar nichts an!» meinte der *Neo-Normanne* lakonisch. «Wir haben die Lizenz, zu sammeln ... ihr habt sie nicht!»

«Und für wen sammelt und lagert ihr? Etwa für euch? Oder vielleicht sogar für den Tag, an dem die *Wohlseyn* aus ihrer Röhre ausbrechen und alles vernichten, was wir inzwischen geschaffen haben?»

«Nicht mal das Schwarze unter dem Fingernagel habt ihr geschaffen!» lachte Tankred mit einem herausfordernden Blick über die Köpfe der Gäste hinweg. «Seht euch doch alle an!»

Lord Rothschild befürchtete, daß jede weitere Diskussion nur den Beginn der Aufführung verzögern würde. Doch da fiel ihm etwas ein, was er die ganze Zeit vergessen hatte ...

«Ich beende den Streit!» rief er laut und deutlich. Er wandte sich an den Normannenspeer. «Ich, Lord Abel Rothschild, drohe Euch hiermit den Bann für Schloß *Glyndebourne* an, wenn Ihr weiterhin das Gastrecht des Bannforstes verletzt!»

Tankred wollte protestieren, doch da legte ihm sein Gefährte die Hand auf den Arm.

«Sei still, Tankred! Mylord dürfen tatsächlich bannen! Da war irgend etwas im Vertrag von Calais ...»

«Ach was!» sagte Tankred.

Als die Glocken zum dritten Mal läuteten, fanden auch Shahesa und Olaf in die Wirklichkeit zurück.

«Müssen wir wirklich dort hinein?» fragte er und seufzte. Sie beugte sich zur Seite und küßte ihn auf die sonnenverbrannte Haut seiner Wangen.

«Ich sollte die Blonde singen», sagte sie und schmiegte sich an ihn. «Aber der Commodore scheint mich vergessen zu haben ...»

«Au verdammt!» stieß Olaf hervor. «Ich bin ja Pedrillo!»

«Der Commodore ist auch an dir vorbeigegangen ...»

«Das verstehe ich nicht», sagte er nachdenklich. «Warum hast du eigentlich die ganzen Strapazen der langen Reise auf dich genommen? Du kommst doch wirklich aus dem *Kontinuum*, oder?»

«Jetzt wirst du kindisch!» lachte sie und legte ihren Arm auf seine Schulter. Sie wollte ihn erneut küssen, doch da kamen in weitem Bogen und mit wehenden weißen Mänteln drei seltsame Gestalten durch den *Jugendstilpark* gelaufen.

«Wo, bitte, geht es hier zur Oper?» fragte der älteste der drei abgehetzt wirkenden Männer. Er sprach ein eigenartig steifes, mühsames Britannisch.

«Habt Ihr denn keinen Smoking?» fragte Olaf.

«Verlegt, leider verlegt», keuchte der Anführer des Trupps. «Irgendwie hier im Wald. Wir haben den ganzen Tag vergeblich danach gesucht ... nur unseren Koffer haben wir noch ...»

«Vielleicht gibt es im Magazin noch einige Verkleidungsstücke», sagte der jüngste der drei *Elaboraten*. Olaf und Shahesa sahen, wie er in einen kleinen Würfel sprach, den er in der linken Hand trug. Seine Stimme klang dadurch noch mühsamer.

«Weißt du, wo das Magazin ist?» fragte Shahesa. Olaf zuckte mit den Schultern.

«Keine Ahnung, aber wir können ja mal fragen!»

Sie standen auf und winkten den aufgeregten Nachkommen ehemaliger Wissenschaftler. Gemeinsam liefen sie über den Hof.

Olaf wollte gerade an eines der Küchenfenster klopfen, als er ein Knistern schräg über sich hörte. Er warf den Kopf in den Nacken und sah zum Türmchen am Haupthaus hinauf. Über dem Dach des Erkerfensters sprühten hellblaue und grüne Funken nach unten.

Neben ihm warf der angehende Nikolaus Kopernikus den Holzkoffer der *Elaboraten* auf das Kopfsteinpflaster. In fliegender Hast ließ er den Deckel aufschnappen. Er kurbelte einen verkratzten Kasten auf einer Stange höher, dann klappte er einen dicken Ring aus Drähten mit einem kopfgroßen Durchmesser auf und begann ihn zu drehen.

«Was ... was ist das?» fragte Olaf verwirrt.

«Ein uraltes Galvanometer ... *WPA Long scale* ... Original zwanzigstes Jahrhundert. Damit wollen wir das Magnetfeld messen, sobald es wiederkommt!»

Das Küchenfenster öffnete sich. Miß Earlymorn steckte den Kopf heraus. «Was steht ihr noch hier rum! Macht zu, daß ihr in die Oper kommt. Sie fängt gleich an!»

«Wir haben keinen Smoking!» rief Isaak Newton II verlegen.

«Dann holt euch welche aus dem Magazin dort hinten. Auch du, junger Mann ...»

Sie starrte auf Olaf. In ihrem Gesicht ging eine seltsame Veränderung vor. Das Blut wich aus ihrem Gesicht. Sekundenlang sah es so aus, als würde die Kaltmamsell einen Herzschlag bekommen.

«Wir kriegen es!» schrie Nikolaus Kopernikus im gleichen Augenblick. «Seht nur die Nadeln ... sie schlagen aus ... wir werden ein neues Magnetfeld bekommen ... unheimlich stark ...»

Ein gleißender Blitz fuhr vom Dach des Türmchens bis in den Hof. Der Freigänger riß seinen Magnetstein aus dem Brustgurt. Das glänzende Auge im Stein zuckte wie ein gefangenes Tier.

Die *Elaboraten* rannten zum Magazin neben dem Stall. Sie hörten das angstvolle Wiehern eines Pferdes. Nur der angehende Kopernikus blieb mit glänzenden Augen vor seinem Galvanometer stehen. Er drehte an einigen Schrauben und peilte die Richtung über die Drahtschlinge an.

«Nord wird wieder Nord ... Süd wieder Süd!» keuchte er voller Erregung. «Es gibt keine Umpolung ... nein, das neue Feld ist nicht gekippt ...»

Shahesa klammerte sich an Olafs Arm. Sie zitterte am ganzen Körper. Er hielt sie fest, aber er konnte seinen Blick nicht von dem jungen *Elaboraten* lösen.

«Erklärt mir den Zauber!» sagte er rauh.

Nikolaus Kopernikus schluckte. Sein Gesicht glühte, während Schweißperlen auf seiner Stirn standen.

«Wir haben immer gehofft, daß sich das neue Magnetfeld in dieser Gegend zuerst manifestiert», sagte er ergriffen. «Es ist verteufelt kompliziert mit den Dingen, die wir nicht sehen können. Und eigentlich weiß bis heute niemand, warum unsere Erde manchmal ein Magnetfeld hat, andere Planeten dagegen nicht!»

«Ist der Mount Caburn jetzt etwa der Nordpol?» fragte Shahesa entsetzt. Sie fröstelte unwillkürlich bei dem Gedanken an alte Berichte von endlosen Eiswüsten und Dunkelheit über ein halbes Jahr hinweg.

«Nein, das Magnetfeld kann sich nur um die Drehachse der Erde neu bilden!» erklärte der junge *Elaborat* voller Begeisterung. «Aber hier ... hier ist einer von vierundzwanzig Wahrscheinlichkeitspunkten, an denen das neue Feld zuerst nachweisbar wird. Und wir erleben jetzt die Geburt eines neuen, für viele Generationen schützenden Himmels für unsere Erde ...»

Er ließ seinen Koffer mit dem Galvanometer im Hof stehen und rannte zum Magazin. Beinahe gleichzeitig kamen ihm bereits Isaac Newton und Christian Huygens entgegen. Sie warfen ihrem jungen Begleiter ein paar Kleidungsstücke zu.

«Folgt uns!» riefen sie, als sie an Olaf und Shahesa vorbeiliefen. Sie erreichten gerade noch das Foyer. Ein krachender Blitz zerstörte das Galvanometer und setzte den hölzernen Koffer in Flammen. Er brannte wie ein verheißungsvolles Menetekel.

«Das Parkett ist schon geschlossen», sagte ein Saaldiener mit steinerner Miene. «Ihr könnt bestenfalls noch auf den Balkon!»

Die *Elaboraten* nickten sich zu. Ihre Gesichter glühten vor Aufregung. Sie nahmen Nikolaus Kopernikus in ihre Mitte.

«Das bringt dir den Leibniz ein, mein Junge!» sagte Isaac Newton h. c. voller Stolz. Dann eilten sie schwungvoll die Stufen hinauf.

«*Die Entführung aus dem Serail*» hatte bereits begonnen.

17.
Induktion

Das Gewitter kam weder von Westen noch von Nordosten, wie es zu dieser Zeit denkbar gewesen wäre. Klingsor Haywood, der sich fast zwanzig Jahre lang als Miterfinder des einzigen Opernfestivals im zweiundzwanzigsten Jahrhundert gefühlt hatte, der gleiche Mann stand wie ein ahnungsloser *Darwiner* in seinem *Elaboratorium* und begriff einfach nicht, was draußen und drinnen passierte.

Er war von der Küche aus direkt ins Haupthaus gegangen. Zuerst hatte er Agwira gesucht. Als das Hornsignal ertönte, war er drauf und dran gewesen, sich für seine Rolle umzuziehen. Doch dann war er doch noch in sein *Elaboratorium* gegangen.

Er betrat es, als der erste Blitz von den Dachantennen das Turmzimmer in gleißendes Licht tauchte. Wenn er vernünftig gewesen wäre, hätte er sofort die schwere Bohlentür zugeschlagen. Aber er war nicht vernünftig.

Vollkommen gelähmt stand er inmitten seiner Geräte und Apparaturen. Für einen ganz kurzen Augenblick dachte er daran, daß er eigentlich in der Oper sein sollte. Doch als die Töne der Ouvertüre erklangen, war er noch immer gefesselt von den Gedanken und Bildern, die ganz plötzlich über dem Exsikkator auftauchten.

Er sah einen Ring … einen winzigen Ring …

Der Ring war hohl … unendlich fein strukturiert … ein phantastisches Meisterwerk schöpferischer Technik zu Beginn des einundzwanzigsten Jahrhunderts …

«Mehr! Mehr!» befahl sein Verstand.

Ein Wettlauf gegen die Zeit … weltweit … für fünf Millarden Menschen … eine Zivilisation am Endpunkt … Chaos in den Städten … Unwetter … Katastrophen über halbe Kontinente … Verwirrung und Aufruhr … flackernde Vorzeichen des letzten, endgültigen Krieges … Armageddon … Jüngstes Gericht … lautlose Schreie … Wahnsinn …

«Mehr Fakten!»

Magnetfeld! Das Magnetfeld der Erde wurde zu schwach … löste sich auf in müde blakende Wirbel … baut, Menschen, baut euch die letzte Arche!

«Gelingt's?»

Es gelingt! Atemlos … buchstäblich in letzter Minute können die Schotten sich schließen … dann summt das neue, das künstliche Magnetfeld um das *Kontinuum* … schließt alles ein … beruhigt … läßt überleben …

«Die Menschheit?»

Gerettet! Aber auf unnatürliche Weise in einer künstlichen Welt gefangen … für hundert Jahre … für tausend … wer weiß es?

«Die Technik?»

Perfekt! Summa summarum nur eine Weiterentwicklung der Wohnstädte … horizontale Wolkenkratzer … einer hinter dem anderen auf Magnetkissen an der Spitze von Pfeilern und Pylonen … Fabriken im Inneren … automatische Systeme … Verkehrsadern … Stadien … Theater … Erholungsparks … Wohnwagen mit veränderlichen Einrichtungen … und alle eintausend Meter ein rotes Segment … Pumpwerk für Erdwärme, Wellenenergie, Windkraft … Solarzellen, Klimaanlagen … Chemie …

«Denkfehler?»

Nur einer …

«?»

Kein Leben ohne Risiko und ohne eigenes Erleben!

«Aber sie leben …»

Weiß man's? Und wenn ja, wie?

Das war es! Klingsor schüttelte sich unwillkürlich. Genau hundert Jahre lang waren nicht nur die Bewohner Britanniens davon ausgegangen, daß fünf Milliarden in einer sehr weit entfernten Röhre sich wie im Paradies fühlten. Vielleicht war das so, aber es gab nicht den geringsten Beweis dafür.

«Und die Touristen?»

Klingsor dachte an die Aufführungen im Theater. Wurde dort nicht ebenfalls eine Scheinwelt wie eine Realität behandelt? Konnte es vielleicht sein, daß auch das Ritual mit gelegentlichen Besuchern aus dem *Kontinuum Eckert* dazugehörte? Eine Art Bühnenzauber zur Aufwertung von *Glyndebourne*?

Er schüttelte energisch den Kopf. Er beugte sich vor, um den immer heftiger werdenden Sturmböen Widerstand zu bieten. Nur mühsam gelang es ihm, die Fensterflügel im Turmerker zu schließen. Sofort wurde es ruhiger. Doch gleichzeitig hörte er, wie Schalen und Gläser auf den Regalen vibrierten. Er drehte sich um. Überall schlugen die Nadeln von kompliziert und gleichzeitig altmodisch wirkenden Meßgeräten aus. In den verschiedenen Versuchsanordnungen blubberten farbige Flüssigkeiten. Dämpfe entwichen aus winzigen Ventilen. Die Kugeln an den Metallfäden mitten im *Elaboratorium* kreisten unnatürlich schräg hängend durch den gesamten Raum zwischen den Bohlentischen.

Kompaßnadeln hatten früher einmal ähnliche Schrägneigungen gezeigt ... Abweichungen von der Vertikalebene ... Inklinationen!

Die Achse der Drehbewegungen von allen drei Kugeln deutete auf einen Punkt außerhalb des Turms. Klingsor neigte seinen eigenen Körper so weit zur Seite, bis er sich in einer Parallellinie befand. Und dann wußte er plötzlich wieder, was er in all den Jahren aus seiner Erinnerung verdrängt hatte.

«*Ja, kakreiti nobiscum!*» keuchte er erschrocken. Und dann noch einmal «*Ja, kakreiti ...*»

Er begriff einfach nicht, wie es möglich gewesen war, daß er seine ursprüngliche Aufgabe so leicht vergessen konnte. Natürlich war er nicht nur friedfertiger Beobachter der Veränderungen in Britannien! Das war nur die halbe Wahrheit! Der weitaus wichtigere Teil seiner Anwesenheit bestand darin, am Tag X die Anlagen tief im Mount Caburn zu aktivieren!

«*Wozu?*»

Klingsor ballte die Hände zu Fäusten. Er biß die Zähne zusammen und versuchte krampfhaft, sich diese simple, harmlos klingende Frage zu beantworten.

«*Wozu?*» wiederholte sein Verstand. Er wischte sich mit dem Handrücken über die Lippen, hüstelte und schluckte wie ein Examenskandidat, der einfach nicht mehr wußte, bei welchen Temperaturen simple Stoffe ihre magnetischen Fähigkeiten verloren. Nicht mal von Eisenoxyden fiel ihm der Curie-Punkt ein ...

Aber genau das war wichtig!

Magnetit ... Ferrit ... Manganoxid ...

«*Supraleitung?*»

Er blieb wie erstarrt stehen.

«Supraleitung!» murmelte er. «Nicht die hohen Temperaturen bis zum *Curie-Punkt* sind das Geheimnis, sondern die Kälte nahe des absoluten Nullpunkts! Da war etwas ... ich weiß, da war etwas ...»

Er stierte auf die verrückt spielenden Meßgeräte in seinem *Elaboratorium*. Wie in Trance registrierte er, daß der Luftdruck auf einen Wert gefallen war, wie er ihn in zwanzig Jahren noch nicht gesehen hatte. Auch die Angaben für die relative Luftfeuchtigkeit konnten unmöglich stimmen!

Er ließ sich nach vorn fallen und machte zwei, drei schnelle Schritte bis zum Fenster. Überall lag ein hellblau und grünlich strahlendes Glühen in der Luft. Gleichzeitig brauten sich brodelnde schwarze Wolkenmassen direkt über dem Tal von *Glyndebourne* zusammen.

Das war kein Sommergewitter mehr!

Der riesige Kumulushaufen verdichtete sich von einem Augenblick zum anderen. An den Rändern der kreisenden Wolkenballung flogen weißliche Gasfetzen entlang. Die furchtbare Wolke drehte sich immer schneller im Uhrzeigersinn.

«Turbulenzen!» keuchte er. «Gewaltige Turbulenzen im Phasenübergang zwischen zwei Zuständen ... im Universum ... in der Atmosphäre ... in jedem Reagenzglas ... selbst im subatomaren Bereich!»

Das Magnetfeld der Erde war langsam versiegt. Doch nun deutete sich eine Rückkehr an ... gewaltig und turbulent, im Luftmeer genauso wie in den Tiefen der Erde!

Für den Bruchteil einer Sekunde dachte er an den schwarzen, sternlosen Horizontstreifen, den er in der vergangenen Nacht gesehen hatte. War das die Vorbereitung für dieses entsetzliche Unwetter gewesen?

«Mein Gott, die Oper!» stöhnte er. Waren die vielen Menschen nur deshalb gekommen, weil sie wie Tiere geahnt hatten, was auf sie zukam?

Die letzten Töne der Ouvertüre klangen plötzlich glasklar und rein bis zu ihm hoch.

Presto 4/4 alla breve C-Dur ...

Hinter ihm knallten elektrische Entladungen. Der alte *Elektro-*

phorus nach dem Prinzip von Graf Alessandro Volta explodierte. Gleich darauf fielen die aus *Leidener Flaschen* aufgebauten Kondensatorregale um. Aber Klingsor drehte sich nicht mehr um. Fasziniert und zu Tode erschrocken starrte er auf das gewaltige Naturschauspiel über den Dächern des Schlosses. Wie hypnotisiert beobachtete er die grausame Wolke. Es war, als würde sie *Glyndebourne* mit allen Gebäuden, allen Wiesen und sogar mit dem Mount Caburn ganz langsam aufsaugen.

Klingsor spürte, wie seine Nerven versagten. Er wollte fliehen, aber er wußte nicht, wohin. Sein Blick irrte über die Dächer und den Kulissenturm des Opernhauses.

«Dorthin!» krächzte er. «Dort ist Gesang ... Schutz ... ein Serail!»

Er drehte sich um ... stolperte über zerbrochene Gläser. Mit weit aufgerissenen Augen wankte er bis zum Kamin. Er breitete seine Arme aus und drückte die Steinkonstruktion mühsam zur Seite. Dahinter befand sich ein steinerner Riegel in einem Steinscharnier. Der Hebel, mit dem er die Kraft aus dem Berg rufen konnte! An den Zeltplätzen herrschte bereits Chaos, noch ehe irgend jemand im Schloß die bedrohliche Situation überhaupt erkannte. Die jüngsten Begleiter der Gäste waren knapp vierzehn Jahre alt. Da niemand unter achtzehn Jahren eine Einladung zum großen Opernspektakel erhalten hatte, blieben bei den Zelten nur einige Jugendliche zurück, die das Auffrischen des Windes zunächst sogar als angenehme Abwechslung ansahen.

Erst als die ersten Zelte fortgerissen wurden, als der Wind zu jaulen begann und die Feuerstellen einstürzten, begannen die *Pecuniaten-Jungen* zu begreifen, daß die schwarze Wolke über den Wiesen und den Gebäuden des Schlosses nicht zum Theaterprogramm gehörten.

«Wir müssen die anderen benachrichtigen!» rief Claires George. Er war sehr blaß unter seinen Sommersprossen geworden.

«Die lassen uns doch nicht hinein!» brüllte Ritas Hubert zurück. Zusammen mit einigen anderen rannten sie an den Zelten vorbei. Die losgerissenen Bahnen knallten in den plötzlichen Sturmböen. Als die ersten Verankerungen aus dem Boden rissen, konnten auch zwei, drei Jungen die Leinen nicht halten.

Zwei junge Mädchen aus South Malling wurden zu Boden geworfen. Sie klammerten sich an Claires George und Ritas Hubert. Das war eine Ungeheuerlichkeit! Nie zuvor hatten *Pecuniaten-Mädchen Pecuniaten-Jungen* anders als herrisch angefaßt …

«Bindet euch zusammen!» schrie Ritas Hubert verzweifelt. «Wir müssen uns zusammenbinden …»

«Los … mehr Seile her!» brüllte auch Claires George. Ein paar junge Männer, die sich den ganzen Nachmittag wie arrogante Aufseher benommen hatten, begriffen ebenfalls den Ernst der Situation.

Der Sturm riß sie immer wieder um. Sie krochen über den Boden, hielten sich an plattgetretenen Grasbüscheln fest und versuchten krampfhaft, die Seile und Leinen zu fassen.

Ganz langsam bildete sich ein Knäuel. Je stärker die Wirbel wurden, um so enger schloß sich die Gruppe der Jungen und Mädchen. Niemand hatte jetzt noch einen Blick für das faszinierende Naturschauspiel. Die schwarze Wolke mit den weißzerfaserten Rändern drehte sich wie ein mächtiger Kreisel über ihnen. Aber es war kein Wirbelsturm, kein Auge eines Tiefs …

Das strahlende Blau des Himmels zu allen Seiten der Wolke wirkte jetzt fast schmerzhaft hell. Aber es wurde immer schmaler und niedriger …

«Zum Schloß!» schrie Claires George immer wieder. «Wir müssen zum Schloß …»

Die anderen bissen die Zähne zusammen. Und dann kämpften sie gegen den Sturm an und zogen sich selbst alle in die gleiche Richtung. Sie stolperten, stürzten übereinander, richteten sich mühsam wieder auf. Nur der Gedanke, allein verloren zu sein, hielt sie zusammen.

«Dort kommt jemand!» schrie Ebony. «Dort vorn … am Rosengarten …»

Bisher war kein einziger Regentropfen gefallen. Aber es roch wie nach Blitzen. Wo noch vor einer halben Stunde die Sonne über den Hügeln im Südwesten gestanden hatte, war jetzt nur dieser milchigblaue Horizont zu sehen. Er wirkte wie eine riesige, rund um die Hügel von *Glyndebourne* laufende Kulissenwand …

Überall an den Gebäuden des Schlosses bildeten sich hellblaue Lichtbogen. Sie sahen wie Tore aus, hinter denen es flimmerte.

Trotzdem zogen sich die Jungen und Mädchen aus den verschiedensten Trutzdörfern von Sussex und Südbritannien weiter. Ihre Eltern saßen verkleidet hinter den schützenden Mauern und lauschten den Klängen der Mozart-Oper. Doch draußen kämpften die Kinder gegen die erschreckende, drohende und unheimliche Kraft an, die den Boden erschütterte und den Himmel zum Einstürzen brachte …

«Festhalten!» brüllte Blasius Bockhus. «Alles festhalten!»

Miß Earlymorn kreischte hysterisch. Im gleichen Moment rasselten schwere Jalousien von den Fenstern nach unten. Trotzdem versuchte sie, Töpfe und Kasserollen auf dem Herd in der Mitte der Küche festzuhalten. Sie bewegten sich kreisend rund um die auflodernden Feuerlöscher. Die Flammen drehten sich wie in Spiralen nach oben.

Die Konditoren im Nebenraum griffen nach ihren Blechen. Torten rutschten bis zu den Rändern der Arbeitstische. Dessertschalen benahmen sich wie Arbeitskolonnen, die immerfort im Kreis marschierten. Die große Erdkugel mit den gebackenen und inzwischen eingefärbten Kontinenten aus Salzteig zitterte in ihrer Verankerung. Und dann begann sich der künstliche Globus zu drehen …

In der Hauptküche stolperte Miß Earlymorn zwei, drei Schritte zurück. Sie fiel schwer auf einen hölzernen Stuhl. Ihr Oberkörper sackte nach vorn. Sie wollte ohnmächtig werden, aber sie schaffte es vor lauter Aufregung nicht.

Mit starrem Blick beobachtete Blasius Bockhus das Ende seiner Kochkünste. Er stand wie der Kapitän eines sinkenden Schiffes vor der Tür seiner Kammer. Mit einer Hand hielt er eine Notizuhr fest, mit der anderen versuchte er den wahnsinnigen Reigen der Töpfe zu beschwichtigen.

Es hatte keinen Sinn! Der Boden unter seinen Füßen begann zu zittern. Gleichzeitig dröhnte das ganze Gebäude. Und dann stürzte auch noch der Meister der Konditoren auf ihn zu. Er schleifte ein Seil hinter sich her. Mit unbewegtem Gesicht registrierte der Oberkoch, wie der Meister der Konditoren das Seil um alle Töpfe auf dem großen Herd schlang.

«Das ist das Ende der Welt!» hauchte Miß Earlymorn. Doch

dann hörten sie über die plötzlich wieder funktionierenden Lautsprecher ein Stück aus dem Duett zwischen Blonde und Osmin, dem Wächter des Serails.

«Das ist doch Shakes!» rief Miß Earlymorn völlig verwirrt. «Wie kann er jetzt noch den Osmin singen ...»

«O Engländer! Seid ihr nicht Toren?
Wie ist man geplagt und geschoren,
wenn solch eine Zucht man erhält ...»

Shakes sang die letzten Worte bereits ohne Orchesterbegleitung. Er blickte unwillig in den Orchestergraben. Westminster March stand am ganzen Körper bebend vor seinem Pult. Und dann fiel ihm der Taktstock aus den Fingern.

Die Musiker blickten verwirrt von einem zum anderen. Aber auch unter den Zuschauern war die Unruhe so störend geworden, daß sich niemand mehr auf das Duett zwischen dem stämmigen Palastwächter und der Zofe Konstanzes konzentrieren konnte.

Auf der Bühne wackelten die Kulissen wie unter einem Erdbeben. Niemand wußte, was geschehen war. Das Licht begann zu flackern. Aus einem der großen Scheinwerfer hinter den Seitenportalen schoß eine gleißende Stichflamme.

In den ersten Sitzreihen stieß eine *Hegelianerin* einen hohen, klagenden Schrei aus. Einige der Herren im Smoking sprangen auf. Westminster March drehte sich langsam um. Er hob die Hände wie ein Clown, dem das letzte Kunststück trotz aller schlaflosen Nächte und einer letzten verzweifelten Anstrengung nicht mehr gelungen war.

Er hob wie zu einer kläglichen Entschuldigung die Schultern. Mehrere Schauspieler kamen verwirrt auf die Bühne. Allen voran eilte Bassa Selim bis zum Souffleurkasten. Er beugte sich kurz nach unten, dann richtete er sich zu seiner vollen Größe auf und bat mit ausgestreckten Händen um Ruhe.

Westminster March verließ sein Pult. Er setzte sich auf einen Stuhl im Orchestergraben, von dem aus er nicht gesehen werden konnte.

«Verehrte Anwesende!» rief Bassa Selim. Sein Turban war verrutscht, aber in seinen Bewegungen steckte noch immer die Überzeugungskraft eines Sultan-Darstellers. «Verehrte Anwesende ...

ich bitte, die Ruhe zu bewahren! Wir haben leider ein kleines Gewitter und werden daher eine kurze Pause einlegen …»

Er sah, wie sich einige der Gäste zu den Foyertüren drängten. Auf der Bühne zerplatzte mit lautem Knall der zweite Scheinwerfer. Bassa Selim blieb ungerührt direkt vor dem Souffleurkasten stehen.

«… das sind nur einige Überspannungen!» rief er. «Das gesamte Theatergebäude ist gegen Blitzschlag gesichert! Ich bitte daher, die Plätze wieder einzunehmen … niemand sollte sich mutwillig in Gefahr begeben und das Foyer aufsuchen …»

Ein heftiges Schütteln unterbrach ihn. Ein Versatzstück in den Kulissen neigte sich nach vorn und kippte langsam um. Gleich darauf folgte die große, an einem gebogenen Stab aufgehängte Vogelvoliere.

«Die Kinder!» rief plötzlich eine Clan-Chefin der *Pecuniaten*. «Unsere Kinder sind noch draußen …»

«Nein, nein, nein, Mylady!» rief der Sultan mit kraftvoller Stimme. «Alle Kinder sind bereits im Schloß … wir können in wenigen Augenblicken fortfahren! Verzichtet nicht auf die nächsten Höhepunkte dieser lieblichsten aller Mozart-Opern! Das Unwetter wird gleich weiterziehen …»

Westminster March kam mit einem vagen Hoffnungsschimmer im Gesicht von seinem Stuhl hoch. Schon erklomm er das Podium vor dem Orchester, wollte einfach die Stelle nach der sechsten Arie wiederholen. Doch dann erkannte er, daß dafür nicht die richtigen Schauspieler auf der Bühne standen.

«Es wäre sowieso nicht mehr gelungen», sagte er resignierend und schlurfte wieder zu seinem alten, wackeligen Stuhl.

Oben im Haupthaus irrte der kleine, kahlköpfige Commodore verwirrt durch die Gänge. Er wußte nicht mehr, was er eigentlich hier gewollt hatte. Einmal war er bis zu den Durchgängen über dem Orgelraum gekommen, dann wieder hatte er an einer steinernen Wendeltreppe angehalten und nicht den Mut gefunden, die Stufen hinabzusteigen.

Er hatte längst jedes Gefühl für die Zeit verloren, als er endlich die letzten Stufen bewältigte. Zunächst fiel ihm überhaupt nicht auf, daß der Sturm verstummt war. Er arbeitete sich schwer atmend bis zu der Söllermauer des Türmchens. Er hielt sich mit beiden Händen an einem Steinquader auf der Brüstung fest. Und dann merkte er, daß er am ganzen Körper zitterte.

Er wunderte sich über sein eigenes Verhalten. Die Schmerzen in seiner Brust hatten erneut zugenommen. Er keuchte, während sich alles um ihn herum zu drehen schien. Lichtfunken tanzten in Spiralen vor seinen Augen. Er sah sich selbst reproduzierende, wie Wetterwirbel wirkende Formen … Lichtbögen, die an einem imaginären Punkt zusammenliefen … verdrehte Ebenen, die sich in konvulsivitischen Wellen ausbeulten und zu zerplatzenden Spitzen formten.

In seinem Kopf dröhnten riesige Kesselpauken. Fratzenhafte Gesichter flogen in wabernden Nebeln an ihm vorbei. Ein Schrillen schien das Ende der Welt zu besingen … den Untergang von *Glyndebourne* … die Trennung der Wiesen und Hügel von der restlichen Welt … die Flucht der Sonne … das Verlöschen der Sterne …

Mit einem gequälten, entsetzt leidenden Gesichtsausdruck hob er ganz langsam den Kopf. Er hing mit seinem Oberkörper über den behauenen Quadersteinen des Söllers oben am Turm. Seine Beine versagten ihm den Dienst. Mit starrem Blick suchte er nach einem Halt im Himmel. Doch dieser Himmel über ihm wirkte kalt, leer und wie eine Kuppel aus milchigem Kristall … gläsern und hart an der Innenseite … diffus in der Tiefe des Nichts!

Er spürte, wie immer neue Schauder durch seine Glieder jagten.

Angst!

Entsetzliche Angst!

Einsamkeit …

Die eben noch aggressiven Stimmen des Chores zogen sich zurück, wurden wispernd und gingen dann in einen drohenden, langsam bis zur Unhörbarkeit verhallenden Sprechgesang über: Auch das dumpfe Schlagen der Pauken verwehte. Noch einige Male hörte er den metallischen Klang von Becken … von Zimbeln … einer Triangel …

Ein Ton noch … und dann, weit entfernt, eine helle Sopranstimme. Sie versank ebenfalls.

Schweigen.

Der Commodore wagte nicht mehr, auch nur die Augen zu bewegen. In seinen Ohren dröhnte noch immer der Nachhall der Katastrophe. Er starrte auf die Zweige der Bäume hinter dem Schloßhof. Alles in ihm wünschte, daß sie sich bewegten, doch nichts geschah.

Die Stille wurde immer schmerzhafter.

Er *wußte*, daß er versagt hatte – schon seit der Ankunft in Britannien. Und kurz vor dem Ziel hatte er auch noch vergessen, aus welchem Grund er ins Haupthaus des Schlosses gegangen war. Er blickte an sich herab. Der Smoking verwirrte ihn. Aber warum ... warum hatte ihn seine Innensteuerung genau hierhergeführt?

Was war falsch mit der Welt ... oder in ihm selbst?

Ein vager Erinnerungsfetzen sagte ihm, daß er Klingsor Haywood gesehen hatte ... nicht oben am Berg und nicht gestern, sondern erst kürzlich. Der Mann von *Greenpeas* war in höchster Eile an ihm vorbeigerannt ...

Der Commodore suchte die große, schwarze Wolke, doch nicht einmal ein verwehter Fetzen des falschen Unwetters war zu sehen. Nur an einer nicht weit entfernten Stelle über den Dächern von Ringmer schienen Tränen vom Himmel zu rinnen. Die Tropfen folgten der Innenwölbung der unheimlichen Kuppel. Sie zogen ruckartig in zackigen, sich trennenden und wieder zusammenstoßenden Bahnen nach unten.

Er wunderte sich, daß er die einzelnen Tropfen erkennen konnte. Ringmer war fast eine Meile entfernt. Auf diese Distanz hätte er unter normalen Bedingungen höchstens einen Regenstreifen am Himmel ausmachen können!

Und plötzlich beneidete er die Menschen, die in ihren *Elaboratorien* die Wunder des Wetters und die Phänomene der Natur studiert hatten. Was hatte er eigentlich in den vergangenen Jahren getan? Und warum hatte er jetzt vergessen, was er in *Glyndebourne* wollte?

Seine *innere Wirklichkeit* hatte plötzlich nichts mehr mit der *äußeren Wirklichkeit* der Dinge zu tun, von denen er sich stets nur ein ganz bestimmtes, vorprogrammiertes Bild gemacht hatte ... eine Zuordnung in Raum und Zeit, die niemals objektiv gewesen sein konnte!

Objektivität verlangt einen Überblick. Doch genau den hatte er nie gehabt ...

Ein Punkt ist ein Teil der Linie, aber er weiß nichts von ihr … kann nichts mit der Vorstellung von einer Linie anfangen. Und die Linie ist Teil einer Fläche … jene nur Querschnitt des Raumes …

Und der Raum?

Ist er vielleicht nur ein flüchtiger Augenblick der Bewegung in einer weiteren Dimension?

Er atmete kaum noch. Trotzdem erschien ihm plötzlich alles ganz klar. Die Wahrheit … auch seine Wahrheit … war immer nur Abbild und Projektion! Eine Wunschvorstellung!

«Die Menschen schufen die Welt nach ihrem Bilde, jeder nach seiner Art! Und nur was sie erkannten, nannten sie Wirklichkeit!»

Seine eigene Stimme kam ihm plötzlich fremd vor.

«Wer bist du, Commodore Scouty Natz?»

Es war, als würde er plötzlich eine Hülle abstreifen und all das hinter sich zurücklassen, was er gewesen war, solange er denken konnte. Er kam sich als Schauspieler vor … als Darsteller einer Rolle, der jetzt von der Bühne abtreten mußte …

Und dann empfand er eine vollkommene Stille in sich. Die *Außenwelt* interessierte ihn nicht mehr. Er war auf dem Weg zu sich selbst! Und dieses neue, möglicherweise wahre Leben kannte kein *Vorher* oder *Nachher*, sondern nur noch das *Jetzt!*

Er wunderte sich, daß er, Commodore Scouty Natz, plötzlich auch *dreamen* konnte. Gleichzeitig erkannte er, daß er kein Freigänger war. Aber er hatte sie ausgesucht, ihnen ein Amulett gegeben und sie auf diese Weise für den emotionalen Zugriff der *Wohlseyn* in ihrer großen, versiegelten Röhre konditioniert.

Ganz langsam richtete er sich auf. Er legte den Kopf in den Nakken und begann erneut seine Umwelt wahrzunehmen. Er blickte zu den Bäumen des *Jugendstilparks* hinüber. Ihre Blätter bewegten sich leicht. Ganz langsam kamen die Stimmen der Tiere zurück. Vögel begannen fragend zu zwitschern, die Affen im Wald keckerten, und dann wieherte eine Stute am Ende des äußeren Schloßhofs.

Eine neue, ganz andere Wirklichkeit begann. Sie hatte keinen Platz mehr für ihn vorgesehen. Und plötzlich ahnte er, daß er die ganzen Jahre auch nur ein Instrument gewesen war … ein Punkt auf einer unbekannten Linie …

18.
Zwischen Zeit und Raum

Im Theatersaal war das Donnern und Dröhnen des Sturms nur wie ein fernes Grollen zu hören gewesen. Trotzdem hockten die meisten Besucher stumm und verstört wie in einem Bunker.

Auf der Bühne waren inzwischen alle Schauspieler versammelt. Sie standen bewegungslos wie ein letztes, erstarrtes Bühnenbild vor den Kulissen.

Die Stille war noch unheimlicher als das Tosen, das «*Die Entführung aus dem Serail*» unterbrochen hatte. Niemand dachte daran, jetzt noch weiterzuspielen. Und niemand erwartete das von den Schauspielern und Musikern.

Und dann nahm Lord Abel Rothschild den Turban ab. Er wollte nicht länger der Sultan Bassa Selim sein. Im Orchestergraben fiel ein Notenständer um. Lord Rothschild räusperte sich. Er spürte, daß er nur wenige Sekunden Zeit haben würde, ehe die eingeschüchterten Menschen im großen Theatersaal wieder aufwachten.

«Es tut mir leid!» rief er. Seine Stimme klang brüchig und viel zu leise, um das nahende Unheil zu verhindern. Dem äußeren Aufruhr mußte unweigerlich der innere folgen!

«Es tut mir leid!» wiederholte er, nachdem er sich krampfhaft geräuspert hatte. «Viele von euch mußten sehr lange Wege gehen, um in diesem Jahr unser gemeinsames Fest zu feiern. Wir wissen nicht, was draußen geschehen ist … aber ich bitte inständig darum, die Plätze noch nicht zu verlassen …»

In den hinteren Reihen wurden die ersten Proteste laut. Und dann brandete ein neuer Sturm aus dem Parkett über den Orchestergraben.

«Was fällt Euch ein!» schrie ein *Neo-Normanne* aus seiner Balkonloge. «Wir verlangen …»

«Weiterspielen! Weitersingen!» rief ein kleiner Begatter.

Seine Clan-Chefin drückte ihn in den Sessel zurück.

«Wir wollen zu unseren Kindern!»

«Ja ... Ihr könnt uns nicht einsperren!» rief eine andere Frau.

«Betrug! Eine Falle!»

«Was soll dieses ganze Theater?»

Die Zuschauer reagierten immer wütender. Schon bildeten sich Gruppen, die ausbrechen wollten. Männer und Frauen sprangen auf. Sie ballten die Fäuste und drohten den *Glyndebournern* auf der Bühne.

Lord Rothschild sah hilfesuchend zu Klingsor. Doch der deutete nur auf das Inspizientenpult am Rand der Kulissen. Lord Rothschild schüttelte den Kopf. Und dann griff Shakes ein. Er war noch immer als Palastwächter Osmin verkleidet.

Ohne auf seine Mitspieler Rücksicht zu nehmen, drängte er sich zum Pult. Er stieß Shahesa zur Seite und wollte an Olaf vorbei. Der Freigänger stand direkt vor dem Schaltpult.

«Nein!» sagte er, obwohl er nicht wußte, was der Butler beabsichtigte. Der Butler sah Olaf-Pedrillo überrascht an.

«Laßt uns jetzt nicht im Stich!» schrie Westminster March aus dem Orchestergraben. «Sie bringen uns um, wenn der eiserne Vorhang fällt ...»

Da begriffen auch die anderen auf der Bühne, was Shakes vorhatte. Klingsor rannte zu ihm und redete schnell auf ihn ein.

«Der Dirigent hat recht ... bloß nicht den Vorhang ... macht lieber die Türen auf!»

«Klingsor Haywood!» sagte der Butler mitleidig. «Habt Ihr denn immer noch nicht verstanden? Wir sind in der Induktionszone für ein neues Magnetfeld, Mann von *Greenpeas*!»

«Na und? Die Leute wollen hier raus ... zu ihren Kindern!»

«Das geht nicht, verdammt noch mal!» schrie Shakes unbeherrscht.

«Und warum geht das nicht?» schrie Klingsor ebenso laut zurück.

«Weil es uns allen die Nerven und Hirne zerreißen kann! Magnetische Turbulenzen, gegen die das Schloß wie ein Faradayscher Käfig Schutz bietet. Und draußen ist Chaos!»

In diesem Moment erreichte Agwira von der Seite her das Inspizientenpult. Aber sie hatte eine ganz andere Idee als der Butler. Sie drückte auf einen winzigen Hebel. Sofort verlosch die Hälfte der Scheinwerfer. Ein rötliches, indirekt wirkendes Licht glomm im großen Saal auf. Gleichzeitig quollen farbige Rauchschwaden aus verborgenen Öffnungen.

Es roch nach Jasmin und Minze, nach Rosenöl und Moschus. Der schwere, süßliche Rauch wallte über die Zuschauer hinweg. Olaf erkannte die Duftkomposition sofort wieder. Es war die gleiche Mischung, die der Commodore benutzt hatte, als er ihm sein Amulett überreichte.

«Was tust du, Agwira!» rief ihr Großvater entsetzt.

«Wir müssen warten!» antwortete sie schnell. «Und wenn unser Verstand nicht ausreicht, dann eben mit Gefühl …»

Im gleichen Moment schwangen sich hinten im Saal einige *Neo-Normannen* über die Balkonbrüstungen.

«Mit uns nicht!» brüllte Tankred. «Stoppt sofort dieses verdammte Räucherwerk!»

Sie stellten sich auf die Zierbalken an den hinteren Ecken des Theatersaals. In halber Höhe zwischen den Balkonen und dem Parkett bezogen sie Position. Gleichzeitig ließen sie Handscheinwerfer aufflammen. Die Strahlen schnitten durch den immer dichter werdenden Rauch.

«Alles mal herhören!» brüllte Tankred. Der Speer der Normannen zweiter Klasse übernahm das Kommando. Fast alle Zuschauer drehten sich zu ihm um.

«Ruhe!» wiederholte er. «Ich will jetzt Ruhe im Saal!»

Aus den Waffen der Männer auf den Balkonverzierungen peitschten in kurzen, trockenen Salven Schüsse über die Köpfe der Gäste hinweg.

«Wenn nicht sofort Ruhe eintritt, schießen wir tiefer!»

Der Lärm fiel wie eine strandende Woge in sich zusammen. Nur in einer der Balkonlogen war noch Bewegung. Drei Männer mit viel zu weiten Smokingjacken standen auf.

«Wir gehen!» sagte Professor Isaac Newton h. c. in die angstvolle Stille hinein.

«Wir mögen das nämlich nicht mehr», ergänzte Dr. Christian Huygens h. c.

«Ich habe das neue Magnetfeld geortet!» rief Nikolaus Kopernikus – oder auch Leibniz. «Es ist zurückgekehrt … die Erde hat wieder einen Schutz vor den kosmischen Strahlen und vor dem Sonnenwind!»

«Hinsetzen und Maul halten!» rief Tankred dröhnend. «Selbst wenn wir tatsächlich ein Magnetfeld bekommen haben, ändert das nichts an der Tatsache, daß jetzt endgültig Schluß ist mit Mozart und Räucherstäbchen! Ich, Tankred, Speer der Normannen zweiter Klasse, übernehme hiermit die Befehlsgewalt!»

Ein kurzer Salvenstoß unterstrich seine Worte. Einige *Pecuniaten-Frauen* schrien auf. Auf der Bühne näherte sich Olaf wieder Shahesa.

«Ich kenne sie», sagte er leise. «Wenn wir jetzt nichts unternehmen, haben wir ab sofort eine neue Gesellschaftsordnung ... die da als Fürsten und wir als Sklaven ...»

Sie blickte ihn vollkommen verloren an.

«Hilf mir, Olaf!» flehte sie. «Ich verstehe das alles nicht mehr! Worum ... worum geht es denn eigentlich?»

«Das Magnetfeld der Erde kommt zurück!» sagte Agwira-Konstanze und legte ihren Arm um die Schultern von Shahesa-Blonde. In ihren alten Kostümen sahen sie tatsächlich wie eine junge Edle mit ihrer Zofe aus. «Leider sind auch noch einige andere Probleme im Raum ...»

Olaf nickte grimmig. Aber weder er noch die Enkelin von Lord Rothschild konnten dem Mädchen aus dem *Kontinuum* erklären, warum es nicht damit getan war, einfach von einer Rückkehr des Magnetfeldes zu sprechen.

Denn was diese schlichte Tatsache bedeutete, ahnten in diesem Augenblick noch nicht einmal die Eingeweihten ...

Die jungen Burschen und die Mädchen vom Zeltplatz wußten nicht, wie lange sie eng zusammengekauert in der alten Küche des Schlosses gehockt hatten.

«Es ist nicht mehr so dunkel wie vorhin», sagte Claires George in die bedrückende Stille hinein. Die anderen antworteten nicht. Einige Jungen zogen die Nase hoch. In einer dunkleren Ecke weinte leise ein Mädchen.

«Wartet, ich sehe mal nach!» sagte eine kräftige Männerstimme. Erst jetzt wurde den meisten bewußt, daß sie ohne die Hilfe des Obergärtners nie in den Souterrainkeller gekommen wären. Irgendwann, als der Sturm stärker als ihre eigenen Kräfte geworden war, hatte sich eine Tür in der Mauer des Rosengartens geöffnet. Hagebuttle war wie eine zerzauste Vogelscheuche gegen sie gewirbelt und hatte das Seil mit einer gewaltigen Kraftanstrengung um einen Steinpfeiler im Garten geworfen.

Sie wußten nicht mehr, wie sie nach und nach immer tiefer in das bläuliche Leuchten der Schutzanlage und dann in die Geborgenheit der alten Kellerküche gelangt waren ...

«Was ist passiert?» fragte Julianes Ebony. Es war sehr still im Halbdunkel des Küchenraumes.

«Ein Sturm», sagte Hagebuttle. «Vielleicht ein ungewöhnlich heftiges Gewitter, aber darüber braucht ihr euch jetzt keine Gedanken mehr zu machen. Hauptsache, wir leben noch!»

Er stand auf und ging zu den schweren Schutzvorrichtungen vor den meterdicken Mauern. Die Abdeckungen an den zerstörten Fenstern bestanden aus einem kristallin schimmernden, halbdurchsichtigen Material.

«Ohne die Rückkopplungsfilter hätte es uns alle getötet!» murmelte er. «Gegen das, was hier passiert ist, helfen auch alte Felsenmauern nicht mehr!»

Er ließ das Licht in die Kellerküche. Die Mädchen und Jungen atmeten erleichtert auf. Einige von ihnen wunderten sich, daß der Obergärtner viel jünger aussah, als sie ihn noch in Erinnerung hatten.

«Wieso scheint draußen die Sonne?» fragte Ritas Hubert. «Es müßte doch längst Abend sein!»

«Weißt du, wie lange du ohnmächtig warst?» fragte Claires George. «Vielleicht ist ja schon Sonntag oder Montag ...»

«Ich wünschte, es wäre so», sagte der Obergärtner leise. Er ging zur Tür, öffnete sie umständlich und wunderte sich gleich darauf, daß die Treppe zum Rosengarten nicht mehr vorhanden war. Eine schräge Erdschicht mit Pflanzen, die er nie gesehen hatte, füllte den ganzen Niedergang aus.

Für einen langen Augenblick blieb Hagebuttle bewegungslos im Sonnenlicht stehen. Zögernd griff er nach den Blättern einer bekannter wirkenden Pflanze. Er sah die unverwechselbare Form, halb Blatt, halb Nadel.

«*Ginkgo biloba!*» murmelte er nachdenklich. «Dann dürften wir jedenfalls noch auf der alten Erde sein!»

Er hatte plötzlich den Eindruck, daß es in *Glyndebourne* kühler geworden war. Das mußte nichts Besonderes bedeuten, denn in den Sommermonaten brachten die häufigen Gewitter stets eine willkommene Erfrischung. Doch diesmal schnupperte er unwillkürlich. Er vermißte das übliche Bukett der vielfältigen Gerüche aus dem Dschungel.

«Warum geht Ihr nicht hinaus?» rief Julianes Ebony. «Stimmt etwas nicht?»

Hagebuttle fuhr unwillkürlich zusammen. Er fühlte sich plötzlich ertappt. Aber sie hatte unmöglich seine Gedanken lesen können! Denn was er gerade mehr empfunden als gedacht hatte, war so ungeheuerlich, daß er sich selbst mit allen Fasern seines Körpers und aller Kraft seines Bewußtseins dagegen wehrte …

«Der Sturm hat uns die Treppe zugeschüttet!» sagte er deshalb. Er hoffte, daß keiner der jungen Reservatsbewohner merkte, wie sehr er auf einmal zitterte. Er griff mit beiden Händen in weich gewordenes Mauerwerk. Vorsichtig zog er sich höher. Mürbes Gestein bröckelte unter seinen Händen ab.

Für einen kurzen Moment konnte er in den ehemaligen Rosengarten sehen. Dort, wo einmal die Mauer gestanden hatte, war nicht einmal ein Erdaufwurf zu sehen. Gleichzeitig erkannte er, daß nur in unmittelbarer Nähe der Treppe und der alten Hausmauer dichte Pflanzen wuchsen. Schon ein paar Meter weiter begann ein sanftes, fremdartiges Hügelland.

Er ließ sich vorsichtig zurückgleiten.

«Was ist da draußen?» fragte Ebony. Sie war bis an die alte Türöffnung gekommen. Hagebuttle wischte sich die Hände an seinen ausgebleichten und geflickten Leinenhosen ab. Dann fuhr er sich nachdenklich durch die Haare.

«Das ist so eine Sache!» meinte er. «Der Sturm hat doch mehr fortgeweht, als ich gedacht habe. Hier kommen wir nicht mehr raus …»

Sie sah ihm an, daß er nicht die Wahrheit sagte. Er spürte, wie sie aufmerksam sein Gesicht musterte. Gleichzeitig hatte er den Eindruck, daß sie schöner und reifer geworden war. Aber das konnte auch ein Irrtum sein! Er hatte sich die Gesichter der Jungen und Mädchen nicht so genau angesehen, als er ihnen von den drei Halbinseln erzählte.

«Wie lange waren wir hier?» fragte sie halblaut.

«Nun ja», meinte er. «Ich fürchte, diese Frage ist nicht ganz einfach zu beantworten ...»

«Könnte der Sturm nicht andere Ursachen als ein gewöhnliches Gewitter gehabt haben?»

«Das ist schon möglich», sagte er und nickte. «Aber ich kann mich jetzt noch nicht auf irgendwelche Erklärungen einlassen!»

«Merkwürdig», sagte sie, «Ihr seid viel jünger, als ich dachte!»

«Das möchte ich von *Euch* nicht so behaupten», sagte er vorsichtig. Trotzdem hatte er sich verraten. Sie wußte ganz genau, daß er mit seiner Anrede nicht alle Jungen und Mädchen in der Souterrainküche gemeint hatte, sondern nur sie. Und dann hätte er sie duzen dürfen ...

«Bin ich ... sehe ich älter aus als vorher?»

Er nickte. Wie auf ein geheimes Kommando drehten sie sich beide ruckartig um. Es war längst hell genug in der Küche. Die anderen hatten offensichtlich noch nichts bemerkt.

Hagebuttle und Ebony warfen sich einen kurzen, verständnisvollen Blick zu.

«Ihr seid jünger, und wir sind alle älter geworden», sagte sie mit einem kurzen Lächeln. Es war kaum mehr als ein leichtes Zucken der Mundwinkel. «Ist es nicht so?»

Der Obergärtner holte tief Luft.

«Ich habe keine Ahnung!» sagte er ehrlich.

«Und draußen?»

«Ich weiß nicht, ob es früher oder später in *Glyndebourne* so ausgesehen hat oder so aussehen wird ...»

«Kann ... kann vielleicht das Magnetfeld zurückgekommen sein?»

«Wir sollten vielleicht doch noch nicht nach draußen gehen!» sagte er, ohne auf ihre Frage zu antworten. «Wie viele sind wir hier?»

Sie sah sich um und begann zu zählen.

«Ritas Hubert», sagte sie, «Claires George, dann die beiden dort hinten ... das Mädchen an der Tür dort drüben kenne ich nicht ... den jungen Mann am Herd auch nicht ... also sechs ... nein, sieben mit mir, acht mit Euch ...»

«Acht aus dem Fegefeuer!» sagte der Obergärtner und schüttelte den Kopf. Er gab sich einen Ruck. «Wir müssen zusehen, daß wir etwas zu essen und zu trinken finden! Dort führt eine Wendeltreppe nach oben in die neue Küche. Ich werde zunächst allein gehen ...»

«Nein, ich komme mit!»

«Ich weiß nicht, wie es oben aussieht ...»

«Was habt ihr eigentlich die ganze Zeit zu tuscheln?» rief Ritas Hubert. «Komm, Ebony, erzähl es uns!»

«Du solltest dich allmählich an die Regeln der Höflichkeit gewöhnen!» lachte Ebony. «Du bist doch schließlich kein kleiner Junge mehr!»

Die anderen lachten wie befreit. Sie sahen alle zu Ritas Hubert. Der schwarzhaarige junge Mann stand hochaufgerichtet hinter dem Bohlentisch. Er sah herausfordernd und grinsend nach allen Seiten. Es verwirrte ihn, wie sich ganz langsam der Ausdruck in den Gesichtern der anderen veränderte.

Und dann entdeckte er, daß alle anderen, bis auf den Obergärtner, mindestens drei, vier Jahre älter aussahen, als er sie kannte.

Hagebuttle hingegen wirkte gut zwanzig Jahre jünger ...

Miß Earlymorn erwachte mit einem leisen, kaum wahrnehmbaren Schrei aus ihrer Ohnmacht. Zuerst wunderte sie sich, warum sie am hellichten Tag in ihrer Kemenate auf dem Bett lag. Dann drehte sie sich halb um, entdeckte den fremden Mann und schrie lauter.

«Still!» versuchte der Fremde sie zu beschwichtigen. «Ihr könnt doch nicht so furchtbar schreien!»

«Hinaus! Macht sofort, daß Ihr hinauskommt!»

Sie wollte einfach nicht wahrhaben, daß sie den Mann in ihrer Kemenate irgendwie kannte. Er wirkte wie ein gutgenährter Schultheiß mit einer ondulierten Löwenmähne und einem halben Dutzend goldener Ketten auf der Brust. Er trug ein Samtwams mit golden glänzenden Knöpfen, einen breiten Gürtel mit einer ebenfalls goldenen Schnalle, enganliegende Strumpfhosen und hochhackige Schnallenschuhe.

«Blasius!» platzte es plötzlich aus ihr heraus. «Seit wann wird denn der ‹*Falstaff*› aufgeführt? Ich denke, wir haben dieses Jahr Mozart im Programm ...»

Er merkte ganz genau, daß ihre Fröhlichkeit nur Tarnung war. In ihren Augen stand Entsetzen, Ablehnung und Angst.

«Ihr solltet Euch selbst einmal im Spiegel sehen», sagte er vorsichtig. Er wollte sie nicht gleich schockieren, denn er hatte noch nicht vergessen, wie es ihm kurz zuvor selbst ergangen war.

Miß Earlymorn sprang mit einem erneuten Aufschrei hoch. Sie verfing sich in ihren viel zu weiten Kleidern, stolperte und prallte gegen den verkleideten Oberkoch.

«Mein Gott, was ist mit mir ... und mit Euch? Blasius! Was geht hier vor?»

«Was mich betrifft, ich habe mich nur so gekleidet, wie ich es immer wollte», sagte Blasius Bockhus. «Die Sachen hat mir Seine Lordschaft vor vielen Jahren schon geschenkt ...»

«Aber das meine ich doch gar nicht! Warum habt Ihr Euch so verrückt geschminkt? Na gut ... es steht Euch ausgezeichnet, aber ich verstehe trotzdem nicht, was ...»

«Dort ist der Spiegel!»

Miß Earlymorn faßte an ihr Mieder und raffte die weiten Röcke hoch. Sie eilte zum Spiegel und blieb wie versteinert stehen. Sekundenlang war nichts außer dem leisen Klirren der Brustketten von Blasius Bockhus in der Kemenate zu hören.

«Blond», sagte er und trat hinter sie. Sie sahen sich im Spiegel an. «Die schönsten meergrünen Augen im ganzen Schloß und noch viel schöner als vor zwanzig, dreißig Jahren ...»

«Aber das ist doch ... das bin doch ich!»

«Ja!» nickte Blasius Bockhus. Nach vielen Jahren der Zusammenarbeit stellte sie plötzlich fest, wie stolz und stattlich er in seiner Theatermaske aussah. Er schien zu ahnen, was sie dachte.

«Ich bin ebensowenig geschminkt wie Ihr! Aber es ist kein Wunder, daß sich ein Mann wie ich auch im gereiften Alter nicht danach sehnt, wieder so auszusehen wie mit zwanzig Jahren! Eine Schönheit, wie Ihr sie einmal gewesen seid, könnte aber genau das in ihren Träumen wünschen ...»

«Heißt das, wir träumen?»

Blasius Bockhus hob die Schultern.

«Das habe ich noch nicht herausgefunden. Ich weiß nur, daß dieser unheimliche Orkan viel mehr verändert hat, als wir im Augenblick erkennen ...»

«Mein Gott, wie sehen diese Kleider an mir aus!» stöhnte Miß Earlymorn. «Das ist ja furchtbar!»

«Habt Ihr denn keine anderen Sachen in Euren Schränken?»

Sie wurde unwillkürlich rot. Doch dann beruhigte sie sich und griff vorsichtig in ihr langes kornblondes Haar.

«Daß ich das noch einmal erlebe!» seufzte sie träumerisch. «Es ist ein Wunder ... ein echtes Wunder, Blasius! Ich kann es überhaupt nicht fassen!»

«Noch wissen wir nicht, wie lange es Bestand hat», sagte er warnend. «Tatsache ist, daß sich alle in unserer Küche verändert haben. Die anderen sind noch nicht wach.»

«Habt Ihr mich etwa hierhergetragen?»

Der Oberkoch nickte. Er ging zur Tür und lächelte verhalten.

«Ihr könnt beruhigt sein», sagte er. «Ich habe mir nichts Ehrenrühriges dabei gedacht.»

«Und nun? Was wird mit uns? Wie geht es weiter mit den Vorbereitungen?»

«Ich war vorhin kurz im Foyer. Die Türen sind verschlossen. Selbst von den Außentüren läßt sich keine öffnen, obwohl ich es natürlich nur von innen versucht habe.»

«Ihr macht mir angst, Blasius Bockhus! Meint Ihr vielleicht, daß die Besucher in der Oper ...»

Er hob die Hände und preßte nachdenklich die Lippen zusammen.

«Ich fürchte fast, daß das Magnetfeld für die Erde auf eine Art zurückgekommen ist, mit der niemand von uns gerechnet hat!»

«O mein Gott!» hauchte Miß Earlymorn entsetzt. «Dann ist es wirklich geschehen, was wir seit Generationen erhofft haben?»

«Oder etwas ganz anderes», nickte er ernst.

Nach der ersten Aufregung und den wilden Auftritten der *Neo-Normannen* war eine trügerische Ruhe im Theatersaal eingekehrt.

Überall in der Tiefe des Parkettraums weinten die Besucher. Einige saßen apathisch in ihren Sesseln, andere standen bewegungslos abwartend in den Gängen, und wiederum andere diskutierten halblaut in kleinen Gruppen. Die meisten versuchten noch immer, zusammen mit einigen Begattern der *Pecuniaten*, irgendeinen Ausweg zu finden.

Doch nach und nach mußten auch die wie Helden aussehenden Männer aus den Trutzdörfern einsehen, daß es diesen Ausweg nicht gab. Die Türen blieben verschlossen.

«Es hat keinen Sinn!» sagten sie.

«Wir sind gefangen ...»

Oben in den Logen hatte sich die Stimmung ebenfalls verschlechtert. Tankred und Drogo, die beiden Anführer der *Neo-Normannen*, wußten offensichtlich nicht weiter. Zunächst hatten sie noch versucht, mit scharfen Befehlen das Kommando über die Besucher der Oper zu übernehmen. Doch als sie merkten, daß ihre Taktik nicht griff, wußten sie plötzlich nicht weiter.

Auf der Bühne waren inzwischen die Scheinwerfer erloschen. Einige der Schauspieler versuchten noch immer, hinter den Kulissen einen Ausweg zu finden. Angehörige des Janitscharenchors, Handwerker und Sänger zugleich, kamen nach und nach auf die Bühne. Sie gingen zu Lord Rothschild, erstatteten ihm Bericht und traten enttäuscht in den Hintergrund zurück.

Der Lord hatte erneut den Turban des Sultans aufgesetzt. Vielleicht war das nur eine unbewußte Handlung gewesen, mit der er noch einmal versuchte, der harten Wirklichkeit durch eine Flucht in das historische Singspiel zu entkommen. Die Ratlosigkeit auf der Bühne teilte sich auch den Zuschauern im Parkett mit. Und alle schienen zu warten.

Agwira-Konstanzes Versuch, durch Kräuterrauch eine Panik zu unterdrücken, verlor mehr und mehr von seiner anfänglichen Wirkung. Sie näherte sich Klingsor-Belmonte. Schon seit einiger Zeit fühlte sie sich von einer unwiderstehlichen Kraft zu ihm hingezogen. Auch Klingsor ging noch immer ganz in seiner Rolle als liebender Opernheld auf, der nur den einen Gedanken hatte, seine Braut aus der Gewalt des Sultans und seines Palastwächters zu befreien.

Er sah zu Olaf-Pedrillo und Shahesa-Blonde hinüber. Die beiden schienen völlig vergessen zu haben, daß *«Die Entführung aus dem Serail»* einen vollkommen anderen Verlauf als in der Partitur vorgesehen genommen hatte. Sie lehnten in einer Ecke der Palastkulisse, hielten sich eng umschlungen und küßten sich immer wieder.

«Welch ein Alptraum!» schrie plötzlich eine durchdrehende

Pecuniaten-Frau. Als hätten die anderen nur darauf gewartet, schrien auch andere auf.

Lord Rothschild fuhr sichtbar zusammen. Die ganze Zeit hatte er wie das Denkmal eines in Beschaulichkeit versunkenen orientalischen Sultans direkt an der Bühnenrampe gestanden. Doch nun erwachte er wieder aus seiner Starre.

«Verehrte Anwesende!» rief er. Er war der einzige, der in der Oper nur eine Sprechstimme gehabt hatte. Sein Baß dröhnte durch den Theatersaal. «Ich habe nachgedacht, was wir jetzt unternehmen können. Ich kenne in *Glyndebourne* jede Mauer und jeden Winkel. Aber ich weiß auch, was ihr nicht wissen könnt ...»

«Wir wollen raus!» schrie einer der *Uhrbauer*.

Der Lord-Sultan ließ sich nicht beirren.

«Dieses Theater und die inneren Gebäude des Schlosses sind schon vor mehr als hundert Jahren mit einem damals ganz neuen Material errichtet worden ... aus lebendem Protoplasmaschlamm mit kodierten Zellkernen ...»

«Aufhören!» fielen andere ein. «Wir wollen keine Vorträge!»

«... und diese Konstruktzellen ... aus denen auch die äußere Hülle des *Kontinuum Eckert* besteht ... enthalten Magnetosomen ... winzige Einschlüsse aus Magnetit ...»

«Was hilft uns das denn jetzt noch?» brüllte einer der *Neo-Normannen*. Der Lord-Sultan hob die Hände.

«Es kann die Erklärung dafür sein, daß wir noch leben! Magnetische Domänen in allen Mauern ... dicht an dicht ... Weissche Bezirke, die wie ein großes Kettenhemd gegen die unsichtbaren Kräfte schützen ...»

«Sucht lieber nach Löchern in dem verdammten Hemd!» schrie Drogo aus seiner Balkonloge an der Rückseite des Theaterraums. «Wir wollen doch hier nicht verrecken!»

«Was Blitz und Donner nicht vermochten, schaffen auch Menschenhände nicht!» antwortete Shakes-Osmin und trat aus den Kulissen. Die dunkle Schminke in seinem Gesicht wirkte verschmiert.

«Sollen wir etwa in diesem Riesenstall verrecken?» rief einer der *Pecuniaten-Begatter*.

Wieder schrien und brüllten alle durcheinander. Überall entstanden Handgemenge. Es war, als würden die Besuchergruppen plötzlich vergessen, daß keiner der Anwesenden für das Unheil verantwortlich gemacht werden konnte. Sie waren freiwillig gekommen, auch wenn niemand wußte, was ihn nach *Glyndebourne* getrieben hatte …

Und dann begannen plötzlich ernsthafte Auseinandersetzungen. Irgend jemand stolperte zwischen den Sesselreihen. Seine gemurmelte Entschuldigung ging im Aufruhr unter.

Das blaßblaue Licht der Notlampen veränderte die Gesichtszüge, machte sie böse und unversöhnlich. Was unter normalen Bedingungen vielleicht noch möglich gewesen wäre, verdichtete sich nun zu starren Klischees von Angriff und Verteidigung, Recht und Rache, Trotz und territorialem Anspruch.

«Das ist mein Platz!» brüllte der Angerempelte.

«Was heißt hier *mein* und *dein*? Los, aus dem Weg! Ich will hier durch!»

«Laßt Euch das nicht gefallen!» kreischte eine Frauenstimme. Und dann schlugen die beiden Besucher sinnlos aufeinander ein.

Aus irgendeinem Grund schienen alle nur auf die ersten, elektrisierend wirkenden Schmerzensschreie gewartet zu haben. Sie wirkten wie auflodernde Zauberkraut im Lagerfeuer. Wut, Angst und nackte Aggression brachen überall im Parkett gleichzeitig aus.

Panik!

Das Überfluten der Instinkte übertönte in Sekundenschnelle jeden beruhigenden Ruf. Wer sich den Kämpfenden entgegenstellte, wurde sofort selbst zum Opfer. Einige besonnene Besucher versuchten es mit uralten psychologischen Tricks. Niemand ist in der Lage, eine in Panik geratene Menschenmenge aufzuhalten. Aber es gab schon immer Methoden, plötzlich ausbrechende Aggressionen abzufangen. Man mußte sie nur umleiten … verstärken …

Das war der große Augenblick für Westminster March. Der Dirigent scheuchte seine Musiker zu einer Tür, die in den Raum unter der Bühne führte. Doch erst als er selbst die Tür erreicht hatte, schrie er:

«Zur Bühne! Zur Bühne … hier ist eine Tür!»

Er ließ die Tür laut hinter sich zufallen und verriegelte sie von innen. Hinter ihm blieb der leere Orchestergraben zurück.

19.
Kraftfelder

Die kuppelartige Himmelserscheinung über *Glyndebourne* begann im Sonnenlicht zu schillern. Farbige Flammen zogen wie riesige Nordlichter kreisförmig über das Firmament. Dazwischen bildeten sich vereinzelt Schäfchenwolken, die wie Perlenketten wirkten.

Der Commodore hatte das Schloß verlassen. Er rannte heftig keuchend am Ufer des Glyndemeers entlang. Er hatte die Arme angewinkelt und bewegte sie wie Pleuelstangen. Nach jedem zehnten Schritt atmete er mit weit aufgerissenem Mund ein, lief eine Weile mit angehaltener Luft und ließ sich nach vorn fallen, während er wieder ausatmete. Er hatte die Topographie der gesamten Gegend im Kopf. Trotzdem fühlte er sich verwirrt. Er hatte nicht damit gerechnet, daß der seltsame Sturm die dichte Decke aus Wasserpflanzen über dem abgeschnittenen Glyndemeer vollkommen aufreißen konnte. Was er sah, glich viel eher einem von ständigen Strömungen bewegten See als einem stehenden Gewässer.

Er lief durch die verfallenen Ruinen der alten Ortschaft Glynde Place und kam, ohne eine Pause einzulegen, bis nach Glynde selbst. Hier hatten früher einmal die Leute gewohnt, die in den Sommermonaten im Schloß beschäftigt waren. Doch jetzt sah alles anders aus, als es der Commodore in Erinnerung hatte. Die ganze Gegend schien nicht mehr zu stimmen …

Scouty Natz biß die Zähne zusammen. Er spürte ein Stechen in der Brust, aber er rannte unablässig weiter. Längst hatte er seine Smokingjacke ausgezogen und einfach fallen lassen. Obwohl es kühler war, als er erwartet hatte, riß er sich auch noch Ober- und Unterhemd vom Körper. Jetzt hatte er nur noch die biesenbesetzte Smokinghose und Lackschuhe an. Er dachte nicht daran, daß er keine *Machbar* mehr hatte – jedenfalls nicht in der Nähe.

Er hatte längst eingesehen, daß sein phantastischer Plan gescheitert war. Während er schwitzend weiterrannte, hämmerte immer wieder die gleiche Frage durch seinen Kopf:

Wie war er bloß auf die verrückte Idee gekommen, eine ganze Oper mit allen Häusern und Schuppen, mit Gärten und Hügeln *«entführen»* zu wollen? Er mußte wahnsinnig gewesen sein ... ein total verblendeter Narr ...

«Entführen!» keuchte er, während er immer weiter die Hügel hinaufrannte. «Entführen ... entführen ...»

«Die Entführung aus dem Serail!»

Scouty Natz stolperte, kam aus dem Schritt und blieb keuchend stehen. Sein stämmiger, massiver Brustkasten hob und senkte sich, und seine Bauchdecke flatterte. Er ballte die Hände zu Fäusten.

«Die Entführung ...» schluckte er atemlos, «die Entführung aus dem ... aus dem ...»

Er keuchte noch immer. Vor seinen Augen wirbelten farbige Kreise. Er drehte sich halb um seine Achse, starrte über die tiefer wachsenden Bäume des Dschungels und den *Jugendstilpark* hinweg bis zum Schloß. Der quadratische Bühnenbau ragte wie ein behauener Felsblock über die alten Dächer hinaus.

«Die Entführung aus dem Serail!»

«Ja, ja, ja!» schrie er heiser. Irgendwann in den vergangenen Jahren mußte etwas in seinem Gehirn falsch gearbeitet haben. Vielleicht ein Kurzschluß in seinen Erinnerungsspeichern ... eine zu oft abgespielte Programmschaltung ... ein paar gelöschte Impulse ... zu harte kosmische Strahlung ... Sonnenwind ...

Und dann geschah etwas Einmaliges mit Scouty Natz. Noch während er darüber nachdachte, wie sich der Fehler in sein Verhalten eingeschlichen hatte, drängten sich beinahe unbemerkt neue Gedanken in sein Bewußtsein.

«Die Entführung des Serails» war nie seine Aufgabe gewesen. Er hatte etwas ganz anderes von der Erde hoch zum *Kontinuum* bringen sollen ... nicht die Gebäude ... nicht die Gärten ... die Hügel ...

Von Anfang an war es nur um Gefühle gegangen, um Eindrücke und Verhaltensdaten. In den ersten Jahrzehnten nach dem Versiegen des irdischen Magnetfeldes hatten automatische Beobachtungsstationen überall in den Wäldern noch alle benötigten Werte geliefert. Erst viele Jahre später hatten die Menschen in ihrer Röhre mehr gefordert. Sie bauten die *Robbits*.

Zu dieser Zeit waren die Commodores nur in der Nähe der großen Kunstwelt beschäftigt. Doch dann waren die *Robbits* aus dem Reservat Britannien vertrieben worden. Einige Commodores wurden zurückgerufen. Sie erhielten … sie erhielten …

Scouty Natz fröstelte plötzlich. Er streckte die Hände aus und drehte sich ganz langsam von einer Seite zur anderen. Alles in ihm wehrte sich dagegen, den einmal begonnenen Gedanken weiterzudenken.

«Nein!» flehte er. Er spürte, daß er gegen sich selbst kämpfte. Die eine Hälfte wollte lieber den Wahnsinn akzeptieren als die Wahrheit, doch die andere schien plötzlich über eine ganz neue, unbesiegbare Energie zu verfügen.

Er stieß einen gurgelnden Laut aus, riß den Kopf zurück und reckte seine geballten Fäuste gegen den Himmel.

«Doch, Scouty Natz!» sagte eine vollkommen klare Stimme in ihm. «Du bist zu unlogisch geworden … fast wie ein richtiger Mensch!»

Er taumelte nach links, dann nach rechts. Aus seinem Mund kam ein langer, klagender Aufschrei. Sein *Erziehungsspeicher* übernahm die Kontrolle über seine in allen Zellen verankerten *Erfahrungswerte*. Doch dort, wo die Menschenähnlichkeit des Commodore begründet war, entstand eine Sperre gegen das *Androiden-Programm*.

Sein Gesicht zuckte. Er warf die Arme zur Seite. Mit schnellen, blitzartigen Bewegungen wurde sein Körper von zwei gegensätzlichen Steuerzentralen förmlich zerrissen. Er kämpfte um seine Existenz, aber er wußte, daß er schon längst verloren hatte. Erst als er starb, fand er sein Gleichgewicht wieder. Wie eine Statue blieb er mitten auf der fremdartig wirkenden Lichtung im Hangwald stehen.

«*Die Entführung aus dem Serail!*» knarrte sein Mund, doch das war nur noch ein leeres Echo aus seinem toten künstlichen Gehirn.

Ebony sah die leblosen Körper vor dem Küchenherd und schrie auf. Sofort war Hagebuttle neben ihr. Er zögerte einen Moment, dann eilte er vor und bückte sich. Mit vorsichtigen Bewegungen drehte er einen jungen Koch um. Der Mann sah ihn mit leise zukkenden Augen an.

«Er lebt!» rief Hagebuttle. Ebony atmete tief durch.

«Was ist mit den anderen?»

Der Obergärtner lief von einem zum anderen.

«Der auch ... das Mädchen ebenfalls ... und dieses ...»

Er richtete sich auf und stützte sich an der kalten Eisenplatte des großen Herdes ab.

«Sie scheinen alle noch zu leben ... alle zehn!»

«Aber warum sind sie so starr?»

Hagebuttle hob die Schultern.

«Weil sie noch nicht aufgewacht sind», sagte im gleichen Augenblick eine angenehme Männerstimme. «Aber das kommt schon noch!»

Hagebuttle und Julianes Ebony fuhren zusammen. Sie drehten sich ruckartig um. Vor ihnen stand ein freundlich lächelnder Schultheiß mit goldenen Ketten auf der Brust.

«Interessant», meinte Blasius Bockhus. «Ich hätte nicht gedacht, daß sich der alte Hagebuttle ebenfalls im Alter von vierzig Jahren am wohlsten gefühlt hat!»

«Blasius Bockhus!» sagte Hagebuttle und schüttelte mit einem amüsierten Lächeln den Kopf. «Manchmal wirkt so ein kleines Nickerchen doch recht verjüngend! Wo ist eigentlich Miß Earlymorn?»

«Hier!» sagte eine fröhliche Mädchenstimme. Hagebuttle blickte zur Seite. Sie stand im Eingang zu ihrer Kemenate.

«Donnerwetter!» schluckte der Obergärtner. «Das ist ja eine noch größere Überraschung!»

«Wißt ihr, was geschehen ist?» fragte Blasius Bockhus.

«Nein», antwortete der Obergärtner. «Ich habe ein paar Kinder von draußen in die alte Küche geholt. Danach müssen wir wie die dort drüben in irgendeinen Schlaf gefallen sein ...»

«Ich habe immer gesagt, daß *Glyndebourne* auch ein Dornröschenschloß sein könnte ...» meinte Miß Earlymorn. Sie hatte sich ein luftiges Leinenkleid mit einem bunten Mieder angezogen und ihre kornblonden Haare mit einer Schleife im Nacken zusammengebunden.

«Wahrscheinlich mit Euch als Prinzessin!» grinste Hagebuttle bewundernd. «Habt Ihr Euch bereits umgesehen?»

«Ja», sagte Blasius Bockhus. «Ich habe vorhin schon einmal

versucht, bis ins Theater zu kommen, aber die Türen lassen sich nicht öffnen.»

Hagebuttle ging zu den verschlossenen Fenstern.

«Wer hat die Schutzscheiben geschlossen?» fragte er.

«Die funktionieren automatisch. Shakes hat mir mal erzählt, daß es irgendwo im Mount Caburn eine Kraftstation gibt, die sofort reagiert, wenn ein Magnetfeld spürbar wird.»

Hagebuttle sah den Oberkoch prüfend an.

«Habt Ihr das die ganze Zeit gewußt?»

«Mein Gott, Hagebuttle! Wir wissen doch, daß wir alle in den vergangenen Jahrzehnten immer mehr vergessen haben! Mag sein, daß ich es irgendwann von Shakes oder auch vom Doktor gehört habe. Tatsache ist, daß ich mich erst jetzt wieder daran erinnere!»

Die jugendliche Miß Earlymorn war inzwischen zu den anderen gegangen, die noch immer in einem Zustand zwischen Ohnmacht und Wachsein auf dem Boden lagen. Sie wunderte sich, warum kaum Reste von Gemüse und Salaten, von Fleisch und Obst auf dem Küchenboden zu sehen waren.

Aber auch diese Beobachtung hatte keinen absoluten Wert. Sie sah vollkommen hart gewordene, schwarz eingetrocknete Suppenreste in den alt gewordenen Töpfen. Als sie eine graue Aluminiumschöpfkelle aufnehmen wollte, griffen ihre Finger in weichen Staub. Direkt daneben lag ein langes Tranchiermesser auf einer abgewetzten Marmorplatte. Die Klinge des Messers glänzte wie neu.

«Das verstehe ich nicht», sagte sie leise, während hinter ihr die beiden Männer in eine ernsthafte Diskussion über die Schutzanlagen des Schlosses vertieft waren. Das schwarzhaarige Mädchen von den Zeltplätzen kam um den großen Herd in der Mitte der Küche herum. Sie sah nach oben. Überall hingen Fetzen der Deckenverkleidung herab. An mehreren Stellen lagen staubige Placken ... auf dem Herd, auf den Arbeitstischen und auf dem gekachelten Fußboden. Nur vor den Fenstern lag nichts.

«Es muß mit den Materialien zusammenhängen», sagte Miß Earlymorn, als sie Ebonys Verwunderung bemerkte. Julianes Ebony strich sich die glänzenden Haare über die Schultern. Sie behielt eine Strähne zwischen den Fingern und begann einen Zopf zu flechten.

«Warum versuchen wir nicht, diese Leute hier aufzuwecken?» Miß Earlymorn hob die Brauen.

«Eigentlich hast du recht!» sagte sie. «Ich weiß auch nicht, was die Männer so lange zu diskutieren haben!»

Sie drehte sich um und pfiff durch die Lippen. Hagebuttle und Bockhus unterbrachen sofort ihre Diskussion.

«Ihr könnt euch später noch über das Warum und Wieso unterhalten!» sagte Miß Earlymorn. «Gehen wir einfach davon aus, daß hier mehr Durcheinander herrscht, als wir zulassen dürfen! Also los jetzt ... entweder wir räumen auf, oder wir bedauern unser Schicksal so lange, bis es nichts mehr zu bedauern gibt!»

«Bei Euch war die Veränderung wohl doch nur äußerlich!» sagte der Obergärtner. «Immer noch die praktische Miß Earlymorn ...»

«Sie hat vollkommen recht!» sagte Bockhus. «Aus dem großen Opern-Dinner wird ohnehin nichts mehr! Wir können froh sein, wenn wir überhaupt noch irgend etwas Eßbares finden!»

Er zeigte zum Herd hinüber.

«Verdorrt, verdunstet und zu Staub geworden!» nickte Hagebuttle und kippte eine kalte Kasserolle aus. Eine weißgraue Staubwolke löste sich aus dem großen eisernen Bratentopf. Bockhus eilte um den Herd herum. Er stieß eine blind gewordene Glastür auf und betrat den Raum, in dem die Konditoren gearbeitet hatten.

Der Meister der Konditoren saß in einem Staubhaufen. Aus den Spuren am Boden erkannte der Oberkoch, daß er auf seinem Stuhl eingeschlafen sein mußte. Von der Metallkonstruktion waren nur noch die Flechtmuster auf der Erde zu sehen ...

Bockhus entdeckte aufgeschüttetes Mehl, Haufen von Mandeln, grobes Korn, aber auch Fett, Öl und Honig in Steinguttöpfen. Er konnte sich keinen Reim darauf machen, was er sah. Manche Dinge waren einfach zerfallen, andere sahen vollkommen unverändert aus. Er ging einige Schritte weiter und entdeckte die übrigen Bäckergesellen und Konditoren. Einige lächelten sogar in ihrem seltsamen Schlafzustand.

«Hier ist niemand verletzt!» rief er in die Küche zurück. «Sie schlafen nur!»

«Unsere wachen bereits auf!» antwortete Miß Earlymorn. Blasius Bockhus mußte sich unwillkürlich an einem eisernen Kuchengestell festhalten. Obwohl seine Empfindungen und Gedanken noch immer wild durcheinandertaumelten, freute er sich über die Stimme der jung und begehrenswert gewordenen Kaltmamsell. Er konnte sich nicht mehr daran erinnern, warum sie sich eigentlich all die Jahre gezankt und geärgert hatten …

Mit einem tiefen Seufzer ging er in seine Küche zurück. Sie lebten, und das war jetzt wichtiger als alles andere. Und dann sah er, wie vorsichtig tastend Mädchen und junge Männer aus der Kellerküche nach oben kamen. Sie gingen dicht nebeneinander. Noch zögerten sie, und erst als sie den Obergärtner sahen, entspannten sich ihre fragenden Gesichter.

Klingsor-Belmonte, Agwira-Konstanze und ihr Großvater, der Lord-Sultan, beobachteten die anstürmenden Besucher.

«Wahnsinnig wie Lemminge!» preßte Shakes-Osmin zwischen den Zähnen hervor. Die ersten Männer und Frauen kletterten über die Balustrade zum Orchestergraben. Nachdrängende schoben sie weiter. Sie achteten nicht auf die Schreie.

«Zurück! Zurück! Nehmt doch Vernunft an …»

Ein *Pecuniaten-Begatter* verlor den Halt. Der riesige Kerl krachte genau auf den Holzstuhl des Dirigenten. Der nächste fiel über ihn. Und dann stürzten immer mehr Männer und Frauen in zerrissenen Smokings und in Fetzen an ihren Körpern hängenden Abendkleidern in den Orchestergraben.

Ein schriller Trompetenstoß gellte durch das wahnsinnige Chaos. Einer der Begatter hatte das Instrument gefunden. Er blies mit zusammengepreßten Lippen immer wieder ins Mundstück.

Er sah nicht, wie ein anderer einen Kontrabaß mit beiden Händen aufhob, einmal im Kreis schwang und auf seinen Kopf krachen ließ. Das Trompetensignal brach ab. Doch gleichzeitig begann ein wahnsinniges Konzert der Vernichtung. Oboen, Klarinetten und Fagotts wurden zu Schlagwaffen … Waldhörner, straff bespannte Wirbeltrommeln und Messingbecken zu Schilden.

Einer verschanzte sich hinter der Harfe. Er spannte die langen Baßsaiten und schoß mit Violinbögen, Trommelstöcken und Stimmgabeln zur Bühne hoch.

Die Schauspieler versuchten einen Verteidigungswall auf der

Vorbühne zu errichten. Sie kippten Kulissen und massive Versatzstücke gegen die Rampenlichter. Hoch oben vom Schnürboden löste sich eine farbig bemalte Soffitte. Sie stürzte direkt auf den Souffleurkasten, zertrümmerte ihn und kippte in den Orchestergraben. Die Notenpulte der Musiker flogen nach allen Seiten auseinander.

Weiter hinten im Parkett warfen sich jetzt auch die *Neo-Normannen* in das wogende Chaos. Sie kletterten aus den hängenden Logen an der Rückseite des großen Saals, sprangen über Balkenverzierungen und landeten mitten in den kämpfenden Gruppen. Mit ihren plötzlich hervorgeholten Lähmstrahlern schafften sie sich rücksichtslos Platz. Und dann hämmerte eine MPi los.

Die kurzen, hektischen Feuerstöße rissen Stuckbrocken und Holzsplitter aus den Verzierungen an der Decke des Theaterraums.

«Aufhören!» schrien einige *Pecuniatinnen* wieder und wieder. Doch niemand hörte auf sie …

Tankred brüllte vergeblich seine Befehle in das Inferno. Inzwischen kämpfte jeder gegen jeden. Und alle versuchten, irgendwie über den Orchestergraben zur Bühne zu kommen. Dort … und nur dort konnten noch Ausgänge sein! Als immer mehr Tote und Verwundete zwischen den Sesselreihen zusammensanken, erhielten die Schauspieler auf der Bühne plötzlich Verstärkung durch die Musiker. Westminster March führte sie zusammen mit dem Janitscharenchor von der linken Kulissenseite ins Feld.

Doch auch die Angreifer erzielten Erfolge. Die ersten von ihnen hatten bereits Sturmleitern und schräge Rampen aus den Trümmern der Parkettbestuhlung errichtet.

Olaf-Pedrillo und seine geliebte Shahesa-Blonde schleppten einen Ballen mit Dekorationsstoff heran.

«Nicht die Stoffe!» brüllte Klingsor-Belmonte entsetzt. Er sah, wie die anderen Schauspieler den Ballen bereits ausrollen wollten. Doch gerade das konnte zu einem furchtbaren Denkfehler werden. Aus Stoff ließen sich Seile drehen … Strickleitern … Fangschlingen …

«Wir müssen zurück!» rief Agwira-Konstanze.

«Aber es gibt keine Tür mehr nach draußen!» antwortete ihr Großvater.

Shakes-Osmin verteidigte sich mit einer Holzlatte gegen zwei riesige *Pecuniaten-Begatter*. Aus den Augenwinkeln entdeckte Olaf-Pedrillo das Blinken einer MPi. Er hechtete quer über zwei am Boden aufeinander einschlagende *Uhrbauer*. Mit einem Aufschrei stürzte er sich auf Drogo. Der *Neo-Normanne* hatte als einer der ersten Angreifer die Bühne erreicht. Für einen kurzen Augenblick kämpften die beiden Männer um die tödliche Waffe.

Drogo war stark und genauso gewandt wie der Freigänger. Was ihm an Instinkt fehlte, konnte er durch jahrelanges Kampftraining ausgleichen ...

Augenblicklich bildete sich ein Ring um die beiden. Die Schauspieler wichen bis zu den zerstörten Kulissen zurück. Aus dem Orchestergraben kletterten immer mehr Zuschauer bis zur Vorbühne. Während im halbdunklen Theatersaal die Schreie der Verwundeten nicht aufhörten, sprangen Olaf-Pedrillo und Drogo wie Raubtiere aufeinander zu.

Die MPi schlitterte bis zu Westminster March. Er bückte sich, wollte sie aufheben, stieß mit einem anderen *Neo-Normannen* zusammen und berührte den Abzug. Die Waffe flog ihm sofort wieder aus der Hand.

March taumelte. Er griff sich an den Hals. In seinen Augen stand plötzlich ein beinahe glückliches Lächeln. Er öffnete den Mund, doch nur ein einziger Mann verstand, was der Dirigent in seiner letzten Lebenssekunde röchelte. Westminster March kippte mit einer ganz langsamen Drehbewegung in den Orchestergraben.

«*Orgelraum!* Er wollte *Orgelraum* sagen!»

Der Lord-Sultan schrie es fast. Seine Enkelin sah ihn verwundert an. Sie wurde zurückgedrängt. Über die Köpfe der anderen hinweg suchte sie den Blickkontakt zu ihrem Großvater.

Nur wenige Meter entfernt kämpften Drogo und der Freigänger um ihr Leben. Die muskulösen Körper krachten immer wieder gegeneinander. Ein kurzes Ringen, einige blitzschnelle Muskelspannungen, dann standen sie erneut auf Sprungweite voneinander entfernt.

Beide hatten inzwischen nackte Oberkörper. Schweiß lief ihnen über die Brust. Die Zuschauer konnten nicht sagen, wer härter und gefährlicher aussah. Sie sahen nur, daß hier zwei unterschiedliche Einstellungen zum Leben in beinahe identischer Form aufeinanderprallten …

Und wieder ein neuer Angriff. Schwarzes und blondes Haar flog ineinander. Muskelbepackte Arme umschlangen sich, rutschten voneinander ab und zeigten bis zum Zerreißen gespannte Sehnen.

«Töte ihn, Drogo!» schrie Tankred, der Speer der Normannen zweiter Klasse, über einen hallenden Sprachverstärker.

«Olaf!»

Das war Shahesa-Blonde. Tankreds Kopf ruckte zur Seite. Er zeigte die Zähne und grinste unter seinem durchsichtigen, kugelförmigen Helm. Es war ein Spiel, wie es ihm Spaß machte, denn hier … auf dieser Bühne … entschied sich, wie die Macht draußen verteilt wurde …

Er merkte nicht, wie sich der Lord-Sultan und Agwira-Konstanze bis fast zum Garderobengang auf der rechten Seite der Bühne zurückzogen. Mitten im Lärmen und Geschrei versuchte die ehemalige Freigängerin ihrem Großvater zu erklären, was Westminster March mit seinem letzten Wort gemeint haben könnte.

«Der Orgelraum gehört doch zum Theatertrakt … da ist auch die Wendeltreppe … wir könnten über die Gänge … zumindest ins Haupthaus …»

Klingsor-Belmonte kämpfte sich bis zu den beiden vor.

«Sie bringen uns um, wenn Olaf verliert!» schrie er. «Er hat ihnen schon einmal die Ehre gestohlen …»

Erst jetzt begriff der Lord-Sultan den Haß der *Neo-Normannen*. «In seiner Opernrolle haben sie ihn zuerst nicht erkannt», erklärte Klingsor-Belmonte schnell. «Aber jetzt wissen sie, daß er der Mann ist, der ihre Waffen verachtet … und das können sie nicht zulassen, wenn sie hier alles an sich reißen wollen …»

Agwira-Konstanze hatte sich nur für zehn Sekunden entfernt. Sie kam hastig zurück.

«Es geht!» keuchte sie erregt. «Ich habe die Tür nach oben geöffnet!»

«Dann los, ehe die anderen merken, wohin wir fliehen!» befahl der Lord-Sultan. Klingsor-Belmonte zögerte.

«Du willst ihn tatsächlich opfern, Abel?»

«Ich kümmere mich nur um die Rückendeckung …»

Der Mann von *Greenpeas* preßte die Lippen zusammen.

«Darf man den Tod eines einzigen Menschen zulassen, nur um einige andere zu retten?»

«Das konnte noch nie jemand beantworten!»

Agwira-Konstanze schob unauffällig einige Frauen hinter die zerstörten Kulissenwände. Die Männer des Janitscharenchors bemerkten zuerst, was sie vorhatte. Sie bildeten mit ihren Körpern eine Mauer. Niemand hatte sie dazu aufgefordert. Aber auf diese fast selbstverständliche Weise gelangten Musiker und immer mehr Zuschauer über die Bühne nach hinten. Und dann gelang es sogar, auch noch Verletzte zu bergen.

Nur ganz vorn ... genau in der Bühnenmitte ... schlugen inzwischen fast alle *Neo-Normannen* auf den mit unglaublicher Energie und einer nie zuvor gesehenen Technik kämpfenden Freigänger ein ...

Die Stute trabte mit kurzen seitlichen Ausfällen an der *Wallop Dining Hall* vorbei. Sie lief über den äußeren Hof und bog zum früheren Haupteingang des Schlosses ab. Dort, wo sich zu irgendeiner Zeit die Wege nach Ringmer und Glynde gegabelt hatten, blieb Klingsor Haywoods Wanderziege stehen.

Mit einem unsicheren, fast scheuen Schnauben wandte die Stute sich nach Norden. Sie trabte über Wiesen ohne Gebüsch und fiel am ehemaligen Garten vor dem Orgelraum in eine langsamere Gangart zurück. Die kniehohen Pfeiler im Gras hatten ihre Isolierungen verloren. Blankes Metall glänzte im Sonnenlicht. Die Stute hielt sich an die Linie im Boden, an der kein Gras und kein Gestrüpp mehr wuchs. Hier glitzerte der Boden metallisch und wie frisch aufgebrochen. Dahinter erstreckte sich eine weite, verbrannt wirkende Fläche, die bis zu einer dunkelgrünen Waldmauer reichte.

Die Stute sah alles, ohne es zu verstehen. Sie stellte die Ohren auf, bewegte ein paarmal die Gamaschen und schritt dann in gemessenem Paßgang bis zum *Croquet lawn*. Von den Hecken war nichts mehr zu sehen. Auch die Gebäudeanordnung schien sich verändert zu haben. Manche Mauern strahlten bekannte Erkennungsignale aus, andere hatten keinerlei Bedeutung für die Stute.

Unmittelbar vor den Hügeln im Süden begann sie erneut zu traben. In einem weiten Bogen erreichte sie ihren Ausgangspunkt. Ein paar Feldsteine deuteten an, wo früher der Stall gewesen sein mußte. Auch von den Stallungen für die anderen Tiere des Schlosses waren nur noch die Fundamente und Wandsockel zu sehen. Einige Hühner traten mit gespreizten Krallen und hängenden Flügeln in Gras, das sie nicht zu mögen schienen. In einem ausgetrockneten Bachbett gruben Schweine und Ferkel nach Wasser.

Die Stute begann einen weiteren Rundgang. Sie fühlte sich von den Gebäuden mehr angezogen als von der freien Landschaft. Diesmal wagte sie sich bis in den inneren Schloßhof. Hier war der Boden noch immer mit einem Kopfsteinpflaster bedeckt. An einigen Stellen wirkte es aufgebrochen, an anderen noch genauso, wie sie es kannte.

Die Stute blieb mitten im Hof stehen. Sie bleckte die Zähne. Und dann wieherte sie so laut, daß selbst im weiter entfernten *Jugendstilpark* die schweigend verharrenden Tiere zu neuem Leben erweckt wurden.

Die jungen Männer und die Mädchen im Küchentrakt hatten nicht lange gebraucht, um sich auf die veränderten Bedingungen einzustellen. Während sich Miß Earlymorn mit Ebony um die nach und nach Erwachenden kümmerte, sorgte Blasius Bockhus zusammen mit Claires George und Ritas Hubert für Ordnung im Hauptküchenraum.

Sie hatten die Fenster geöffnet. Obwohl Hagebuttle zunächst protestieren wollte, stimmte er schließlich zu, daß die unbrauchbar gewordenen Gerätschaften in seinen früheren Rosengarten geworfen wurden.

Er hatte eine erste Erklärung für die Geretteten abgegeben. Viel war es nicht, was er ihnen sagen konnte, aber für den Augenblick mußte es genügen, wenn sie sich damit abfanden, daß durch den ungewöhnlichen Sturm Pflanzen aus dem Boden gerissen, Mauern eingestürzt und Temperaturen verändert worden waren.

Er hatte angedeutet, daß das Magnetfeld zurückgekehrt sein könnte. So ganz glaubte er selbst noch nicht, daß diese Begründung ausreichte. Besonders die deutlich sichtbare Altersveränderung bildete ein Problem, mit dem sie alle erst noch fertig werden mußten. Auch das gelang den Ältergewordenen leichter als denjenigen unter dem Küchenpersonal, die sich plötzlich fünf, zehn oder gar zwanzig Jahre jünger fühlen durften ...

Als das erste Lachen laut wurde, sahen sich Hagebuttle, Bockhus und Miß Earlymorn unwillkürlich an. Jeder stand an einem anderen Platz. Doch das Lachen war ein Zeichen dafür, wie anpassungsfähig Menschen sein konnten. Es gelang ihnen sogar, ihre eigene Metamorphose zu akzeptieren! Damit hätte vorher bestimmt niemand gerechnet ...

«Wann gibt's denn was zu essen?» rief Ritas Hubert.

«Ja, wir haben auch Hunger!» nickten die Jungköche und Konditoren.

«Könnte es nicht gefährlich sein?» fragte Miß Earlymorn und wischte sich mit dem Handrücken eine blonde Strähne aus der Stirn. «Was meint Ihr, Blasius?»

«Vielleicht versuchen wir es erst einmal mit Wasser», sagte der Oberkoch. Er stand bereits eine ganze Weile an einer alten Pumpe und versuchte sie wieder in Gang zu setzen. Bisher war nur Luft gekommen.

«Ist denn kein Wasser hier?» fragte Ebony. Miß Earlymorn schüttelte den Kopf.

«Nicht ein Tropfen!»

«Und das nach einem so außergewöhnlichen Gewitter?»

«Wir müssen uns langsam daran gewöhnen, daß unsere gelernten Erfahrungen nicht mehr ganz stimmen», sagte der Obergärtner. «Vieles von dem, was wir bisher für selbstverständlich gehalten haben, ist ganz offensichtlich anders geworden. Ich halte es daher für das beste, wenn wir die Dinge so nehmen, wie sie sind! Keine Aufregung! Keine Panik! Aber die größtmögliche Vorsicht!»

Für einen Moment war es erneut still in der großen Küche. Einige der Geretteten schluckten unwillkürlich, andere verzogen nur das Gesicht und schwiegen. Irgendwie spürten sie, daß noch nicht alles zu Ende war ...

Bisher hatten sie krampfhaft vermieden, über die Menschen im Theatersaal zu reden. Dabei dachten die meisten die ganze Zeit daran, was wohl aus ihnen geworden sein mochte. Sie hatten weder Musik noch irgendein anderes Lebenszeichen vernommen, seit sie erwacht waren.

«Es kommt!» sagte Blasius Bockhus und bewegte mit sichtbarer Erleichterung den Pumpenschwengel. Im gleichen Moment wieherte draußen im Innenhof ein Pferd.

«Klingsors Wanderziege!» rief Hagebuttle erfreut. «Dann haben außer uns offensichtlich auch Tiere dieses seltsame Unwetter überstanden!»

Er sah sich in der Runde um. Die sieben Überlebenden von den Zeltplätzen unterschieden sich kaum noch von den zehn Männern und Frauen, die in der Küche und im Backraum des Schlosses überrascht worden waren. Zusammen mit ihm selbst, dem Oberkoch und Miß Earlymorn hatten immerhin zwanzig Personen *außerhalb* des Opernhauses die Rückkehr des Magnetfeldes relativ unbeschadet miterlebt …

Er wußte, daß die Probleme damit noch lange nicht gelöst waren. Genaugenommen befanden sie sich alle in einem neuen, unbekannten Lebensraum … in einer Welt, von der sie nichts wußten und deren Überlebensregeln sie nicht kannten.

Doch das war Menschen in der Vergangenheit immer wieder passiert. Jedes Setzen der Segel und jedes Vordringen in unbekannte Kontinente war der todesmutige Versuch gewesen, den eigenen Lebenskreis zu verlassen und das Risiko des Neuen auf sich zu nehmen. Vielleicht brauchte das Leben in unregelmäßigen Abständen große Veränderungen, um nicht in den Zustand der seelenlosen Materie abzusinken …

Er sah aus dem Fenster. Die Stute stand abwartend im Innenhof. Sie hatte ihn längst entdeckt.

20.
Der neue Himmel

An der Nordseite des Orgelraums war das Dach wie von einer gewaltigen Faust eingedrückt worden. Agwira hatte die Führung der ersten Gruppe übernommen. Sie kannte die Mauern und Balken hier besser als die Besucher.

Sie trat aus dem Dunkel der Wendeltreppe und legte beide Hände über die Augen. Das Licht der Sonne blendete sie. Sie blinzelte über die Wiesen hinweg und entdeckte erst dann die Zerstörung des langen Daches über dem Orgelraum. Die Deckenwölbung selbst hatte den Sturm unversehrt überstanden. Sie sah aus, als hätten riesige Besen sie blank gefegt. Nicht einmal kleinste Mörtelbrocken waren auf dem Gang zwischen der Wölbung und dem Mäuerchen mit den kreisrunden Fensterdurchbrüchen zu sehen.

Erleichtert stellte sie fest, daß der Weg bis zum Haupthaus vollkommen frei war. Sie drehte sich kurz um und gab den Nachfolgenden ein Zeichen.

«Drüben im Haupthaus führen Treppen nach unten!» rief sie. «Wir sammeln uns im alten Garten!»

Sie lief voraus, zuerst noch vorsichtig, dann immer schneller. Der Steg zwischen der gewölbten Decke und der nördlichen Außenmauer wies nur ein paar kleine Risse auf. Hinter ihr stolperten in einer langen Reihe immer mehr Zuschauer aus dem Theatertrakt ins Freie. Einige weinten vor Freude, andere zögerten, ehe die Nachfolgenden sie weiterdrängten.

Es war ein seltsamer Zug. Frauen in zerrissener Abendgarderobe, Männer in zerfetzten Smokinghemden, starr geradeaus blikkende *Pecuniaten-Begatter*, immer noch reflexhaft mit beiden Händen durch die Luft streichende Gewandordner, humpelnde *Uhrbauer* und verwirrt grinsende *Hegelianer* zogen fast ohne Gruppentrennung auf das Haupthaus zu. Sie folgten der Enkelin von Lord Rothschild und versuchten so schnell wie möglich vom großen Theatertrakt wegzukommen.

Und dann tauchten unten im alten Garten vor dem Orgelraum die ersten der Flüchtlinge auf. Agwira öffnete die hohen Glastüren. Nicht eine einzige Scheibe war durch den Sturm zerstört worden, doch niemand interessierte sich in diesen Minuten dafür.

Olaf-Pedrillo geriet immer mehr in Bedrängnis. Er hatte längst bemerkt, daß die Bühne leerer wurde. Doch langsam nahm seine Energie ab. Es gelang ihm nicht mehr, sich für Sekundenbruchteile aus dem gemeinsamen Raum-Zeit-Kontinuum zu entfernen. Die Schläge der *Neo-Normannen* trafen ihn immer häufiger.

Der Freigänger verlor seine Fähigkeit, die Zeit zu manipulieren. In diesem Augenblick erinnerte er sich wieder daran, was ihm der Commodore über den Unterschied von Freigängern zu normalen Menschen gesagt hatte. Das war in jener Nacht geschehen, als er sein Amulett erhalten hatte …

«Ähnliche Umstände führen zu ähnlichen Empfindungen», hatte der kleine Mann mit der Halbglatze beschwörend verkündet. *«Aber kein Leben kann jemals mit einem anderen Leben identisch sein! Verändere ein Atom an der entscheidenden Stelle, und du wirst eine andere Welt bekommen … Milliarden von Möglichkeiten … das ist das Geheimnis der Zeit und aller Wunder! Denn die Zeit pflanzt sich nicht fort, und nur Gedanken vermögen die Dichte der Zeit zu verändern … vergiß daher nie, daß die Zeit eine subjektive Kraft, die Energie des Lebens und fortan deine wahre Stärke ist!»*

Sie packten ihn von allen Seiten.

«Spuck aus, wie dein verdammter Zauber funktioniert!» brüllte Tankred, Speer der Normannen zweiter Klasse.

«Na los, Freigänger!» keuchte auch Drogo. «Den Trick, sonst erschlage ich dich auf der Stelle!»

Olaf hatte plötzlich nach vielen Jahren wieder Angst. Es war nur ein winziger, instinktiv in seinem Urhirn ausgelöster Impuls … ein Zeichen des Selbsterhaltungstriebes …

«Hierher, Olaf!» rief von irgendwoher Shahesa. Er hatte das Mädchen aus dem *Kontinuum Eckert* vollkommen vergessen. Und genau diese Sekunde der Erinnerung wurde ihm jetzt zum Verhängnis. Hinter ihm eilten die drei *Elaboraten* über die Bühne.

Die *Neo-Normannen* erkannten, daß der Freigänger sie die ganze Zeit von der Flucht der Besucher abgelenkt hatte.

«Paß auf!» schrie Shahesa.

Drei Dolche gleichzeitig fuhren auf ihn herab. Sie wollten sich einfach nicht länger von einem einzigen Freigänger zum Narren halten lassen. In ihrer Wut unterschieden sie nicht mehr zwischen Personen und Ereignissen. Für sie war Olaf ein sichtbarer Urheber ihres Versagens. Er war es, der ihre geradlinigen, dumpfen Machtpläne gestört hatte. Er paßte nicht in ihr Weltbild von Herren und Sklaven. Und er hatte sich noch mehr als andere Freigänger stets ohne Furcht gezeigt ...

Er war ein Fremder für sie, einer, der über unbekanntes Wissen verfügte. Das war schon immer die größte Bedrohung für jede Machtstruktur gewesen!

Den ersten Dolch konnte er noch mit dem Unterarm abwehren. Der zweite streifte seine gespannten Schultermuskeln. Doch für den dritten hatte er nur eine letzte, verzweifelte Möglichkeit.

Er *dreamte* so intensiv, wie er es nie zuvor getan hatte. Im gleichen Augenblick spürte er mit jeder Faser seines Körpers, daß die Zeit tatsächlich der Unterschied zwischen Ursache und Wirkung war!

Die Bühne, die zerstörten Kulissen und das Dunkel des Parkettraums verschwammen vor seinen Augen. Er fühlte sich wie die geheimnisvollen Zeitlosen des Mittelalters. Der Commodore hatte von ihnen erzählt ... von Lancelot, Parzival und all den anderen, für die es keine künstliche *Zeitordnung*, sondern stets nur die Übereinstimmung von Zukunft, Gegenwart und Vergangenheit gegeben hatte ...

Das wahre *Dreamen!*

Der dritte Dolch fuhr durch die Brust mitten in sein Herz. Im gleichen Moment sah er das Entsetzen in den Augen der *Neo-Normannen*. Tankred brüllte den anderen lautlos etwas zu. Die Adern an seinem starken Hals traten wie Schnüre hervor.

Und dann flohen die *Neo-Normannen*, während für Olaf alles ganz hell, durchsichtig und schwerelos wurde ...

Hagebuttle war in den vergangenen Jahren nie durch besondere Aktivität aufgefallen. Doch der Mann, der jetzt zusammen mit einigen Überlebenden vom Zeltplatz den Küchentrakt verließ, schien ein ganz anderer geworden zu sein.

«Wir brauchen Werkzeug, damit wir den Theatertrakt aufbrechen können», sagte er. «Aber ich fürchte, es wird uns nicht gelingen! Außerdem hätten wir dann auch die *Neo-Normannen* am Hals!»

Ebony, Hubert und George wußten inzwischen, daß Hagebuttle vor vielen Jahren ebenfalls zu den *Pecuniaten* gehört hatte.

«Warum haßt Ihr die *Neo-Normannen* eigentlich?» fragte Hubert. «Sie sammeln doch nur, was sowieso keiner mehr brauchen kann!»

«Heute vielleicht», sagte Hagebuttle und lachte bitter. «Aber das war nicht immer so! Vor vierzig Jahren gehörte meine Familie noch zu den *Pecuniaten*. Erst durch die *Neo-Normannen* wurde sie auseinandergerissen ...»

Er preßte die Lippen zusammen und schwieg für ein paar Schritte. Sie näherten sich der Gegend, an der die Werkstätten sein mußten.

«Die *Neo-Normannen* durften damals nicht in die Trutzdörfer», fuhr der Obergärtner fort. «Dafür hatten die anderen Siedler ihnen die alten Städte überlassen. Doch eines Tages kamen sie doch mit einem *Tank Roover* in unser Trutzdorf. Sie hatten meinen Bruder vorn auf den Fahrkasten gebunden ...»

«Aber warum?» fragte Ebony kopfschüttelnd. «Was wollten sie damit erreichen?»

«Sie brauchten Frauen», antwortete Hagebuttle.

«Und warum trauten sich die *Neo-Normannen* nicht in die Dörfer? Ging es denn da so streng zu?»

«Streng? Ob dieses Leben streng war, fragst du? Ihr könnt euch keine Vorstellung machen, *wie* hart männliche Angehörige der *Pecuniaten* noch vor einer Generation behandelt wurden! Männer und Jungen waren in dieser Zeit weniger wert als Vieh! Sie durften noch nicht einmal auf den gerodeten Waldstücken arbeiten ...»

«Eigentlich doch ganz angenehm», lachte Ebony.

«Das kannst du nur sagen, weil du es nicht mehr miterlebt hast! Ich weiß noch, wie sich an Sonntagen alte und junge Männer blutige Schaukämpfe liefern mußten. Wir hatten da einen Platz im Trutzdorf, der wurde *Laufsteg* genannt. Und jeden Sonntag, gleich nach dem Mittagsmahl, kamen dort alle Frauen und Mädchen zusammen. In den Jahren zuvor mußten sich Männer durch bestimmte Wettkämpfe qualifizieren. Doch irgendwann kam die Mode auf, die Männer gleich nackt über den *Laufsteg* zu schikken ... behängt mit verschiedenen bunten Tüchern, mit Schleifen und Bändern an den entscheidenden Stellen. Sie mußten mit Wildschweinen kämpfen.»

Sie erreichten die Reste der alten Werkstätten.

«Und was geschah dann?» fragte Claires George.

«Ganz einfach ... die Sonntage am *Laufsteg* dienten der Selektion. Auf diese Weise wurden die stärksten und besten Männer für die kommende Nacht ausgewählt ...»

«Und die Verlierer? Ich meine, ein Kampf mit Wildschweinen war doch nicht ungefährlich!» sagte Julianes Ebony.

«O nein, gewiß nicht!» sagte der Obergärtner und holte tief Luft. «Tja, die Verlierer ... das war oft sehr merkwürdig! Einige wurden wieder gesund gepflegt, andere durften ihr Trutzdorf nie wieder betreten. Dazu gehörte auch ich vor vielen Jahren ... ich kann von Glück reden, daß ich nicht gedörrt wurde ...»

«Gedörrt?» fragte Ritas Hubert entsetzt.

«Gedörrt oder ausgenommen und mit den wichtigsten Teilen in Weingeist eingelegt! Ich habe erst später erfahren, daß die *Neo-Normannen* noch um die Jahrhundertwende alle nur denkbaren Gewebeproben von Menschen aus dem Reservat sammelten. Damals arbeiteten sie noch mit verschiedenen Commodores zusammen. Und die waren ganz verrückt nach diesen Dingen ...»

Er schwieg plötzlich und starrte auf die Reste von Gras neben den Fundamentmauern der Werkstätten. Dann bückte er sich und strich mit den Fingern über die Halme. Als er sich wieder aufrichtete, hatte er die Lippen zusammengepreßt.

«Warum erzählt Ihr nicht weiter?» fragte Ebony.

«Es ist nicht mehr wichtig!» sagte er nachdenklich. «Erinnerungen wie diese liegen vielleicht viel weiter zurück, als wir ahnen!»

«Was ist mit dem Gras?»

«Kein Gras!» sagte er ernst. «Ich glaube, das da ist degenerierte zweizeilige Sommergerste. Das war ein Rohstoff für Bier ...»

Julianes Ebony zog die Schultern zusammen. Sie fröstelte plötzlich. Auch Hubert und George spürten, daß Hagebuttle ihnen etwas verheimlichte. Er hatte sie bereits durch seinen Bericht aus den ersten Jahren des zweiundzwanzigsten Jahrhunderts abgelenkt.

«Wie lange ... wie lange dauert es, bis sich eine Kornpflanze so zurückentwickeln kann?» fragte Ritas Hubert. Hagebuttle zuckte unwillkürlich zusammen. Er schob die Unterlippe nach vorn und sah zum Himmel hinauf. Über dem Horizont im Westen standen sehr hoch einige Reihen von Zirruswolken. Sie bildeten einen zarten Bogen von Norden nach Süden. Nur direkt über dem Tal von *Glyndebourne* schienen sie eine deutlich sichtbare Ausbuchtung nach oben zu haben. Hier waren sie schmaler und standen viel enger zusammen als am übrigen Himmel.

«Ich weiß nicht, wie lange es dauert», sagte der Obergärtner. «Dazu müßte man die Bedingungen genauer untersuchen. Aber ein paar Jahrzehnte oder Jahrhunderte könnten es schon sein ...»

«Auch tausend Jahre?»

«Um eine langsame Degeneration durchzusetzen, können auch tausend Jahre erforderlich sein», nickte der Obergärtner. Er sah die jungen Männer und Ebony an. Sie wirkten auf einmal sehr still.

«Laßt doch die paar Halme!» sagte Hagebuttle und legte seine Arme um Hubert und George. «Kommt, gehen wir zum Schloß zurück!»

Ebony sah zum Himmel hinauf. Und dann entdeckte sie die Zirruswolken. Sie bildeten das große Zeichen für ein Magnetfeld ...

Klingsor prallte zurück, als wäre er gegen eine unsichtbare Wand gerannt. Dort, wo eben noch die Verbindungstür zur Wendeltreppe nach oben gewesen war, fiel plötzlich ein Gestell mit eisernen Haken und Rollen für die Prospektzüge scheppernd herab. Der halbe Schnürboden schien sich in seine Einzelteile aufzulösen. Überall krachten Seile und hölzerne Stege nach unten.

Klingsor arbeitete sich durch ein Gewirr von Schnüren. Hinter ihm brüllten die *Neo-Normannen* wie wahnsinnig. Die wenigen Zuschauer, die bis zuletzt Verwundete über die Bühnentrümmer geschleppt hatten, gaben auf.

Taumelnd kam jetzt auch noch Shahesa auf Klingsor zu. Sie war über und über mit Blut und Kulissenfarbe verschmiert.

«Ich kann nicht mehr!» stöhnte sie. Sie kippte direkt auf ihn zu. Er fing sie auf und schleppte sie auf die Eisentür zu. Erst jetzt bemerkten die *Neo-Normannen* den ganzen Bluff des Freigängers. Sie wußten nicht, in welche Richtung er verschwunden war. Verwirrt trampelten sie über die zerstörten Kulissenteile.

«Wo ist dieser Hund?» schrie Tankred. Er hatte seinen Kopfhelm irgendwo verloren. Sein blondes Haar stand wirr nach allen Seiten. Schweiß glänzte auf seinem Gesicht. Unter anderen Bedingungen hätte er jederzeit den Osmin in der *«Entführung aus dem Serail»* spielen können. Doch dies war kein Spiel mehr, keine romantische Oper, in der gesungen wurde! Was jetzt auf dieser Bühne geschah, war nicht mehr auf Applaus angewiesen ...

Fast alle Zuschauer, die doch noch den Weg ins Freie gefunden hatten, würden noch jahrelang nicht verstehen, warum sie sich in der Stunde der Panik wie Tiere benommen hatten. Nur bei den *Neo-Normannen* verstärkte sich immer noch die blinde Wut. Sie hatten ihr Selbstbewußtsein verloren, und das war schlimmer als alle Gefahren von außen!

«Los, schnell!» drängte Klingsor. Er schob das Mädchen aus dem *Kontinuum* durch die nur noch zur Hälfte geöffnete Tür. Gleichzeitig spürte er einen deutlichen Widerstand. Die Tür federte und vibrierte wie in einem sehr starken Feld aus Magnetlinien. Klingsor erkannte plötzlich, daß es vollkommen zwecklos war, gegen die unsichtbare Kraft anzurennen. Er rutschte zur Seite. Seine Beine knickten ein. Direkt neben dem rettenden Ausgang zur Wendeltreppe stand ein Stück Mauer halb in den Kulissengang.

Eine zweite Tür!

Klingsor blieb wie versteinert stehen. Im gleichen Augenblick erinnerte er sich wieder daran, daß die Wendeltreppe in Höhe der Theaterbühne einen Ausgang und einen neuen Eingang hatte.

Wie lange war es her, seit ihm Lord Rothschild die Technik des Theatertraktes erklärt hatte? Zehn Jahre ... zwanzig ... oder noch viel mehr?

Shahesa taumelte durch die Öffnung der zweiten Tür.

«Nein!» brüllte Klingsor. «Nicht dort hinein!»

Etwas schlug hart zwischen seine Schulterblätter. Er rammte die Tür nach oben, schnappte nach Luft und fiel kopfüber auf die

Wendeltreppe. Jemand zog ihn ein paar Zentimeter weiter. Er kam sich wie in einer eisernen Rüstung vor, die mühsam durch ein Magnetfeld gepreßt wurde.

Aber das war unmöglich! Kein Magnetfeld konnte stark genug sein, daß man es mit allen Fasern des Körpers spüren konnte! Nichts, aber auch gar nichts in einem organischen Zellverband reagierte so, wie er es tat ...

Oder gab es vielleicht doch unsichtbare Kräfte, die mit magnetischen Erscheinungen in einen Zusammenhang gebracht werden konnten? Dutzende von Begriffen rasten durch Klingsors Hirn.

«Erdstrahlen!» murmelte er. «Animalischer Magnetismus ... Supraleitung ... ich bin ein *Mesmerist* ...»

Etwas brannte wie Feuer an seinen Fingern. Schon halb ohnmächtig hob er die Hand. Das Glühen des Kompaßsteins kam ihm wie ein teuflisches Auge vor. Er hatte kaum noch die Kraft, den Ring abzustreifen. Er wollte ihn fallen lassen, doch da riß das Symbol seiner jahrzehntelangen Hoffnung zuerst seine Hand und dann mit gewaltiger Kraft auch ihn selbst mit. Gleichzeitig prasselten mit lauten, metallischen Geräuschen Nägel und Schrauben, Dolche und Werkzeuge gegen die Eisentür. Selbst die weitab in den Kulissentrümmern liegende MPi der *Neo-Normannen* bahnte sich einen Weg durch Leinwandfetzen und Holzsplitter. Sie donnerte mit einem lauten Krachen gegen die Tür.

Es war, als hätten die *Neo-Normannen* noch nachträglich recht bekommen für ihren Versuch, die Befehlsgewalt zu übernehmen. Denn jetzt, wo alle schon glaubten, daß alles vorbei sei, packten die Kräfte des neuen Magnetfelds erst richtig zu ...

Klingsor spürte, wie ihn zwei kräftige Hände an beiden Schultern griffen. Jemand drehte ihn keuchend um.

«Shakes!» konnte er gerade noch stöhnen, dann wurde es schwarz vor seinen Augen.

Es war Klingsor Haywoods Stute, die Hagebuttle und seine Begleiter daran hinderte, in den Küchentrakt zurückzugehen. Sie stellte sich vor die Gruppe und verweigerte ihnen den Durchgang. Zuerst wieherte sie nur, doch dann stupste sie Hagebuttle unsanft an der Schulter.

«Ja, ja, ich weiß!» murrte der Obergärtner. «Du suchst den Doktor ... aber ich habe nicht die geringste Ahnung, wo er sich aufhält ... wahrscheinlich ist er noch in der Oper ...»

Die Stute wieherte erneut. Sie trabte über das Kopfsteinpflaster, stieg plötzlich auf die Hinterhufe und ließ sich seitwärts fallen. Mit einem angedeuteten Handgalopp kreiste sie halb um die Gruppe.

«Ich glaube, sie will uns etwas zeigen», meinte Julianes Ebony schließlich.

«Sie lockt uns zum Haupthaus», nickte Ritas Hubert.

«Nein, irgend etwas muß hinter dem Haus sein.»

Claires George lief los. Er rannte bis zur Ecke der früheren Einfahrt. Vorsichtig blickte er um die Ecke.

«Hier ist nichts zu sehen.»

Die Stute stupste erneut gegen Hagebuttles Schulter.

«Ja, ja, ich gehe ja schon!»

Der Obergärtner nickte den anderen zu.

«Hubert ... sag du in der Küche Bescheid! Es ist besser, wenn die anderen wissen, wo wir sind.»

«Das kannst du auch machen», sagte Ritas Hubert zu Ebony. Das junge Mädchen wollte protestieren, doch dann nickte sie.

«Mal sehen, was ich dafür von dir bekomme», sagte sie und sah ihn von oben bis unten an. Er reckte sich unwillkürlich und erwiderte ihren Blick auf eine ganz neue Art.

«Hast dich ganz schön entwickelt», sagte er. «Aber darüber sprechen wir noch ... später!»

Sie schnippte mit den Fingern, lachte vergnügt und lief zur Küche zurück. Hagebuttle und Hubert folgten der Stute. Sie hatte Claires George erreicht und wartete. Noch ehe die beiden heran waren, warf sie ihren Schweif zur Seite und tänzelte weiter.

«Sie will ums Haus herum», sagte Hagebuttle. «Na los! Gehen wir!»

Sie blieben dicht zusammen. An der nordöstlichen Ecke des Haupthauses versperrte ein Schuttberg den Weg zwischen den blütenlosen Pflanzen. Der Obergärtner versuchte die ganze Zeit, die Arten und Gattungen zu bestimmen, aber aus einem ihm völlig unverständlichen Grund gelang es ihm nicht.

Sie stiegen über den Schuttberg. Die Trümmer stammten von

einem großen, ausgezackten Loch an der Ecke des Hauses. Wenn Hagebuttle nicht genau gewußt hätte, daß sie am Vormittag der Opernaufführung noch nicht dort gelegen hatten, wäre er mit Sicherheit ebenso unbeteiligt über die überwucherten Trümmer gegangen wie die beiden jungen Leute von den Zeltplätzen. So aber machte er einen weiten Bogen um die unheimlichen Spuren einer Zerstörung, die aus ganz anderen Zeiten zu stammen schien ...

Und dann blieben sie alle drei mit weit aufgerissenen Augen stehen. Sie konnten einfach nicht glauben, was sie in den ehemaligen Gärten bis hin zum Theatertrakt sahen.

Die Stufen nahmen und nahmen kein Ende. Shahesa hatte sich immer für ein gut durchtrainiertes, gesundes und ausdauerndes Mädchen gehalten. Doch nun fiel jeder Schritt ihr schwer. Ein paarmal hatte sie begonnen, die Stufen zu zählen, doch dann schossen in unregelmäßigen Abständen heiße Wellen durch ihren Körper. Sie vergaß, an welcher Zahl sie bereits angekommen war, und fing noch einmal an.

Diese unbefriedigende Methode wiederholte sich mehrmals, bis sie schließlich aufgab und sich mit halbgeschlossenen Augen verschiedene Tiere des Waldes vorstellte ... dann Männer ... Freigänger ...

Sie wußte nicht, von welcher Stufe an sie nicht mehr tiefer ging. Es war ein eigenartiges Gefühl ... sie ging abwärts, aber sie spürte ihr Körpergewicht nicht mehr. Wie bei optischen Täuschungen in einem Vexierspiel mußte sie bei jedem Schritt neu überlegen, ob die nächste Stufe nach oben oder nach unten führte ... Jede andere wäre erschreckt stehengeblieben, doch Shahesa kannte aus dem *Kontinuum Eckert* ähnliche Phänomene. Manchmal, wenn eine besonders starke Sonnenfleckentätigkeit ausgerufen wurde, hatte sie sich mit ihren Freundinnen in eine *Wohlseyn-Wabe* aus Licht und Tönen, schmiegsamen Polstern und psychedelischen Projektionen zurückgezogen.

Dann hatten sie gemeinsam aus zierlichen Bechern getrunken, hatten das farbige Brot in winzige Brocken zerbrochen und wie in einer Messe zelebriert. Mit jedem Bissen, jedem Schluck war etwas mehr von der Sinnlosigkeit ihres Daseins in phantastische, weiche Visionen übergegangen. Sie erinnerte sich an die Leichtigkeit, mit der sie oft Wochen und Monate schwebend und träumend verbracht hatten.

Sie waren über endlose Felder mit rotem Mohn geflogen, hatten im Gelb von Rapsblüten gebadet und waren ins Grün ewiger Frühlingswälder eingetaucht. Blauweiß glitzernde Schneekristalle auf nackter Haut ... Inseln der Südsee ... Lagunen, Atolle ... Palmen im Seewind ... schimmerndes Mondlicht am Himmel aus bunten Sternen ...

Traumzeichen ... Länder der Phantasie ... Welten des Glücks!

Sie lächelte mit halbgeschlossenen Augen. Ihre Erinnerung gaukelte ihr eine Fata Morgana nach der anderen vor. Sie sah tanzende Eingeborene mit glänzenden Muskeln an hoch lodernden Feuern ... Mädchen in weißen Schleiergewändern ... Könige auf goldenen Thronen. Dazu Ritter und Damen in höfischer Pracht. Knappen, die Schwerter und Schilde trugen, dampfende Rösser mit wappengeschmückten Zierdecken. Fahnen und Wimpel im Sommerwind ...

Sie roch betörende Düfte, schmeckte die Süße von türkischem Honig und hörte das Rascheln von Brokat und Damast. Vögel sangen in kunstvoll verzierten Volieren ... Bläser und Blech übertönten das Plätschern in steinernen Brunnen. Winzige Glöckchen klingelten mit reinen Silbertönen ...

Wohlseyn ...

Herrliches Wohlseyn!

Alle nur denkbaren Genüsse des Orients ... alle Geheimnisse und alle Wunder. Ein Paradies.

Das Erwachen war grausam. Sie blieb schwankend stehen. Alles um sie herum kreiste. Sie war noch so benommen, daß sie zuerst überhaupt nicht verstand, wo sie war. Direkt über ihr schwebte ein riesiger Kristallblock. Sie hatte nicht bemerkt, wie sich die Wendeltreppe in eine zur Mitte hin durchhängende Brücke verwandelte.

Im gleichen Augenblick sah sie die Tiefe. Sie war so bodenlos, daß sie sich unwillkürlich wie auf einem aus Engelshaar geknüpften, äußerst empfindlichen Steg vorkam. Die Brücke schien hoch an zwei Bergspitzen über der leuchtenden Tiefe zu hängen.

Sie wollte weitergehen, zur anderen Seite hinüber, doch da veränderte sich das Glühen des Abgrundes unter ihr. Es wurde ganz langsam rot und dann tiefdunkel. Wenn Schwarz leuchten konnte, dann geschah das in diesem Augenblick!

Sie sah einen ins Riesenhafte vergrößerten Schatten auf der anderen Seite der schmalen Brücke. Es war der Schatten eines Mannes. Erschreckt drehte sie sich um. Doch auch dort, wo sie hergekommen war, tauchte im gleichen Moment ein Schatten auf.

Sie hatte Angst, ja!

Aber im Grunde ihres Herzens konnte sie diese Angst aufrecht ertragen. Sie war echt und nicht nachgemacht ... wirklich ... vollkommen!

Wie eine Durstige, die stets nur von Wasser gehört und nie selbst getrunken hatte, spürte sie mit all ihren Fasern des Körpers und mit der Sehnsucht der Seele das *JETZT!*

Es war ein Gefühl, für das sie ihre gesamte Vergangenheit und jede nur denkbare Zukunft mit Freuden eingetauscht hätte!

Dafür war sie zur Erde gekommen ...

Gewiß, auch das, was sie oben im Opernsaal erlebt hatte, war mit Gefahren und Angst verbunden gewesen. Aber dort hatten die Hektik, das Chaos und die Angst in den Gesichtern der anderen sie einfach mitgerissen.

Dies hier war etwas ganz anderes. Hier war sie allein mit ihren Gefühlen ... allein?

Sie spürte eine unwillkürliche Bedrohung. Sie war unter ihr, über ihr, an jeder Seite. Ein riesiges, wolkiges Gespinst senkte sich über den großen, zylindrischen Kristall. Kälte kam wie eine Wand auf sie zu.

Erst jetzt sah sie, daß die schmale Brücke kein Geländer hatte ...

Sie schrie, wie sie noch nie zuvor geschrien hatte.

Miß Earlymorn war nicht untätig geblieben. Ihren Gehilfen war es inzwischen gelungen, die Pumpe in Gang zu setzen. Das Wasser im Auffangbecken blieb lange Zeit blutrot und schillernd, doch das war nur der Beweis, daß er direkt aus dem Eisen unter dem Kreidefelsen des Mount Caburn kam ...

«Es ist nicht giftig!» sagte Miß Earlymorn. Trotzdem warteten sie, bis die Rotfärbung abnahm. Einige Männer beschafften Feuerholz, einer fand einen Magnesiumbrocken, und gleich darauf flammten die ersten Feuer im großen Herd auf.

«Wie werden es niemals schaffen!» stöhnte Miß Earlymorn, nachdem die ersten Töpfe wieder auf dem Feuer standen. «Hoffentlich sieht Seine Lordschaft ein, daß wir unter diesen Bedingungen kein anständiges Dinner vorbereiten können ...»

«Vielleicht kommt es darauf gar nicht an», sagte Julianes Ebony tröstend. «Außerdem wissen wir nicht, wann die Dinnerpause beginnt!»

Sie meinte etwas ganz anderes. Miß Earlymorn hörte auf, in den Töpfen zu rühren.

«Macht weiter!» sagte sie zu den Köchen und ging auf das schwarzhaarige Mädchen zu. Wer sie nicht kannte, hätte sie in diesem Moment für alte Freundinnen halten können.

«Ihr habt euch sehr tapfer gehalten», sagte sie und legte ihren Arm um Ebony. Gemeinsam gingen sie zu einem Fenster im Westen. Sie sahen auf die verwilderte Fläche des früheren Rosengartens hinaus.

«Warum fängt man eigentlich erst dann an zu weinen, wenn alles vorbei ist?» schluchzte Ebony plötzlich. Miß Earlymorn drückte sie.

«Mir geht es doch auch nicht anders», sagte sie, und ihre Mundwinkel zuckten. «Der Schock war für mich noch größer als für euch. Ihr seid ein paar Jahre älter geworden, aber für mich ist ein Wunder geschehen, mit dem ich nicht so schnell fertig werde ... ich war fast fünfzig, wußtest du das?»

Ebony sah das frische, gesunde Mädchen an ihrer Seite entgeistert an. «Fast fünfzig ... Jahre?»

Miß Earlymorn nickte. Sie lachte und weinte gleichzeitig.

«Eine schrullige, mütterliche und manchmal sehr einsame Köchin! Und weißt du, was das Komische daran war?»

Ebony schüttelte den Kopf.

«Ich habe mich überhaupt nicht so alt gefühlt! Natürlich fiel mir mein Körper manchmal zur Last mit seinen kleinen Gebrechen und Krankheiten. Ich konnte meine Figur schon seit vielen Jahren nicht mehr leiden. Meine Haare waren längst weiß geworden ... aber hier ...» Sie legte die Hand auf ihre Brust. «Hier drinnen, im Herzen, war ich immer das Mädchen, das ich jetzt wieder bin ... genauso romantisch, genauso verletzbar und genauso fröhlich!»

Sie lachte und küßte Ebony auf die Wange.

«Ich möchte gern wissen, was wirklich passiert ist», sagte Ebony leise. Sie dachte an die Wolkenketten draußen am Himmel.

«Da werden wir warten müssen, bis Shakes oder Klingsor oder Lord Rothschild uns eine Erklärung geben. Die drei haben in all den Jahren furchtbar geheimnisvoll getan, wenn es um *Glyndebourne* ging. Aber vielleicht wußten sie selbst nicht mehr, warum hier Opern gespielt und Gäste empfangen wurden ...»

«Stimmt es denn, daß wir im Reservat immer mehr vergessen haben?»

«Ja, das war wohl so», nickte Miß Earlymorn. «Aber denk bloß nicht, daß es dafür eine Regel gab! Der eine hat dies vergessen, der andere das. Und manchmal wußte selbst ich nicht mehr, was ich eigentlich gekocht hatte ...»

Ebony mußte lachen.

«Das ist uns in unseren Trutzdörfern gar nicht so deutlich geworden», sagte sie. «Aber jetzt ... jetzt haben wir doch wieder ein Magnetfeld. Müßten wir uns da nicht an alles erinnern?»

«Wenn ich das wüßte!» seufzte Miß Earlymorn. «Ich fürchte, daß dieses Durcheinander mit unserem Alter die ganze Angelegenheit noch komplizierter gemacht hat. An was soll ich mich beispielsweise erinnern? Etwa an die Jahre, in denen ich eine alternde Frau gewesen bin?»

«Habt Ihr das nicht gerade getan?» frage Ebony.

Miß Earlymorn wurde auf einmal sehr blaß.

«Mußt du mich jetzt auch noch absichtlich verwirren?» fragte sie erschreckt. Sie spürte, wie ihr ein kalter Schauder über den Rücken lief.

«Träumt nicht, ihr beiden!» rief Blasius Bockhus quer durch die Küche. «Wir bekommen Besuch ... und wenn mich nicht alles täuscht, auch eine Menge Arbeit!»

21.
Der Kreis im Fels

Er stand nur da und wartete. Hin und her spielten kleine Wellen aus der Bergquelle über seine nackten Füße, und wenn der Berg einatmete, bildeten sich kleine Mulden unter seinen Sohlen.

Wolke um Wolke zog mit verwehten, weißgefaserten Rändern um den Mount Caburn herum. Der junge Mann sah sie kaum. Mit unbewegtem Gesicht blickte er aufs Land hinaus. Blut hatte sein kupferfarbenes Gesicht angespannt und seine weißblonden, bis auf die Schultern wehenden Haare strähnig werden lassen. Auf seiner kantigen Stirn pellte zerschundene Haut ebenso wie über den Jochbeinen und an den vollen Lippen.

Nur manchmal hob sich sein nackter, muskelschwerer Oberkörper. Dann zischte Luft durch seine starken, vom Beerensaft glänzenden Zähne. Um seine hellblauen Augen gruben sich Runen in die Haut, und seine Hände ballten sich zu Fäusten …

Olaf erinnerte sich.

Genauso hatte er an der Steilküste zwischen Britannien und dem anderen Land auf den Commodore gewartet. Doch damals war der Mann, der ihm sein Amulett gegeben hatte, nicht allein gekommen. Er hatte ein Mädchen mitgebracht, das von einem Leben voll erregender Ereignisse geträumt und gleichzeitig ihren inneren Frieden gesucht hatte …

«Once upon a time … nicht meine Zeit, nicht deine Zeit und nicht die Zeit von irgendeinem anderen …»

Er wußte plötzlich wieder ganz genau, was er ihr daraufhin gesagt hatte. Aber er wußte auch, daß sich der Traum von einer anderen, einer friedlichen Zeit nie verwirklichen ließ! Gedanken konnten die Dichte der Zeit, aber nicht die Zeit selbst verdrängen. Denn Zeit war niemals eine physikalische Größe gewesen, die man mit Uhren und mit Meßgeräten beweisen oder auch nur begreifen konnte. Zeit war die Energie, die das Phänomen Leben auf der Erde erhielt. Aber sie blieb immer subjektiv …

Er lächelte unwillkürlich, als ihm auf einmal vollkommen klar wurde, was eigentlich geschehen war. Natürlich hatten die Ereignisse von *Glyndebourne* etwas mit ihm, mit dem Commodore und mit dem Mädchen aus dem *Kontinuum Eckert* zu tun!

Aber auch mit dem Leben selbst, mit der Zeit und mit dem Magnetfeld der Erde …

Er bückte sich langsam und begann sein Gesicht im klaren Wasser des Bergbaches zu waschen. Für einen Moment legte er sich flach in das eisige Plätschern. Die Kälte des Wassers kam nicht aus den Felsen selbst. Sie waren warm, denn die kreidigen Steine hatten schon immer die Wärme von sonnigen Tagen gespeichert.

Nein, diese Kälte entstammte einer viel tiefer liegenden Quelle!

Er stand auf und wischte sich die Wassertropfen aus dem Gesicht. Dann strich er sich durch die nassen Haare und schüttelte sich. Er hatte noch immer die Hosen aus dem Theaterfundus an. Belustigt machte er sich auf den Weg zum *Turm der Reisenden*.

Es störte ihn nicht, daß zwischen seinen letzten Empfindungen auf der Theaterbühne und seinem augenblicklichen *JETZT* eine räumliche Distanz von fast einer Meile bestand. Der Raum war nur eine untergeordnete Dimension der Zeit … eine fast primitive Sicht der Ewigkeit …

Doch genau das war der Fehler im Denken der Menschen gewesen! Sie hatten die Zeit als eine Linie gesehen … mit einem Anfang in ferner Vergangenheit und einem Ende irgendwann in der Zukunft … als jenen «*Zeit-Raum*» zwischen der Schöpfung und dem Jüngsten Gericht, den es nur als Bild und als Vorstellung gab!

Der Freigänger wußte, daß es ganz anders war …

Er atmete tief ein. Die Luft hatte ihre Dschungelschwüle verloren. Sein Blick folgte den schnell wandernden Wolken. Sie bewegten sich noch immer wie vage Erinnerungszeichen über das klare Firmament. Die Sonne schien klar und beinahe jungfräulich auf den dichten Wald an den Berghängen. Es war ein friedlich wirkender Wald ohne bizarre Auswüchse. An einigen Stellen leuchteten Flächen mit weißen Kreidefelsen aus dem Grün.

Olaf konnte nicht erkennen, was jenseits des Tals von *Glyndebourne* lag. Er sah nur die glitzernde Wasserfläche des Glyndemeers im Osten, die Ouse-Überflutung und die hellblau schimmernde Hügelkette der South Downs im Süden. Für einen Augenblick schien es ihm, als würde das andere Land bereits dort beginnen, aber das konnten auch Spuren der Erinnerung an seinen Gang zur Küste sein …

Er ging über eine freie Fläche. Das Gras war weich und dicht. Während er darüber nachdachte, warum die *Neo-Normannen* versucht hatten, ihn auf der Bühne umzubringen, näherte er sich langsam dem *Turm der Reisenden*. Hier war der Ausgangs- und Endpunkt für die Versuche gewesen, mit denen Menschen aus dem Gefängnis der Röhre versucht hatten, etwas vom Leben auf der Erdoberfläche für sich einzufangen.

Und fast wäre es ihnen gelungen …

Olaf ging um den *Turm der Reisenden* herum. Der Bergfried kam ihm jetzt überhaupt nicht mehr geheimnisvoll vor. Der schlichte, konisch nach oben schmaler werdende Zylinder stand in einem halb überwucherten Steinhaufen. Es sah nackt und schmucklos aus. Die Sonne spiegelte sich in den schwarz glitzernden Mauern aus Magnetit. Jetzt, wo die äußere Feldsteinverkleidung abgefallen war, wirkte der Turm nur noch wie ein häßliches Relikt aus einer längst vergangenen Ära.

Olaf ging noch näher. Und dann entdeckte er den eiskalt wirkenden, wie flüssiges Quecksilber schimmernden Metallring im Boden. Die Spur führte in einem großen Kreis um den gesamten Turm herum. Sie war nur drei Fuß breit. An ihren Rändern zu beiden Seiten sah das Gras kleinwüchsig, braun und verdorrt aus.

Er erinnerte sich wieder an die Nacht, in der ein Ring aus Flammen den Turm umschlossen hatte. Er wußte nicht genug von den Geheimnissen magnetischer Kräfte, doch irgendwie mußte der Ring aus flüssigem Metall um den Turm mit den Maschinen in Verbindung stehen, von denen der Commodore erzählt hatte …

Er ging ein paar Schritte zurück, verharrte für einen Moment unbeweglich und schnellte nach vorn. Mit einem weiten Sprung setzte er über den Kreis im Fels. Es ging viel leichter, als er gedacht hatte. Trotzdem blieb er weiterhin vorsichtig. Er näherte sich dem zackigen Eingang des Turms. Hier waren sogar einige von den schwarz glitzernden Magnetitbrocken aus ihren Verankerungen gefallen.

Er beugte sich vor und betrachtete die alt wirkenden Trümmer im Inneren des Turms. Spuren einer zerstörten *Machbar* und fast zu Staub zerfallene Reste von großen Spulen füllten die Bodenfläche aus. Dennoch erkannte er unschwer, daß dies nur der sichtbare Teil einer viel größeren Anlage gewesen sein konnte. Der *Turm der Reisenden* bildete den höchsten Punkt am Südrand des Beckens von *Glyndebourne*. Doch was war darunter verborgen?

Er wußte nicht, wie er auf den Gedanken kam, doch plötzlich begann er zu ahnen, daß es auch eine direkte Verbindung vom Schloß zum *Turm der Reisenden* geben mußte ... einen Weg durch das Innere des Mount Caburn ...

Er stieg über Geröll und Magnetitbrocken. Mit beiden Händen räumte er immer mehr Trümmer beiseite. Und dann zog er einen von seinen Gürteln aus dem Schutt. Das Halbschwert hatte sich kaum verändert. Es lag auf einem riesigen Felsbrocken, der ihn an die Menhire im Bannforst erinnerte.

Unten im Schloß hatte Agwira zur gleichen Zeit die ersten Selbsthilfegruppen organisiert. Der große Orgelraum, in dem sich ihr Großvater so gern aufgehalten hatte, war Sammelstelle, Lazarett und Zentrale zugleich geworden.

Noch hielten sich mehr als die Hälfte der Davongekommenen zwischen den Sträuchern und hinter Mauervorsprüngen zurück. Einige starrten wortlos zum Spiel der Wolken am Himmel hinauf, andere steckten verstohlen die Köpfe zusammen und diskutierten leise die nicht vorausgesehene Situation.

Die in Jahrzehnten bewußt praktizierten Unterschiede zwischen den einzelnen Gruppen ließen sich auch durch den Schock der Ereignisse nicht so schnell überbrücken. Einige der Besucher hatten sich gleich nach der Ankunft im Garten fluchtartig entfernt, und niemand wußte, wohin sie gelaufen waren. Aber das eigentliche Problem hatte ganz andere Ursachen ...

Seit hundert Jahren hatte es im Reservat Britannien keine übergeordnete Führung mehr gegeben. Dadurch war niemand daran gewöhnt, Anordnungen oder Befehle, ja, selbst Bitten von anderen zu akzeptieren. Auch jetzt waren die Gruppenstrukturen noch viel zu gegensätzlich, um eine gemeinsame Organisation zu ermöglichen.

Einige wollten diskutieren, andere reagierten nicht einmal, obwohl sie sahen, daß überall Hilfe benötigt wurde.

Agwira hatte sehr schnell bemerkt, daß es nur einen Weg gab, um das Chaos zu ordnen. Sie erinnerte sich an ihren Großvater. Natürlich hätte sie auch viel lieber nach ihm gesucht. Doch dann kam etwas von einer sehr alten Erziehung in ihr zum Durchbruch. Sie biß die Zähne zusammen und ging mit gutem Beispiel voran …

Die Männer des Janitscharenchors verstanden als erste, daß großartige Theorien oder Ansprachen sinnlos waren. Was jetzt gebraucht wurde, waren ganz einfach Taten!

Sie stiegen über Gruppen von jammernden *Pecuniatinnen* hinweg und ließen sich von Agwira kurz einweisen. Schon kurze Zeit später schleppten sie Kessel mit heißem Wasser aus dem Küchentrakt über den Innenhof bis zum Orgelraum. Einige kundige Frauen zögerten kurz, dann zeigten sie sich gegenseitig, daß sie mehr konnten, als in historischen Abendkleidern in ein Opernspektakel zu schreiten …

Pecuniatinnen nahmen Beutel mit Drogen, die ihre Begatter an den Gürteln getragen hatten. *Hegelianerinnen* verrieten ebenfalls ihre geheimen Rezepte:

«Nehmt sieben Teile vom Natterngras … drei Teile Bilsenkraut … und Ringelblumenblüten …»

«Wir haben kein Bilsenkraut …»

«Dann nehmt Datura-Samen, aber seid achtsam, damit der grüne Rausch nicht tötet …»

Ein paar Schritte weiter wedelten einige Gewandordner mit feuchten Zweigen über zwei am Boden ausgestreckte *Uhrbauer*. Sie hatten die Hände vor ihr Gesicht gelegt und weigerten sich einfach aufzustehen.

Erst als ein Haufen schwitzender *Begatter* mit zerhackten und zerbrochenen Balken vom Dach über dem Orgelraum aus dem Haupthaus kam, sprangen sie schreiend hoch und rannten davon.

Auf der anderen Seite des Gartens vor dem Orgelraum war Hagebuttle mit den beiden jungen Männern in eine grausige Prozession geraten. Dort, wo die Nordostecke des Haupthauses zu einem Trümmerhaufen zusammengefallen war, kletterten nacheinander *Begatter* mit leblosen Körpern auf den Schultern ans Licht. Mit steinern wirkenden Gesichtern trugen die großen Männer die Toten quer durch den Garten bis zum Gelände des früheren *Croquet lawn*. Dort waren in der Zwischenzeit Gerüste aus Pfählen und herabgefallenen Dachbalken errichtet worden.

«Sie bringen die Toten zum Verdorren!» sagte Hubert und räusperte sich.

«Genau so, wie Ihr es vorhin erzählt habt!» sagte Claires George. Hagebuttle nickte.

«Offenbar lassen sich auch neue Riten nicht so leicht ändern! Aber vielleicht ist das ganz gut so!»

«Ich verstehe nicht», sagte Ritas Hubert. Er griff in sein schwarzes Haar und zog daran. «Warum gibt es hier Tote, und was ...»

«Dort steht Agwira», sagte Hagebuttle. «Sie hat die Konstanze in der Oper gesungen ... ich werde sie fragen!»

Er preßte die Lippen zusammen und ging mit schnellen Schritten auf die Enkelin von Lord Rothschild zu.

«O mein Gott, Hagebuttle!» stöhnte sie erschöpft. «Gut, daß Ihr kommt ...» Sie stockte plötzlich. «Oder seid Ihr etwa doch nicht ...»

Sie sah ihn angstvoll an. Aus einer plötzlichen Regung heraus legte er einen Arm um ihre Schultern.

«Doch, doch, ich bin's ... der alte Hagebuttle. Aber auch du hast dich verändert!»

Obwohl sie schöner und reifer geworden war, duzte er sie genauso, wie er es in all den Jahren getan hatte.

«Was ist im Theater eigentlich geschehen?»

Sie schluchzte, dann versuchte sie, ihm keine Tränen zu zeigen.

«Es war furchtbar!» berichtete sie. «Bis zum Duett zwischen dem Palastwächter Osmin und meiner Zofe ... ich meine Blonde ... war alles in Ordnung ... aber ich hatte schon seit dem Beginn des zweiten Aufzugs eine merkwürdige Vorahnung! Ich kannte das Mädchen nicht, das meine Zofe spielte ... und auch Klingsor kam mir unkonzentriert vor ...»

«Wir müssen wohl alle etwas gespürt haben!» nickte der Obergärtner. «Selbst die Tiere und Pflanzen!»

«Das Magnetfeld?» fragte sie. Hagebuttle nickte.

«Ich bin kein Wissenschaftler und kein *Elaborat*, aber ich glaube, die Erde hat wieder ein Magnetfeld ... noch nicht sehr stabil vielleicht, aber es muß etwas geschehen sein, was wir noch nicht einmal in unseren Fingerspitzen fühlen können!»

«Aber vielleicht mit unseren Herzen», sagte sie und lächelte auf einmal verträumt. Der Obergärtner legte den Kopf schief und sah sie prüfend an. In all dem Chaos wirkte die Enkelin von Lord Rothschild beinahe glücklich.

Sie merkte, daß er sie beobachtete.

«Er hat mich nur ganz kurz angesehen», sagte sie. «Aber ich weiß, daß er sich langsam wieder an mich erinnert …»

«Wer? Von wem sprichst du, Agwira?»

«Von Klingsor natürlich!» lächelte sie. «Ihr wißt doch, daß ich nur seinetwegen Freigängerin geworden bin …»

«Ja», nickte Hagebuttle nachdenklich. «Jetzt fällt mir auch wieder ein, daß es da eine komplizierte Geschichte gab, in die du ebenso verwickelt warst wie dieser rothaarige Hallodri und einige andere Personen hier im Schloß …»

Agwira hob die Brauen. Eine Spur von Unsicherheit trat in ihr schönes, ebenmäßiges Gesicht.

«Aber ich rede nur von Klingsor Haywood und mir!»

«Ich kann mich noch nicht wieder an die Einzelheiten erinnern», meinte Hagebuttle und kniff die Lippen zusammen. «Aber du solltest dich vielleicht schon darauf vorbereiten, daß wir uns äußerlich zwar verändert haben, doch daß wir innerlich mit unserer eigenen Vergangenheit zu leben haben …»

«Ich weiß, daß Klingsor eigentlich viel älter war als ich», sagte sie entschlossen. «Aber niemand kann mir verbieten, ihn zu lieben! Damals nicht … und jetzt erst recht nicht!»

«Nein, das kann wohl niemand», nickte der Obergärtner. Er nahm ihren Arm und wollte mit ihr zum Orgelraum gehen. Doch dann sah er die *Pecuniaten-Begatter* vor der Tür und schüttelte den Kopf.

Shahesa spürte, wie eisige Schauder über ihre Haut flogen. Sie zitterte am ganzen Körper. Noch nie zuvor hatte sie eine derartige Kälte verspürt. Für eine lange Sekunde wünschte sie, wieder in einer *Wohlseyn-Wabe* des *Kontinuums* zu sein. Gleichzeitig wurde ihr bei dem Gedanken noch kälter.

Die gigantische Fluchtröhre der Menschheit kam ihr noch nachträglich wie ein grausamer Bienenstock vor … wie eine Welt, in der Milliarden Einzelzellen die grenzenlose Freiheit der Gefühle nur vorgetäuscht hatten …

Es war so leicht gewesen, einen Gefährten und Geliebten wie

Olaf nach ihren Träumen und geheimsten Wünschen fast echt zu projizieren. Doch dann hatte sie ihn wirklich gesehen … und gleichzeitig erfahren, daß sie ihn mit vielen anderen Mädchen aus dem *Kontinuum* teilen sollte! Während sie mit ihm auf der Bühne stand, hätten andere seine Gefühle und Gedanken angezapft. Sie hätten viel, viel zu deutlich gewußt, was Olaf für sie, Shahesa, wirklich empfand.

Es war nicht mehr dazu gekommen. Doch noch im nachhinein schüttelte sich Shahesa bei dem Gedanken an eine Gefühlsübertragung von Menschen auf der Erde auf andere, die niemals etwas echt und authentisch selbst erleben konnten.

Olaf war *ihr* Traumpartner gewesen … so lange jedenfalls, bis Commodore Scouty Natz sie real zusammengeführt hatte. Von diesem Zeitpunkt an hatte sie ohne die Hilfsmittel des *Kontinuums* mit dem Freigänger in Berührung kommen müssen … nicht über die Gefühlsverdichtung eines Amuletts, sondern über die sensitiven Möglichkeiten eines Realkontaktes. Doch gerade dabei hätte Olaf Beobachter gehabt … Zuschauer wie auf einer inneren Bühne … Sie spürte, daß sie in ihrem ganzen Leben noch nie so unsicher gewesen war. Zum ersten Mal war sie ganz allein für sich verantwortlich. Kein automatisches System schützte sie vor Übermut und gelangweilten Übertreibungen. Und plötzlich begriff sie, daß alles Geschehen Spuren in der Welt zurücklassen mußte, wenn es lebendig gewesen sein sollte …

Wo sich die Zeit auf Knopfdruck abrufen ließ, wurde die Frage nach ihrer Herkunft und ihrer Bedeutung uninteressant. Siebzehn Jahre lang hatte sie ohne ein echtes Zeitgefühl gelebt. Sie hatte die Zeit verspielt und nur nach ihren Launen und Stimmungen gedehnt und verkürzt.

Doch nun merkte sie, was Zeit wirklich bedeuten konnte.

Einerseits wollte sie fliehen, ehe die Schatten der Männer sie erreichten. Das war die Zeit, die ihr jetzt viel zu kurz vorkam. Andererseits konnte sie sich nicht entscheiden, in welche Richtung sie laufen sollte. Und das schien eine Ewigkeit zu währen …

Aber sie mußte etwas tun! Sie konnte sich nicht in irgendeiner künstlichen Gefühlswoge verkriechen und einfach treiben lassen! Die Schritte der beiden Männer hallten hart und hohl über die Stufen an beiden Enden der Brücke.

Verzweifelt blickte sie nach oben. Der große, zylindrische Kristall war unter dem matt leuchtenden Gespinst nur noch undeutlich zu erkennen. Vorsichtig sah sie nach links. Tief unter ihr summte das unheimliche Schwarz. Auch auf der anderen Seite war kaum mehr zu erkennen.

Sie biß sich auf die Unterlippe, bis es schmerzte. Wenn bloß nicht diese furchtbare Angst gewesen wäre. Eigentlich wußte sie nicht einmal, wovor sie Angst hatte. War es vielleicht nur das Fremde? Die hallenden Schritte? Die Schatten?

Oder gab es noch einen anderen Grund? Einen, der mit ihr selbst und mit Olaf zu tun hatte? Sie erinnerte sich plötzlich daran, wie sie mit ihm auf dem *Turm der Reisenden* gestanden hatte, als der Commodore plötzlich auftauchte. Was hatte Olaf in dieser Nacht zu ihr gesagt?

«Eines Tages erlebt jeder Mensch das Wunder der Zeit ...»

Der riesige Kristall senkte sich langsam tiefer. Sie spürte seine vibrierende Ausstrahlung. Gleichzeitig floß eine magische Kraft durch alle Fasern ihres Körpers.

Zuerst dachte sie, das immer stärker werdende Sirren würde aus dem Kristall kommen. Doch dann erkannte sie plötzlich, daß es der Berg selbst war, der alle Atome ihres Körpers zu einem Gleichklang brachte. Ein glückliches Lächeln veränderte ihr Gesicht. Sie setzte einen Fuß vor den anderen und ging den Weg über die Brücke weiter. Es war viel leichter, als sie befürchtet hatte.

Und dann wich auch der Mann auf der anderen Seite der Brücke zurück. Er blieb am Rand stehen und wartete auf sie.

Das Stöhnen der Verletzten erfüllte den hohen Orgelraum. Überall hockten kleine Gruppen zusammen, während andere durch die auf beiden Schmalseiten geöffneten Türen eilten. Es war ein ständiges Kommen und Gehen. Manche Besucher sahen nur kurz herein, blickten sich suchend um und verschwanden wieder. Andere gingen prüfend von einer Gruppe zur anderen. In den verschiedenen Ecken lagen Menschen, die allein gekommen waren. Sie starrten gegen die gewölbte Decke oder hatten die Augen geschlossen.

Klingsor Haywood saß direkt neben der Orgel auf dem Boden. Er lehnte mit dem Rücken an der schmalen Sitzbank. John Jakob

Shakes hatte ihm ausgekochte Tücher um den Kopf gebunden und mit Lianen befestigt.

«Eigentlich wollte ich schon immer einmal den Sultan spielen», stöhnte Klingsor, als er langsam wieder zur Besinnung gekommen war.

«Ihr habt keine schweren Verletzungen», sagte Shakes. «Andere sind viel schlimmer dran!»

Klingsor nickte vorsichtig.

«Weiß man schon, wie viele herausgekommen sind?»

«Es sieht nicht gut aus», antwortete der Butler. «Leider können wir nicht einmal sicher sein, daß bereits alles vorbei ist!»

«Ich möchte nur wissen, warum diese verdammten Türen zum Foyer nicht mehr aufgingen!»

«Heißt das, Ihr könnt Euch noch immer nicht daran erinnern?»

Klingsor verzog das Gesicht. Er strich sich mit einer mühsamen Bewegung über die Augen und sah den Butler verwirrt an.

«Wie seht Ihr denn aus?» fragte er plötzlich.

«Vermutlich nicht weniger in meinem Zellkode verändert als die meisten hier!» grinste der Butler. «Ich weiß nicht, welche der vielen Gruppen nun recht hatte, aber wahrscheinlich waren die *Uhrbauer* die ganzen Jahre ziemlich nah an der Wahrheit...»

«*Ja, kakreiti nobiscum!* An welcher Wahrheit denn nun schon wieder?»

«Na, das müßtet Ihr doch noch wissen!» sagte Shakes vorwurfsvoll. «Die *Uhrbauer* haben nie an die klassischen Evolutionstheorien geglaubt! Im Gegensatz zu den *Huxleys* und *Darwiners* waren sie es doch, die von Anfang an bestritten haben, daß sich das Leben über Tausende von Entwicklungsstufen, Mutationen und Umweltanpassungen entwickelt hat!»

«Schön, schön! Aber was hat das damit zu tun, daß Ihr jetzt wie der jüngere Bruder von Osmin ausseht?»

«Vielleicht beweist sich damit die Theorie der *Uhrbauer*», antwortete Shakes. «Die haben immer behauptet, daß alles, was war und was kommen wird, bereits in den Genen und DNS-Ketten im Zellkern gespeichert ist. Jede Veränderung ist nach ihrer Überzeugung nur eine Herausforderung an Überlebensfähigkeiten, die von Anfang an in jeder lebenden Zelle vorhanden sind!»

«Also dann kann man auch jünger werden...»

«Entweder jünger oder älter!» nickte Shakes ernsthaft. «Das hängt nach den Lehren der *Uhrbauer* ganz allein von den Notwendigkeiten ab ... und von gewissen Hormonimpulsen, die Erinnerung und Vergessen ebenso steuern wie jeden Alterungsprozeß oder die Reinigung der Zellen von Ballast- und Verschleißresten ...»

«Das neue Magnetfeld!» stieß Klingsor hervor.

«Ja», nickte Shakes. «Mit diesen Nebeneffekten hat wohl niemand gerechnet!»

«Aber es paßt! Mein Gott, Shakes, es paßt zu dem, was wir schon seit dem Ende des zwanzigsten Jahrhunderts wissen! Das Magnetfeld hat nicht nur die Aufgabe, die Erde gegen kosmische Strahlen und harten Sonnenwind zu schützen. In unregelmäßigen Abständen verlischt es, um sich nach kurzer Zeit mit einem alles durchdringenden Energiesturm neu aufzubauen! Der Schock aus unschädlicher Energie reinigt die lebenden Zellen, aktiviert Reparaturenzyme und befreit die DNS-Ketten im Zellkern von fehlerhaften Auswüchsen! Genau das könnte auch die Erklärung für die geheimnisvollen Evolutionssprünge in der Entwicklung des Lebens auf diesem Planeten sein ...»

«Na also!» seufzte Shakes erleichtert. «Dann ist ja doch nicht alles in Eurem Hirnkasten verlorengegangen! Ich will ja nichts über die Experimente eines gewissen Ordensbruders von *Greenpeas* sagen, aber ich würde jetzt doch vermuten, daß Ihr Euch schon jahrelang mit diesen Dingen befaßt habt ...»

«Ja», sagte Klingsor und grinste. «Allerdings habe ich wie viele Wissenschaftler vor unserer Zeit vermutet, daß sich das Phänomen des Alterns und das Geheimnis des Jungbrunnens aus Wachstumshormonen herausfiltern läßt. Erst ziemlich spät kam ich dann auf den Gedanken, daß sich auch chemische Reaktionen durch das Geheimnis von subatomaren Magnetkräften beeinflussen lassen!»

«Oder durch einen planetaren Magnetsturm!»

«Ja», nickte Klingsor. «Und der dürfte noch weitere Folgen gehabt haben ...»

«Was meint Ihr damit?»

«Das kann ich erst sagen, wenn unser neues Magnetfeld stabil geworden ist.»

«Moment mal, Ihr wollt doch nicht andeuten ...»

Shakes sprang plötzlich auf. Überall verstummten schlagartig die Gespräche. Nur die Verletzten wimmerten leise weiter. Und dann begann der gesamte Orgelraum zu zittern. Gleichzeitig kam ein unheimliches Rumpeln, ein Zischen und Wispern aus allen Wänden. Die Luft schien dichter zu werden. Und wie aus weiter Ferne klang Vogelgeschrei durch die Stille.

Shahesa schaffte die letzten Stufen nur mit äußerster Anstrengung. Sie wankte über eine staubige Wendeltreppe, in der immer wieder Stufen fehlten und Mauerstücke herausgebrochen waren. Erst als sie bereits einen hellen Lichtschimmer über sich erkennen konnte, hörte sie plötzlich die Stimme des Mannes, an den sie die ganze Zeit gedacht hatte.

«Shahesa!» rief er. «Du schaffst es!»

Sie schluchzte verzweifelt auf. Warum half er ihr nicht?

Mühsam stieg sie Stufe für Stufe höher. Und jeder Schritt fiel ihr schwerer. Sie hatte plötzlich das Gefühl, als würde sie von einer unsichtbaren Kraft zurückgezogen. Das Blut hämmerte in ihrem Kopf. Sie hörte Stimmen und unheimliche Geräusche. Für einen Moment glaubte sie sogar, daß die Seitenwände der Wendeltreppe sich langsam bewegten.

Ganz langsam gingen die undefinierbaren Geräusche in ein Raunen und dann in ein Dröhnen über. Ein kalter Luftschwall raste von unten an ihr vorbei. Der Wind wurde stärker. Jetzt zitterten auch die steinernen Stufen. Sie wagte nicht mehr, sich an den Wänden abzustoßen. Aus Angst, etwas zu zerstören, zog sie sich an den bebenden Stufen und nicht an den Wänden höher.

Und dann schien der Fels zu bersten. Sie sah, wie eine Wolke aus weißem und rotem Staub auf sie zukam. Mit einem Aufschrei riß sie die Arme hoch. Sie taumelte noch drei, vier Stufen höher. Eine kräftige Hand griff nach ihrem rechten Arm. Sie wurde hochgehoben und durch die Staubwolke gezogen.

Für den Bruchteil einer Sekunde erkannte sie Olafs Gesicht. Er wirbelte ihren Körper zur Seite und warf sie durch ein helles Loch ins Tageslicht. Hinter ihr krachte Fels gegen Fels. Noch ehe sie selbst auf den Boden fallen konnte, war er bereits halb unter ihr.

Er fing sie mit beiden Armen auf, drehte sich und rannte los. Aus den Augenwinkeln sah sie, daß sie aus dem *Turm der Reisenden* gekommen waren. Der schmaler gewordene Turm blähte sich wie in einer zeitlupenhaften Bewegung auf. Die schwarz glänzenden Wände dehnten sich nach allen Seiten. Selbst hier draußen war das Rumpeln und Dröhnen des Berges noch laut zu hören.

Die Tiere des Dschungels hatten sich noch nicht von den vorangegangenen Ereignissen erholt. Nervös, überwach und voll kreatürlicher Angst reagierten sie auf die erneute Bedrohung. Einige erstarrten, zu Tode erschreckt, andere flohen in wilder Panik in Richtung Schloß. Gewaltige Schwärme von Vögeln erhoben sich in mehreren Wellen aus dem Geäst.

Von allen Seiten gellte ein wildes Geschrei über die Lichtung an der Kuppe des Mount Caburn. Olaf hatte Shahesa längst wieder mit beiden Armen aufgefangen, als der *Turm der Reisenden* wie eine überreife Frucht zerplatzte.

Ein harter, scharf fetzender Knall breitete sich nach allen Seiten aus. Olaf taumelte einige Meter den Hang hinab. Er stolperte durch zitternde Büsche, schrammte an Baumstämmen vorbei und stieß völlig unvermutet gegen den leblosen Körper von Commodore Natz.

Steif wie eine Statue neigte sich die erstarrte Figur langsam nach vorn. Doch da brachen noch weitere Besucher von *Glyndebourne* durch das Strauchwerk. Zusammen mit einem Rudel wilder Hunde stürzten die drei *Elaboraten* kopflos an Olaf und Shahesa vorbei.

Shahesa klammerte sich an den Freigänger.

«Olaf ... was ist mit ihm?»

Oben vom Berg kam ein unheimlich rauschendes Pfeifen. Es hörte sich an, als würde ein lange erloschener Vulkan plötzlich einen erneuten Ausbruch ankündigen.

Zweige und abgebrochene Äste fegten über die Köpfe der beiden hinweg. Die Sturmböen richteten die Statue des toten Commodore ruckartig wieder auf.

«Er hat den Magnetwirbel nicht überstanden», schrie Olaf gegen den Lärm an. «Vielleicht war er ein ... *Bio-Robbit* ...»

«Haben wir ihn gemacht? Im *Kontinuum*?»

«Ja!» brüllte Olaf. Er zog Shahesa hinter den Rücken des toten Commodore und schlang seine Arme um sie. Geduckt fanden sie

Schutz im Schatten des Mannes, der jetzt nur noch eine erstarrte Statue war.

«Es muß noch einen *Androiden* unten im Schloß geben!» schrie er. «Allein hätte der Commodore das Experiment sowieso nicht durchführen können!»

«Welches Experiment denn?»

«Ich sollte doch Multifreigänger werden ... und du warst als meine Partnerin vorgesehen ... aber diesmal auf eine ganz andere Art!»

«Ich bin aber keine Freigängerin!» rief sie verwirrt.

«Sie brauchten Gewebeproben ... du solltest das Empfängermuster sein ... für die Entführung der ganzen ... der ganzen Gefühlswelt von *Glyndebourne* in eure Röhre ...»

Sie sah ihn mit weit aufgerissenen Augen an.

«Das umgekehrte Verfahren!» brüllte er. «Keine Besuche von *Wohlseyn* mehr über uns Freigänger, sondern ein totales Gastspiel bei euch ... über dich ... und deine Freunde da oben ...»

«Hast du das immer gewußt?»

Er schüttelte den Kopf.

«Nein!» brüllte er. «Erst als ich vorhin gesehen habe, daß du ... das gleiche Psychotraining ... unten im Berg mit der Brücke und dem Kristall ...»

Der Sturm brach unvermittelt ab. Nur der Waldboden vibrierte noch etwas. Ganz langsam kippte die Statue des Commodore um. Er fiel direkt auf sein erstarrtes Gesicht.

Shahesa schluchzte, als sie den regungslos am Boden liegenden Körper des Commodore sah. Olaf legte einen Arm um ihre Schultern. Mit der anderen Hand zog er sein Kurzschwert aus dem Gürtel. Er trat zusammen mit dem Mädchen aus dem *Kontinuum* neben ihn. Mit einer blitzartigen Handbewegung stieß er sein Kurzschwert bis zum Griff in den Rücken des toten Commodore.

Shahesa schrie auf.

«Olaf! Was tust du ...»

«Ich habe nur sein Amulett zerstört», sagte er grimmig. «*Androiden* tragen ihren Erlebnisverdichter direkt in der Brust.»

«Arbeitet es denn weiter, wenn sie ...»

Olaf nickte. Er drehte sich zur Seite und sah, wie ihre Augen plötzlich zu flackern begannen. Sie hob die Hände. Die Vögel kehrten in die Baumkrone zurück. Langsam verflogen der Schmutz und die abgerissenen Blätter des Waldes. Schräg über ihnen leuchtete eine warme Sonne. Sie sah irgendwie weicher aus als vorher.

«Warum ... warum siehst du mich so an?» fragte Shahesa, und ihre Lippen zitterten kaum merklich. «Ich weiß nicht, ob ich ...»

Für eine endlose Sekunde blieb sein Gesicht vollkommen bewegungslos. Nur seine hellblauen Augen leuchteten. Sein langes blondes Haar war von den Sturmböen zerwühlt, und an den Jochbeinen blätterte erneut verbrannte Haut ab.

Und dann lächelte er.

«Du hättest dein Amulett erst bekommen, wenn du wieder im *Kontinuum* bist! Nach einer großen Zeremonie ... vielleicht sogar nach einer Opernaufführung. Aber das weiß ich nicht genau.»

«Dann hältst du mich nicht für einen ... einen *Androiden*?»

Olaf lachte laut. Er nahm sie in seine Arme.

«Traust du mir zu, daß ich ein Mädchen liebe, das nicht ganz echt ist?»

«Bei euch Verrückten im Reservat bin ich mir da nicht ganz sicher», sagte sie und seufzte erleichtert.

«Keine Sorge», lachte er. «Die Ausgangsbedingungen für einen neuen Anfang nach einer Zeit mit *Nullmagnetismus* waren in der Vergangenheit oft wesentlich schlechter!»

22.
Die Zeit der Menschen

Wenn das jetzt zur Gewohnheit wird, verlasse ich Britannien!» kündigte Blasius Bockhus an.

«Glaubt Ihr etwa, daß es im anderen Land Verwendungsmöglichkeiten für einen Oberkoch gibt?» lachte Miß Earlymorn. «Dann lieber ab und zu ein kleines Erdbeben!»

«Kleines Erdbeben ist gut!» murrte Bockhus. Er stocherte mit einem Zweig in den Resten der Herdfeuer herum. Die Kessel waren fast alle umgekippt und hatten die Flammen gelöscht.

«Jetzt fangen wir schon wieder ganz von vorn an!» sagte er unwirsch.

«Dafür ist diesmal niemand zu Schaden gekommen», beruhigte sie ihn. Die Schloßmauern haben das Beben erstaunlich gut überstanden. Vielleicht ist es auch besser, wenn die Besucher in der nächsten Zeit nicht zu nah kommen. Ich traue dem Frieden noch nicht ganz.»

«Dann sind wir endlich einmal einer Meinung», sagte Bockhus. Sie waren allein in der verwüsteten Küche. Alle anderen befanden sich noch draußen. Die meisten hatten sich hinter den starken Mauern der *Wallop Dining Hall* verborgen. Die dachlose Ruine hatte nicht einmal einen Stein verloren ...

«Zweihundert hungrige Besucher auf der Nordseite in den Gärten», zählte Bockhus an den Fingern ab. «Wir selbst dürften etwa hundert Personen sein ... mit den Musikern, den Handwerkern und allen anderen *Glyndebournern*. Fehlt eigentlich nur noch ein Trupp *Neo-Normannen*, der alles wieder in Panik versetzt.»

«Ich habe bisher keinen von den Strauchdieben gesehen. Vielleicht ...»

«Ihr meint, sie sind alle umgekommen?» fragte Bockhus skeptisch. Miß Earlymorn kam nicht mehr zum Antworten. Hagebuttle und Agwira tauchten zusammen mit den jungen Männern von den Zeltplätzen im Kücheneingang auf.

«Ist Seine Lordschaft vielleicht hiergewesen?»

«Nein, wir haben ihn überhaupt nicht mehr gesehen, seit wir über die Wendeltreppe geflohen sind ...»

Miß Earlymorn strich ihre blonden Haare zurück.

«Und dieser junge Mann aus den Wäldern?»

«Olaf?» fragte sie. «Der hat bis zum Schluß gegen die *Neo-Normannen* gekämpft ...»

Sie blickte auf den Boden und dachte einen Augenblick nach. Ihr schlanker Körper bebte bei der Erinnerung an die furchtbaren Szenen zwischen dem Orchestergraben und der Bühne.

«Die Türen zum Foyer konnten nicht mehr geöffnet werden», sagte sie dann. «Das jedenfalls war einer der Gründe für die Panik im Zuschauerraum.»

«Moment mal», sagte der Oberkoch. «Wußtet Ihr denn nicht, daß der gesamte Theatertrakt, die Küchenräume und das Haupthaus mit dem Orgelraum zu einer großen Schutzanlage ausgebaut sind?»

«Schutzanlage? Etwa gegen ein Magnetfeld?»

«Natürlich! Die Pfeiler draußen in den Gärten gehören zu Eisenbögen, die sich durch den halben Mount Caburn ziehen. Wir leben hier wie auf dem Pol eines gigantischen Dauermagneten. Er sollte uns so lange Schutz bieten, bis sich die vor langer Zeit berechneten Unwetter, Erdbeben und Kraftfeldturbulenzen beruhigt hatten ... jene Begleiterscheinungen, mit denen ein Planet wie die Erde nun einmal rechnen muß, wenn sich ein neues Magnetfeld praktisch aus dem Nichts neu aufbaut ...»

Hagebuttle blickte den Oberkoch verwundert an.

«Und das habt Ihr die ganze Zeit gewußt?» fragte Agwira.

Bockhus lachte und schüttelte den Kopf.

«Nein, Agwira! In irgendeiner Zeit muß ich es mal gewußt haben, aber als es dann tatsächlich passierte, war ich genauso ahnungslos wie alle anderen. Vergeßt nicht, daß in unseren Körpern schon lange ein Hormon fehlte ... der Stoff, mit dem Erinnerungen in unseren Köpfen aufbewahrt werden ...»

«Offensichtlich ist dieser Stoff bei Euch inzwischen konzentriert vorhanden!» grinste Hagebuttle. «Ich hätte nie gedacht, daß sich ein Oberkoch so gut mit diesen Dingen auskennt ...»

«Nur nicht so scheinheilig, mein lieber Hagebuttle», sagte Bockhus. «Ihr habt doch in den letzten Jahren ebenfalls manches mitbekommen, was nicht für Eure Augen und Ohren vorgesehen war!»

Hagebuttle schob die Unterlippe vor.

«Ja, auch Seine Lordschaft waren manchmal zu vergeßlich, wenn es darum ging, Türen abzuschließen und Pläne fortzuräumen ...»

«Könnten wir uns vielleicht mit der Feststellung begnügen, daß jeder von uns etwas gewußt hat», unterbrach Miß Earlymorn den Disput der beiden Männer. «Der eine vielleicht mehr, der andere weniger ... wen kümmert das jetzt noch?»

«Das ist nicht so unbedeutend, wie Ihr denkt», sagte der Obergärtner. «Ich glaube, wir beide wollen nur herausfinden, wie es nun weitergehen soll ...»

«Dann sagt doch, was Ihr meint, und redet nicht die ganze Zeit nur drum herum!»

«Das finde ich aber auch», nickte Agwira.

«Also Kriegsrat!» sagte Bockhus. «Wen brauchen wir dazu?»

«Klingsor Haywood wäre gut», meinte der Obergärtner. «Wenn schon Lord Rothschild nicht zu finden ist ...»

«Gut, außerdem kann uns Shakes behilflich sein.»

«Und wo?» fragte Miß Earlymorn.

«Ich schlage vor, in den Räumen meines Großvaters», sagte Agwira. «Dort wären wir zumindest ungestört.»

«Hoffentlich!» seufzte Miß Earlymorn.

Die *Elaboraten* standen verwirrt vor dem Trümmerhaufen auf dem Gipfel des Mount Caburn. Sie sahen lange auf die *schwarzen* Steine, dann seufzte Professor Isaac Newton h. c. sehr tief und gab sich einen Ruck.

«Wenn uns doch eher eingefallen wäre, was dieser Turm wirklich bedeutet!» sagte er betrübt. «Vielleicht hätten wir dann sogar die wunderbare Anlage retten können, die vor mehr als hundert Jahren in den Berg gebaut wurde ...»

«Wir haben immer nur an der Oberfläche gesucht», nickte Dr. Christian Huygens. «Irgendwelche Antennen, die es gar nicht gab!»

«Wofür Antennen?» fragte der frischgebackene Gottfried Wilhelm Leibniz.

«Wollen wir ihm sagen, zu welch abenteuerlichen Plänen die Angst vor dem Verlust des Magnetfeldes schließlich noch geführt hat?» fragte sein Vater. Huygens hob die Schultern.

«Er muß es wissen, wenn er verstehen soll, warum *Glyndebourne* zum wichtigsten Platz in allen Reservaten wurde. Sonst denkt er vielleicht noch, daß es die Opern waren, die uns an diesem Platz überleben ließen ...»

«Nun gut!» sagte Isaac Newton. «Siehst du die Trümmer vom *Turm der Reisenden*?»

«Wir stehen direkt davor.»

«Und wie lange, meinst du, gab es den Turm?»

«So lange wie das *Kontinuum Eckert*, nehme ich an.»

«Sehr gut! Und seit wann gibt es Freigänger?»

«Erst seit ein paar Jahren ...»

«Was schließt du daraus?» fragte der Professor streng.

«Daß der Turm nicht in erster Linie für die Versuche mit Gefühlsübertragungen von hier zu den Menschen in die Röhre errichtet worden sein kann!»

«Ich sehe, du bist deines neuen Namens würdig», lächelte der Professor. «Wir stehen tatsächlich vor den Überresten einer gewaltigen, tief in den eisernen Kern des Kreideberges eingebauten Spule ... einer Supra-Leitspule sozusagen, die auch noch künstlich bis auf die tiefsten erreichbaren Temperaturen abgekühlt werden konnte!»

«Ich verstehe», nickte der neue Leibniz. «Damit sollte ein Magnetfeld eingefangen werden ... sobald eins kommt ...»

«Papperlapapp!» sagte Isaac Newton unwillig. «Warum denn einfangen? Nein ... diese Spule war einer von zwei künstlichen Polen. Das Gegenstück wurde im Eisenberg unter der *Sacra San Michele* südlich des Mont-Blanc-Massivs gebaut ...»

«Und wofür? Welchen Zweck könnten zwei so weit von der natürlichen Drehachse der Erde entfernte Pole haben?»

«Sie sollten an einem bestimmten Tag der Zukunft einen gewaltigen, künstlichen Magnetbogen erzeugen ... ein Schutzfeld über die Distanz von genau fünfhundert Meilen ... mit einer Stärke von einigen Millionen Gauß ...»

«Eine Brücke aus künstlichen Feldlinien? Aber wozu?»

«Denk mal darüber nach», sagte Isaac Newton. «Vielleicht

hilft es dir, wenn ich dir sage, daß genau in der Mitte ... unter dem höchsten Punkt des Bogens, eine Röhre in knapp hundert Meter Höhe über die Erdoberfläche verläuft ... und zwar genau im rechten Winkel zur Linie zwischen diesem Punkt hier und der *Sacra San Michele* ...»

«Wir sollten ihm sagen, daß der Versuch, den Röhrenring um die Erde auf diese Weise festzuhalten, nie funktioniert hätte», meinte Dr. Christian Huygens und zupfte an seinem Bart.

«Herrgott! Das sollte er sich doch selbst ausrechnen!» sagte Professor Newton verärgert. «Aber jetzt ist es zu spät! Erzählt ihm jetzt meinetwegen auch noch den Rest!»

Er drehte sich um und marschierte den Berghang hinab.

«Was ist denn passiert?» fragte der junge Leibniz.

«Väter sind manchmal sehr eitel», sagte Huygens h. c. «Sie wollen immer, daß ihre Söhne auf Knopfdruck durch Scharfsinn glänzen. Aber es war tatsächlich so, wie ich sagte. Natürlich erhielt das *Kontinuum Eckert* ein eigenes, ringförmiges Magnetfeld. Doch niemand wußte, mit welcher Kraft eines Tages das irdische Magnetfeld zurückkommen würde. Und in den letzten, hysterischen Jahren vor dem endgültigen Einzug rechneten einige besonders pessimistische Wissenschaftler sogar mit der Möglichkeit, daß die Erde die Röhre abstoßen könnte ... daß sie einfach von ihrem Planeten abglitt wie ein zum Dauermagneten gewordener Ring und dann in den Raum hinaustreiben würde ...»

«Phantastisch!» hauchte der junge Leibniz. «Die gesamte Menschheit in einer gigantischen Röhre, die einsam ins All driftet!»

«Bist du von allen guten Geistern verlassen!» zischte Dr. Huygens h. c. entsetzt. «Laß das nicht deinen Vater hören!»

«Aber, unsere Vorfahren ...»

«Narren!» schalt Huygens wütend. «Sie waren Narren! Es gibt kein Magnetfeld, das stark genug wäre, um eine Masse wie das *Kontinuum Eckert* von der Erdmasse zu trennen!»

Der junge *Elaborat* blickte zum Horizont.

«Dann war das alles hier nur ein Irrtum? Eine sinnlose technische Meisterleistung?»

«Nicht ganz», sagte Christian Huygens und zupfte an seinen Bartfransen. «Durch die Anlage im Berg hatte die Gegend um

Glyndebourne immer eine Art Restmagnetfeld. Nicht viel zwar, aber doch ausreichend, um nicht durch kosmische Strahlen und den Sonnenwind umzukommen ...»

«Die Landschaft sieht ganz anders aus», sagte der junge Leibniz. «Fast könnte man meinen, hier sei schon vor vielen Jahrhunderten die Zeit stehengeblieben ...»

«Laß uns zum Schloß hinabgehen», meinte Dr. Huygens. Der junge Leibniz h. c. blieb schweigend stehen. Er legte eine Hand über die Augen und drehte sich langsam im Kreis.

«Kein Rauch und kein Lebenszeichen», sagte er. «Aber vielleicht gibt es ja ...»

«Vergiß diese Möglichkeit! Ich weiß, was du jetzt denkst. Nach den Energieschocks dürfte es in ganz Britannien kein höheres Leben mehr geben. Und auf den anderen Kontinenten war schon seit Jahren fast alles tot!»

«Die zweite Spule», sagte der junge Leibniz. «Was ist mit dem anderen Pol?»

Dr. Huygens schüttelte langsam den Kopf.

«Keinerlei Lebenszeichen! Klingsor Haywood muß der letzte von *Greenpeas* gewesen sein, dem vor zwanzig Jahren die Flucht vor der tödlichen Strahlung gelang. Er kam als Beobachter nach *Glyndebourne*, aber er hat nie eine Antwort auf seine Meldungen erhalten!»

«Wissen wir daher soviel über diesen Berg und das Tal?»

«Die *Neo-Normannen* konnten schon immer alles mithören. Und wir haben dann unseren Teil erfahren ...»

Er drehte sich ebenfalls um und ging, ohne zurückzublicken, den Berghang hinab. Der junge Leibniz hatte auf einmal das unbestimmte Gefühl, daß man ihm ausweichen wollte. Irgendwie ahnte er, daß eine wichtige und entscheidende Frage noch nicht beantwortet war.

Floh Christian Huygens deshalb vor ihm? Oder wollte er selbst nicht die ganze Wahrheit wissen?

Der junge Leibniz beschloß weiter zu fragen – so lange, bis er die Antwort erhielt.

Klingsor hockte auf einer Trockenmauer im Garten und ließ sich die Wunden an seinem Kopf durch einen neuen Verband kühlen. Er hatte keine Schmerzen mehr. Bewundernd nickte er der stämmigen *Pecuniatin* zu, die seinen Kopf neu verband.

«Stillhalten!» befahl sie resolut. «Ihr seid doch der Doktor von *Greenpeas*, oder?»

«Ich habe den Belmonte in der Oper gespielt», sagte Klingsor vorsichtig.

«Kein Wort mehr von dieser Farce!» schimpfte sie und stemmte die Fäuste in die Taille. Sie stieß einen kurzen Pfiff aus. Sofort eilten zwei *Begatter* heran.

«Warum helft Ihr nicht? Los, schafft den Mann in den Schatten!» Sie wollte sich bereits einem anderen Verletzten zuwenden, als sie plötzlich erstaunt stehenblieb.

«Sieh an, meine Tochter Ebony!» sagte sie und schnalzte mit der Zunge. «Kaum ein paar Tage hier, und schon läuft sie rum wie eine Komödiantin!»

«Tut mir leid, Madam! Ich kenne Euch nicht!»

Die beiden Frauen sahen sich abschätzend an. Sie wirkten wie Schwestern.

«Das kann ja heiter werden!» stöhnte Klingsor. Er begriff plötzlich, wie kompliziert die nächsten Tage sein würden. Der Schock der Katastrophe steckte noch tief in ihnen. Hierzu kamen die Aversionen der verschiedenen Gruppen untereinander. Die meisten waren sich jahrzehntelang aus dem Weg gegangen. Ihre Lebensauffassung war nicht nur unterschiedlich, sondern teilweise genau entgegengesetzt. Schon diese Voraussetzungen hätten in jeder zwangsweise zusammengeführten Gemeinschaft der Vergangenheit zu kaum lösbaren Problemen geführt. Doch das war nicht alles: Die Besucher von *Glyndebourne* spürten instinktiv, daß sie sich in einer Arche-Noah-Situation befanden. Sie waren Schiffbrüchige in einer größeren Konstellation. Noch wußte niemand, wie es weitergehen sollte. Es gab noch keine von allen akzeptierte Führung. Das Schwierigste von allem waren jedoch die Geretteten selbst. Sie mußten sich nicht nur an die Veränderungen der anderen gewöhnen, sondern zunächst einmal an sich selbst ...

«Du willst also nicht mehr meine Tochter Ebony sein?» fragte die jung und attraktiv wirkende *Pecuniatin*.

«Ich bin Julianes Ebony ...»

«Und ich? Bin ich etwa nicht Juliane?»

Ebony wich einen halben Schritt zurück. Klingsor beobachtete, wie sich John Jakob Shakes vorsichtig zwischen den Zuschauern hindurcharbeitete. Die beiden Männer warfen sich warnende Blicke zu. Genau das konnten sie jetzt nicht brauchen ... keinen Konflikt untereinander ... keine Positionierungskämpfe ...

Klingsor hatte eher damit gerechnet, daß Streit unter den Männern aufkommen würde. Solange Lord Rothschild verschwunden war, fehlte die Autorität des Schloßherrn. Selbst *Neo-Normannen* wären Klingsor in diesem Augenblick recht gewesen! Um sich zusammenzuschließen, brauchte die neue Gemeinschaft entweder eine Aufgabe oder ein Feindbild.

Beides war nicht in Sicht.

Sie waren noch nicht bereit, sich auf die neue Normalität einzustellen. Daß die Erinnerung an viele vergessene Dinge zurückgekehrt war, beschäftigte die meisten im Augenblick mehr als der Gedanke an die Zukunft.

Sie erzählten sich gegenseitig, was ihnen alles eingefallen war. Darüber verdrängten viele sogar die Gegenwart ...

Shakes stellte sich neben Klingsor.

«Probleme?» fragte er leise.

«Ja», nickte Klingsor. «Die Tochter erkennt ihre Mutter nicht!»

«Etwas Ähnliches hatten wir gerade im Orgelraum.»

«Wieso? Ich dachte, ich hätte gesagt, keine Besucher in geschlossenen Räumen ...»

Shakes machte eine abwehrende Handbewegung.

«Wer sagt hier wem etwas?»

Klingsor mußte unwillkürlich lachen.

«Wir beide also auch?» fragte er.

«Nein», antwortete der Butler. «Ich habe keine Identitätsprobleme. Ihr wart der Duzfreund Seiner Lordschaft, und daran halte ich mich! Jedenfalls so lange, bis ich eine bessere Verwendung für mich gefunden habe!»

«Also nach wie vor der Butler Shakes?»

«Ich habe im Augenblick keine höheren Ambitionen ...»

Klingsor grinste.

«Vernunft muß doch eine Frage der Erziehung sein!» sagte er.

«Nein, Klingsor! Erziehung ist eher eine recht vernünftige Überlebensstrategie. Doch genau dieses Prinzip scheint bei den Ladies nicht mehr zu funktionieren ...»

Die *Pecuniaten-Begatter* erwachten aus ihrer stumpfen Teilnahmslosigkeit. Sie johlten und klatschten in die Hände. Als hätten sie nur auf die anfeuernden Rufe der Männer gewartet, gingen Juliane und ihre Tochter Ebony aufeinander los.

Sofort kamen von allen Seiten Besucher angelaufen. Es war, als würden sie nach einem Ersatz für die abgebrochene Oper suchen.

«Bekommen die denn niemals genug?» fragte Shakes kopfschüttelnd.

«So sind wir Menschen nun mal», sagte Klingsor. «Kaum ist eine Katastrophe vorbei, sind alle Friedensschwüre und Versprechungen vergessen ...»

Hand in Hand kamen Shahesa und der Freigänger um den Trümmerberg an der Nordostecke des Schlosses. Sie mischten sich unter die Zuschauer und versuchten herauszufinden, worum es ging.

«Nicht einmal die!» sagte der Butler.

«Moment mal ... ist das nicht Olaf-Pedrillo?»

Shakes nickte.

«Aber der Mann war doch ... tot!»

Shakes lachte leise. «Klingsor, Klingsor», sagte er kopfschüttelnd. «Wann werdet Ihr begreifen, daß es noch andere Gesetze gibt als in Euren Naturwissenschaften?»

«Wieso in *meinen*?»

«Weil sie nicht meine sind!» sagte John Jakob Shakes. Er nahm ein feuchtes Tuch und begann sich langsam die Theaterschminke aus dem Gesicht zu reiben. Erst jetzt sah Klingsor, daß der Butler nicht jünger geworden war.

«Was jetzt kommt, ist Eure Zeit», sagte Shakes mit einem wehmütigen Lächeln. «Die Zeit der Menschen, in der es keinen Platz mehr für *Androiden* gibt!»

«Shakes, was bedeutet das?»

Hinter den beiden ungleichen Männern tobte die Menge. Sie hatten immer noch nicht verstanden, daß die Chance eines ganz neuen Anfangs auf sie wartete ...

«Was muß eigentlich geschehen, um Euch zu ändern?» fragte Shakes. «Schon vor dem Bau des *Kontinuum Eckert* hätten ein paar Verträge und Unterschriften genügt, um Frieden und Wohlstand für alle zu erreichen. Aber Ihr habt Euch selbst immer nur nach Kampfkraft und Vernichtungspotentialen bewertet. Selbst wo gute Gefühle aus Eurer eigenen *Innenwelt* Zeitlosigkeit versprachen, habt Ihr sie jedesmal verleugnet, sobald die *Außenwelt* es forderte!»

Klingsor war zu verwirrt, um den Butler zu verstehen.

«Seid Ihr wirklich ein *Android*?» fragte er.

«Ja, eine Züchtung aus dem *Kontinuum Eckert*. Ihr könnt mich *Cyborg* nennen oder *Bio-Robbit* in einer fast vollkommenen Entwicklungsstufe. Nahezu alles in mir funktioniert genauso wie bei Euch. Das einzige, was mir fehlt, sind echte Gene. Ich habe DNS Schleifen in meinen Zellkernen, die nicht vom Leben auf der Erde abstammen ... künstliche Speicher, denen die Information darüber fehlt, was eigentlich das Leben ist ...»

«Aber Ihr sprecht und denkt! Ihr könnt selbständig handeln und besitzt Intelligenz!»

«Danke!» lächelte der Butler. «Leider ist das noch nicht genug ... oder was würdet Ihr dazu sagen, daß ich mich immer nach dem *Kontinuum* zurückgesehnt habe ... nach meiner *Mutter* ...»

Klingsor starrte den Butler verständnislos an.

«Ich bin ebenso ein Experiment wie die Freigänger», sagte John Jakob Shakes. «Denn das *Kontinuum* wollte herausfinden, ob *Androiden* durch ein neues irdisches Magnetfeld zu einer eigenen Rasse werden könnten ... zu neuen Menschen ...»

«Wer wollte das herausfinden?» fragte Klingsor schaudernd.

«Ich sagte doch ... *das Kontinuum*!»

«Die Menschen dort ...»

Shakes schüttelte den Kopf.

«Ihr denkt noch immer in den alten Bahnen», sagte er traurig.

Dann drehte er sich um und ging auf den Theatertrakt zu. Als wäre nie etwas gewesen, öffnete der Butler eine Seitentür am Kulissenturm. Er drehte sich noch einmal um, winkte Klingsor zu und verschwand.

Niemand hatte gesehen, woher Lord Abel Rothschild gekommen war. Er stand einige Sekunden unschlüssig im kaum noch belegten Orgelraum, dann bewegte er sich wie in Trance auf die Orgel an der Stirnseite zu. Er schob sich auf die Sitzbank. Hinter ihm, an den Fenstern, kommentierten Verletzte, die schon wieder gehen konnten, den Kampf der beiden Frauen im Garten.

Lord Rothschild zog die Register. Er wußte, welche noch funktionierten und welche bereits verrottet waren. Es war nur eine Frage des Materials ...

Er fand den Schalter für den Blasebalg. Vorsichtig stellte er seine Füße auf die Pedale. Er hielt die Hände über die Manuale, holte tief Luft und begann zu spielen.

Zuerst benutzte er nur die hölzernen Pfeifen. Dumpf raunend schwangen die tiefen Vibrationen durch den Raum. Es klang, als würden die Töne direkt aus der Erde kommen. Behutsam suchte der Lord nach weiteren Orgelpfeifen, die noch einen Ton abgeben konnten. Er fand sie im Oberwerk. Silbern und vollkommen rein klang eine Melodie auf. Er übernahm ein paar Takte aus der *«Entführung»*, dann improvisierte er frei und ohne Noten.

Und alle hörten es ... die Verwundeten im Orgelraum ... die Zuschauer im Garten ... die ringenden Frauen ... die Männer und Frauen in der Küche ...

Der Lord wurde eins mit dem dröhnenden, blasenden, jubelnden Instrument. Mit Händen und Füßen bearbeitete er Pedale und Rollschweller, Tasten und Manuale. Er wußte, daß er selbst eine große Schuld abzutragen hatte. Denn er war es gewesen, der dafür gesorgt hatte, daß sich die Türen des Theaters nicht mehr öffnen ließen.

Er hatte lange darüber nachgedacht, ob mehr Menschen gerettet oder vernichtet worden wären, wenn die Besucher die Möglichkeit gehabt hätten, das Schloß schon beim ersten Anzeichen des großen Magnetsturms zu verlassen.

Er war hinuntergegangen in die Tiefen des Berges. Dort, wo vor hundert Jahren eine fast wahnsinnige Selbstüberschätzung Anlagen errichtet hatte, die ein Magnetfeld bezwingen sollten ... dort, wo die Kälte dem absoluten Nullpunkt nahe gewesen war ... dort hatte er nach einer Antwort gesucht für sich selbst und für alle anderen.

Aber die Spulen und Generatoren, die Induktionsmaschinen und Kraftfeldverdichter hatten geschwiegen ...

Es war ihm nicht einmal gelungen herauszufinden, ob die gewaltige Anlage im Berg überhaupt gearbeitet hatte oder nicht! Es war unwichtig geworden ...

Er spielte mit einer tiefen Inbrunst. Wie groß mußte die Vermessenheit jener Menschen gewesen sein, die noch vor hundert Jahren geglaubt hatten, sie könnten der Erde mit ihrer lächerlichen Technik ein neues Magnetfeld aufzwingen! Und was hatten diese Menschen wirklich gewußt von den Kräften im Inneren ihres Planeten ... von einer Kraft, die im Herzen der Welt entstanden war ... dort, wo selbst Diamanten dem inneren Druck nicht gewachsen waren ...

Doch nicht Gewalt hatte das Magnetfeld des blauen Planeten erzeugt, sondern ein winziger Impuls ... ein Hauch der Ewigkeit, der nur alle sechsundzwanzigtausend Jahre die Erde streifte ...

Das Echo des Urknalls, das immer dann spürbar wurde, wenn die Sternbilder wieder so von der Erde zu sehen waren wie an dem Tag, an dem zum ersten Mal der *Zeitzustand «Leben»* verwirklicht wurde.

Die Genesis-Induktion!

Doch nichts und niemand würde jemals erfahren, wie oft der Impuls die Lebensformen der Erde verändert, verstärkt oder ausgelöscht hatte. Die Zeit der Insekten? Zeit der Saurier? Zeit der Delphine?

Alles, was lebt, hätte sich weiterentwickeln können.

Dies aber war eine neue Zeit ... und eine weitere für die Menschen!

Lord Abel Rothschild schloß die Augen. Er spielte und wurde eins mit seiner Musik. Die mächtigen Klänge und Töne zeugten von seiner Schuld, seinem Dank und seiner Hoffnung zugleich. Er sah nicht, wie sich die Überlebenden der Katastrophe vor den Fenstern des Orgelraums sammelten. Selbst Ebony und ihre Mutter kämpften nicht mehr miteinander. Aus der Küche kamen die Köche und Konditoren bis in den Innenhof.

Glyndebourner und *Pecuniaten*, *Uhrbauer* und *Hegelianer* ... ja, sogar einzelne *Huxleys* und *Darwiners* näherten sich dem Orgelraum. Sie standen voller Andacht im fremdartig blühenden

Garten des Schlosses. Fast ganz zum Schluß stolperten nacheinander auch noch die drei *Elaboraten* um die zerstörte Ecke des Haupthauses.

Klingsor stand auf. Er schwankte noch etwas, doch dann ging er ihnen entgegen. Olaf und Shahesa folgten ihm. Die meisten der anderen begannen erst jetzt zu ahnen, was sie eigentlich *erlebt* hatten. Und viele begriffen, daß schon bei weitaus geringeren Anlässen Dankgottesdienste und Freudenfeiern zelebriert worden waren. Einigen wenigen fiel sogar ein, daß die Geschichte des Lebens auf dem Planeten Erde sehr oft *Fehl-Zeiten* ohne Magnetfeld aufwies.

«Und tausend Jahre sind wie ein Tag!»

23.
Abend des ersten Tages

Beinahe unbemerkt von den anderen hatte sich in der Küche eine denkwürdige Veränderung vollzogen. Nach Jahren ständiger Rivalität waren Blasius Bockhus und Miß Earlymorn ohne große Worte zu der Übereinkunft gekommen, daß sie es miteinander versuchen sollten.

Auch viele Jahre später konnten sie nicht sagen, wer von ihnen eigentlich den Anfang gemacht hatte …

Als die Orgeltöne leise verklangen und die Wirklichkeit in die Köpfe und Herzen der Menschen zurückkehrte, hatten die beiden zusammen mit ihren Helfern die Küche wieder in Ordnung gebracht. Auf den Feuerlöchern des großen Herdes standen Töpfe, aus denen duftende Dampfwolken aufstiegen. Blasius Bockhus und Miß Earlymorn hielten es wieder für möglich, doch noch ein gemeinsames Dinner zu schaffen.

Während alles zu ihrer Zufriedenheit vorbereitet wurde, gingen sie zu den Fenstern zum ehemaligen Rosengarten. Hier hatten Hagebuttles Gehilfen in der Zwischenzeit alle Opfer der Katastrophe zusammengetragen, die nicht auf einer Pfahlplattform im *Croquet lawn* aufgebahrt werden sollten.

«Entsetzlich», sagte Miß Earlymorn leise. Der stattlich gewordene Oberkoch legte wie zufällig seinen Arm um ihre Taille.

«Es ist sehr schwer, mit einer Katastrophe auf die richtige Weise fertig zu werden», sagte Blasius Bockhus. «Wir Menschen neigen dazu, entweder die Trauer zu übertreiben oder die Herzlosigkeit. Aber die Leichname dort draußen sind nur Hüllen der Individuen, die durch eine andere Zeit gehen, bis sie wiederkommen …»

«Wenn man das nur herausfinden könnte!» seufzte Miß Earlymorn und lehnte sich an die starken Schultern des Oberkochs.

«Ich glaube, wir waren alle für einen Pulsschlag der Ewigkeit dort, wo die Körper keine Bedeutung mehr haben …»

«Im Paradies?»

«Man kann es nennen, wie man will …»

«Auf jeden Fall war ich kein Geist!» stellte Miß Earlymorn fest. «Ich habe auch nicht mit Seelen von Verstorbenen gesprochen!»

«Was heißt das schon?» fragte Blasius Bockhus und lächelte. «Woher nehmen wir eigentlich die Überzeugung, daß etwas falsch sein muß, nur weil es nicht mit unseren Erwartungen übereinstimmt? Wer alles wirklich ganz genau erklären wollte, müßte jedes Atom des Universums mit mindestens zwei Dutzend Koordinaten beschreiben, allein um seine Position nach Ort und Zeit, nach Zustand und nach Art einigermaßen zu bestimmen. Da es unmöglich ist, auch nur mit einer einzigen, ganz kurzen Formel den Augenblick des ‹*JETZT*› im Hier und Heute zu definieren, werden wir immer Unwahrheiten glauben ...»

Miß Earlymorn stieß sich etwas von ihm ab.

«Soll das etwa bedeuten, daß der große Blasius Bockhus nicht mehr weiß, wann eine Suppe schmeckt und wann nicht?»

Der Oberkoch lachte.

«Natürlich nicht! Ich meine nur, daß ich irgendwie *aufgewacht* bin. Alles, was vorher war, kommt mir auf einmal dumpf, blind und nicht richtig gelebt vor!»

«Das stimmt», sagte Miß Earlymorn und zog ihre Unterlippe zwischen die Zähne. «Ich habe auch das Gefühl, daß ich viel tiefer denken kann. Einerseits sehe ich alles mit neuen Augen, andererseits fühle ich, daß mir ganz wichtige Erinnerungen fehlen ...»

«Miß Earlymorn und ihr berühmter sechster Sinn!»

«Lacht nur!» sagte sie scheinbar schmollend. «Ich glaube, daß es manchmal sehr gut sein kann, wenn man sich nicht an alle Dinge der Vergangenheit erinnert ...»

«Meint Ihr damit etwas Bestimmtes?»

Sie drehte ihr Gesicht zu ihm. Ihre strahlenden grünen Augen hatten auf einmal einen rätselhaften Glanz.

«Ach, das ist meine Sache!» sagte sie und drehte sich abrupt um. Er hob die Schultern und sah ihr lächelnd nach.

Die *Elaboraten* hatten sich die ganze Zeit etwas abseits von den übrigen Überlebenden aufgehalten. Als die Klänge aus dem Orgelraum verstummten, spürten sie, wie sich die andächtige Stille plötzlich auflöste.

An einigen Stellen im Garten begannen erneute Diskussionen.

Verschiedene Gruppen wollten aufbrechen, andere verlangten Ersatzleistungen für ihre Toten. *Uhrbauer* gerieten mit *Pecuniaten-Begattern* in Streit, und Angehörige des Janitscharenchors wurden von Frauen an den Armen festgehalten.

«Wie geht es weiter?»

«Wir verlangen eine Erklärung ...»

«Was passiert jetzt mit uns?»

Professor Isaac Newton h. c. schnalzte mit der Zunge und knöpfte langsam sein unbequemes Smokinghemd auf. Es war doch noch sehr warm geworden.

Olaf und Shahesa lösten sich aus der Menge. Sie kamen auf die *Elaboraten* zu.

«Es gibt inzwischen Gerüchte, daß wir hier überhaupt nicht wegen der Opernaufführungen zusammengekommen sind», sagte der Freigänger. «Wißt Ihr etwas darüber?»

«Nicht mehr als jeder andere, sofern er bereit ist, wissenschaftlich zu denken», antwortete Dr. Christian Huygens h. c.

Olaf hob die Brauen. Der arrogante Ton des *Elaboraten* gefiel ihm nicht. Shahesa spürte seinen Unwillen. Sie legte eine Hand auf seinen Arm.

«Dann stimmen die Gerüchte also ...»

«Aber ich bitte Euch!» sagte Huygens. «Glaubt Ihr denn, frühere Großveranstaltungen wären nur zum Vergnügen der Besucher inszeniert worden?»

«Natürlich», nickte Shahesa. «Warum denn sonst?»

Die drei *Elaboraten* sahen sich plötzlich verschmitzt an.

«Touristen!» meinte Christian Huygens kopfschüttelnd. «Naiv, gutgläubig und ahnungslos! Und jeder glaubt, daß er sich über andere erheben kann, weil er die eigenen Vorstellungen als Maß der Dinge ansieht! Es ist doch eigentlich ganz logisch, daß eine Zivilisation, die auf Verachtung und Vernichtung aller anderen Werte aufgebaut ist, eines Tages sich selbst auffrißt!»

«Was hätten wir denn tun können?» fragte Shahesa.

«Leben und leben lassen!» sagte Isaac Newton h. c.

«Aber genau das haben wir mit der Idee des *Wohlseyn* im *Kontinuum* doch getan!» sagte Shahesa.

«Nein!» sagte der Älteste der *Nullmeridianer*. «Das war wieder nur ein Zweckbündnis von Egoisten! Ihr habt die Erde unbewohnbar gemacht und seid geflohen in der Hoffnung, daß hier unten ein paar Verrückte schon alles richten würden für den Tag der Rückkehr ...»

«Das kann uns immer noch passieren!» seufzte Isaac Newton h. c.

Die erste offizielle Beratung fand später statt als vorgesehen. Ursprünglich hatten sich die *Glyndebourner* für die weitere Organisation verantwortlich gefühlt. Sie hatten zur *«Entführung aus dem Serail»* eingeladen und nicht berücksichtigt, daß der Theatertrakt des Schlosses über Anlagen der alten Zivilisation stand.

Damit war ein hundert Jahre altes ungeschriebenes Gesetz verletzt worden: Städte und alte Siedlungen, Maschinen und gefährliche Eingrabungen gehörten ausschließlich den *Neo-Normannen*! Und selbst der Einwand, daß weder Lord Rothschild noch der damals sehr junge Ordensbruder von *Greenpeas* an die Anlagen im Berg gedacht hatten, war keine Entschuldigung ...

Lord Rothschild lehnte es ab, irgendeine Erklärung abzugeben.

«Ich möchte noch eine Weile an der Orgel bleiben», sagte er abwesend. «Wer etwas organisieren will, soll das in meinem Namen tun ... das Schloß steht ab sofort allen Anwesenden zur Verfügung ...»

«Sei doch vernünftig, Abel!» flüsterte Klingsor leise. «Du hast mir selbst gesagt, daß du für das *Central Behaviour Experiment* verantwortlich gewesen bist ... C.B., C.B.E ... ist das jetzt nichts mehr wert?»

Lord Rothschild schüttelte den Kopf.

«Auch ich bin nur benutzt worden», sagte er. Er legte den Kopf in den Nacken und schloß die Augen.

Erst jetzt erkannte Klingsor, daß sich sein väterlicher Freund nicht verjüngt hatte. Im Gegenteil ... Lord Abel Rothschild sah wie ein müder alter Greis aus.

Vielleicht hatte er genau das gewollt, als jeder einzelne im Magnetsturm den Zustand erreichte, der seiner *Innenwelt* entsprach ...

«Geht schon ins Haupthaus», sagte Lord Rothschild. «Ich werde etwas später nachkommen. Und wenn ihr alles besprochen habt, möchte ich dich, Klingsor, und Agwira in deinem *Elabo-*

ratorium sehen! Ich glaube, ich bin euch beiden noch eine Erklärung schuldig ...»

Nur wenig später saßen Klingsor, Hagebuttle und Bockhus im Wohnzimmer von Lord Rotschild zusammen. Die Theaterleute hatten den Obergärtner zu ihrem Sprecher bestimmt. Bockhus war von Miß Earlymorn für ein Viertelstündchen freigegeben worden. Nur Klingsor war mit seinen Gedanken überhaupt nicht bei der Sache. Er hörte nur halb zu, während Bockhus und Hagebuttle die Situation besprachen. Die beiden praktisch veranlagten Männer legten die ersten Maßnahmen der neuen Ordnung fest. Sie planten noch nicht für die Zukunft, sondern beschränkten sich bewußt auf die nächsten Tage.

«Eigentlich fehlen uns jetzt die *Neo-Normannen* mit ihren über hundert Jahre lang angehäuften Schätzen», sagte Bockhus.

«Wir wären alle Staub, wenn uns Westminster March nicht auf die Verbindungstreppe zum Dach des Orgelraums hingewiesen hätte», sagte Klingsor. «Er hat in meinen Augen zusammen mit dem Freigänger einen entscheidenden Anteil daran, daß überhaupt noch Menschen vor den *Neo-Normannen* fliehen konnten.»

«Wir werden noch lange brauchen, bis wir das alles verstehen!» sagte Hagebuttle. «Auch diesen Selbstmord von Shakes ...»

«Wieso Selbstmord?» fragte Bockhus. Klingsor erzählte ihnen, was John Jakob Shakes ihm gesagt hatte, ehe er zum Theatertrakt gegangen war.

«Ich habe mich immer gewundert, warum er sich für geheimnisvolle Zusammenhänge interessierte», sagte Blasius Bockhus.

«Wenn Shakes ein *Android* gewesen ist, muß der Commodore ebenfalls wie ein *Super-Robbit* für das *Kontinuum Eckert* auf der Erde spioniert haben!» meinte Hagebuttle.

Klingsor nickte.

«Ich habe von Olaf gehört, daß der Commodore am Hang des Mount Caburn gestorben ist.»

«War das auch ein ... ein Selbstmord?»

«Vielleicht. Vielleicht auch nicht», sagte Klingsor. «Was ich bisher nicht recht verstanden habe, sind die letzten Worte des Butlers. Er hat gesagt, daß das *Kontinuum* herausfinden wollte, ob

Androiden im Magnetsturm zu echtem Leben gelangen könnten. Das *Kontinuum* …»

Die drei Männer sahen sich nachdenklich an.

«Ich glaube, wir haben dringendere Probleme zu lösen», sagte Bockhus schließlich. «Ein paar von meinen Köchen haben sich schon einmal umgesehen. Es gibt noch Früchte, Pflanzen und Wurzeln, mit denen wir unsere Gäste eine Weile ernähren können. Das wird in den nächsten Tagen zu unseren Hauptaufgaben gehören …»

«Ich habe vorhin einige von meinen Leuten in verschiedene Richtungen ausgesandt», meinte der Obergärtner. «Sie sollen erkunden, was sich rund um das Schloß verändert hat.»

«Gut», sagte Klingsor. «Ich nehme an, daß wir inzwischen nicht mehr mit Elektrizität aus dem Berg rechnen können. Wir haben noch einige Batterien, aber die würde ich gern für bestimmte Versuche aufheben …»

«Nein, Klingsor! Schluß mit den Experimenten!» sagte Hagebuttle entschieden. «Wir haben uns schon einmal die Erde durch leichtsinnige Experimente kaputtgemacht! Ein zweites Mal dürfen wir diesen Weg nicht zulassen!»

«Aber …»

«Könnten wir das vielleicht später diskutieren?» fragte der Oberkoch. «Ich gebe Hagebuttle recht, aber ich bin nicht bereit, noch einmal diesen Primitivversuch mit Trutzdörfern und schlichter Lebensweise mit anzusehen! Um *Darwiner* und *Huxleys* nachzuahmen, haben wir nicht überlebt!»

«Na schön, vertagen wir das!» sagte Klingsor. Er merkte, wie seine Gedanken immer wieder zu Agwira zurückkehrten. Durch die geöffneten Fenster klangen die Stimmen der Besucher bis in die oberen Etagen des Haupthauses. Er hörte bereits wieder einige Männer und Frauen lachen. Und plötzlich fiel ihm auf, daß es in ganz *Glyndebourne* überhaupt keine Kinder mehr gab …

«Es wird lange dauern, bis unser Leben sich wieder normalisiert hat», sagte er.

«Wie lange? Was schätzt Ihr?» fragte Hagebuttle.

Klingsor legte die Kuppen seiner Finger zusammen.

«Vielleicht zehn Jahre, vielleicht fünfzehn. Oder ist Euch noch nicht aufgefallen, daß nur Erwachsene überlebt haben?»

Hagebuttle und Bockhus sahen Klingsor verdutzt an.

«Kinder werden auch nicht in eine Mozart-Oper eingeladen», sagte Hagebuttle. «Trotzdem ... das erschwert natürlich den Neubeginn ...»

«Es kann ihn aber auch erleichtern», überlegte Klingsor. «Wer weiß, was geschehen wäre, wenn Kinder im Magnetsturm ihre eigene *Innenwelt* realisiert hätten ...»

An der Tür zu den Wohnräumen des Lords wurden Geräusche laut. Gleich darauf trat Ritas Hubert ein.

«Ihr müßt sofort nach unten kommen!» keuchte Ritas Hubert. «Unten sind *Glyndebourner*, die sagen ... die sagen ...»

«Was sagen sie?» fragte Klingsor. Bockhus und Hagebuttle eilten zu den Fenstern. Sie blickten über das zerstörte Dach des Orgelraums in den wüst aussehenden Garten.

«Lewes soll weg sein!» rief Ritas Hubert hinter ihnen.

«Weg, sagst du?» wunderte sich Klingsor. «Was heißt das?»

«Verschwunden, einfach verschwunden wie Ringmer, South Malling und die anderen Trutzdörfer in der Nähe ... sie behaupten, daß *Glyndebourne* zu einer Insel geworden ist ... überall soll nur noch Wasser sein ... bis zu den South Downs im Süden ...»

Er lief zu den beiden Männern am Fenster.

«Dann ist das Meer also weiter gestiegen», sagte Klingsor leise. Der Obergärtner drehte sich ruckartig um.

«So hoch gestiegen, daß selbst Trutzdörfer versunken sind?» fragte Hagebuttle erregt. «An einem Tag?»

«Das habe ich nie behauptet!» sagte Klingsor ernst.

«Aber ...»

«Wir sollten uns langsam an den Gedanken gewöhnen, daß heute nicht mehr der 14. August des Jahres 2134 ist», sagte Klingsor. «Uns kommt es noch wie der gleiche Tag vor, doch was dort draußen passiert ist, müssen wir erst noch herausfinden ... und ich schwöre Euch, daß ich es schaffen werde!»

«Ihr werdet nichts dergleichen tun!» sagte der Obergärtner hart. «Wir kümmern uns um die Leute unten ... und Ihr, Mann von *Greenpeas* ... Ihr werdet jetzt in Euer *Elaboratorium* gehen und alles so verschließen, daß in den nächsten zehn Jahren niemand mehr an die verdammten Experimentiertische herankommt!»

Klingsor wollte protestieren, doch dann sah er, wie Blasius Bockhus zustimmend grinste.

«Schade, daß man das gleiche nicht mit der Küche machen kann!» murmelte Klingsor Haywood. Dann hob er die Schultern und verließ den Raum.

Während die Männer oben im Haupthaus die Lage besprachen, war Miß Earlymorn nicht untätig geblieben. Sie hatte sich den jungen Freigänger und das Mädchen aus dem *Kontinuum Eckert* zu Hilfe geholt.

Shahesa war sehr verwundert, wie herzlich und beinahe liebevoll die blonde Kaltmamsell Olaf behandelte. Sie nahm ihn ohne Umschweife in den Arm, küßte ihn auf die Wangen und schob ihm etwas von einer frischgebackenen süßen Pastete zu.

Olaf schien überhaupt nicht zu merken, daß Shahesa mit gemischten Gefühlen zusah. Er ahnte nichts von der plötzlichen Verwirrung in ihr. Erst als Miß Earlymorn auch zu ihr kam und einmal um sie herumging, merkte sie, daß die hübsche blonde Frau keine Rivalin für sie war.

«Du kommst also tatsächlich aus dieser unheimlichen Röhre?» fragte Miß Earlymorn. Shahesa nickte.

«Erzähl doch mal ... wie lebt man dort ... was eßt ihr ... wo kommen die Sachen her?»

Shahesa wollte antworten, doch da hatte es sich Miß Earlymorn bereits wieder anders überlegt. Sie drehte sich zu Olaf um.

«Du könntest inzwischen dafür sorgen, daß in der *Wallop Dining Hall* Tische und Bänke aufgestellt werden. Eigentlich sollten das ja die Gehilfen von Hagebuttle machen, aber die schwirren irgendwo in der Gegend herum ...»

Olaf nickte lachend.

«Kein Problem! Ich weiß sogar, wo ich hier Böcke und Bohlen finde ...»

«Dann nimm dir ein paar junge Männer, und sieh zu, daß in einer halben Stunde alles bereit ist! Wir werden das erste gemeinsame Dinner beginnen, solange die Sonne noch scheint!»

«Mir kommt es auch schon vor, als hätte ich diesen Tag zweimal erlebt», lachte Olaf. Er hatte sehr viel von seiner bisherigen Bedächtigkeit verloren. «Auf jeden Fall habe ich Hunger!»

Er lief auf Shahesa zu, küßte sie kurz auf die Lippen und stürmte mit großen Schritten aus der Küche. Shahesa und Miß Earlymorn blieben allein zurück. Die Köche und die Konditoren hatten von ihr die Erlaubnis erhalten, sich auch einmal im Hof und Garten umzusehen.

Miß Earlymorn merkte, daß Shahesa etwas fragen wollte. Sie legte ihren Arm um die Schultern des Mädchens.

«So, und nun zu dir», sagte sie. «Jetzt kannst du mir in aller Ruhe erzählen, wie du Olaf kennengelernt hast ...»

«Aber Ihr wolltet doch etwas über das Leben im *Kontinuum* hören ...»

«Ach, weißt du», sagte Miß Earlymorn, und ihre Augen blitzten, «diese unheimliche Röhre hat uns hier unten eigentlich nie interessiert! Sie ist etwas, wovon wir wissen ... aber sie ist zu weit weg ... eine andere Welt, wenn du verstehst, was ich meine ...»

Shahesa hörte Olafs markante Stimme im Hof. Es schien ihm Spaß zu machen, daß er erneut eine handfeste Aufgabe hatte.

«Und wenn nicht hin und wieder Touristen gekommen wären, hätten wir allesamt das *Kontinuum* längst vergessen», sagte Miß Earlymorn. Sie ging am Herd entlang und zog einen Feuerrost nach dem anderen tiefer.

«Kannst du eigentlich kochen?» fragte sie und pustete sich eine blonde Locke aus der Stirn. Shahesa schüttelte den Kopf.

«Das wirst du lernen müssen», lachte die Kaltmamsell. «Aber das schaffen wir schon ...»

Klingsor nahm Abschied von seinem *Elaboratorium.* Er wußte, daß es besser war. Sie konnten die neue Zeit nicht mit Relikten aus der Vergangenheit bewältigen. Außerdem gab es keine Verwendung mehr für die liebevoll, aber naiv und rührend von ihm aufgebauten Versuchsanordnungen.

Das Magnetfeld der Erde war mit ganz anderen Dimensionen zurückgekommen.

Er strich über Glaskolben, drehte hier einen Hahn zu und löste dort eine Drahtverbindung. Einige Teile waren zu Staub zerfallen, andere sahen sehr alt aus. Er wollte auch noch die Kaminverkleidung wieder an ihren Platz schieben, doch das ging nicht mehr.

Als er sich umdrehte, sah er Agwira neben der halb geöffneten

Tür. Sie lächelte kaum merklich. Er ging einen halben Schritt auf sie zu, dann blieb er mitten in seinem *Elaboratorium* stehen.

«Abschied von gestern?» fragte sie leise. Er nickte.

«Und wie fühlst du dich? Immer noch wie ein Fremder, der nur zu Besuch auf Schloß *Glyndebourne* ist?»

«Wie ... wie kommst du ausgerechnet darauf?»

«Weil du mir das vor vielen Jahren einmal gesagt hast ... als ich in deinen Augen noch ein zu junges Mädchen für dich war!»

Er starrte sie verständnislos an. Doch dann kam seine Erinnerung wie eine heiße, wohlige Welle zurück.

«Ja, kakreiti nobiscum!» schluckte er. «Agwira! Jetzt siehst du tatsächlich wie deine Mutter aus!»

«Du hast sie geliebt, nicht wahr?»

«Ja», sagte Klingsor. «Ich habe sie mehr als alles andere geliebt. Ich wollte sie heiraten, aber Lord Rothschild hat mir die Einwilligung versagt ... obwohl er die ganzen Jahre stets wie ein Vater zu mir gewesen ist ...»

«Ich *bin* dein Vater!» sagte in diesem Augenblick eine Stimme von der Tür her. Agwira drehte sich erschrocken um. Lord Abel Rothschild kam mit schlurfenden, mühsamen Schritten in Klingsors Turmzimmer. Schwer atmend ließ er sich auf einem morsch wirkenden Holzstuhl nieder.

«Ich hatte dich zur Ausbildung ins Felsenkloster von *Sacra San Michele* geschickt», sagte er nach mehreren mühsamen Atemzügen. «Mir war schon damals klar, daß wir hier unaufhaltsam unsere Erinnerung verloren ... aber ich hoffte ... ich hoffte, daß die Ordensbrüder von *Greenpeas* dich so lange isolieren könnten, bis du bereit warst, meine Nachfolge als *C. B., C. B. E.* anzutreten ...»

Er strich sich langsam über sein zerfurchtes, eingefallen aussehendes Gesicht.

«Und ich bin wirklich dein Sohn?» fragte Klingsor erschüttert.

«Natürlich bist du das! Hätte ich sonst verboten, daß du deine eigene Schwester zur Frau nimmst?»

«Aber das konnte ich doch nicht alles vergessen!»

«Wenn du wüßtest, wieviel wir auch jetzt noch vergessen haben! Vielleicht kommt unsere Erinnerung schubweise zurück ... aber das wäre nicht einmal wünschenswert ... zu viele Erinnerungen waren schon immer ein Übel ...»

Er schloß für einen Moment die Augen. Agwira lief zu ihm und kniete sich neben den Stuhl. Sie legte ihre Hände auf seine.

«Sieh ihn dir ganz genau an!» schimpfte Lord Rothschild mit knarrender Stimme. «Der Bursche hat sich ja dann mit einer *Hegelianerin* getröstet! Sie war unsere erste Konstanze in der ‹*Entführung aus dem Serail*› ... eine hervorragende Stimme, aber ich ... ich fürchte, daß der Hallodri nicht einmal mehr den Namen dieses Mädchens kennt ...»

Klingsor wurde plötzlich rot bis unter die Haarspitzen. Er preßte die Lippen zusammen und schüttelte langsam den Kopf.

«Dachte ich mir doch! Und dir ist niemals aufgefallen, daß du dich jahrelang in der Nähe der Küche herumgetrieben hast?»

«Miß Earlymorn?» stöhnte Klingsor betroffen.

«Ja, unsere gute Miß Earlymorn! Eine hervorragende Person ... es war ein Fehler, daß ich Olafs Mutter damals nicht als Schwiegertochter akzeptiert habe ...»

«Olafs Mutter?»

«Natürlich! Die Mutter deines Sohnes!»

«Und warum durfte ich auch sie nicht ...»

«Sie war *Hegelianerin*! Und damals dachte ich noch, daß *Hegelianer* über kurz oder lang zu Primitiven werden. Ich ... ich konnte nicht riskieren, daß ich durch eine falsche Familienpolitik alles hier in Gefahr bringe! Jedenfalls war das jahrzehntelang meine Familienpolitik ...»

«Und Olaf?» fragte Agwira erschüttert.

«Er wuchs bei *Hegelianern* im Bannforst auf. Später kam er gelegentlich ins Schloß, um in den Werkstätten zu helfen ...»

«Daran erinnere ich mich», nickte Klingsor nachdenklich. Agwira achtete nicht auf ihn. Sie griff mit beiden Armen nach dem Körper ihres Großvaters. Doch nichts konnte Lord Abel Rothschild, C.B., C.B.E., hochhalten.

Er hatte alles gesagt, was zu sagen war.

Keiner der Gäste hätte den kauzigen *Elaboraten* einen derartigen Appetit zugetraut. Nach langem Hin und Her hatten sich alle, die gehen oder getragen werden konnten, im deckenlosen alten Speisesaal der *Wallop Dining Hall* eingefunden.

Die Sonne schien durch fensterlose Maueröffnungen auf lange, frischgedeckte Bohlentafeln. Über der Halle kreisten Schwärme bunter Vögel. Die Tiere des Dschungels hatten sich aus dem Unterholz gewagt. Sie hockten auf den Mauersteinen der Ruinen, bewegten sich auf leisen Pfoten durch die Schatten und schnappten hin und wieder nach Resten der großen, festlichen Tafelrunde.

Zum ersten Mal nach hundert Jahren in der Abgeschiedenheit der Trutzdörfer speisten die Gäste von *Glyndebourne* gemeinsam unter freiem Himmel.

Blasius Bockhus schritt glücklich an den Tischreihen entlang. Ein Zucken seines Monokels, ein kurzer Fingerzeig mit seinen weißen Handschuhen genügte, um die Angehörigen des Janitscharenchors in ihrer Rolle als Kellner von einem Tisch zum anderen eilen zu lassen.

Es gab gebackenes Ginkgo-Mus mit einer Sauce aus Hagebuttensirup und Salat von Waldpilzen als Vorspeise. Danach wurden Maultaschen in Ackerschachtelhalmsuppe aufgetragen. Und wer lieber vorsichtig bleiben wollte, konnte ein Schälchen Porridge haben …

Als sich die erste Unruhe gelegt hatte und an den Bohlentischen nur noch zufriedenes Schlürfen zu hören war, klopfte Klingsor Haywood an ein altes, fast blind gewordenes Kristallglas.

«Verehrte Anwesende!» sagte er und räusperte sich. Konstanze stieß ihn mit dem Ellenbogen an. Klingsor erinnerte sich, daß er aufstehen mußte. Das war so üblich in *Glyndebourne*, wenn jemand eine Tischrede halten wollte.

«Verehrte Anwesende!» wiederholte Klingsor. Die Abendsonne brachte sein rotes Haar zum Leuchten. «Ich muß leider mitteilen, daß vor kurzem auch noch Lord Rothschild verstorben ist …»

Er schluckte unwillkürlich, doch dann nahm er sich zusammen.

«Ich hoffe, daß der Lord das letzte Opfer der Katastrophe war … einer Katastrophe, wie sie immer wieder in der Geschichte des Lebens auf diesem Planeten geschieht!»

Er straffte sich und blickte über die Köpfe der Überlebenden hinweg. Kaum jemand sah wie für ein festliches Dinner gekleidet aus. Den meisten fehlte auch noch ein Bad. Doch darauf kam es nicht an …

«Unser Planet hat wieder ein gutes Magnetfeld», fuhr Klingsor fort. «Unsere Zivilisation ... nein, unsere Kultur begann wahrscheinlich vor sechsundzwanzigtausend Jahren. Aber erst in den letzten zehntausend Jahren wurde uns bewußt, daß unsere Zeit begrenzt ist ... die Zeit des einzelnen und die Zeit der Menschen in dieser Welt ... wir haben versucht, diesem Schicksal zu entkommen ... Planeten beobachtet ... Uhren erfunden ... und den Kosmos im Großen und Kleinen vermessen! Und fast hätten wir auch noch das Geheimnis der Zeit und des Lebens entschlüsselt ...»

Er nahm einen kleinen Schluck Ale. Die Gäste hörten ihm aufmerksam zu. Über den alten Mauern der *Wallop Dining Hall* flogen Schwärme von Vögeln nach Süden. Ihre Art hatte schon viele *Fehl-Zeiten* ohne Magnetfeld überstanden!

«Vielleicht haben der alten Zivilisation nur noch hundert oder zweihundert Jahre gefehlt», fuhr Klingsor fort. «Und wenn sich die Menschen nicht vor der Verwüstung ihres Planeten geekelt hätten, wären sie vielleicht nicht in die Fluchtröhre ausgewichen ... sie hätten die gleiche Kraft, die gleiche Energie auch für die Erforschung der Zeit einsetzen können ...»

«Warum noch über die Vergangenheit reden?» rief Olaf plötzlich. «Dort oben könnt ihr sehen, daß heute der erste Tag einer neuen Zeitrechnung sein soll ...»

Die Gäste an den Tischen folgten mit ihren Blicken dem gestreckten Arm des Freigängers. Sie sahen einen verzaubert wirkenden Himmel über *Glyndebourne*. Farbige Vorhänge aus Licht standen hoch am bereits dunkler werdenden Firmament.

«Die sichtbaren Zeichen für das Magnetfeld!» hauchte Agwira.

«Man nennt sie Nordlicht», sagte Hagebuttle.

Der Lichtvorhang bewegte sich. Er schien sich zu teilen. Und dann flimmerte ein seltsames, auf dem Kopf stehendes Bild über der Kuppe des Mount Caburn. Wie eine riesige Luftspiegelung tauchte die Fata Morgana des anderen Landes auf.

Voller Verwunderung erkannten die Menschen in der dachlosen *Wallop Dining Hall* eine ferne, doch immer noch phantastisch wirkende Röhre. Sie sah wie ein von der Zeit zerfressenes und von der Sonne verdorrtes, lebloses Ungeheuer aus.

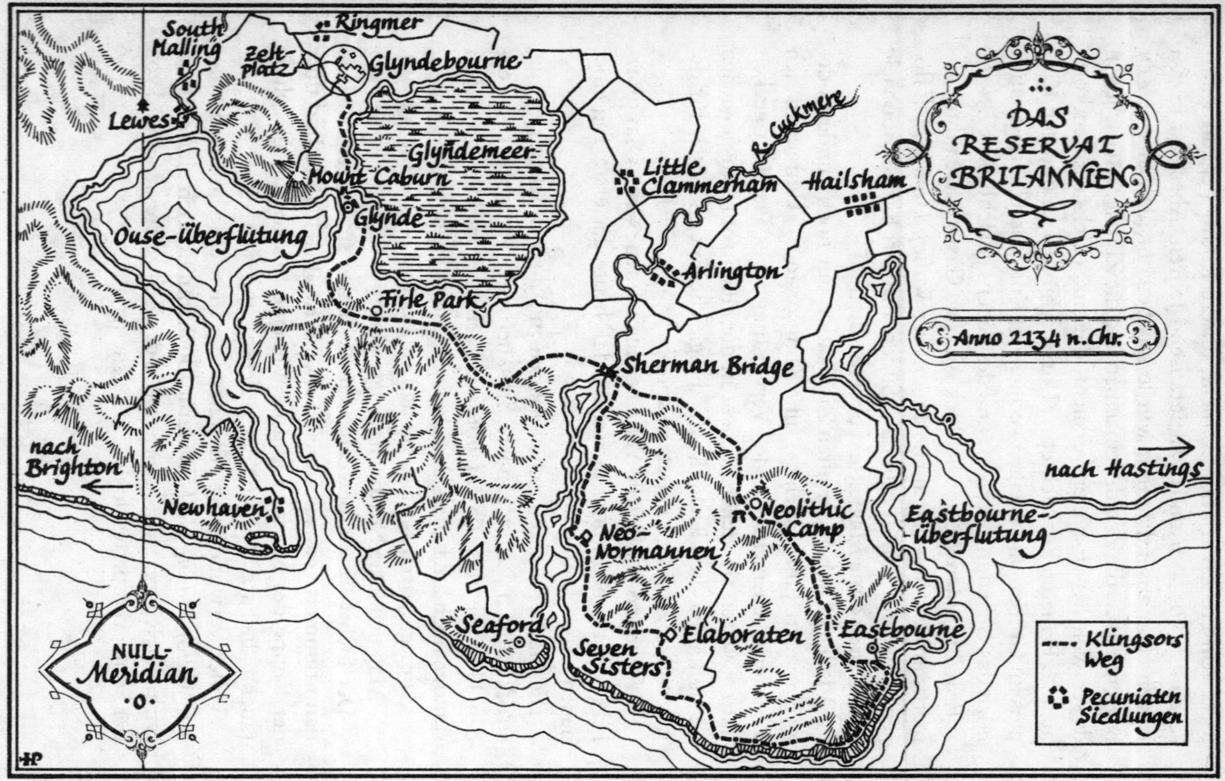
DAS RESERVAT BRITANNIEN
Anno 2134 n. Chr.
South Malling
Ringmer
Zeltplatz
Glyndebourne
Lewes
Glyndemeer
Mount Caburn
Glynde
Ouse-Überflutung
Firle Park
Little Clammerham
Cuckmere
Hailsham
Arlington
Sherman Bridge
nach Brighton
nach Hastings
Newhaven
Neolithic Camp
Neo-Normannen
Eastbourne-Überflutung
Seaford
Seven Sisters
Elaboraten
Eastbourne
Klingsors Weg
Pecuniaten Siedlungen
NULL-Meridian
0
HP

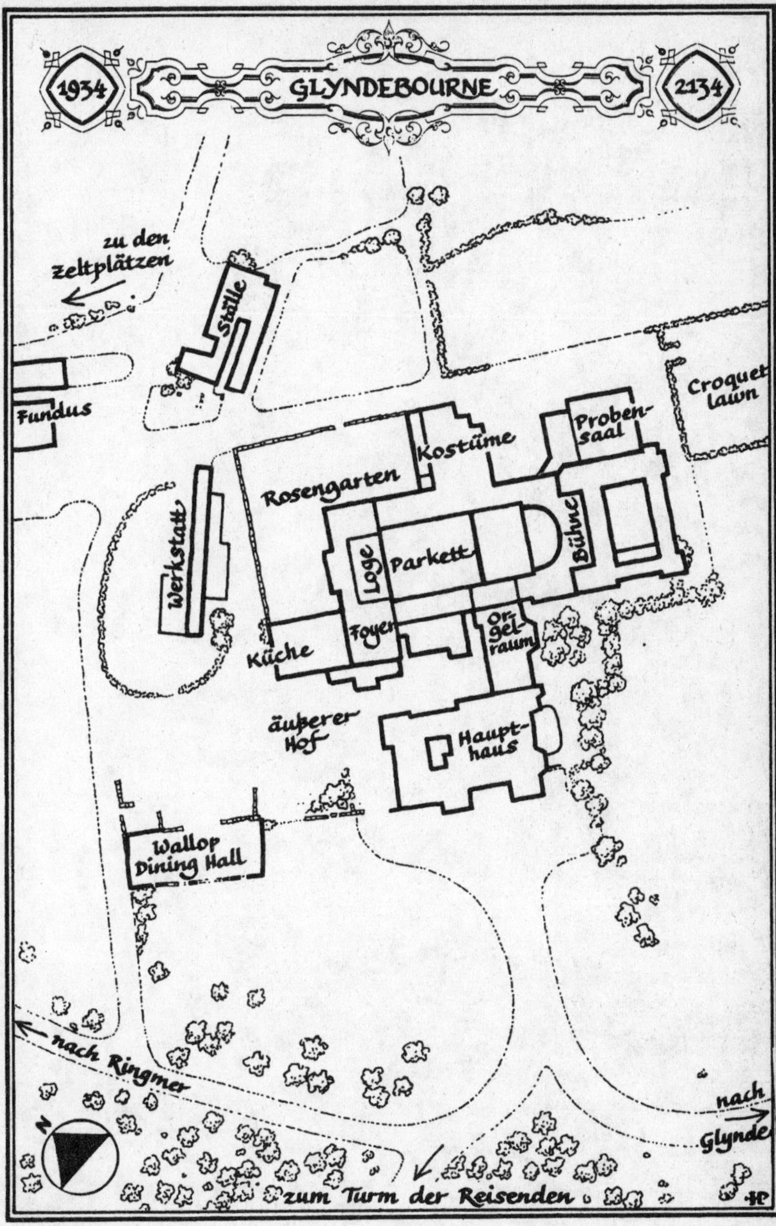
1934
GLYNDEBOURNE
2134
zu den Zeltplätzen
Ställe
Fundus
Croquet lawn
Proben-saal
Kostüme
Rosengarten
Werkstatt
Bühne
Loge
Parkett
Foyer
Küche
Or-gel-raum
äußerer Hof
Haupt-haus
Wallop Dining Hall
nach Ringmer
nach Glynde
N
zum Turm der Reisenden
HP

Romane und Erzählungen

Julian Barnes
Flauberts Papagei *Roman*
(rororo 22133)
«Dieses Buch gehört zur Gattung der Glücksfälle.» *Süddeutsche Zeitung*

Denis Belloc
Suzanne *Roman*
(rororo 13797)
«Suzanne» ist die Geschichte von Bellocs Mutter: Das Schicksal eines Armeleutekinds in schlechten Zeiten. «Denis Belloc ist der Shootingstar der französischen Literatur.» *Tempo*

Andre Dubus
Sie leben jetzt in Texas *Short Stories*
(rororo 13925)
«Seine Geschichten sind bewegend und tief empfunden.» *John Irving*

Michael Frayn
Sonnenlandung *Roman*
(rororo 13920)
«Spritziges, fesselndes, zum Nachdenken anregendes Lesefutter. Kaum ein Roman macht so viel Spaß wie dieser.» *The Times*

Peter Høeg
Fräulein Smillas Gespür für Schnee *Roman*
(rororo 13599 und als "Buch zum Film" mit vierfarbigen Fotos rororo 22210)
Fräulein Smilla verfolgt die Spuren eines Mörders bis ins Eismeer Grönlands. «Eine aberwitzige Verbindung von Thriller und hoher Literatur.» *Der Spiegel*

rororo Literatur

Laurie R. King
Die Gehilfin des Bienenzüchters
Kriminalroman
(rororo 13885)

Ray Loriga
Vom Himmel gefallen *Roman*
(rororo 13903)
Ray Loriga, Jahrgang 1967, lebt in Madrid. In seinem mit Bitterkeit und schwarzem Humor getränkten Roman verfolgen Polizei und Medienmeute einen jugendlichen Killer quer durch Spanien.

Daniel Douglas Wissmann
Dillingers Luftschiff *Roman*
(rororo 13923)
«Dillingers Luftschiff» ist eine romantische Liebesgeschichte und zugleich eine verrückte Komödie voll schrägem Witz, unbekümmert um die Grenzen zwischen Literatur und Unterhaltung.

Film und Fernsehen

John Updike
Die Hexen von Eastwick
(rororo 12366)
Updikes amüsanten Roman über Schwarze Magie, eine amerikanische Kleinstadt und drei geschiedene Frauen hat George Miller mit Cher, Susan Sarandron, Michelle Pfeiffer und Jack Nicholson verfilmt.

Bernd Schwamm
Die Gang *Der Roman zur Serie im Ersten*
(rororo 22112)

Christian Pfannenschmidt
Der Mann aus Montauk
Der neue Roman zur ZDF-Serie Girlfriends
(rororo 22267)

E. Beleites / E. Theophil
Männerpension *Das Buch zum Film von Detlev Buck*
(rororo 13933)
Die ungemein komische Story über zwei Knastbrüder und die Liebe – verfilmt mit Detlef Buck und Til Schweiger in den Hauptrollen.

Dieter Wedel / Sven Böttcher
Held *Roman nach dem Fernsehfilm «Der Schattenmann» von Dieter Wedel*
320 Seiten Klappenbroschur
(Wunderlich Verlag)

Oliver Sacks
Awakenings – Zeit des Erwachens
(rororo 8878)
Ein fesselndes Buch – ein mitreißender Film mit Robert De Niro.

Michael Friedman
Batman & Robin *Der Roman zum Film*
(rororo 22240)

rororo Unterhaltung

Boileau / Narcejac
Tote sollten schweigen *Der Roman zum Film «Diabolisch» mit Sharon Stone und Isabelle Adjani*
(rororo 13894)
Das Autorenduo lieferte mit diesem Buch die Vorlage zu einem atemberaubenden Film von Erfolgsproduzent Marvin Worth.

Quentin Tarantino & Allison Anders / Alexandre Rockwell / Robert Rodriguez
Four Rooms *Das Buch zum Film*
(rororo 13955)
Gemeinsam mit drei anderen Regisseuren inszenierte Oskar-Preisträger Quentin Tarantino («Pulp Fiction») diesen furiosen Kultfilm mit Tim Roth, Bruce Willis, Madonna und Antonio Banderas.

Richard Woodley
Con Air
(rororo 22241)
Der Roman zum Film mit Nicolas Cage, John Malkovich und John Cusack in den Hauptrollen.

3455/5